Der Fremde mit dem Lockenbart

Erzählungen aus dem China der Tang-Zeit

Der Fremde mit dem Lockenbart

Erzählungen aus dem China der Tang-Zeit

Herausgegeben und aus
dem Chinesischen übersetzt
von Thomas Thilo

Rütten & Loening
Berlin

Mit 62 Reproduktionen
nach überzeichneten Papierschnitten
von Rolf Xago Schröder

Die seltsame Gattin des Sun Ke

In der Periode „Weitreichende Tugend" (763/64) lebte ein Kandidat namens Sun Ke, der bei den Prüfungen durchgefallen war und sich nun die Zeit in Luoyang vertrieb.

Als er einmal an den Teich des Prinzen von Wei kam, sah er dort ein neu erbautes großes Haus, und von Leuten auf der Straße erfuhr er, daß dies das Anwesen einer gewissen Dame Yuan sei. Sun Ke klopfte an die Pforte des Torhäuschens, aber keiner antwortete. Neben dem Tordurchgang war in dem Häuschen ein kleiner Raum mit reinlichen Vorhängen, der zum Empfang von Besuchern diente. Sun Ke schob die Vorhänge beiseite und trat ein. Nach einer Weile hörte er, wie eine Tür klappte. Im Hof erschien ein Mädchen von berückender Zierlichkeit mit einem spiegelklaren Gesicht; sie war schön wie eine Perle, die im Mondlicht badet, zart wie Nebel zwischen Weidenzweigen, rein wie eine duftgetränkte Orchidee, und sie strahlte wie ein polierter Edelstein. Sun Ke meinte, sie sei die jungfräuliche Tochter des Hausherrn, und beobachtete sie heimlich. Das Mädchen pflückte im Hof eine Taglilie, blieb in Gedanken versunken stehen und sprach folgende Verse:

„Die Blume Sorgenfrei warst du einst dort,
doch hier bist du nicht mehr denn Unkraut.
Die blauen Berge und die weißen Wolken –
nur sie gewähren mir das Glück der Weite."

Bei diesen Worten verdüsterte sich ihre Miene. Als sie dann in das Torhäuschen kam und die Vorhänge zurückzog, erblickte sie Sun Ke und verschwand erschrocken im Hause.

Sie schickte eine Sklavin heraus und ließ diese Sun Ke fragen:

„Wer seid Ihr, und wieso haltet Ihr Euch so spät noch hier auf?“

Sun Ke erzählte etwas von einer Wohnung, die er mieten wolle, und fuhr fort:

„Es ist mir sehr peinlich, daß ich unglücklicherweise mit der jungen Dame zusammentreffen mußte. Richtet ihr das bitte aus!“

Nachdem die Sklavin diese Worte übermittelt hatte, ließ die junge Dame ihm sagen:

„Ihr habt hinter den Vorhängen meine Häßlichkeit, die ungeschminkt Euren Blicken ausgesetzt war, lange und zur Genüge in Augenschein nehmen können. Wie könnte ich mich Euch da noch länger entziehen? Wartet bitte eine Weile in der inneren Halle, ich richte mich nur etwas her und komme dann zu Euch!“

Sun Ke, den die Schönheit der jungen Dame tief beeindruckt hatte, war vor Freude außer sich. Er fragte die Sklavin:

„Wessen Tochter ist sie?“

„Sie ist die Tochter des verstorbenen Ministers Yuan“, antwortete sie. „Bereits in jugendlichem Alter ist sie Waise geworden und lebt nun ohne Verwandte nur mit uns wenigen Sklavinnen in diesem Hause. Schon so mancher hat um sie geworben, aber noch keinem hat sie ihr Jawort gegeben.“

Bald darauf erschien sie, um Sun Ke zu empfangen. Sie war jetzt noch schöner als zuvor. Sie befahl den Sklavinnen, Tee und Früchte zu bringen, und schlug ihm vor: „Wenn Ihr keine Unterkunft habt, so laßt Euch doch mit Euren Sachen hier in diesem Anwesen nieder.“ Dann wies sie auf die Sklavinnen und sagte: „Und wenn Ihr irgend etwas braucht, so teilt es nur ihnen hier mit.“

Sun Ke fühlte sich durch diese Gunsterweisungen beschämt.

Er war noch unverheiratet. Von der großen Schönheit des Mädchens überwältigt, ließ er durch eine Heiratsvermittlerin bei ihr um ihre Hand anhalten. Erfreut willigte das Mädchen ein, und so wurde sie seine Frau.

Die Dame Yuan war sehr wohlhabend, sie hatte reichlich Geld und seidene Stoffe. Als nun Sun Ke, der lange in Armut gelebt hatte, plötzlich in einem prächtigen Wagen mit Pferden daherkam und die herrlichsten Dinge besaß, verwunderten sich seine Verwandten aufs höchste. Aber sosehr sie auch in ihn drangen, er verriet ihnen nicht, was geschehen war.

Sun Ke war von selbstgefälliger Wesensart. Er strebte nun nicht mehr nach einer Karriere, sondern verbrachte seine Tage mit den Reichen bei Wein und Gesang. So trieb er es drei oder vier Jahre, ohne Luoyang zu verlassen.

Eines Tages traf er einen seiner Vettern, den Adepten Zhang Xianyun, und sagte zu ihm: „Wir haben uns lange nicht gesehen, und ich würde gerne in Ruhe mit dir plaudern. Kann ich nicht einmal bei dir übernachten, damit wir den ganzen Abend ausgiebig miteinander reden können?“

Der junge Zhang war einverstanden.

Als sie sich um Mitternacht zur Ruhe begeben wollten, faßte der junge Zhang Sun Kes Hand und flüsterte ihm zu:

„Ich habe einstmals bei den Daoisten studiert. Wenn ich mir dich so ansehe, dann geht da etwas sehr Hexenhaftes von dir aus. Ich weiß nicht, ist dir irgend etwas Außergewöhnliches zugestoßen? Du solltest mir alles genau erzählen, denn sonst könntest du ins Unglück geraten."

„Ich habe nichts Besonderes erlebt", antwortete Sun Ke.

Der junge Zhang aber beharrte:

„Die Menschen empfangen ihre Lebenskraft vom Yang, die Hexen dagegen beziehen ihren Odem vom Yin. Wenn die Hauchseele erhalten bleibt und nur die Körperseele allmählich vergeht, dann kann der Mensch lange leben. Wenn jedoch die Körperseele erhalten bleibt und die Hauchseele schwindet, dann stirbt der Mensch sehr bald. Die Dämonen bestehen nur aus Yin und sind daher gestaltlos, die Unsterblichen hingegen bestehen nur aus Yang und haben keinen Schatten. Wenn es im Körper des Menschen beim Wachsen und Schwinden von Yin und Yang und beim Kampf zwischen Hauch- und Körperseele auch nur die geringste Störung im Gleichgewicht gibt, zeigt sich das sofort im Äußeren des Menschen. Wenn ich mir so deine Miene betrachte, dann hat bei dir das Yin die Stelle des Yang eingenommen. Deine wahre Essenz ist verbraucht, deine Geisteskräfte sind geschwunden, deine Säfte sind versiegt, deine Wurzeln haben sich gelockert, deinem Gesicht fehlt die rosige Frische, deine Knochen werden zu Staub zerfallen – du mußt von einem Dämon ausgelaugt werden. Warum verheimlichst du das so hartnäckig, warum legst du nicht alles offen dar?"

Sun Ke war so erschrocken, daß er die Geschichte seiner Heirat erzählte. Der junge Zhang sagte bestürzt:

„Das ist es also! Was machen wir da nur?"

„Aber wenn ich es bedenke, was ist denn daran so Besonderes?" wandte Sun Ke ein.

„Wie kann es denn so etwas geben, daß die Dame Yuan auf der ganzen Welt keinen einzigen Verwandten hat!“ entgegnete Zhang. „Außerdem ist sie schlau und verfügt über viele Fähigkeiten, ist das nicht Besonderes genug?“

„Mit mir wollte es das ganze Leben lang nicht aufwärtsgehen“, sagte Sun Ke zu Zhang, „ewig saß ich im Elend. Durch diese Heirat bin ich wie neugeboren, ich kann meine Dankespflicht doch nicht einfach vergessen. Was soll ich bloß machen?“

Da wurde der junge Zhang böse.

„Ein wahrer Mann kann keinem anderen dienen – und erst recht nicht einem Dämon. Die Überlieferung sagt: Hexen werden vom Menschen aufgestachelt. Wenn der Mensch sie in Ruhe läßt, werden sie niemals von sich aus etwas tun ... Und außerdem: Ist dir die Dankespflicht vielleicht wichtiger als deine eigene Person? Selbst zugrunde gehen und dabei noch an Dankespflicht gegenüber diesem Teufel denken – sogar ein kleines Kind weiß, daß das Unfug ist, wie sollte ein ausgewachsener Mann das nicht wissen! Ich habe ein magisches Schwert, das denen des Altertums in nichts nachsteht. Sobald ein Dämon in seine Nähe kommt, ist er des Todes, es hat sich schon unzählige Male bewährt. Morgen kannst du es dir ausleihen. Wenn du es bei dir versteckst, wird sie augenblicklich am Ende sein – genauso wie es einstmals mit der Sklavin Yingwu geschah, als Wang Du seinen magischen Spiegel auf sie richtete. Sollte sich das hier nicht bestätigen, dann magst du dich weiterhin ihrer Gnade und Liebe hingeben.“

Am nächsten Morgen nahm Sun Ke das Schwert in Empfang. Beim Abschied ergriff der junge Zhang seine Hand und sagte: „Gib gut acht, wie sie sich verhält!“

Sun Ke nahm das Schwert mit nach Hause und versteckte es im Zimmer, aber sein schlechtes Gewissen stand ihm im Gesicht geschrieben. Die Dame

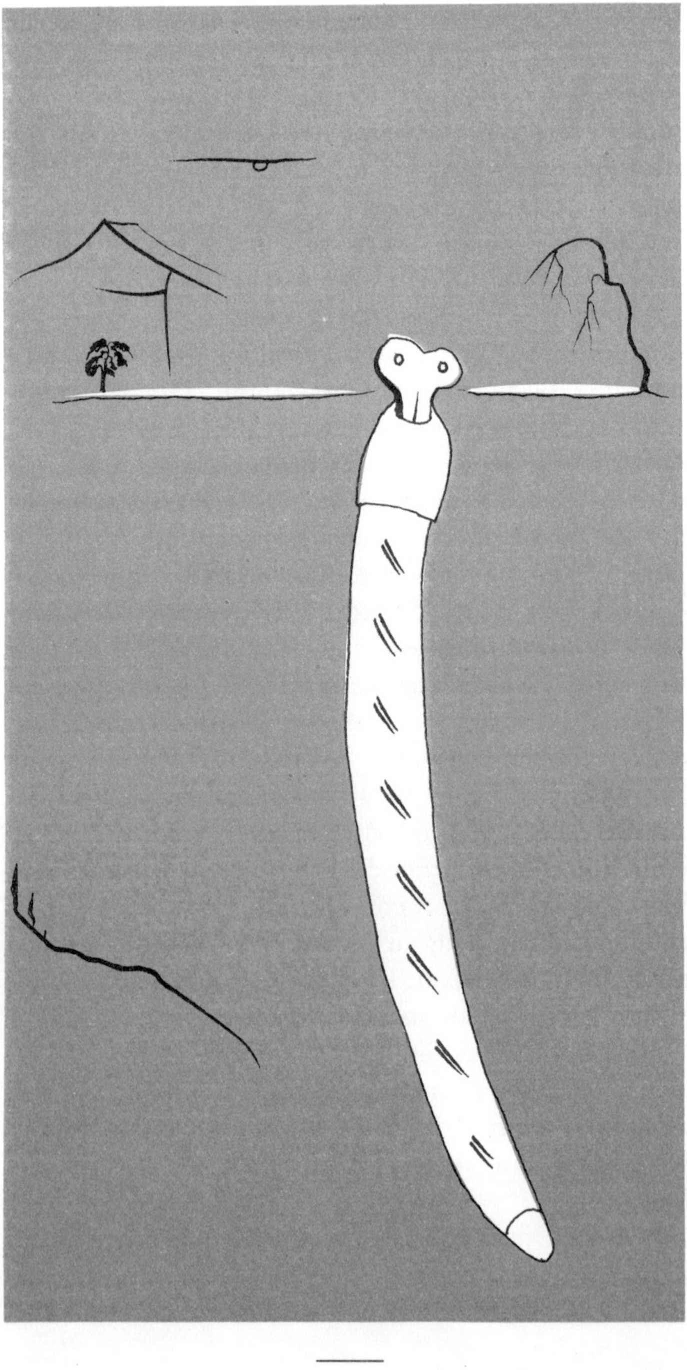

Yuan entdeckte die Sache sofort. Sie entbrannte vor Zorn und beschuldigte Sun Ke:

„Ich war es, die dich von Elend und Sorgen befreit und dich wieder fröhlich und heiter gemacht hat! Aber statt meine Gnade zu vergelten, tust du mir Unrecht an. Ein solches Verhalten würden sich nicht einmal Hunde oder Schweine gefallen lassen – kann so ein anständiger Mensch handeln?"

Als Sun Ke diese Schimpfrede vernahm, bekam er es mit der Angst. Er machte einen Kotau und entgegnete mit trauriger Miene:

„Das war der Einfall meines Vetters. Ich bin bereit, unseren Bund mit Blut zu besiegeln, und werde nie anderen Sinnes werden!" Bei diesen Worten trat ihm der Angstschweiß aus allen Poren.

Die Dame Yuan suchte darauf nach dem Schwert, entdeckte es und zerbrach es in kleine Stücke, als zerkleinere sie eine Lotoswurzel. Sun Ke bekam es noch mehr mit der Angst, er wäre am liebsten davongelaufen und hätte sich versteckt. Da lachte die Dame Yuan. „Der junge Zhang ist ein Schuft!" sagte sie. „Statt seinem Vetter Moral und Dankespflicht beizubringen, heißt er ihn solch üble Sachen tun! Man sollte ihn die Scham lehren! Bei deinen Gefühlen für mich hättest du dich wirklich nicht darauf einlassen sollen! Ich bin doch nun schon so viele Jahre mit dir zusammen, was hegst du da noch für Bedenken?"

Daraufhin beruhigte sich Sun Ke etwas.

Einige Tage später traf er unterwegs den jungen Zhang und sagte zu ihm: „Du hast mich leichtfertig den Tiger an den Barthaaren zupfen lassen, so daß ich nur mit knapper Not seinen Zähnen entwischen konnte."

Als der junge Zhang nach dem Verbleib des Schwertes fragte, erzählte ihm Sun Ke, was geschehen war. Da bekam der junge Zhang einen großen

Schreck und sagte: „Das verstehe ich wirklich nicht!“ Ihn packte solche Angst, daß er nicht wagte, Sun Ke zu besuchen.

So lebte Sun Ke mit der Dame Yuan zehn weitere Jahre zusammen. Sie zog zwei Söhne auf und führte im Haus ein strenges Regiment, jegliche Art Geselligkeit aber mied sie.

Eines Tages unternahm Sun Ke eine Reise nach Chang'an, wo er einen alten Freund besuchte, den Kanzler Wang Jin. Der empfahl ihn dem Großmeister Zhang Wanqing aus Nankang als Hilfsbeamten. So machte sich Sun Ke mit seiner Familie auf, um zu ihm überzusiedeln.

Auf ihrem Weg kamen sie immer wieder an grünen

Föhrenwäldern und hohen Bergen vorbei, die den Blick der Dame Yuan jedesmal von neuem fesselten, und es schien, als sei sie sehr traurig. In Duanzhou angelangt, sagte die Dame Yuan: „Eine halbe Tagesreise von hier, am Ufer des Flusses, liegt der Schluchtberg-Tempel. Dort wohnt Huiyou, der alte Hauspriester meiner Familie. Ich habe ihn seit Jahrzehnten nicht mehr gesehen. Er hat im Mönchsstand ein hohes Alter erreicht. Er versteht sich aufs Wahrsagen und auf Reinigungszeremonien. Wenn wir dort vorbeischauen und dem Tempel eine Mahlzeit spenden, wird uns das auf unserer Reise in den Süden Glück bringen."

Sun Ke war einverstanden. Als sie, wohlversehen mit den Zutaten für ein vegetarisches Mal, am Tempel anlangten, war die Dame Yuan in gehobener Stimmung. Sie wechselte die Kleider, richtete sich her und ging mit ihren beiden Söhnen zum Wohnhof des alten Mönchs. Offenbar kannte sie hier jeden Weg, was Sun Ke sehr verwunderte. Sie überreichte dem Mönch einen azurnen Jadering, wobei sie sprach: „Dies ist ein altes Stück aus Eurem Tempel." Der Mönch schien aber nichts davon zu wissen.

Als das Mahl beendet war, ließen sich einige Dutzend Affen, einander an den Armen haltend, von einer hohen Föhre herab und fraßen auf der für Wildfütterungen bestimmten Terrasse. Dann kletterten sie ausgelassen in den Schlingpflanzen herum. Die Dame Yuan aber wurde ganz traurig. Plötzlich verlangte sie einen Pinsel und schrieb an die Wand der Mönchszelle diese Verse:

Noch eben war mein Herz voll Mitgefühl,
doch plötzlich schwindet es und geht dahin.
Den Freunden folg ich jetzt heim in die Berge,
wo unsere Rufe durch die Nebel schallen.

Dann warf sie den Pinsel auf die Erde, streichelte schluchzend ihre beiden Söhne und sagte zu Sun Ke: „Leb wohl! Leb wohl! Wir müssen uns für immer trennen!“ Sie zerriß ihr Gewand, verwandelte sich in ein betagtes Affenweibchen und kletterte den fröhlichen Affen in die Bäume nach. Sie warf einen letzten Blick zurück und verschwand dann in den Tiefen der Berge.

Sun Ke war so entsetzt, daß er glaubte, sein Geist würde ihn verlassen. Es dauerte geraume Zeit, bis er, innerlich zutiefst bewegt, seine beiden Söhne streichelte. Dann wandte er sich fragend dem alten Mönch zu. Der hatte sich inzwischen besonnen. „Diesen Affen hielt ich, als ich noch Novize war“, sagte er. „In der Periode ‚Erschließung und Beginn‘“ (713-741) „führte den kaiserlichen Gesandten Gao Lishi einmal sein Weg hier vorbei. Er war von der Gewitztheit des Affen so angetan, daß er ihn gegen ein paar Rollen Seidenstoff eintauschte. Später hörte ich, er sei mit dem Affen nach Luoyang zurückgekehrt und habe ihn dem Kaiser zum Geschenk gemacht. Damals kamen hier viele kaiserliche Gesandte vorüber, und sie erzählten oft, der Affe wäre schlauer als ein Mensch und lebe völlig zahm im Shangyang-Palast. Was nach der Revolte des An Lushan mit ihm geschah, weiß ich nicht. O weh! Wer hätte gedacht, daß ich dieses seltsame Wesen heute wieder zu Gesicht bekommen würde! Jener Jadering war eine Spende eines Ausländers aus Ostindien. Damals trug ihn der Affe am Hals. Jetzt erinnere ich mich.“

Sun Ke war sehr betrübt. Er blieb mit seinem Boot noch sechs oder sieben Tage an dem Ort. Dann fuhr er mit seinen beiden Söhnen wieder zurück. Er war nicht mehr imstande, sein Amt anzutreten.

Sühne für Zehntausende getötete Tiere

Yu Xian, der Bezirksvorsteher von Tongguan und recht bekannt war, kam im Frühling des Jahres 735, des dreiundzwanzigsten Jahres der Periode „Erschließung und Beginn“, auf dem Wege zum Bezirk Wenxian an einer kleinen strohgedeckten Hütte vorbei. Darin lebte ein Mann, der mit einer Mischung aus Blut, das er aus seinen eigenen Adern abzapfte, und Zinnober den ganzen Kanon der heiligen buddhistischen Schriften abschrieb. Der Mann war etwa sechzig Jahre alt, er war dürr und sah ganz gelb aus. Er hatte schon etliche hundert Kapitel abgeschrieben. Wenn ihn jemand besuchte, pflegte er diesen um eine milde Gabe zu bitten. Manchmal wandte er sich auch an die Begleiter seiner Besucher, die ihm ebenfalls Hilfe zuteil werden ließen.

Der Mann erzählte: „Mein Familienname ist Qutu und mein Vorname Zhongren. Ich bin der Vetter von Qutu Zhongjiang und Qutu Jijiang. Mein Vater war ebenfalls Bezirksvorsteher und hatte ein Gut in Wenxian.“ Qutu Zhongren war sein einziger Sohn, und weil er ihn als kleinen Jungen so liebte, ließ er ihm sämtliche Freiheiten.

Von seiner Wesensart her machte sich Qutu Zhongren nichts aus dem Studieren, er beschäftigte sich lieber mit Glücksspielen und der Jagd. Als sein Vater starb, hinterließ er ihm etliche Dutzend Sklaven, ein riesiges Vermögen an barem Geld und viele Güter. Qutu Zhongren führte ein ausschweifendes

Leben, er gab sich dem Trunk und dem Spiel hin und hatte bald alles verjubelt. Nach einigen Jahren war ihm nur noch das Gut in Wenxian geblieben. Doch auch hier verkaufte er die Felder, riß die Häuser ab und verkaufte das Holz, bis alles außer einer einzigen Halle verloren war.

Er hatte nun keine Sklaven mehr, war arm und ohne Mittel für das tägliche Leben. Da grub er in der Halle den Boden auf und setzte einige Bottiche ein. In diese füllte er Fleisch von Rindern, Pferden und anderen Tieren.

Qutu Zhongren war sehr kräftig. Er hatte einen Knecht mit Namen Moheduo, der genauso stark war und es mit zehn Mann aufnehmen konnte. Mit ihm zog Qutu Zhongren jeden Abend nach Einbruch der Dunkelheit los, um Rinder und Pferde zu stehlen, und zwar immer an Orten, die weiter als fünfzig Li entfernt waren. Wenn sie auf ein Rind trafen, packten sie es bei den Hörnern und trugen es auf dem Rücken. Wenn sie auf ein Pferd oder auf einen Esel trafen, legten sie dem Tier einen Strick um den Hals und schleppten es ebenfalls auf dem Rücken. Zu Hause angekommen, schmetterten sie die Tiere auf die Erde, bis sie tot waren. Dann enthäuteten und zerlegten sie sie. Das Fell und die Knochen warfen sie in eine große Grube hinter der Halle, oder sie verbrannten sie. Das Fleisch aber füllten sie in die Bottiche in der Erde. Sobald es tagte, schickte Qutu Zhongren seinen Knecht in die Stadt, Fleisch zu verkaufen und dafür Reis für sie selber zum Essen zu kaufen. So trieb Qutu Zhongren es über zehn Jahre lang. Da die Orte, an denen er die Tiere stahl, weit entfernt waren, schöpfte niemand Verdacht.

Qutu Zhongren liebte das Töten von Natur aus. Der Raum, in dem er wohnte, war vollgestopft mit Bögen, Pfeilen, Netzen, Fanggabeln und Wurfge-

schossen, und die von ihm getöteten Vögel und Vierbeiner waren unzählbar. Kein Tier, auf das sein Auge fiel, hatte Aussicht, lebend davonzukommen. Selbst wenn er einen Igel zu fassen bekam, umgab er ihn mit Lehm und legte ihn ins Feuer. Wenn der Igel gar war, entfernte er den Lehm, wobei sich Haut und Stacheln mit dem Lehm lösten, und aß das Fleisch. Seine Grausamkeiten waren alle von dieser Art.

Eines Tages erkrankte Moheduo und starb. Einen guten Monat später starb auch Qutu Zhongren. Die Stelle unter seinem Herzen aber war noch warm. Seine alte Amme, die noch am Leben war, behütete seinen Leichnam und bestattete ihn nicht.

Plötzlich erwachte Qutu Zhongren wieder und erzählte die folgende Geschichte: Er war festgenommen und in einen großen Hof gebracht worden, um sich zusammen mit dem Knecht zu verantworten. Dort stand ein Gebäude mit einem Dutzend Räumen, in denen sechs Richter amtierten, jeder in zwei Räumen. Qutu Zhongren sollte sich im westlichsten verantworten, doch der Richter war noch nicht da. So ließ man ihn vor dem Haus warten. Nach einer Weile traf der Richter ein: Es war Zhang An, der Mann seiner Tante, der Assistent des Präfekten Wu Yunzhou. Als er Qutu Zhongren sah, bekam er einen Schreck. Er führte ihn die Stufen hinauf und sagte:

„Als du noch auf der Welt warst, hast du Böses ohnegleichen verübt. Du hast Tausende und aber Tausende von Lebewesen getötet. Jetzt bist du hier. Wie soll ich dir nur aus der Patsche helfen!"

Qutu Zhongren bekam große Angst, machte einen Kotau und fing erbärmlich an zu flehen.

„Warte", sagte der Richter, „ich will die Sache mit meinen Kollegen besprechen." Zu diesen sagte er: „Mein Neffe Qutu Zhongren hat zahllose Verbrechen begangen. Jetzt hat man ihn hierhergebracht, damit er sich verantworte. Seine Lebensfrist ist zwar noch nicht abgelaufen, doch wenn wir ihn freiließen, wären die Geschädigten damit wohl kaum einverstanden. Ich möchte aber eine Möglichkeit finden, ihn lebend zurückzuschicken. Ob es da wohl einen Weg gibt?"

„Da müßten wir einen Rechtskenner holen und ihn befragen", meinten die Richter.

Als der Rechtskenner, ein Mann mit gekrümmtem Rücken in einem azurblauen Gewand, eingetroffen war, fragten ihn die Richter:

„Wir wollen einen Verbrecher freilassen. Gibt es da einen Weg?" Und sie erzählten ihm die ganze Geschichte.

„Es gibt nur einen einzigen Weg", erklärte der Rechtskenner, „aber die Geschädigten müssen damit einverstanden sein. Wenn sie das nicht sind, läßt sich nichts machen."

„Und welcher Weg wäre das?" fragten die Richter.

„All die Lebewesen", antwortete der Rechtskenner, „die Qutu Zhongren getötet hat, sollten mit seinem Leben entschädigt und wieder ins Leben zurückgeschickt werden. Wir müssen sie alle herbeirufen und sie locken, indem wir zu ihnen sagen: Qutu Zhongren ist jetzt hier. Wenn ihr ihn gefressen habt, könnt ihr ins Leben zurückkehren. Das Schaf soll wieder Schaf sein, und das Pferd soll wieder Pferd sein, denn eure Lebensfrist ist noch nicht abgelaufen, und ihr sollt wieder die Gestalt von Tieren annehmen. Doch wenn es dann wieder einen Menschen wie Qutu Zhongren gibt, wird er euch ebenso vertilgen, und die Kette von Tat und Vergeltung wird kein Ende finden. Wenn wir nun aber Qutu Zhongren für eine gewisse Zeit zurückschicken und ihn für euch glückbringende Taten vollbringen lassen, durch die ihr alle eures Tierseins ledig werdet und die Gestalt von Menschen erhaltet, so daß ihr nicht mehr von anderen Menschen getötet werden könnt, wäre das nicht besser? – Wenn die Tiere hören werden, daß sie menschliche Körper bekommen können, werden sie gewiß froh sein. Sollten sie damit einverstanden sein, dann können wir Qutu Zhongren freilassen. Wenn die Tiere aber nicht einverstanden sind, dann gibt es keinen Ausweg."

Nun wurde Qutu Zhongren in Ketten gelegt und in einen der vorderen Räume gebracht. Dann rief man die von ihm getöteten Lebewesen herbei. Der Hof der Richter war an die hundert Mu groß, und die umgebrachten Tiere füllten ihn ganz und gar aus. Da waren Rinder, Pferde, Esel, Maultiere, Schweine, Schafe, Moschustiere, Hirsche, Fasane und Hasen bis hin zu Igeln und Vögeln, zusammen mehrere zehntausend Stück. Sie alle riefen:

„Wozu hat man uns hergerufen?"

„Qutu Zhongren ist hier", antworteten die Richter.

Da fingen die Tiere an zu schreien und sehr böse zu werden. Sie stampften und trampelten und riefen:

„Warum büßt der große Bösewicht noch nicht seine Schuld?"

Und während sie sich so erregten, wurden die Körper der Schweine und Schafe immer größer, bis sie die Maße von Pferden und Rindern angenommen hatten, und auch die Rinder und Pferde wurden mehr als doppelt so groß, wie sie gemeinhin sind.

Dann ließen die Richter den Rechtskenner herein, damit er den Tieren seine Idee vortrage.

Als die Tiere hörten, daß sie die Gestalt von Menschen erhalten könnten, freuten sie sich sehr und nahmen wieder ihre gewöhnliche Größe an. Darauf trieb man sie in ihre Behausungen zurück und holte Qutu Zhongren heraus. Es erschienen zwei Gefängniswärter mit einem Ledersack und einem hölzernen Knüppel. Sie steckten Qutu Zhongren in den Sack und drehten diesen mit dem Knüppel zu, bis das Blut

des Qutu Zhongren aus den Löchern des Sackes heraustroff und den Boden näßte. Und immer weiter preßten sie das Blut aus ihm heraus, bis es vor die Halle rann, nach einer Weile die Stufen erreichte und schließlich drei Chi hoch stand. Dann legten sie den Sack mit Qutu Zhongren wieder in den Raum und schlossen ihn ein.

Jetzt ließen sie die Tiere heraus. Alle riefen: „Du Verbrecher hast uns getötet! Nun trinken wir dein Blut!" Und sie fingen an, das Blut zu trinken, und selbst die Vögel taten mit. Als das Blut alle war, leckten sie noch immer, bis der Boden des Hofes zum Vorschein kam. Während des Trinkens waren sie so voller Wut, daß ihre Körper auf das Mehrfache ihrer eigentlichen Größe anwuchsen, wobei sie ohne Unterlaß schimpften.

Sobald sie mit dem Trinken fertig waren, sagte der Rechtskenner zu ihnen: „Jetzt habt ihr Genugtuung erhalten. Nun lassen wir Qutu Zhongren zurückkehren, damit er Gutes für euch tue und ihr Menschengestalt erhalten könnt.“ Die Tiere waren darüber hocherfreut, nahmen wieder ihre ursprüngliche Größe an und gingen fort.

Sodann ließen die Richter Qutu Zhongren aus dem Sack. Er sah genauso aus wie zuvor. Die Richter sagten zu ihm: „Du hast nun erlebt, daß es eine Vergeltung gibt. Jetzt streng dich an, für dein Glück zu wirken. Wenn du dir selber Blut abzapfst und damit den ganzen Kanon der heiligen buddhistischen Schriften abschreibst, dann kannst du deine Verbrechen zur Gänze sühnen. Wenn du das nicht tust, dann mußt du wiederkommen, und du wirst nie wieder hoffen können, davonzukommen.“

Qutu Zhongren erwachte und tat mit festem Willen, wie ihm geheißen.

Die überführten Diebe

Einstmals lebte in einem abgelegenen Ort nördlich vom Jing-Fluß ein Bauer mit Namen Wang Anguo. Er widmete seine ganze Kraft der Feldarbeit und versorgte sich selber mit Kleidung und Nahrung. Im Winter des Jahres 827, des dritten Jahres der Periode „Kostbare Jahre", stiegen eines Nachts zwei Diebe über die Mauer in sein Anwesen. Sie hatten scharfe Messer bei sich, und Wang Anguo wagte nicht, ihnen Widerstand zu leisten. Sie nahmen alles mit, was Wang Anguo in seinen Räumen hatte, nichts ließen sie übrig.

Wang Anguo hatte einen Sohn. Er hieß Heqi und war sechs oder sieben Jahre alt. Der wachte plötzlich auf und rief: „Diebe!" Sofort gingen die Diebe auf ihn los und machten ihn auf der Stelle nieder. Auch die beiden rotbraunen Esel, die Wang Anguo vor seinem Tor stehen hatte, nahmen sie mit.

Am nächsten Morgen kamen die Dorfbewohner zusammen und berieten, was man tun könne, um die Diebe zu fassen. Plötzlich erschien der Geist von Heqi in der Haustür und rief: „Daß ich sterben mußte, war Schicksal. Wozu wollt ihr euch deswegen viel grämen! Ich gräme mich nur, weil ich nun auf ewig von Vater und Mutter getrennt sein muß." Und er weinte lange und bitterlich.

Es hatten sich fünfzig oder sechzig Nachbarn eingefunden. Sie trockneten ihm die Tränen, und Heqi sagte: „Versucht nicht, die Diebe zu verfolgen. Im

fünften Monat des nächsten Jahres werden sie von selbst zu Tode kommen.“ Danach rief er Wang Anguo herbei, flüsterte ihm die Namen der Diebe ins Ohr und beschwor ihn, sie nicht weiterzusagen.

Im darauffolgenden Jahr zur Erntezeit kamen eines Morgens, als Wang Anguo gerade dabei war, seinen halben Qing Getreide einzubringen, zwei Rinder an und trampelten kreuz und quer auf seinem Feld herum. Wang Anguo führte sie zurück ins Dorf und fragte überall: „Wem gehören diese Rinder, die mir meine Pflanzen beschädigt haben? Ich habe sie eingefangen. Der Eigentümer kann sie zurückhaben, wenn er mir den Schaden ersetzt. Wenn nicht, dann wende ich mich an die Behörden.“

Die Dorfbewohner gingen alle zu ihm. „Diese Tiere“, sagten sie, „gehören keinem von uns.“

Und während sie noch zusammenstanden und die Rinder betrachteten, kamen zwei Fremde und sagten: „Das sind unsere Rinder. Gestern abend sind sie uns ausgebrochen. Wir ahnten nicht, daß sie hierhergelaufen sind. Den Schaden an dem Feld wollen wir Euch doppelt ersetzen, wenn Ihr uns die Tiere zurückgebt.“

Wang Anguo und die anderen Dörfler fragten sie nach der Herkunft der Rinder, und sie zeigten eine Kaufurkunde vor. Daraus ging hervor, daß eines der Rinder gegen rotbraune Esel eingetauscht worden war. Da fiel Wang Anguo ein, was Heqi gesagt hatte. Er erkundigte sich nach den Namen der beiden: Es waren dieselben, die Heqi ihm genannt hatte. Da ließ er die zwei fesseln und sagte: „Ihr seid diejenigen, die im vergangenen Winter meinen Sohn getötet und mir meinen Besitz genommen haben.“

Die beiden Diebe schauten einander an: Nun konnten sie nichts mehr verbergen. „O Himmel! O Schicksal!“ riefen sie. „Jetzt werden wir dem Tode nicht entkommen!" Und sie erzählten den Hergang: „Nachdem wir hier geraubt und gemordet hatten, gingen wir nach Norden und versteckten uns in der Gegend von Ningzhou und Qingzhou. Als wir dachten, daß über die Sache genügend Zeit verstrichen sei, kauften wir die Rinder und machten uns auf, um in die Heimat zurückzukehren. Gestern langten wir mit den Rindern zwanzig Li nördlich von diesem Dorf an. Wir hielten inne und wollten nicht weitergehen, denn wir hatten vor, erst die Dunkelheit der Nacht abzuwarten, um hier vorbeizuziehen. So legten wir uns schlafen. Wir träumten von einem kleinen Jungen, der vielleicht fünf Jahre alt war und nackt herumtanzte. Wir waren ganz verwirrt und benommen. Erst heute morgen kamen wir wieder zu Bewußtsein. Da stellten wir fest, daß die beiden Rinder verschwunden waren. Die Stricke, mit denen wir sie angebunden hatten, waren nicht zerrissen. Es sah aus, als wären die Rinder freigelassen worden. Wir folgten dann ihren Spuren und kamen schließlich hierher. Wir sind in der Tat die Diebe vom vorigen Winter. Wie könnten wir es noch wagen, Euch zu entfliehen?"

Die Leute aus dem Dorf brachten sie in die Bezirksstadt und übergaben sie dem Richter.

Der Fremde mit dem Lockenbart

Als Kaiser Yangdi der Sui-Dynastie in Jiangdu weilte, erteilte er dem Reichsrat Yang Su den Befehl, die westliche Hauptstadt zu verwalten. Yang Su bildete sich auf seine hohe Stellung viel ein. Er glaubte, in dieser Zeit der Wirren käme keiner von den Mächtigen und Angesehenen im ganzen Reiche ihm gleich. Er schwelgte in Ehren und Luxus und überschritt dabei die Grenzen, die einem Staatsdiener gesetzt sind. Sprachen hohe Würdenträger bei ihm vor oder machten ihm Besucher ihre Aufwartung, so empfing er sie stets im Sitzen. Wenn er sich irgendwohin begab, ließ er sich von schönen Mädchen stützen und von Sklavinnen begleiten. Ja er benahm sich, als wäre er der Herrscher. Mit den Jahren steigerte sich das noch: Er dachte nicht mehr an seine Pflichten, sondern hegte die Absicht, selber das Reich vor dem Zusammenbruch zu retten.

Eines Tages kam Li Jing, der spätere Herzog von Wei, damals aber noch ein gewöhnlicher Mann, zu ihm, um ihm einen besonderen Plan zu unterbreiten. Yang Su empfing auch ihn im Sitzen. Li Jing trat vor, verbeugte sich und sagte: „Im Reich herrscht Unruhe, und allenthalben trachten verwegene Leute nach der Macht. Euer Gnaden sind ein bedeutender Diener des Kaiserhauses und müßten es sich zur Gewissenspflicht machen, hervorragende Männer an sich zu ziehen. Deshalb sollten Euer Gnaden Gäste nicht im Sitzen empfangen.“ Da straffte sich Yang Sus Miene,

er erhob sich und entschuldigte sich bei Li Jing. Seine Unterredung mit ihm verlief schließlich sehr erfreulich, er nahm Li Jings Vorschläge zur Kenntnis und zog sich zurück.

Während Li Jing seine Pläne darlegte, hatte ihn eine Sklavin von ansprechendem Äußeren, die einen roten Wedel zum Vertreiben der Fliegen in der Hand hielt und ganz vorn stand, unverwandt angeschaut. Als Li Jing nun aufbrach, folgte ihm die Sklavin mit dem Wedel zu seinem Wagen und fragte einen der Bediensteten, wer der Herr sei, der gerade fortgehe, und wo er wohne. Der Bedienstete beantwortete ihre Fragen, und sie nickte und verschwand.

Nachdem Li Jing wieder in seine Unterkunft zurückgekehrt war, hörte er zu Beginn der fünften Nachtwache plötzlich, daß an die Tür geklopft wurde und jemand leise sprach. Er erhob sich und öffnete. Da stand vor ihm eine Person in einem purpurnen Gewand und mit einer Kappe. An einem Stock trug sie einen Beutel. Li Jing fragte, wer sie sei. „Ich bin die Sklavin mit dem roten Wedel aus dem Hause Yang", sagte sie.

Li Jing ließ sie geschwind herein. Sie legte ihr Obergewand und ihre Kappe ab, und vor ihm stand eine edle Schönheit von achtzehn oder neunzehn Jahren mit einem makellosen Antlitz und in erlesenen Kleidern. Sie verneigte sich. Erstaunt verbeugte er sich ebenfalls.

„Ich habe dem Reichsrat Yang lange gedient", erklärte sie, „und viele Männer aus dem ganzen Lande gesehen, aber keiner von ihnen gleicht Euch. Eine Ranke kann nicht allein wachsen, sie braucht einen Baum als Halt. Daher bin ich zu Euch gekommen."

„Wie das, wo doch Reichsrat Yang die größte Macht in der Hauptstadt hat?" fragte Li Jing.

„Der ist doch nur noch ein lebender Leichnam und

nicht mehr zu fürchten", erwiderte sie. „Alle seine Sklavinnen wissen, daß er keine Zukunft mehr hat, und viele sind ihm schon davongelaufen. Er macht nicht einmal ernsthafte Anstalten, sie verfolgen zu lassen. Ich habe es genau bedacht, macht Euch also keine Sorgen!"

Li Jing fragte sie nach ihrem Familiennamen. Sie sagte, sie heiße Zhang. Er erkundigte sich weiter, die wievielte ihrer Generation sie sei. Sie antwortete, sie sei die Älteste. Als er ihre Haut, ihre Haltung und ihr Gebaren betrachtete, erschien sie ihm wahrlich wie ein Geschöpf des Himmels. Daß er so ganz unversehens in den Genuß ihrer Gesellschaft gekommen war, machte ihm ebenso Freude wie Angst. Tausenderlei Gedanken bedrängten ihn auf einmal und raubten ihm die Ruhe. Hinzu kam noch, daß der Strom der Neugierigen vor seiner Tür nicht abreißen wollte. Nach einigen Tagen hörte er, man sei auf der Suche nach ihr, doch schien man dabei keinen großen Eifer an den Tag zu legen. Er ließ sie männliche Kleidung anlegen und ein Pferd besteigen. So ritt er mit ihr zum Tor hinaus, um nach Taiyuan zu reisen.

Unterwegs machten sie in einem Gasthaus in Lingshi Rast. Das Bett war bereitet, und das Fleisch, das auf dem Ofen kochte, wurde schon gar. Die Dame Zhang stand vor dem Bett und kämmte sich ihr Haar, das bis zum Boden reichte. Li Jing striegelte draußen die Pferde. Da erschien plötzlich ein Mann, mittelgroß, mit einem roten, gelockten Bart. Auf einem hinkenden Esel war er dahergeritten gekommen. Er warf einen Ledersack vor den Ofen hin, ergriff die Kopfstütze, legte sich nieder und schaute der Dame Zhang beim Kämmen zu. Li Jing war erbost, aber da er sich noch nicht schlüssig war, wie er sich verhalten sollte, fuhr er mit dem Striegeln der Pferde fort. Die Dame Zhang betrachtete aufmerksam das

Gesicht des Fremden. Dann raffte sie mit einer Hand ihr Haar zusammen, und mit der anderen gab sie Li Jing hinter ihrem Rücken ein Zeichen, nicht aufzubrausen. Eilends beendete sie ihre Frisur, ordnete ihr Gewand, trat vor den liegenden Fremden hin und fragte ihn nach seinem Namen.

„Ich heiße Zhang", sagte er.

„Auch ich heiße Zang", antwortete sie, „ich könnte also Eure jüngere Schwester sein." Geschwind verneigte sie sich vor ihm und fragte, der wievielte seiner Generation er sei.

„Ich bin der dritte", erwiderte er und fragte sie, die wievielte sie sei.

„Ich bin die Älteste", antwortete sie.

„Heute habe ich großes Glück", sagte er darauf freudig, „ich habe eine jüngere Schwester getroffen."

Dann rief die Dame Zhang Li Jing zu: „Komm doch einmal her, meinen älteren Bruder Drei zu begrüßen!"

Li Jing verneigte sich flink, und alle setzten sich.

„Was kocht Ihr denn hier?" fragte der Fremde.

„Hammelfleisch", gaben die beiden zur Antwort, „es wird wohl schon gar sein."

„Ich habe großen Hunger", sagte der Fremde.

Li Jing ging auf den Markt und kaufte Sesambrot.

Der Fremde zog einen Dolch heraus und zerschnitt damit das Fleisch. Dann aßen sie gemeinsam. Als sie fertig waren, zerteilte der Fremde das übrige Fleisch in kleine Stücke und gab es seinem Esel zu fressen. Alles das ging sehr schnell vor sich.

Dann sagte der Fremde zu Li Jing:

„Nach Eurem Aufzug zu urteilen, seid Ihr ein armer Mann. Wie seid Ihr zu dieser außergewöhnlichen Frau gekommen?"

„Ich bin zwar arm", antwortete Li Jing, „habe aber auch mein Ehrgefühl. Einem anderen würde ich auf diese Frage gewiß nicht antworten. Aber da Ihr als älterer Bruder fragt, will ich nichts verheimlichen.“ Und so erzählte er ihm, wie alles gekommen war.

„Und wo wollt Ihr nun hingehen?“ fragte der Fremde.

„Wir wollen uns in Taiyuan verstecken.“

„Wenn das so ist, dann könnt Ihr also für mich nichts bewirken“, bemerkte der Fremde. „Gibt es hier irgendwo Wein?“ fragte er dann.

„Westlich von diesem Gasthof ist ein Weinladen“, antwortete Li Jing, und er ging ein Maß Wein holen.

Nachdem sie alle einen Schluck getrunken hatten, sagte der Fremde:

„Ich habe etwas Zukost zum Wein, darf ich Euch dazu einladen?“

„Das wage ich kaum anzunehmen“, willigte Li Jing höflich ein.

Der Fremde band seinen Ledersack auf und holte den Kopf eines Menschen, ein Herz und eine Leber heraus. Den Kopf steckte er wieder in den Sack und zerschnitt dann das Herz und die Leber mit seinem Dolch. Gemeinsam aßen sie davon.

„Dies ist das Herz des gewissenlosesten Kerls von der Welt“, sagte der Fremde. „Zehn Jahre lang habe ich ihn mit Groll verfolgt. Jetzt habe ich ihn endlich gefaßt. Ich fühle mich richtig erleichtert. Nach Gestalt und Charakter zu urteilen, scheint Ihr ein tüchtiger Mann zu sein. Wißt Ihr vielleicht, ob es in Taiyuan irgendeinen außergewöhnlichen Menschen gibt?“

„Ich habe dort einmal einen kennengelernt, von dem ich meine, daß er ein wirklich großer Mensch ist“, antwortete Li Jing. „Die übrigen taugen bestenfalls zu Generälen oder Kanzlern.“

„Wie lautet sein Familienname?“

„Wie der meine.“

„Wie alt ist er?“

„Knapp zwanzig.“

„Was tut er zur Zeit?“

„Er ist der Sohn des Generals der Präfektur.“

„Er scheint der zu sein, den ich suche. Ich muß ihn unbedingt sehen. Könntet Ihr bewirken, daß ich mit ihm zusammentreffe?“

„Ein Freund von mir namens Liu Wenjing ist mit ihm gut bekannt. Mit seiner Hilfe wird es möglich sein, daß Ihr ihn kennenlernt. Aber warum wollt Ihr das?“

„Ein Wahrsager hat mir verkündet, daß es in Taiyuan die Ausstrahlung von etwas Außergewöhnlichem gibt, und mir geraten, die Stadt einmal zu besuchen. Wenn Ihr morgen aufbrecht, wann werdet Ihr dann in Taiyuan sein?"

Li Jing überlegte, an welchem Tage sie dort eintreffen würden. Der Fremde sagte: „Erwartet mich am Tage nach Eurer Ankunft in der Morgendämmerung an der Fenyang-Brücke!" Mit diesen Worten bestieg er seinen Esel und ritt fort, so schnell, als ob er flöge. Kaum hatten sie ihm nachgeblickt, da war er auch schon verschwunden.

Li Jing und die Dame Zhang waren erschrocken und zugleich freudig erregt. Erst nach geraumer Weile sagte er zu ihr: „Solch ein kühner Mann betrügt keinen anderen. Wir brauchen wohl keine Angst zu haben."

Zügig reisten sie weiter und erreichten zur vorgesehenen Zeit Taiyuan. Tatsächlich trafen sie den Fremden wieder. Sie freuten sich sehr und gingen gemeinsam zu Liu Wenjing.

„Wir haben einen Physiognomen mitgebracht, der den bewußten jungen Mann sehen möchte", belogen sie Liu Wenjing. „Könntest du ihn herbitten?"

Liu Wenjing hatte seinen Freund seit jeher für einen außergewöhnlichen Menschen gehalten und erst vor kurzem mit ihm darüber gesprochen, in welcher Weise er ihm auf seinem Wege von Nutzen sein könnte. Man kann sich denken, wie ihm zumute war, als er nun plötzlich hörte, daß sein neuer Gast sich aufs Wahrsagen aus den Gesichtszügen verstand. Schnell schickte er einen Boten aus, um jenen Freund einzuladen.

Kaum war der Bote zurückgekehrt, da traf auch schon der bewußte Freund ein. Er trug kein Hemd und keine Schuhe, seine Kleidung bestand nur aus einem Pelz mit umgeschlagenen Ärmeln. Er war in gehobener Stimmung, und seine Gesichtszüge waren alles andere als gewöhnlich.

Der Mann mit dem Lockenbart saß schweigend auf dem hintersten Platz. Als er den Ankömmling sah, stockte ihm das Herz. Nachdem sie einige Schalen geleert hatten, rief der Fremde Li Jing zur Seite und sagte zu ihm: „Dieser Mann ist der wahre Kaiser!" Li Jing gab das an Liu Wenjing weiter, den das mit Freude und Stolz erfüllte.

Als sie dann draußen waren, meinte der Lockenbart: „Ich bin mir zu acht oder neun Zehnteln sicher, möchte aber, daß ein mir befreundeter Daoist ihn noch sieht. Kommt doch bitte an dem und dem Tage zur Mittagszeit in die Weinschenke östlich von der Straße der Pferdehändler. Wenn Ihr unten am Tor diesen Esel und ein mageres Maultier vorfindet, dann sind der Daoist und ich oben in der Schenke. Kommt dann bitte sofort herauf!"

Damit trennten sie sich.

Li Jing und die Dame Zhang taten wieder, wie er sie geheißen hatte. Als sie ihn zur vorgesehenen Zeit aufsuchten, entdeckten sie wie erwartet die beiden Reittiere. Sie rafften ihre Kleider und stiegen die Treppe hinauf. Der Lockenbart und der Daoist tranken sich gerade zu. Als sie Li Jing erblickten, waren sie erfreut und forderten die Ankömmlinge auf, Platz zu nehmen.

Nachdem sie alle zusammen ein Dutzend Schälchen geleert hatten, sagte der Fremde: „Unten im Schrank sind hunderttausend Geldstücke für Euch. Sucht einen verborgenen Platz und bringt dort meine jüngere Schwester Eins unter. An dem und dem Tage treffen wir uns wieder an der Fenyang-Brücke."

Zur festgesetzten Zeit ging Li Jing dorthin. Der Daoist und der Lockenbart waren bereits zur Stelle. Dann begaben sie sich zusammen zu Liu Wenjing. Der hatte gerade ein Schachspiel aufgestellt. Er begrüßte sie, und sie plauderten ein Weilchen miteinander. Liu Wenjing ließ eilends einen Brief zu dem späteren Kaiser Wenhuang bringen, in dem er ihn einlud, beim Schachspiel zuzuschauen. Dann spielte er mit dem Daoisten Schach. Der Lockenbart und Li Jing standen daneben und sahen zu.

Als der spätere Kaiser Wenhuang erschien, waren alle von seiner edlen Erscheinung beeindruckt. Er verbeugte sich und nahm Platz. Sein Blick war voller Glanz und strömte eine solche Frische aus, daß der ganze Raum von einem plötzlichen Luftzug durchweht zu sein schien. Bei seinem Anblick wurde der Daoist sofort traurig. Er machte noch einen Zug und sagte dann: „Die Partie ist verloren! Jetzt ist das Spiel aus! Es gibt keine Rettung mehr! Was soll man da noch sagen!“ Damit ließ er das Schachspiel stehen und bat darum, sich mit dem Lockenbart verabschieden zu dürfen.

Nachdem sie das Haus verlassen hatten, sagte er zu dem Lockenbart: „Diese Welt ist nicht mehr Eure Welt. Anderswo könnt Ihr vielleicht noch Euer Glück versuchen. Strengt Euch an, und laßt's Euch nicht verdrießen!“ Und sie beschlossen, zusammen in die Hauptstadt zu reisen.

Der Lockenbart sagte zu Li Jing: „Auch Ihr solltet mit meiner jüngeren Schweser Eins wieder in die Hauptstadt zurückkehren. Bei der Länge des Weges müßtet Ihr an dem und dem Tage ankommen. Am Tage nach Eurer Ankunft könnt Ihr mich zusammen mit meiner Schwester Eins in meinem bescheidenen Haus in einer Gasse in dem und dem Stadtviertel besuchen. Ihr habt Euch mit meiner jüngeren Schwester Eins zusammengetan, aber Ihr seid ohne jede Habe. Ich möchte Euch meine Frau vorstellen und einiges mit Euch besprechen. Kommt auf jeden Fall zu mir!“ Nach diesen Worten seufzte er und verschwand.

Auch Li Jing trieb sein Pferd an und kehrte zurück.

Als sie die Hauptstadt erreicht hatten, ging Li Jing mit der Dame Zhang zu dem bezeichneten Ort. Dort entdeckten sie ein kleines Tor aus Brettern. Sie klopften an. Das Tor wurde von jemandem geöffnet, der sich verbeugte. „Herr Drei hat mir schon vor längerem aufgetragen, Herrn Li und Fräulein Eins zu empfangen", sagte er und führte die beiden durch die inneren Tore, die zunehmend prächtiger wurden. Vierzig Sklavinnen waren vor dem Haupthof aufgestellt. Zwanzig Sklaven führten Li Jing und die Dame Zhang in die östliche Halle, die mit den wertvollsten und seltensten Dingen angefüllt war. Die Pracht der Truhen, Toilettenkästchen, Spiegel und Juwelen war nicht von dieser Welt.

Nachdem sie sich gewaschen und gekämmt hatten, bat man sie, die Kleider zu wechseln, und sie legten kostbare und ungewöhnliche Gewänder an. Dann wurde ihnen gemeldet: „Herr Drei kommt!"

Der Lockenbart erschien, angetan mit einer seidenen Kappe und in einem Pelz mit umgeschlagenen Ärmeln. Er sah wie ein Herrscher aus. Es war ein freudiges Wiedersehen. Er hieß seine Frau herauskommen und die beiden begrüßen. Auch sie wirkte wie ein himmlisches Wesen.

Sodann bat der Lockenbart die zwei in die Haupthalle, wo ein prächtiges Mahl bereitet war, das selbst in den Häusern von Prinzen und Herzögen seinesgleichen gesucht hätte. Nachdem die vier zusammen gespeist hatten, traten zwanzig Musikantinnen auf und spielten vor ihnen. Sie schienen gleichfalls vom Himmel herabgestiegen zu sein, denn was sie darboten, waren keine Weisen aus der Welt der Menschen. Nach dem Essen wurde Wein gereicht. Hausbedienstete brachten aus der östlichen Halle zwanzig Ruhebetten herbei, über die bestickte Brokattücher gebreitet waren. Sobald sie aufgestellt waren, wurden die Decken abgenommen, und zum Vorschein kamen Schriftstücke und Schlüssel. „Dies sind die Verzeichnisse aller meiner Schätze und meines ganzen Geldes", eröffnete ihnen der Lockenbart. „Meinen gesamten Besitz schenke ich Euch. Und warum wohl? Ich wollte in dieser Welt etwas Großes vollbringen, vielleicht zwanzig oder dreißig Jahre lang um die Herrschaft kämpfen und mir Verdienste erwerben. Doch was soll ich nun noch hier bleiben, da der Herrscher bereits da ist? Jener Li aus Taiyuan, das ist der wahre, überragende Herrscher. Innerhalb von drei bis fünf Jahren wird er Frieden schaffen. Ihr mit Euren hervorragenden Fähigkeiten solltet diesem Herrscher und Friedensbringer dienen, Euer Herz und Euer Bestes hingeben, und Ihr werdet die höchsten Ämter erlangen. Meine jüngere Schwester Eins mit ihrer Gestalt einer Himmelsfee und ihren außerordentlichen Gaben wird ihren Gatten bei seinem Aufstieg begleiten und seine Ehren noch vermehren. Nur sie konnte Euer Wesen erkennen, und nur durch Euch kann auch sie zu höchsten Ehren gelangen. Daß sich jetzt die Besten des ganzen Landes wie verabredet zusammenfinden, daß sich beim Brüllen des Tigers der Sturm erhebt, daß sich beim Ruf des Drachen die Wolken zusammenballen – all das ist gewiß kein Zufall. Steht mit meinem Geschenk dem wahren Herrscher zur Seite und helft ihm bei seinem Werk! Gebt Euch Mühe! Wenn sich nach zehn Jahren tausend Li von hier im Südosten etwas Außergewöhnliches ereignet, dann ist das der Zeitpunkt, da meine Sache Erfolg hat. Dann könnt Ihr beide, nach Südosten gewandt, ein Weinopfer darbringen und mich beglückwünschen." Darauf befahl er den Hausbediensteten, sich aufzustellen, und sagte zu ihnen: „Herr Li und meine jüngere Schwester Eins sind von nun an Eure

Herrschaft!" Nach diesen Worten stieg er mit seiner Frau zu Pferde und ritt, gefolgt von einem Sklaven, davon. Schon nach wenigen Schritten waren sie nicht mehr zu sehen.

Im Besitz des Hauses, war Li Jing nun einer von den Großen. Er hatte ein Vermögen erlangt, mit dem er dem späteren Kaiser Wenhuang bei der Erringung der Macht helfen konnte. So schafften sie Ordnung im Reiche.

Im Jahre 636, dem zehnten der Periode „Tugendhafter Anblick", als Li Jing Kanzler war, kam von den Barbaren des Südens eine Meldung, die lautete: „Tausend Schiffe und hunderttausend Soldaten sind in das Reich Fuyu eingedrungen. Sie haben den Herrscher getötet und einen eigenen Herrscher eingesetzt. Die Lage im Lande ist bereits wieder ruhig."

Da wußte Li Jing, daß der Lockenbart seine Sache zum Erfolg geführt hatte. Zu Hause erzählte er dies der Dame Zhang. Sie legten festliche Kleider an, sprachen ihren Glückwunsch aus, brachten nach Südosten hin ein Weinopfer dar und verneigten sich.

Aus diesen Ereignissen ist zu ersehen, daß selbst ein großer Held nicht unbedingt den Aufstieg zum wahren Herrscher erhoffen kann – und wie erst einer, der nicht einmal ein Held ist! Untertanen, die verräterisch auf Umsturz sinnen, gleichen Gottesanbeterinnen, die rollende Wagenräder aufhalten wollen. Daß unserem Herrscherhaus Myriaden von Generationen hindurch glückliches Gedeihen beschieden ist, hat seinen Grund. Manche sagen übrigens, der Herzog von Wei habe seine Künste im Kriegführen zur Hälfte von dem Lockenbart übermacht bekommen.

Der Mönch Yixing

Der Mönch Yixing hieß ursprünglich Zhang Sui und stammte aus Julu. Einst rief ihn der Kaiser Xuanzong der Tang-Dynastie an den Hof und fragte ihn, welche besonderen Fähigkeiten er habe. Yixing erwiderte, er verstehe sich nur auf eines: alles im Gedächtnis zu behalten, was er einmal gesehen habe. Da befahl der Kaiser einem Haremsaufseher, die Liste der Palastdamen herbeizuholen und sie dem Mönch vorzulegen. Yixing las sie durch, und sie wurde wieder zurückgebracht. Yixing behielt sie aber so fest im Gedächtnis, als hätte er sie sein Leben lang studiert. Nachdem Yixing mehrere Seiten aufgesagt hatte, stieg Xuanzong unwillkürlich vom Thron, vollzog vor dem Mönch eine Ehrenbezeigung und nannte ihn einen Heiligen.

Anfangs, als Yixing sich gerade den Buddhisten angeschlossen hatte, diente er auf dem Berge Songshan seinem Lehrer Puji. Der richtete einmal im Kloster ein Essen aus und lud dazu alle Mönche und Eremiten ein. Aus einem Umkreis von mehreren hundert Li kamen alle pünktlich herbei, insgesamt mehr als tausend. Damals lebte auf dem Songshan als Eremit Lu Hong, der von hoher Tugend war und über ein reiches Wissen verfügte. Ihn hatte Puji gebeten, eine Lobrede auf die bevorstehende Zusammenkunft zu verfassen.

Als der Tag heran war, kam Lu Hong mit seinem Text in das Kloster und übergab ihn Puji. Dieser legte das Werk auf einen Tisch. Man begann bereits mit dem Schlagen der Glocken und dem Rezitieren von Versen, da sagte Lu Hong zu Puji: „Ich habe einen Text von mehreren tausend Worten geschrieben. Doch meine Handschrift ist ungewöhnlich, und meine Formulierungen sind ausgefallen. Könntet Ihr nicht unter den Mönchen einen besonders verständigen auswählen, dem ich alles erklären kann?"

Puji ließ Yixing rufen und reichte ihm lächelnd die Schrift. Der las sie nur einmal durch und legte sie wieder auf den Tisch. Diese oberflächliche Art machte auf Lu Hong keinen guten Eindruck, und er tadelte Yixing innerlich.

Bald darauf versammelten sich alle Mönche in der Halle. Yixing raffte seine Ärmel, trat entschlossen vor und erhob die Stimme zu einem wohlgegliederten Vortrag. Kein einziges Wort aus dem Text hatte er vergessen. Lu Hong war zutiefst bewegt. „Dem könnt Ihr nichts mehr beibringen", meinte er zu Puji, „den solltet Ihr frei umherreisen und seinen Studien nachgehen lassen."

Da Yixing die Absicht hatte, die mathematische Dayan-Methode zu ergründen, machte er sich von nun an auf die Suche nach Leuten, die ihm als Lehrer dienen konnten, und schreckte dabei auch nicht vor Reisen von vielen tausend Li zurück.

Eines Tages kam er zum Tempel der Reinheit des Reiches im Tiantai-Gebirge. Der Tempel hatte einen Hof, in dem in einer Länge von etlichen zehn Bu alte Kiefern standen. Vor dem Tor floß ein Bach entlang. Yixing stand zwischen Tor und Blendmauer und hörte, wie ein Mönch im Hof leise vor sich hin murmelnd Berechnungen anstellte. Dann sagte der Mönch zu seinen Schülern: „Heute wird ein Schüler kommen und mich nach meinen Berechnungsmethoden fragen. Er müßte schon am Tor sein. Will ihn denn nicht einer von Euch hereinführen?" Er mur-

melte eine weitere Berechnung und fuhr dann fort: „Der Bach vor dem Tor müßte heute umkehren und nach Westen fließen, und der Schüler müßte eingetroffen sein." Nach diesen Worten betrat Yixing den Hof, machte vor dem Mönch einen Kotau und bat ihn um Unterweisung.

So gab der Mönch alle seine Berechnungsmethoden an Yixing weiter. Und der Bach vor dem Tor, der immer ostwärts geflossen war, hatte plötzlich seine Richtung geändert und floß nach Westen.

Einstmals sagte der Daoist Xing Hepu zu dem Daoisten Yin Yin: „Yixing ist wohl ein Heiliger! Zur Han-Zeit hatte Luoxia Hong einen Kalender aufgestellt und gesagt: ‚Nach achthundert Jahren wird es eine Verschiebung von einem Tag geben, und es wird ein Heiliger kommen, der den Kalender korrigiert.' In diesem Jahre ist die Frist abgelaufen, und Yixing hat den Dayan-Kalender gemacht – genau zu der Zeit, da die Verschiebung eingetreten ist. Luoxia Hongs Worte trafen also zu."

Ein andermal suchte Yixing den Daoisten Yin Chong auf, um sich das „Taixuanjing" des Yang Xiong auszuleihen. Schon wenige Tage später ging er wieder zu ihm und gab ihm das Buch zurück.

„Dieses Buch hat einen tiefen und weitreichenden Sinn", sagte Yin Chong. „Ich suche seit Jahren danach und habe ihn immer noch nicht verstehen können. Ihr solltet den Versuch machen, ihn zu erforschen, statt mir das Buch so schnell zurückzugeben."

„Ich habe seinen Sinn bereits ergründet", erwiderte Yixing und legte Yin Chong die von ihm angefertigte „Tafel der Dunklen Stellen des Dayan" und die von ihm angefertigte Schrift „Von den Methoden der Rechtlichkeit in einem Kapitel" vor. Yin Chong war zutiefst bewegt und meinte zu anderen, Yixing sei ein wiedergeborener Yanzi.

In Yixings Jugend lebte seine Familie in großer Armut. Eine Nachbarin, Frau Wang, hatte sie lange Zeit mit viel Geld unterstützt. Yixing dachte immer daran, ihr das eines Tages zu vergelten. In der Periode „Erschließung und Beginn“ nun, als Yixing die Hochachtung des Kaisers Xuanzong genoß, durfte er jeden Wunsch äußern. Zu der Zeit geschah es, daß sich der Sohn von Frau Wang eines Mordes schuldig machte. Noch bevor das Urteil gefällt wurde, suchte Frau Wang den Yixing auf und bat ihn, ihren Sohn zu retten.

„Wenn Ihr Geld haben wollt“, erwiderte ihr Yixing, „so will ich Eure einstige Güte zehnfach vergelten. Doch wenn unser Herrscher das Recht anwenden muß, so kann man ihn wohl kaum auf seine Gefühle hin ansprechen. Oder was erwartet Ihr?“

Da ballte Frau Wang die Fäuste und schimpfte laut:

„Was nutzt es mir nun, daß ich diesen Mönch kenne!“

Yixing aber verabschiedete sich und kümmerte sich nie wieder um sie.

Als Yixing sich mit der Armillarsphäre beschäftigte, mußten dazu im Tempel allerhand Bauarbeiten ausgeführt werden. Bei der Gelegenheit ließ er seine Zelle ausräumen und dort einen großen Kessel aufstellen. Dann wählte er insgeheim zwei Tempelsklaven aus, gab ihnen Säcke und sagte zu ihnen: „In der und der Ecke eines bestimmten Stadtviertels liegt ein verlassener Garten. Verbergt euch dort und gebt acht! Vom Mittag bis zum Einbruch der Dunkelheit werden dort sieben Ungetüme auftauchen. Die sollt ihr alle fangen. Verfehlt ihr auch nur eines, so erwarten euch Prügel.“

Die Sklaven gehorchten und zogen los. Als es Abend geworden war, kam in der Tat eine Rotte

Schweine an. Die Sklaven fingen sie alle ein und gingen wieder zurück.

Yixing empfing sie mit großer Freude. Er ließ die Schweine in den Kessel legen, deckte ihn mit einem hölzernen Deckel zu und verschloß ihn mit Mörtel. Dann schrieb er mit roter Tusche ein paar Dutzend Wörter in Sanskrit darauf. Von seinen Schülern wußte keiner, was das bedeuten sollte.

Am nächsten Morgen klopfte ein Bote aus dem Palast ans Tor und überbrachte eine dringende Einladung für Yixing. Der Kaiser Xuanzong empfing Yixing in seiner Ruhehalle und fragte ihn:

„Der Hofastronom hat mir berichtet, daß in der letzten Nacht das Sternbild des Großen Wagens nicht zu sehen war. Was ist das für ein Vorzeichen? Kennt Ihr ein Opfer, das man zur Abwehr darbringen könnte?"

„Zur Zeit der Späteren Wei verschwand einmal der Mars", antwortete Yixing, „doch daß der Große Wagen nicht mehr zu sehen ist, das hat es seit dem Altertum noch nie gegeben. Sicher will der Himmel Eurer Majestät eine gewichtige Warnung zukommen lassen. Wenn der Existenz des gemeinen Volkes Gefahr droht, stellen sich Frost und Dürre ein. Wenn dann Euer Majestät dank Eurer überragenden Tugend Mitgefühl zeigen, können solche Katastrophen wieder beseitigt werden. Doch das aufrichtigste Mitgefühl – bedarf es etwa erst der Katastrophen? Wir Buddhisten halten zürnenden Herzens alle leichtfertige Fröhlichkeit für schlecht und bringen mitfühlenden Herzens selbst Teufeln Niederlagen bei. Nach meiner unbedeutenden Ansicht wäre es das beste, für das ganze Reich eine Amnestie zu erlassen."

Xuanzong folgte diesem Rat, und schon am selben Abend berichtete der Hofastronom, daß ein Stern vom Großen Wagen wieder erschienen sei. Nach insgesamt sieben Tagen waren alle seine Sterne wieder vollzählig.

Am Ende der Periode „Erschließung und Beginn" war Pei Kuan Präfekt von Henan. Er war ein gläubiger Anhänger Buddhas und hatte den Chan-Meister Puji zum Lehrer. Eines Abends ging er zu ihm, um bis zum nächsten Tag dort zu bleiben.

Als Pei Kuan bei Puji eintraf, sagte dieser: „Ich habe noch eine kleine Angelegenheit zu erledigen und noch keine Zeit, mit Euch zu plaudern. Ruht Euch erst einmal ein wenig aus!"

Pei Kuan begab sich mit angehaltenem Atem in eine leere Kammer. Von dort aus konnte er beobachten, wie Puji die Haupthalle reinigte, Räucherwerk entzündete und sich in gemessener Haltung niedersetzte. Er hatte noch nicht lange so gesessen, als es am Tor pochte. Es wurde gemeldet, der Astronom und Mönch Yixing sei eingetroffen.

Kaum hatte Yixing den Raum betreten, vollzog er vor Puji eine Ehrenbezeigung. Dann sagte er ihm leise etwas ins Ohr, wobei seine Miene äußerst ehrerbietig war. Puji machte nur Zeichen der Zustimmung und sagte: „Ihr dürft alles, was Ihr wollt." Daraufhin vollzog Yixing wieder eine Ehrenbezeigung und sprach dann weiter. So ging es dreimal, und Puji sagte immer nur: „Ja, ja! Ihr dürft alles, was Ihr wollt."

Nach diesem Gespräch ging Yixing die Stufen hinab, begab sich in einen Raum an der Südseite des Hofes und schloß eigenhändig die Tür. Puji aber befahl bedächtig seinen Schülern: „Laßt die Glocke schlagen! Der Mönch Yixing ist ins Nirwana eingegangen."

Alle eilten hin, um nachzusehen. Es war so, wie Puji gesagt hatte.

Pei Kuan aber legte nach dem Tode des Yixing Trauerkleidung an und bestattete ihn, wobei er selber dem Toten barfuß bis zur Stadt hinaus das Geleit gab.

Wen Zhang, der Präfekt der Hauptstadt

Wen Zhang war 872, in dem Jahr mit den zyklischen Zeichen „Renchen" der Periode „Allgemeines Durchdringen", Präfekt der Hauptstadt. Sein Wesen war von Habgier bestimmt, und er schreckte selbst vor Morden nicht zurück. Wegen der Grausamkeit, die er auch Unschuldigen gegenüber walten ließ, fürchteten ihn die Leute, und so galt er als einer, der über alle Fähigkeiten verfügt, die Ordnung aufrechtzuerhalten.

Nach einer alten Regel hatte bei einer Ausfahrt des Präfekten in den Straßen der Hauptstadt, durch die er zog, Ruhe zu herrschen, und die Tore zu den Stadtvierteln mußten geschlossen werden. Wenn jemand auf dem Wege vor ihm lachte, wurde er sofort zu Tode geprügelt.

Im Herbst dieses Jahres zog Wen Zhang durch die Straßen der Hauptstadt südwärts in Richtung auf das Fünffache Tor zu. Da erhob sich ein brausender Wind, und ein alter, buckliger Daoist in abgerissenen Kleidern und mit einem Stock schickte sich an, den Zug des Präfekten zu durchqueren. Leute aus dem Gefolge riefen ihn an, konnten ihm aber nicht Einhalt gebieten. Wen Zhang befahl, den Mann festzunehmen und ihm zwanzig Prügelschläge auf den Rükken zu verabfolgen.

Nachdem diese Strafe vollzogen war, schüttelte der Daoist nur seine Ärmel und ging weiter, als verspüre er keine Schmerzen. Darüber wunderte sich Wen

Zhang. Er rief einen alten Straßenbüttel herbei und befahl ihm, dem Daoisten insgeheim zu folgen, ihn zu beobachten und zu hören, was er sage. Dazu wies er ihn an, sich ebenfalls als Daoist zu verkleiden.

So ging der Straßenbüttel dem Daoisten nach. Gegen Abend passierten sie das Lanling-Viertel. Südwärts gehend, kamen sie in eine kleine Gasse und gelangten vor ein ungefüges Tor. Hier war der Wohnsitz des Daoisten. Der Büttel trat hinter ihm durch das Tor. Mehrere Daoisten kamen heraus, erwiesen dem Daoisten sehr ehrerbietig ihre Reverenz und fragten:

„Warum hat sich der Wahre Herr so verspätet?"

„Ich wurde von einem gewalttätigen Kerl beleidigt", antwortete er. „Ihr könntet mir warmes Wasser bereitstellen."

Der Daoist ging voran, und Sklavinnen und Sklaven folgten ihm ins Innere. Sie durchschritten mehrere Tore, und der Büttel ging hinter ihnen her. Die Hallen wurden immer prächtiger, und edler Bambus säumte den Weg. Es war wie im Anwesen eines Prinzen oder Herzogs.

Sie waren noch nicht in den Haupthof gelangt, da blickte sich der Wahre Herr um und sagte: „Wie kommt es, daß hier über allem der Dunst von etwas Gemeinem liegt?"

Die Daoisten machten sich sofort daran, zu suchen. Da der Büttel keine Möglichkeit hatte, sich zu verstecken, wurde er schnell von ihnen aufgespürt und vor den Wahren Herrn geführt. Der Büttel machte vor dem Wahren Herrn einen Kotau und verneigte sich. Dann erzählte er, was Wen Zhang im Sinne hatte.

Der Wahre Herr brach in gewaltigen Zorn aus. „Weiß denn dieser grausame Rohling von einem Präfekten nicht, daß seiner ganzen Sippe Unheil droht

und daß ihn der Tod ereilen wird?" rief er. „Und er wagt es, andere nach Willkür zu mißhandeln – das ist ein unverzeihliches Verbrechen!" Dann schalt er den Straßenbüttel und hieß ihn sich fortscheren. Der Büttel verneigte sich, dankte und ging schleunigst hinaus. Er eilte zurück zum Präfekturgebäude und bat darum, bei Wen Zhang vorgelassen zu werden. Es war schon tiefe Nacht.

Als Wen Zhang hörte, daß der Büttel angekommen sei, erhob er sich voller Schrecken und empfing ihn in seinen Privatgemächern. Der Büttel erzählte alles, was er erlebt hatte. Wen Zhang war höchst erstaunt.

Am Abend des folgenden Tages rief er den Büttel wieder zu sich und ließ ihn hereinführen. Sobald das Signal der Straßentrommel verklungen war, machte sich Wen Zhang in gewöhnlicher Kleidung zusammen mit dem Büttel auf den Weg zu dem Anwesen der Daoisten. Gegen Morgen klopfte der Büttel an das Tor. Jemand öffnete und fragte, wer da sei. „Der Minister Wen Zhang aus der Hauptstadt macht dem Wahren Herrn seine Aufwartung", antwortete der Büttel.

Da wurde das doppelte Tor geöffnet. Der Büttel ging vor, verneigte sich und kündigte noch einmal an: „Der Präfekt der Hauptstadt Wen Zhang!" Wen Zhang trat ein und verneigte sich ebenfalls.

Der Wahre Herr saß in der Halle. Er trug einen fürstlichen Hut und ein Gewand der Neun Regenbogenfarben und sah sehr majestätisch aus. Wen Zhang beugte sich nieder und begann sich zu rechtfertigen: „Angesichts der vielen in der Hauptstadt lebenden Menschen bin ich mit Amtspflichten überhäuft. Meine Macht gründet sich darauf, daß ich Strenge walten lasse. Wenn die Furcht vor mir auch nur ein wenig nachläßt, dann verringert sich sogleich meine Autorität. Gestern bin ich, ohne es zu bedenken,

Euch Großem Unsterblichem zu nahe getreten und habe dadurch Schuld auf mich geladen. Daher komme ich jetzt, meine Schuld zu bekennen. Mein Glück wäre es, wenn mir Erbarmen geschenkt würde."

„Du hast dir einen Namen gemacht, weil du das Töten duldest", warf ihm der Wahre Herr vor, „und strebst unermüdlich nach eigenem Vorteil. Und nun, da das Verderben dich ereilen wird, spielst du dich noch mit deiner Autorität auf!"

Wen Zhang verneigte sich viele Male und flehte unaufhörlich um Erbarmen, doch der Wahre Herr verharrte in seinem Zorn und willigte nicht ein.

Etwas später kam ein Daoist aus dem östlichen Seitengang, nahm in ehrerbietiger Haltung vor dem Wahren Herrn Aufstellung, kniete dann nieder und sprach: „Dieser Mann hat sich zwar schuldig gemacht, aber er ist immerhin ein Beamter des Kaisers. Der Wahre Herr weiß doch genau, was sein Amt alles einschließt. Man könnte sich ihm gegenüber zu ein wenig Höflichkeit herablassen."

Nach diesen Worten befahl der Wahre Herr dem Daoisten, Wen Zhang in die Halle hinabzuführen. Dort wurde für ihn eine kleine Bank aufgestellt. Der Wahre Herr hieß ihn sich setzen und ließ ihn mit einigen Bechern Wein bewirten. Die zornige Miene des Wahren Herrn aber glättete sich nicht.

„Es ist gewiß schwierig, diesem Mann sein Vergehen völlig zu vergeben", fuhr der Daoist fort. „Doch der Wahre Herr ist in Verkleidung in der Welt des Staubes umhergegangen – wie sollte der gewöhnliche Mann ihn erkennen? Denkt an die Geschichte vom Weißen Drachen, der in Gestalt eines Fisches vom Fischer Yu Qie verletzt wurde!"

Der Wahre Herr schwieg. Nach geraumer Zeit sagte er dann: „Deiner Familie soll verziehen werden.

Dies hier aber ist kein Ort, an dem du länger verweilen kannst.“

Wen Zhang erhob sich, verneigte sich im Hofe, dankte und ging fort. Zusammen mit dem Straßenbüttel eilte er zum Präfekturgebäude zurück. Da ertönte auch schon der Schlag der Morgenglocke. Menschen, die ihm nahestanden, erzählte er zwar von dem Vorfall, doch trug er ihnen auf, die Sache geheimzuhalten und niemandem etwas davon zu sagen.

Im Jahre darauf starb die Prinzessin von Tongchang. Der Kaiser Yizong grämte sich darüber ohne Unterlaß und zürnte, weil Arzneien und Präparate nicht ihre Wirkung getan hatten. Er beauftragte die Präfektur der Hauptstadt, den Arzt Han Zongshao und drei weitere Ärzte peinlichst zu befragen und sie dann zu bestrafen. Wen Zhang aber spielte ihre Schuld herunter und verzögerte ihre Bestrafung. Dafür erhielt er von Han Zongshao und den anderen Ärzten Gold, kostbare Gürtel und andere Dinge, insgesamt viele zehntausend Geldstücke wert. Die Sache kam aber heraus. Da nahm Wen Zhang Gift und schied so aus dem Leben.

Die gewitzte Sklavin Queyao

Eine Sklavin des Überwachungskommissars von Hunan, Li Yu, hieß Queyao. Sie war von gefälligem Aussehen und sehr zungenfertig. Die üblichen Zeremonien zu Beginn und in der Mitte eines jeden Monats wie auch die Besuche bei der Verwandtschaft – all das wurde von Queyao wahrgenommen. Li Yu hatte etliche Dutzend Sklavinnen, aber keine kam ihr gleich. Sie konnte geschickt schmeicheln und verstand es, ihrer Herrschaft die Wünsche vom Gesicht abzulesen. Auch die Verwandten empfanden Sympathie für sie.

Li Yu hatte vier Söhne. Der älteste hieß Yanxi, der zweite Yanfan und der dritte Yanzuo. Dies waren die drei älteren. Der jüngste war Junker Fünf. Jugendlich und verwegen, wie sie waren, wollten alle mit Queyao schlafen, erreichten bei ihr aber nichts.

Einmal, zum Qingming-Fest, stand eine zarte Mondsichel lieblich am Himmel, und die Blüten im Hof prangten üppig. Vor der Haupthalle hingen gestickte Vorhänge, und das Haus erstrahlte im Lampenschein. Da begegnete Queyao im Schatten der Kirschblüten dem ältesten Sohn. Der hielt sie fest und bedrängte sie mit seinem Begehren. Queyao nahm eine Matte, gab sie ihm und sagte: „Wartet in der Südostecke des Hofes auf mich. Wenn man in der Halle vorn fest schläft, werde ich kommen."

Als der älteste Sohn fort war, traf sie im Gang den zweiten Sohn, der mit ihr zu scherzen anfing. Queyao

nahm wieder eine Matte, reichte sie ihm und sagte: „Wartet in der Nordostecke des Hofes auf mich.“

Kaum war der zweite Sohn verschwunden, da geriet sie an den dritten, der sie umschlang. Queyao nahm abermals eine Matte, gab sie ihm und sagte: „Wartet in der Südwestecke des Hofes auf mich.“

Als auch der dritte Sohn gegangen war, kam ihr Junker Fünf entgegen und faßte ihre Hand mit so festem Griff, daß sie sie nicht lösen konnte. Queyao nahm wieder eine Matte, gab sie ihm und sagte: „Wartet in der Nordwestecke des Hofes auf mich.“

Nun waren alle vier Söhne fort. Yanxi verharrte in der Hofecke mit angehaltenem Atem. Die Tür zum Hof war bis auf einen Spalt geschlossen. Da sah er seine drei Brüder nacheinander ankommen und bemerkte, wie jeder in eine Ecke ging. Im Herzen wunderte er sich zwar, aber er wagte nicht, sich zu rühren.

Bald darauf entzündete Queyao insgeheim eine Kerze und eilte in den Hof. Dort öffnete sie beide Türflügel, so daß Yanxi und die anderen nun im Licht standen und rief: „Ach, Ihr Armen! Wie könnt Ihr Euch hier eine Stelle zum Übernachten suchen!“

Alle vier ließen die Matten fallen, bedeckten ihre Gesichter mit den Händen und liefen fort. Queyao folgte ihnen noch und lachte sie aus. Von da an schämten sich die Söhne und ließen es ihr gegenüber an Achtung nicht fehlen.

Ein altes Unrecht wird wiedergutgemacht

Cui Jie hatte den Posten des Präfekten von Henan inne. Er war ein Vorbild für alle Beamten im Reiche, denn er strafte die Bösen und rottete die Gewalttätigen aus.

Vordem gab es einmal einen Kaufmann namens Wang Kejiu, der sehr wohlhabend war. Alljährlich reiste er umher, handelte mit Tee und kehrte stets mit reichem Gewinn zurück. Einst begab er sich, wohlversehen mit Geld, in das Gebiet von Chu. Als er auf der Rückreise mit seinem Boot gerade die Stadt Pengmen erreicht hatte, geriet er in den Aufstand des Pang Xun und wurde im Gebiet der Rebellen aufgehalten, so daß er nicht zur vorgesehenen Zeit nach Hause zurückkehren konnte.

Wang Kejiu besaß eine junge und hübsche Frau. Da sie keine Brüder oder Söhne hatte, dingte sie gegen hohes Entgelt Männer, die sich an den Grenzen des Gebietes der Aufständischen nach Wang Kejiu erkundigen sollten. Doch keiner von ihnen konnte Wang Kejius Spuren ausfindig machen. Einer meinte, die Rebellen hätten ihn bereits getötet und seine Habe sei von ihnen gestohlen worden.

Zu der Zeit lebte in Luoyang ein gewisser Yang Qianfu, der sich als Wahrsager einen Namen gemacht hatte. Eines Tages wandte sich die Frau mit einer Rolle Seidenstoff an ihn, damit er ihre Zweifel beseitige. Yang Qianfu, der mit ihrer Angelegenheit schon vertraut war, hatte es auf ihren Besitz abgese-

hen. Er gedachte sie mit einem Trick an sich zu ketten. Sogleich legte er die Schafgarbenstengel bereit und sprach ein Gebet. Nachdem er die sechs Linien des Hexagramms ermittelt hatte, sagte er: „Ist der, um den Ihr Euch sorgt, nicht Euer Mann? Der ist längst nicht mehr am Leben. Das Orakel deutet darauf hin, daß er bereits im Grabe liegt. Er ist getötet worden, als man ihn beraubte."

Die Frau brach in Klagen und Tränen aus und wollte wieder gehen. Yang Qianfu aber tröstete sie: „Heute ist es schon spät. Ich empfehle Euch, einen günstigen Tag auszuwählen, an dem Ihr am frühen Morgen wieder zu mir kommt. Dann werde ich für Euch noch einmal das Orakel stellen."

Die Frau glaubte, er meine es ehrlich. So ging sie an einem anderen Tag wieder zu ihm und ließ ihn das Orakel stellen. Doch das Ergebnis war das gleiche wie beim erstenmal.

„O ihr Geister! Wie seltsam!" rief er aus. „Es besteht tatsächlich keine Aussicht mehr!" Dann fuhr er fort: „Aber zu klagen ist nicht das, was sich jetzt für Euch zu tun geziemt. Ihr solltet einen Tag bestimmen, an dem eine Trauerzeremonie abgehalten werden kann, zu dem ein Buddhabildnis gemalt werden soll und an dem die Mönche beköstigt werden, damit sie für Euren Mann Glück im Jenseits erflehen."

Die Frau war betrübt und zugleich beschämt. Sie glaubte, seine Worte seien aufrichtig gemeint, und überließ es ihm, alle nun notwendigen großen und kleinen Dinge zu regeln. Und die Art, wie er das in die Hand nahm, entsprach ganz und gar ihren Wünschen.

Später sagte er dann zu ihr: „Wenn eine Frau so allein lebt und noch dazu ein großes Vermögen hat, so kann das in dieser Zeit, da allenthalben Banditen ihr Unwesen treiben, für sie leicht böse enden. Ihr solltet

Euch von Eurer Liebe zu dem Toten lösen und Euch eine sichere Zuflucht suchen."

Die Frau aber ging darauf zunächst nicht ein. Da ließ er nachts ihr Haus mit Steinen bewerfen, um ihr Angst zu machen, und am Tage erzählte er ihr von Banditen, um ihr Schrecken einzujagen. Schließlich schickte er eine Heiratsvermittlerin zu ihr, die sie überreden sollte. Endlich willigte die Frau aus Dankbarkeit für das, was er für sie getan hatte, ein, ihn zu heiraten.

Nun hatte Yang Qianfu erreicht, was er wollte. Sogleich legte er ein Verzeichnis von dem an, was er jetzt besaß. Er hatte wahrlich ein gewaltiges Vermögen erworben. Ein paar Tage später verkaufte er sein altes Haus und bezog zusammen mit seiner Frau einen neuen Wohnsitz nördlich vom Luo-Fluß.

Ein Jahr darauf wurde in Pengmen die Ruhe wiederhergestellt. Im ganzen Reich herrschte nun Frieden. Durch einen Erlaß wurde verfügt, die Rädelsführer gefangenzusetzen und denen, die nur mitgemacht hatten, zu vergeben. Sie erhielten schriftliche Bestätigungen und konnten damit in ihre Heimat zurückkehren.

Auch Wang Kejiu durfte sich mit geschorenem Haupt, ohne ein Stück von seiner Habe mitzunehmen, auf den Heimweg machen. Er war völlig geschwächt, und sein Körper war mit Schwären bedeckt. Den ganzen Weg über mußte er betteln. Und als er schließlich angekommen war und sein Haus betreten wollte, da hatte es bereits seinen Besitzer gewechselt. Überall erkundigte er sich nach seiner Frau, doch niemand wußte etwas über ihren Verbleib. So zog er unter lautem Wehklagen hungernd und frierend umher. Endlich fand sich jemand, der etwas wußte und ihm den neuen Wohnsitz seiner Frau zeigte. Doch als er sie und Yang Qianfu aufsuchte, empfingen ihn die beiden mit grimmigen Blicken am Tor. Er wollte sie höflich begrüßen, aber sie schmähten und schlugen ihn, so daß er gerade noch mit dem Leben davonkam. Der Frau hatte die unerwartete Wiederkehr ihres Mannes einen großen Schrecken versetzt, doch sie stand jetzt unter der Macht des Yang Qianfu.

Wang Kejiu konnte dieses Unrecht nicht ertragen. Er reichte bei der Präfekturverwaltung eine Klage ein. Doch bevor der Beamte für Rechtsangelegenheiten begann, die Sache zu untersuchen, hatte Yang Qianfu ihn bereits bestochen. Der Beamte ließ die Frau eine Erklärung abgeben und behauptete dann, der Mann lüge und gebe sich nur für Wang Kejiu aus.

Nun traf es sich, daß der neue Präfekt ein gutgläubiger Mann und unfähig war, Betrüger zu durchschauen. Er sprach also Wang Kejiu für schuldig, unbescholtene Personen zu verleumden, ließ ihn mit Stricken prügeln und ihn an den Schultern aus dem Gebiet der Präfektur führen.

Wang Kejiu litt sehr darunter, ungerecht und schmerzhaft bestraft worden zu sein, und er war nahe daran, seinen Geist aufzugeben. Doch sein Lebensfaden war noch nicht zu Ende. Sobald der Posten des Präfekten von Luoyang neu besetzt wurde, trug Wang Kejiu die erduldeten Qualen und das erlittene Unrecht dem neuen Präfekten vor. Aber auch der erkannte nicht die Wahrheit. Vielmehr nahm der Beamte, der die Sache schon beim erstenmal untersucht hatte, die Gelegenheit wahr, mit falscher Zunge noch mehr Gift über Wang Kejiu zu versprühen. „Für den Fall, daß jemand in einer bereits erledigten Sache einen früheren Amtsträger anklagt, gilt immer noch der Han-Kodex!“ rief er aufgebracht.

Daraufhin schickten sie Wang Kejiu in einen entfernten Ort zu schwerer Zwangsarbeit. Aus beiden Augenhöhlen lief ihm das Blut – seine Augen waren erblindet.

Damals hielt sich Cui Jie in Muße zu Hause auf. Er erfuhr von der ganzen Geschichte. Da fügte es der Himmel, daß ihm wieder das Gebiet der drei Flüsse unterstellt wurde. Die Justizbeamten hielten den Atem an: Nun würden alle alten, falsch entschiedenen Fälle wieder aufgegriffen werden!

Am dritten Tage nach seiner Ankunft befahl Cui Jie insgeheim, Wang Kejiu von dem Ort, wo er Zwangsarbeit leisten mußte, herbeizuschaffen. Dann ordnete er an, die ganze Familie von Yang Qianfu und den Beamten, der die Sache zuvor untersucht hatte, festzunehmen und in Fesseln zu legen. Sodann ließ er Wang Kejiu frei nach dem Gedächtnis eine Liste seines häuslichen Besitzes aufstellen. Von den aufgeführten Dingen war ein großer Teil noch vorhanden. Auch die Spuren der Bestechung des Untersuchungsbeamten waren eindeutig nachzuweisen. Dann ließ er alle von oben bis unten durchprügeln, bis das Blut kam, er ließ ihnen die Haare ausreißen und die Beine brechen und sie schließlich in einer Grube begraben. Das Vermögen ließ er einziehen und registrieren und übergab es eigenhändig Wang Kejiu.

Zu der Zeit regnete es dauernd, und es war kalt. Den Himmel bedeckten Wolken. An dem Tage aber, da Wang Kejius Verurteilung aufgehoben wurde, kam die Sonne wieder hervor. Die Menschen auf den Straßen beglückwünschten einander, und manchem kamen sogar die Tränen. Ein großes Unrecht und ein lang angestauter Groll wurden an diesem Tage gesühnt und beigelegt. Wer von den guten Beamten des Altertums kann sich wohl mit Cui Jie vergleichen?

Der Daoist Xue Zhao

Xue Zhao, ein Mann von unbekannter Herkunft, ging zusammen mit dem Kandidaten der literarischen Prüfung Cui Yu im Lushan-Gebirge seinen Studien nach. Ursprünglich waren sie zu viert gewesen, aber die zwei anderen waren, noch bevor sie ihre Studien zum Abschluß gebracht hatten, wieder fortgegangen. Cui Yu arbeitete sehr fleißig und wollte sich bald der Prüfung stellen. Allein Xue Zhao widmete sich der Pflege des Dao. Es war nicht bekannt, wer sein Lehrer war, aber in wenigen Jahren hatte er das Dao der Unsterblichen gemeistert.

Am Fuße des Lushan-Gebirges wohnte einer, der in völliger Bewußtlosigkeit lebte. Er war seit Jahren in ärztlicher Behandlung, doch ohne Erfolg. Er lag nur noch wie tot da und wartete die Zeit ab. Da ging Xue Zhao an dem Hause vorbei und machte im Schatten der Bäume Rast. Er kam mit den Leuten ins Gespräch und dabei auch auf den Kranken zu sprechen. Xue Zhao wollte ihn sehen. Nachdem er ihn in Augenschein genommen hatte, meinte er: „Das ist ganz einfach. Der Mann kann geheilt werden!" und ließ ihm eine Pille da, die kleiner war als ein Reiskorn. „Morgen früh müßt Ihr die Pille teilen und den Kranken die eine Hälfte mit Wasser schlucken lassen", wies er die Verwandten an, „das müßte wirken. Wenn es nicht besser werden sollte, dann gebt ihm nach drei Tagen die andere Hälfte."

Die Familie des Kranken, die während seiner langen Krankheit riesige Summen für die Ärzte aufgewendet hatte, ohne eine Besserung zu erreichen, glaubte kaum, daß den, der wie tot dalag und nur noch röchelte, solch ein halbes Körnchen retten könnte. Doch kaum hatten sie ihm am nächsten Morgen das Mittel gegeben, da konnte er sich schon erheben. Zu Mittag war er bereits imstande, zu essen und zu trinken und, auf einen Stock gestützt, umherzugehen. Nach drei Tagen strotzte er von Kraft. Da nahm er das andere halbe Körnchen, und sein Geist weitete sich, seine Haut wurde glatt wie Jade, Bart und Haare färbten sich wieder schwarz, so daß er wie ein Zwanzigjähriger aussah.

Einen Monat später kam Xue Zhao zurück und sagte: „Ihr habt eine Veranlagung, die Euch meiner Medizin wert macht, denn sie heilt nicht nur Eure Krankheit, sondern gibt Euch auch die Möglichkeit, das Dao zu erwerben.“ Daraufhin unterwies er ihn in den notwendigen Übungen. Später ging der Mann fort, um auf den Gipfel der Fünf Alten zu steigen und die Welt der Unsterblichen aufzusuchen.

Cui Yu hatte inzwischen seine Prüfung bestanden und den Posten des Bezirkshauptmanns von Dongji erhalten. Auf dem Wege zu seinem neuen Amt traf er beim Gästehaus von Sanna unverhofft Xue Zhao. Beide stiegen vom Pferd und plauderten über die alten Zeiten. Xue Zhao sah ziemlich mitgenommen aus und machte einen beklagenswerten Eindruck. So bildete sich Cui Yu besonders viel darauf ein, daß er soeben die Prüfung bestanden und ein Amt erhalten hatte.

Über ihre lange Unterhaltung wurde es Nachmittag. „Meine armselige Behausung ist nicht weit von hier“, sagte schließlich Xue Zhao, „und so leicht trifft man sich nicht. Willst du nicht mitkommen, damit wir uns auch noch den Abend über unterhalten können?" Cui Yu war einverstanden und folgte Xue Zhao. Diener und Pferde ließen sie im Gästehaus zurück.

Zunächst gingen sie einen schmalen Pfad entlang, der durch eine öde Gegend führte. Nach ein bis zwei Li aber kamen sie durch Felder und blühende Baumalleen, die ganz anders als in der gewohnten Landschaft aussahen. Nach einer geraumen Weile gelangten sie schließlich an einen hohen Torbau mit einer großen Einfahrt. Dahinter ragten viele palastartige Gebäude auf – es schien der Wohnsitz eines Prinzen zu sein. Cui Yu wunderte sich sehr.

Xue Zhao ging als erster hinein und stieg, begleitet von Dutzenden Bediensteten, zur Halle hinauf. Dann lud man Cui Yu ein, die Treppe zur Halle hinaufzukommen. Dort setzten sich beide nieder und unterhielten sich lange. „Du hast ein gutes Amt erhalten", sagte schließlich Xue Zhao, „und darfst hier nicht lange bleiben, doch einen Abend lang über die alten Zeiten zu reden, dagegen ist wohl nichts einzuwenden!" So ließ er Musikantinnen rufen und ein Essen bereiten.

Bald darauf begann in einer Nebenhalle ein Gelage mit Musik. Außer Cui Yu und Xue Zhao waren keine Gäste zugegen. Etwa vierzig Musikantinnen erwiesen ihnen ihre Ehrerbietung, nahmen Platz und begannen ihr Spiel. Zehn von diesen Sklavinnen wurden ausgewählt, um an dem Umtrunk teilzunehmen. Die größte Schönheit unter ihnen war eine Harfenspielerin. Sie mußte sich neben Cui Yu setzen. Da erblickte Cui Yu auf ihrer Harfe eine Aufschrift, einen Vers aus zehn Schriftzeichen:

> Am Horizont erscheint das Boot der Heimkehr –
> des Ufers Bäume seh ich zwischen Wolken.

Cui Yu merkte sich diesen Vers. Zum Ende des

Gelages fragte Xue Zhao den Cui Yu, welche von den Musikantinnen ihm am besten gefallen habe. Er nannte die Harfenspielerin. „Später einmal sollst du sie haben“, versprach Xue Zhao, „jetzt aber noch nicht.“

Am nächsten Morgen schenkte Xue Zhao dem Cui Yu zum Abschied dreißig Jin Gold und begleitete ihn bis zur Reichsstraße, wo sie sich traurig voneinander verabschiedeten.

Ein guter Monat war vergangen, nachdem Cui Yu sein Amt angetreten hatte, da hielt er Ausschau nach einer Ehefrau. Die, die er bekam, war eine geborene Liu. Ihm war so, als habe er sie schon einmal gesehen, doch wußte er nicht, wo.

Einmal, an einem freien Tag, ließ er sie ihre Harfe holen, damit sie ihm ein Lied vorspiele. Da erblickte er die Aufschrift aus den zehn Schriftzeichen. Er fragte sie, wie es käme, daß er diese Aufschrift früher schon einmal gesehen habe.

„Ich hatte einmal Fieber“, erklärte sie, „und mir träumte, wie ein Bote kam und sagte: ‚Der große Unsterbliche aus den Westgebieten, Herr Xue Zhao, hat einen Gast und läßt im Umkreis von fünfhundert Li alle Jungfrauen suchen, die musikalische Fähigkeiten haben. Er braucht etwa vierzig Musikantinnen.‘ So bin ich mitgegangen und habe mit Herrn Xue Zhao und seinem Gast, Exzellenz Cui, einen Abend lang getrunken. Als ich erwachte, war die Krankheit geheilt. Xue Zhao ist ein Unsterblicher. Seine Exzellenz Cui sah genauso aus wie Ihr.“

Über ihre gemeinsame Geschichte war Cui Yu sehr verwundert. Er war nun gewiß, das Xue Zhao das Dao erlangt hatte.

Die Schlachten der Geisterarmeen

Cen Shun aus Runan hatte den Beinamen Xiaobo. In seiner Jugend lernte er fleißig und erwarb auch literarische Fähigkeiten, doch als er älter wurde, beschäftigte er sich vor allem mit der Kriegskunst. Er reiste umher und hielt sich zeitweilig in Shanzhou auf. Aber er war arm und besaß kein eigenes Haus. Ein Verwandter von ihm mütterlicherseits aus der Familie Lü hatte ein Haus in den Bergen, das er aufgeben wollte, und Cen Shun bat darum, dort wohnen zu dürfen. Jemand wollte ihn davon abhalten, doch er sagte: „Das Schicksal nimmt seinen Lauf, was gibt es da zu fürchten!" und zog dort ein.

Allmählich machte er es sich zur Gewohnheit, allein in der Bibliothek zu sitzen. Selbst seine Familienangehörigen durften dann nicht zu ihm herein. Einmal hörte er in der Nacht Trommelschläge, wußte aber nicht, woher sie kamen. Als er zur Tür hinausschaute, war es still. Innerlich aber frohlockte er, denn er bildete sich ein, dies seien die Vorzeichen für eine Karriere als Feldherr, und er beglückwünschte sich: Das sind gewiß die Truppen des Dunklen, die mir helfen wollen. Wenn es so ist, dann müßte mir bald ein Zeichen gegeben werden, wann ich zu Rang und Reichtum kommen werde.

Wenige Nächte später träumte er von einem gepanzerten Mann, der vor ihn hin trat und sagte:

„Der General der Goldelefant-Armee läßt mich Euch ausrichten: Im Heerlager wurde nächtlicher

Alarm gegeben, denn es ist zu Zwistigkeiten gekommen. Ihr nun werdet sehr geschätzt, und auf Euch würde man hören. Euch steht ein günstiges Geschick bevor, und zum Glück ist Euch selbst daran gelegen: Ihr seid ehrgeizig. Wir hoffen nur, daß Euch unser kleines Land nicht zu geringfügig sein wird. Jetzt, da sich ein feindliches Reich an unseren Befestigungen vergangen hat, brauchen wir einen Tüchtigen als Führer. Wir werden Eure Weisungen zu schätzen wissen und bitten Euch, die Führung zu übernehmen."

Cen Shun dankte und antwortete:

„Der General ist mit himmlischer Klarheit begnadet, und seine Truppen sind ein Muster an Disziplin. Er erniedrigt sich, indem er meine Geringfügigkeit der Beachtung würdigt und mir diesen Befehl zukommen läßt. Ich werde alle Willenskräfte einsetzen, über die ich verfüge."

Der Gesandte machte kehrt, und Cen Shun erwachte. Er fühlte sich benommen und nicht mehr Herr seiner selbst.

Als er sich aufsetzte, um die Zeichen des Traumes zu überdenken, erschollen plötzlich von allen Seiten Trommelwirbel und Hornsignale, die immer heftiger wurden. Er strich seine Kleidung glatt, stand auf und verbeugte sich. Durch Tür und Fenster fegte Wind herein, daß die Vorhänge flatterten, und um die Kerze herum rasten mit einem Male Hunderte gepanzerter Reiter. Sie waren alle nur wenige Cun groß, in Harnische gekleidet und trugen spitze Waffen. Sie verteilten sich über den ganzen Boden. Im Nu hatten sie sich zur Schlachtordnung formiert.

Cen Shun war erschrocken. Er faßte sich aber schnell und betrachtete alles aufmerksam.

Bald darauf brachte ihm ein Soldat ein Schriftstück und sagte: „Der General übermittelt Euch eine Meldung!"

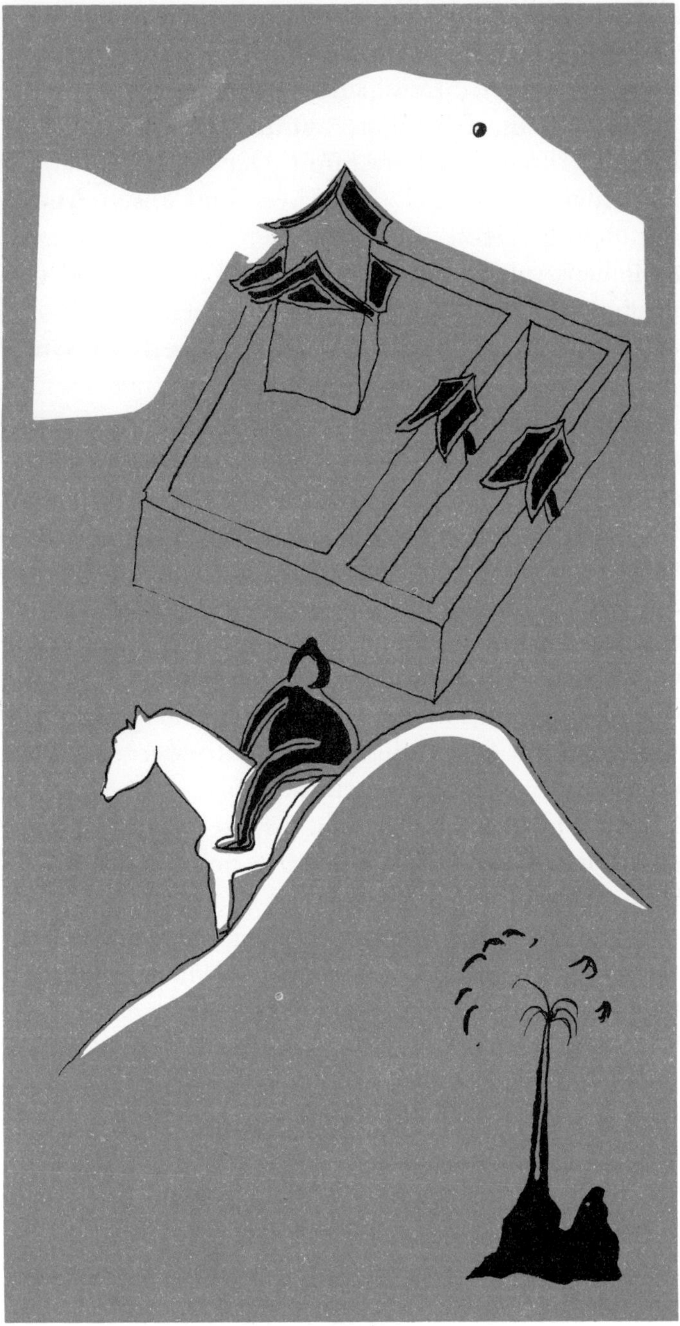

Cen Shun nahm das Schriftstück entgegen und las: „Unser Gebiet grenzt an das der Xunlu-Barbaren, die seit Jahrzehnten Streitigkeiten anzetteln. Unsere Generäle sind alt, sie sind ergraut und wollen Ruhe, und unsere Truppen sind erschöpft. Der Himmel aber hat uns einen starken Feind beschert, und unsere Macht hat nicht gereicht, ihn aufzuhalten. Ihr habt Eure natürlichen Anlagen ausgebildet und Eure Tugend vergrößert. Ihr habt Eure Studien zur rechten Zeit vorangetrieben, und mehrfach schon haben wir Gutes über Euch gehört. So wollen wir Euch antragen, einen Bund mit uns Geistern zu schließen. Doch Ihr seid ein Beamter des Hellen und werdet Euch ganz sicher einmal einer großen Pfründe in der diesseitigen Welt erfreuen. So wagt unser kleines Land kaum, auf Euch zu hoffen. Jetzt haben sich die Barbaren auch noch mit den Banditen der Nordberge des Tianna-Reiches zusammengetan und einen Zeitpunkt für einen Krieg vereinbart. Wir wollen um Mitternacht losschlagen. Ihre Vernichtung wird nicht lange auf sich warten lassen, denn mit Eurer dienstbaren Hilfe werden wir sie tüchtig in Schrecken versetzen."

Cen Shun bedankte sich. Er stellte im Zimmer noch mehr Kerzen auf und setzte sich hin, um zu sehen, was geschehen würde.

Nach Mitternacht ertönten wieder aus allen Richtungen Trommeln und Hörner. Die Mauselöcher unten an der östlichen Wand verwandelten sich in Tore. Wie feindliche Festungen ragten die Wände drohend gegeneinander auf. Allenthalben klirrten Waffen, aus allen Toren strömten die Krieger, die Flaggen waren unzählbar. Gleich rasenden Wolken, vom Sturme gehetzt, formierten sich wieder zu beiden Seiten die Schlachtenreihen. Zu Füßen der östlichen Wand stand die Tianna-Armee, zu Füßen der westlichen die Goldelefant-Armee. Nachdem alle Truppenteile ihre

Stellungen bezogen hatten, trat ein Feldherr vor und sagte:

„Die Himmelspferde ziehen schräg und
stehen nach drei Schritten,
die Offiziere gehen quer, besetzen die vier Seiten.
Die Wagen fahren geradeaus, sie machen keine
Wendung,
der Trupp der Kämpfer folgt im Schritt und
weicht nicht von der Linie."

Der König von Tianna sagte: „Gut!" Daraufhin wurde getrommelt, und aus beiden Armeen ging jeweils ein Pferd in schräger Richtung drei Fuß voran und blieb stehen. Dann wurde wieder getrommelt, und je ein Fußsoldat tat einen Schritt seitwärts. Als die Trommeln abermals geschlagen wurden, rückten die Wagen vor. Und so ging es weiter. Das Trommeln wurde immer eindringlicher, beide Seiten zückten ihre Waffen, und Pfeile und Steine flogen kreuz und quer durch die Luft.

Nach einer Weile war die Tianna-Armee besiegt. Sie war völlig zerschlagen, und der Boden war mit ihren Toten und Verwundeten besät. Der König eilte allein zu Pferd nach Süden. Ein paar hundert Leute hatten sich in die Südwestecke geflüchtet. Sie waren die einzigen, denen es gelungen war, zu entkommen, denn ein Mörser für medizinische Präparate, der in der Südwestecke stand, hatte sich in eine Fluchtburg verwandelt.

Die Goldelefant-Armee aber regte sich: Die Soldaten sammelten sich und trugen die Leichen vom Schlachtfeld. Als Cen Shun sich niederbeugte, um das zu betrachten, kam ein Reiter angaloppiert und verkündete:

„Yin und Yang haben ihre Ordnung, und nur wo sie erreicht wird, gibt es ein Gedeihen. Mit vom Himmel verliehener Macht haben wir wie der Sturmwind zugeschlagen und in einer einzigen Schlacht den Sieg errungen. Was ist Eure Meinung dazu?"

„Die Weisheit des Generals ist durchdringend wie die strahlende Sonne", antwortete Cen Shun. „Geschickt hat er die Zeit genutzt. Zu seiner Wendigkeit und seinen Kriegslisten kann ich ihn nur beglückwünschen."

So ging es dann mehrere Tage. Sieg und Niederlage wechselten, doch die Miene des Königs von Tianna blieb erhaben, und seine Heldengestalt suchte ihresgleichen.

Schließlich gab es einen Siegesschmaus, und Cen Shun wurde mit Kostbarkeiten und Perlen in unübersehbarer Menge beschenkt. So ehrte man ihn inmitten von alldem, und ihm wurde all das zuteil, was er sich gewünscht hatte.

Den Verkehr mit seinen Verwandten und Freunden schränkte er von da an jedoch ein, und in seinen Mußestunden ging er nicht mehr aus dem Hause. Seine Familienangehörigen wunderten sich darüber und konnten sich den Grund nicht erklären. Äußerlich wirkte Cen Shun hinfällig – er war wie vom Teufelszauber gezeichnet. Alle seine Verwandten meinten, daß da etwas nicht stimme, doch wenn sie ihn fragten, so sagte er nichts.

Da gaben sie ihm einen schweren Wein zu trinken, um ihn betrunken zu machen und eine gründliche innere Reinigung herbeizuführen. In der Zwischenzeit legten sie ohne sein Wissen Schaufeln und Spaten bereit. Als Cen Shun schließlich auf der Toilette war, schlossen sie ihn dort ein. Mit den Spaten aber gingen sie flink ans Werk. Sie gruben in seinem Zimmer eine Grube von acht oder neun Chi Tiefe. Da brach der Boden der Grube plötzlich durch: Sie waren auf ein altes Grab gestoßen. Das Grab war ein Raum mit

Wänden aus Backsteinen, in dem sich viele Grabbeigaben befanden: einige hundert Nachbildungen von gepanzerten Kriegern und davor auf einem goldenen Tischchen ein Schachbrett, das mit Pferdefiguren teils aus Gold, teils aus Bronze vollgestellt war. Es war alles vorhanden, was für den Krieg benötigt wird. Da wurde ihnen klar, daß mit den kriegerischen Worten nichts anderes als die Bewegungen der Figuren im Schachspiel gemeint waren.

Sie verbrannten alles und ebneten den Boden wieder ein. Die vielen Kostbarkeiten, die Cen Shun bekommen hatte, stammten ebenfalls aus dem Grab.

Als Cen Shun das erfuhr, wurde er mit einem Male wieder klar im Kopf. Er mußte heftig erbrechen, und danach fühlte er sich wieder kraftvoll und wohlgemut. Das Haus aber blieb seitdem von Spuk verschont. Das trug sich zu im Jahre 762, dem ersten Jahr der Periode „Kostbare Erwiderung“.

Ein blinder Seher

Zheng Renjun war der Sohn von Zheng Qinyue. Er war sehr gebildet, verfügte über umfassende Kenntnisse und kam in der Wesensart nach seinem Vater. Außerhalb des Shangdong-Tores von Luoyang besaß er ein Gut, auf dem er zusammen mit einem jüngeren Bruder, einer Tante und einem Vetter lebte. Der Vetter hatte eine Schwester, die mit einem Sohn von Yang Guozhong verheiratet war.

Durch eine Krankheit verlor der Vetter das Augenlicht. Augenbrauen und Wimpern wuchsen ihm so lang, daß sie die Augen bedeckten. Vom Haaransatz über den Nasenrücken bis unter das Kinn war seine linke Gesichtshälfte kalt wie Eis und ganz weiß. Die rechte war so heiß wie Feuer und ganz rot. Die Tante und der jüngere Bruder von Zheng Renjun hatten Mitleid mit ihm, aber sie wußten nicht, was das für eine Krankheit war.

Zu jener Zeit lebte in Luoyang ein Magister namens Zheng, der sich als Wahrsager und Beschwörer eines großen Rufes erfreute. Einst war der Zensor Cui Lin auf einer Inspektionsreise in das Gebiet nördlich des Gelben Flusses durch Luoyang gekommen. Er wußte von den Fähigkeiten des Magisters Zheng und lud ihn ein, mit ihm zu reisen.

Als sie sich auf der Rückreise wieder Luoyang näherten, verspätete sich der Magister Zheng. Auf dem Wege zum Shangdong-Tor hatte er sich erinnert, daß das Gut des Zheng Renjun am Wegesrand lag, und

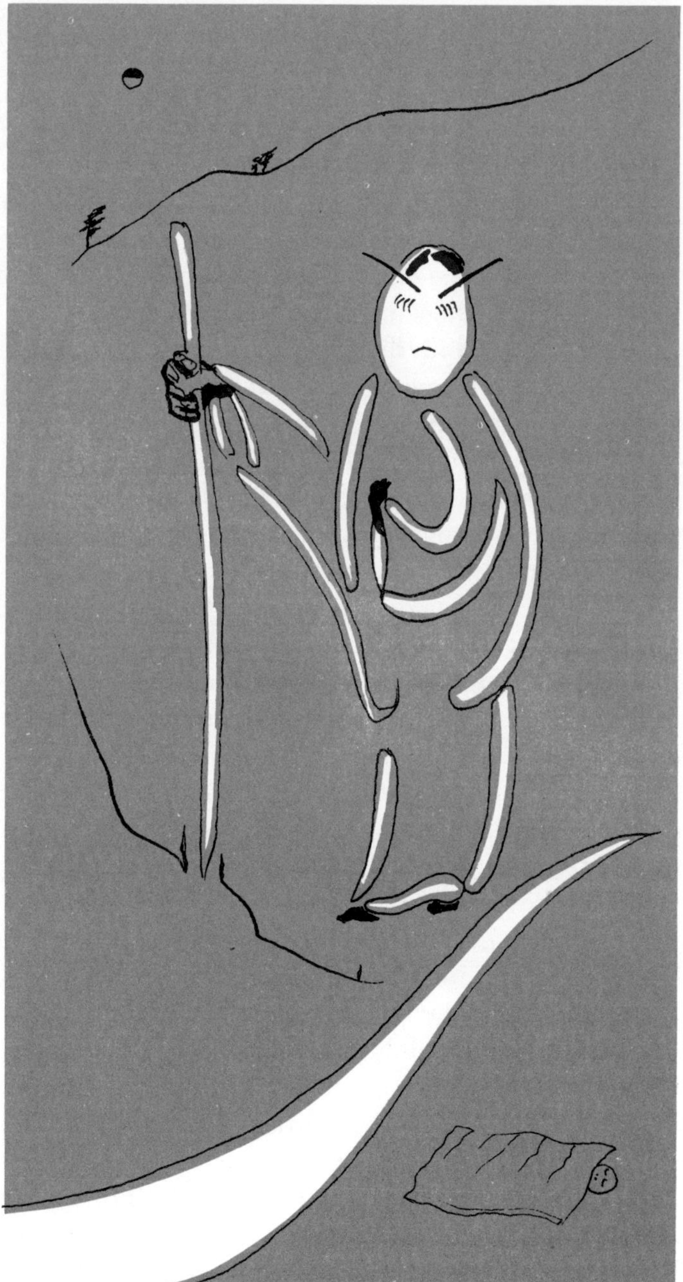

sich aufgemacht, ihn zu besuchen. Doch noch bevor er das Tor des Dorfes betreten hatte, beschuldigte er sich plötzlich eines todeswürdigen Verbrechens und sagte, er müsse sterben. Seine Worte und seine Miene waren von Furcht gekennzeichnet.

Nach seiner Ankunft fragte ihn Zheng Renjun, was er habe, doch Magister Zheng erwiderte nur, daß er sterben müsse. Als Zheng Renjun beharrlich in ihn drang, erklärte Magister Zheng schließlich:

„Gerade als ich hierherkam, wurde ich unglückseligerweise von Hunger und Durst geplagt. Da ich wußte, daß ein Verwandter von mir hier ansässig ist, war ich so vermessen, bei Euch als Gast zu erscheinen. Wie konnte ich wissen, daß ich auf keinen Fall hätte hierherkommen dürfen? So muß ich nun noch im Laufe des heutigen Tages sterben."

„Hier sind nur meine Tante, mein jüngerer Bruder und ich", antwortete Zheng Renjun. „Sonst ist kein Fremder da. Warum fürchtest du dich so?"

Dem Magister Zheng aber schlotterten vor Angst noch mehr die Knie. Zheng Renjun hatte zunächst den blinden Vetter gar nicht mit aufgezählt. Jetzt dachte er plötzlich an die merkwürdige Krankheit mit der Hitze und der Kälte. Konnte Magister Zheng vielleicht dadurch beunruhigt sein? So erzählte er ihm von dem Zustand des Vetters.

„Er ist ein Hilfsbeamter der Himmelsbehörde", sagte Magister Zheng, „und ich bin ein Amtsdiener der Unterwelt. Ich bin nur durch Zufall hierhergekommen, ohne die Absicht, ihn zu stören. Wenn ich ihm meine Aufwartung mache, werde ich sterben, und wenn ich sie ihm nicht mache, ebenfalls. Die Sitte aber verlangt, daß ich ihm meine Aufwartung mache." Daraufhin schrieb er auf ein Blatt Papier die Worte: „Der Amtsdiener der Rechtsabteilung der Regierung der Unterwelt, ein gewisser Zheng, verneigt sich und macht seine Aufwartung."

Zur selben Zeit vergnügten sich gerade der jüngere Bruder und der Vetter von Zheng Renjun in der Halle mit dem Werfen von Münzen. Zheng Renjun rief den Magister Zheng an die Tür, las seine Mitteilung vor und führte ihn hinein. Magister Zheng trat schnell ein, verneigte sich mehrfach, entschuldigte sich für sein Vergehen und verließ die Halle wieder. Der Vetter blickte sich noch mehrmals nach ihm um, wobei seine langen Wimpern flatterten. Es sah aus, als ob er böse wäre. Zheng Renjun sagte entschuldigend:

„Er wußte nicht, daß du hier bist, und daher ist er gekommen. Ich wünschte, du würdest ihm sein Verbrechen verzeihen – könntest du das nicht tun?"

Der Vetter antwortete nach einer geraumen Weile mit klarer Stimme:

„Um deinetwillen sei ihm vergeben."

Zheng Renjun fragte den Vetter immer wieder, was es mit alledem auf sich hätte, aber der gab keine weitere Antwort.

Die Tante hörte von der Sache und rief den Vetter hinter einen Wandschirm. Sie erinnerte ihn an seine Gefühle als Sohn gegenüber seiner Mutter, um ihn zum Sprechen zu bringen. Aber er war nicht bereit, die Hintergründe zu offenbaren.

Einige Jahre später sagte er plötzlich zu seiner Mutter: „Packt schnell alles zusammen! Es werden Soldaten hierherkommen, und in den beiden Hauptstädten werden Wirren ausbrechen. Bringt mich erst einmal in die Stadt zu meiner Schwester bei der Familie Yang. Dort wollen wir uns zweihundert- oder dreihunderttausend Geldstücke erbitten und dann binnen zehn Tagen versuchen, uns ostwärts in das Gebiet des Jiang- und des Huai-Flusses zurückzuziehen, um den Wirren auszuweichen. Die einhundert Mitglieder der Familie Yang werden dann alle getötet werden. Nur meine Schwester und mein Neffe können dem Tode entgehen."

Die Mutter hatte ihn schon seit jeher als außergewöhnlich angesehen. So reiste sie mit ihm in die Hauptstadt und quartierte sich bei der Familie Yang ein. Dort erzählte sie alles, was der Vetter gesagt hatte, ihrer Tochter. Die hatte schon zuvor von dem erfahren, was Magister Zheng über ihren Bruder gesagt hatte. Jetzt, da sie ihn zu Gesicht bekam, war sie noch mehr verwundert. Insgeheim erzählte sie alles ihrem Mann, damit der es seinem Vater mitteile.

Yang Guozhong war über die Sache sehr erzürnt. „Wenn die Verwandten Geld brauchen, warum sagen sie es uns nicht geradeheraus, sondern versetzen uns mit solchen Erfindungen in Schrecken?" erboste er sich und gab ihnen kein einziges Geldstück.

Da sagte die Tochter zu der Mutter: „Alles, was sich in meinen Truhen und Kästen befindet, steht zu Eurer Verfügung – was brauchen wir da meinen Schwiegervater zu bedrängen!"

Mutter und Sohn waren erst vier oder fünf Tage bei der Familie Yang, da drängte der Vetter seine Mutter: „Laßt uns nicht länger als zehn Tage hier bleiben!"

Die Tochter hatte zweihundert- bis dreihunderttausend Geldstücke zusammengebracht. Die gab sie der Mutter mit auf die Reise. Vor dem Abschied bat der Vetter seine Schwester: „Gib mir noch einen einfachen Kittel!" Die Schwester fertigte ihm aus violett gemustertem Seidenstoff einen Kittel und fütterte ihn mit Seidenwatte. Den gab sie ihm zum Abschied.

Im Jahre darauf zettelte An Lushan eine Revolte an. Als der Kaiser auf der Flucht bis Mawei gekommen war, töteten die Soldaten die ganze Familie Yang – Junge wie Alte, alle mußten sterben.

Die Schwester war, als sie von den Unruhen hörte, hinter ein Gasthaus geflüchtet und hatte sich dort im Grase versteckt, so daß sie verschont blieb. Nachdem die Soldaten abgezogen waren, kam sie wieder hervor und sah die ganze Familie Yang am Rande der Straße tot auf einem Haufen liegen. In dem Gewirr der Leichen entdeckte sie die Sklavin ihres kleinen Sohnes. Ihr fehlte ein Arm, aber sie konnte noch sprechen.

Die Schwester fragte die Sklavin, wo ihr Sohn sei. „Auf der Sitzbank des Wirtes", antwortete die Sklavin, „ich habe ihn mit dem violetten Kittel zugedeckt."

Die Schwester lief sofort hin, um nachzusehen. Da lag tatsächlich noch ihr Sohn und schlief. Sie nahm ihn auf den Arm und machte sich in Richtung Osten auf den Weg.

Kaum war sie ein Weilchen gegangen, da sah sie, als sie sich zufällig umblickte, eine alte Frau hinter sich herkommen.

„Junge Frau Yang", rief die Alte, „geht etwas langsamer, ich möchte mich mit Euch zusammen verbergen!"

Die Schwester fragte die Alte, wer sie sei.

„Ich bin die alte Frau, die früher vor Eurer Tür Schuhe verkauft hat", sagte diese. „Daß Ihr im Grase unversehrt geblieben seid und daß Ihr, nachdem die Soldaten sich verzogen hatten, wieder hervorkommen und Euren Sohn wiederfinden konntet, das alles geschah unter der Führung und unter dem Schutz von mir alter Frau. Und zwar hat mir Euer blinder Bruder einen magischen Gegenstand zum Schutz Eures Sohnes anvertraut. Wie hätten sonst aus einer Familie, die dem Untergang geweiht war, einzig Ihr und Euer Sohn entkommen können?"

Die Untat der Yu Xuanji

Yu Xuanji, eine Daoistin im Xianyi-Kloster der westlichen Hauptstadt, hatte den Beinamen Youwei und stammte aus einer Familie, die in einem Stadtviertel von Chang'an wohnte. Sie war eine einmalige Schönheit und verfügte über außerordentliche Geistesgaben. Ihre besondere Liebe galt dem Lesen, dem Dichten und dem Rezitieren von Versen. Als sie sechzehn Jahre alt war, begann sie sich mit den daoistischen Gedanken von Reinheit und Leere zu beschäftigen, und so schloß sie sich um das Jahr 860 – zu Beginn der Periode „Allgemeines Durchdringen" – den Damen vom Xianyi-Kloster an. Doch ihre eleganten Verse über das Tändeln und Spielen machten unter den jungen Gelehrten die Runde.

Yu Xuanji war zart wie eine Orchidee und nicht sehr standhaft. Als nun jemand von den großen Herren versuchte, mit ihr anzubändeln, gab sie nach und überließ sich seiner Lust. Da begannen die jungen Lebemänner, ihr um die Wette Schmucksachen zu verehren, um sie für ihr Vergnügen zu gewinnen. Manch einer besuchte sie und brachte Wein mit. Dann ließ sie die Zither erklingen und machte Gedichte, die nicht selten mit scherzhaften Anspielungen gespickt waren. Leute, denen es an Bildung mangelte, merkten, daß sie ihr kaum gewachsen waren. In ihren Gedichten gab es Verse wie:

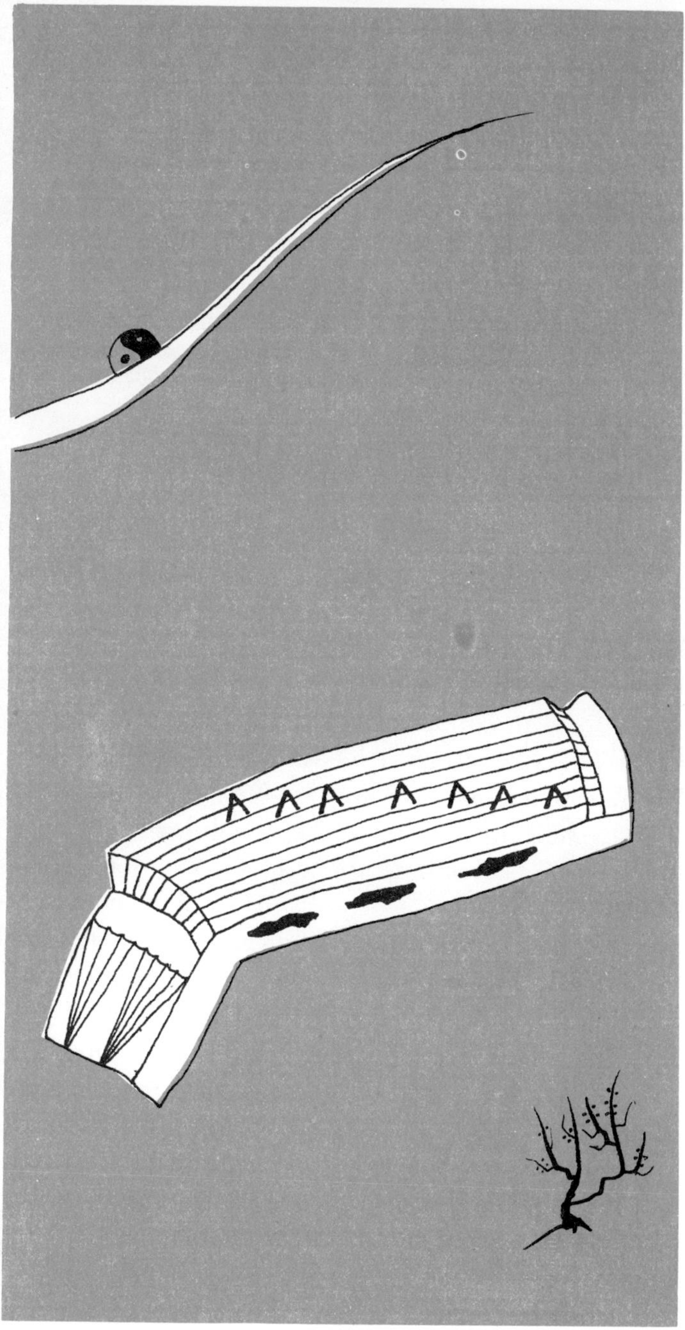

Die Felder im lenzlichen Grün –
man lenkt seinen Blick in die Ferne.
Der Klang der Zither jedoch
berührt wie der Herbst die Gefühle.

Oder wie:

Vor Leidenschaft versagen ihr die
Worte,
ihr kommen nur zwei brennend heiße
Tränen.

Oder wie:

Die Gefühle gleichen den Wolken,
sie brechen hervor wie im Traume,
und das Antlitz scheint unsterblich,
lieblich strahlend, viel schöner noch als Blüten.

Diese Verse waren ihre besten.

Yu Xuanji hatte eine Sklavin mit Namen Lüqiao. Auch sie war eine Schönheit und sehr aufgeweckt. Eines Tages begab es sich, daß Yu Xuanji von einer Nachbarin eingeladen wurde. Bevor sie fortging, schärfte sie Lüqiao ein: „Verlaß nicht das Haus! Und wenn ein Gast kommt, sag ihm, wo er mich finden kann!“

Yu Xuanji wurde aber von der Nachbarin aufgehalten und kehrte erst am Abend zurück. Lüqiao empfing sie am Tor und sagte: „Herr Soundso ist gekommen. Doch als er erfuhr, daß Ihr nicht zugegen seid, ist er, ohne vom Pferd zu steigen, wieder fortgeritten.“

Der Besucher aber war ein Herr, mit dem Yu Xuanji seit langem eng vertraut war, und da er ihr nicht gefolgt war, nahm sie an, Lüqiao habe sich mit ihm eingelassen.

Sobald die Nacht hereingebrochen war, machte Yu

Xuanji Licht und schloß das Tor. Dann befahl sie Lüqiao zu sich in ihr Schlafgemach, wo sie sie verhörte.

„In den vielen Jahren, die ich nun in Euren Diensten bin, habe ich mich wahrlich in Acht genommen", sagte Lüqiao. „Ich habe es nie dazu kommen lassen, durch ein solches Vergehen Euren Zorn zu erregen. Als jener Besucher erschien und ans Tor klopfte, habe ich ihm, hinter dem Tor stehend, geantwortet: ‚Meine Meisterin ist nicht zu Hause.' Da ist er, ohne ein Wort zu sagen, wieder fortgeritten. Und was irgendwelche Liebesgefühle angeht, so hege ich schon seit Jahren keine mehr in meinem Busen. Ich wäre Euch dankbar, wenn Ihr mich nicht verdächtigen würdet."

Das brachte Yu Xuanji noch mehr auf. Sie ließ Lüqiao sich entkleiden und verabreichte ihr mehr als hundert Schläge mit dem Bambusprügel. Lüqiao aber blieb dabei, daß nichts weiter vorgefallen sei.

Schließlich war sie völlig gebrochen. Sie bat um ein Glas Wasser, goß es als Opfer auf den Boden und sagte: „Ihr strebt nach dem Dao der Drei Reinen und der Unsterblichkeit und seid nicht imstande, den Freuden der Liebe und des Beischlafes zu entsagen. Statt dessen beleidigt Ihr zutiefst eine Unbescholtene mit schweren Verdächtigungen. Durch Eure Ruchlosigkeit werde ich jetzt mein Leben verlieren. Wenn es keinen Himmel gibt, so habe ich nichts, wo ich mich beklagen kann. Wenn es aber einen Himmel gibt, dann kann mich keine Macht der Welt zurückhalten: Ich schwöre, ich werde nicht einfältig schweigen und Euch die Vergehen Eurer Unzucht durchgehen lassen!" Mit diesen Worten stürzte sie zu Boden und verschied.

Nun bekam Yu Xuanji es mit der Angst zu tun. Sie hob im hinteren Hof eine Grube aus und verscharrte

Lüqiao darin. Sie dachte, keiner würde je davon erfahren.

Im ersten Monat des Jahres 868, des Jahres mit den zyklischen Zeichen „Wuzi“ der Periode „Allgemeines Durchdringen“, fragte jemand nach Lüqiao. „Sie ist nach dem Frühlingsregen davongelaufen“, antwortete Yu Xuanji.

Dann aber ließ einmal einer von den Gästen, die bei Yu Xuanji feierten, im hinteren Hof sein Wasser. Dabei bemerkte er, daß sich an der Stelle am Boden, wo Lüqiao begraben war, Dutzende von Schmeißfliegen sammelten. Kaum hatte er sie vertrieben, kamen sie auch schon wieder. Als er genauer hinsah, nahm er Blutspuren und einen ekligen Geruch wahr. Nach dem Bankett erzählte er seinem Diener davon, und der wiederum erzählte es seinem älteren Bruder. Dieser Bruder war Polizist und hatte einst von Yu Xuanji Geld verlangt, war aber von ihr nicht beachtet worden. Deswegen grollte er ihr. Sowie er dies nun hörte, ging er zum Tor des Klosters, um sich zu vergewissern. Derjenige, mit dem er dort ins Gespräch kam, äußerte seine Verwunderung darüber, daß man Lüqiao nicht mehr kommen und gehen sehe.

Da rief der Polizist ein paar weitere Polizisten zusammen, und mit Spaten und anderem Grabegerät drangen sie in den Wohnhof der Yu Xuanji ein. Dort gruben sie Lüqiao aus. Sie bot noch den gleichen Anblick wie im Leben.

Die Polizisten zeigten Yu Xuanji bei der Präfekturbehörde an. Die Beamten verhörten sie und befanden sie für schuldig. Viele Hofbeamte aber setzten sich für sie ein, so daß die Präfektur die Sache dem Kaiser unterbreitete.

Im Herbst des Jahres wurde dann entschieden, sie hinzurichten. Und selbst im Gefängnis machte sie noch Gedichte wie:

Ein unbezahlbares Juwel ist leichter zu
erlangen,
als aufzufinden ist ein Mann mit wahrhaft
treuem Herzen.

Oder wie:

Verborgner Ort im Schein des hellen
Mondes –
ein frischer Windhauch öffnet mein
Gewand.

Das waren die schönsten von allen.

Yang Zhengjian erlangt die Unsterblichkeit

Yang Zhengjian war die Tochter von Yang Chong, einem Einwohner des Bezirks Tongyi in der Präfektur Meizhou. Schon als kleines Kind hatte sie einen hellen Verstand und ein mitfühlendes Herz, und ihr schlichtes Wesen strebte nach Reinheit und Einfachheit. Als sie erwachsen war, verheirateten ihre Eltern sie mit einem jungen Mann namens Wang aus demselben Ort.

Die Wangs waren sehr reich und liebten die Geselligkeit. Eines Tages wollten Yang Zhengjians Schwiegereltern Freunde empfangen. Sie kauften einen Fisch und baten Yang Zhengjian, daraus ein Fischgulasch zu bereiten. Die Gäste vergnügten sich unterdessen in der Halle beim Spiel.

Als die Sonne den Zenit schon überschritten hatte, war immer noch kein Essen aufgetragen. Yang Zhengjian tat der Fisch leid. Sie spielte mit ihm in der Schüssel und brachte es nicht über sich, ihn zu töten. Es wurde Nachmittag, und die Schwiegereltern drängten, weil das Essen so lange auf sich warten ließ. Da bekam es Yang Zhengjian mit der Angst zu tun und wollte sich bei den Nachbarn verstecken. Doch sie lief nur geradeaus den Feldweg entlang, und als sie schon einige Dutzend Li hinter sich gebracht hatte, fühlte sie sich noch immer nicht müde.

Zu beiden Seiten des Weges standen plötzlich blühende Bäume, die ganz anders waren als die in der

Welt der Menschen. Sie kam an eine Berghütte, in der eine Daoistin lebte. Der erzählte sie den ganzen Hergang. „Du fühlst Mitleid mit den Menschen und Liebe zu den Lebewesen, dich kann ich unterweisen", sagte die Daoistin und behielt sie bei sich.

Die Berghütte stand an der Stelle, an der der Registrator des Bezirks Pujiang die Unsterblichkeit erlangt hatte. Aber es gab dort kein Wasser. So schickte die Daoistin gewöhnlich Yang Zhengjian zu einer Bergquelle Wasser schöpfen. Das tat sie aber nur Yang Zhengjians wegen, denn sie selber nahm nie irgend etwas zu sich. Gelegentlich verließ sie selbst die Berge, um Nahrung zu beschaffen und Yang Zhengjian damit zu versorgen.

So ging es viele Jahre. Yang Zhengjian verhielt sich der Daoistin gegenüber ehrerbietig und beflissen und beachtete genau die Regeln des Verhaltens eines Schülers zu seinem Lehrer. Niemals war sie nachlässig oder träge.

Eines Tages erschien an der Stelle, wo sie Wasser schöpfte, ein kleiner Junge. Er mochte gut ein Jahr alt sein und sah sehr sauber und liebreizend aus. Als er das Mädchen erblickte, freute er sich und lachte. Yang Zhengjian nahm ihn auf den Arm und streichelte ihn. Das wurde zur regelrechten Gewohnheit, und so geschah es mehrmals, daß sie vom Wasserschöpfen zu spät zurückkam. Die Daoistin fand das sonderbar und fragte Yang Zhengjian nach dem Grund. Diese erzählte, was sich begeben hatte. „Wenn du ihn wieder treffen solltest", sagte die Daoistin, „dann nimm ihn auf den Arm und bring ihn her. Ich möchte ihn einmal sehen."

Als Yang Zhengjian etwa einen Monat später wieder Wasser holte, stellte sich auch der Junge wieder ein. Da nahm sie ihn hoch und trug ihn nach Hause. Doch als sie die Hütte erreicht hatte, war der Junge

tot. Er sah aus wie die Wurzel einer Pflanze und hatte ein Gewicht von mehreren Jin.

Die Daoistin erkannte sofort, daß es ein Fuling war. Sie befahl Yang Zhengjian, das Dämpfgerät zu reinigen und den Pilz zu dämpfen.

Gerade zu der Zeit gingen die Nahrungsvorräte in der Berghütte zur Neige. Daher wollte die Daoistin fortgehen, um etwas Eßbares zu besorgen. Sie gab Yang Zhengjian Nahrung für einen Tag und drei kleine Bündel Brennholz und ermahnte sie: „Der Pilz in dem Dämpfgerät braucht nur so lange gedämpft zu werden, wie diese drei Bündel reichen. Dann kannst du das Feuer ausgehen lassen. Schau aber nicht neugierig hinein!"

Im Fortgehen sagte die Daoistin, sie werde am nächsten Abend wieder zurück sein. An dem Abend kam aber ein großer Sturm auf, der die Bergbäche über die Ufer treten ließ, so daß die Wege unpassierbar wurden und die Daoistin zehn Tage lang wegblieb. Yang Zhengjian hatte nichts mehr zu essen und litt großen Hunger. Sie roch den Duft des Pilzes in dem Dämpfgerät. Da naschte sie davon, und nach wenigen Tagen hatte sie alles aufgegessen.

Als die Daoistin zurückkehrte und hörte, was sich begeben hatte, seufzte sie und sagte: „Ob jemand ein Unsterblicher wird, das ist wohl vorherbestimmt. Wenn der Regen nicht zufällig die Wege unpassierbar gemacht hätte, wie hättest du dann das ganze magische Gewächs aufessen können? Mein Lehrer hat immer gesagt: ‚In diesen Bergen gibt es einen Fuling, der die Gestalt eines Menschen hat, und wer das Glück hat, ihn zu essen, wird am hellichten Tage zum Himmel aufsteigen.' Ich habe zwanzig Jahre lang darauf gewartet. Nun hast du ihn gegessen. Du bist also diejenige, die das wahrhaftige Dao erlangen sollte!"

Von nun an veränderte sich das Aussehen von

Yang Zhengjian. Ein Strahlen ging von ihr aus. Oft schwebten Unsterbliche in ihren Raum herab und sprachen mit ihr über Dinge aus den Palästen der Unsterblichen und den himmlischen Residenzen. Ein Jahr später stieg sie am hellichten Tage zum Himmel auf. Das geschah am dritten Tag des elften Monats im Jahr mit den zyklischen Zeichen „Renshen", im einundzwanzigsten Jahr der Periode „Erschließung und Beginn", das dem Jahre 733 entspricht.

Davor hatte sie zu ihrer Meisterin gesagt: „Wer ein magisches Gewächs ißt, müßte eigentlich noch am selben Tage zu den Unsterblichen aufsteigen. Daß es bei mir länger gedauert hat, liegt daran, daß ich als Kind einmal zuschaute, wie meine Eltern die Steuergelder abzählten, um sie an die Behörden abzuliefern. Darunter waren schöne runde blinkende Münzen. Von diesen stahl ich insgeheim zwei und spielte damit. Dies wurde als Unterschlagung amtlicher Gelder angesehen, und ich wurde dazu verurteilt, ein Jahr länger unter den Menschen zuzubringen."

Die Stelle, wo sie zum Himmel aufstieg, ist die gleiche, an der der Registrator des Bezirks Pujiang in der Präfektur Qiongzhou die Unsterblichkeit erlangt hatte. Die Wasserschöpfstelle ist heute noch dort. Auch Wang Xing, der Registrator des Bezirks Guanghan, ist von dort zum Himmel aufgestiegen.

Missetaten werden bestraft

Pei Guangyuan aus Hedong erhielt im Jahr mit den zyklischen Zeichen „Yiyou“ der Periode „Drachenära“ (889) den Posten des Bezirkshauptmanns von Weinan in der Präfektur Huazhou. Er war von Natur habgierig und bestechlich und handhabte Recht und Strafen mit großer Strenge. Seine Untergebenen und das Volk fürchteten und haßten ihn sehr.

Er liebte vor allem das Polospiel. Selbst in der größten Sommerhitze wollte er keinen Augenblick darauf verzichten. Er besaß einen Schimmel, ein edles, kräftiges Tier, das vortrefflich laufen konnte. Eines Tages in den heißen Monaten hielt der Schimmel die Anstrengung nicht mehr aus: Er verendete auf dem Poloplatz.

Damals lebte ein Dorfvorsteher namens Wang Biao. Er war reich. Seine Frau hatte er früh verloren. Sein einziger Sohn war sieben oder acht Jahre alt. Er hatte eine weiße Hautfarbe und sah sehr schön aus. Oft nahm ihn der Vater mit, wenn er zum Sitz der Bezirksverwaltung ging. Als Pei Guangyuan den Knaben sah, gefiel er ihm. Er rief ihn in sein Haus und beschenkte ihn mit Kleidern und Spielzeug. Das wurde zur Gewohnheit.

Eines Tages beauftragte Pei Guangyuan einen Verwandten, Wang Biao folgendes zu sagen:

„Ich habe keine Kinder. Wenn du mir deinen Sohn überließest, würde ich dich gut behandeln. Selbst

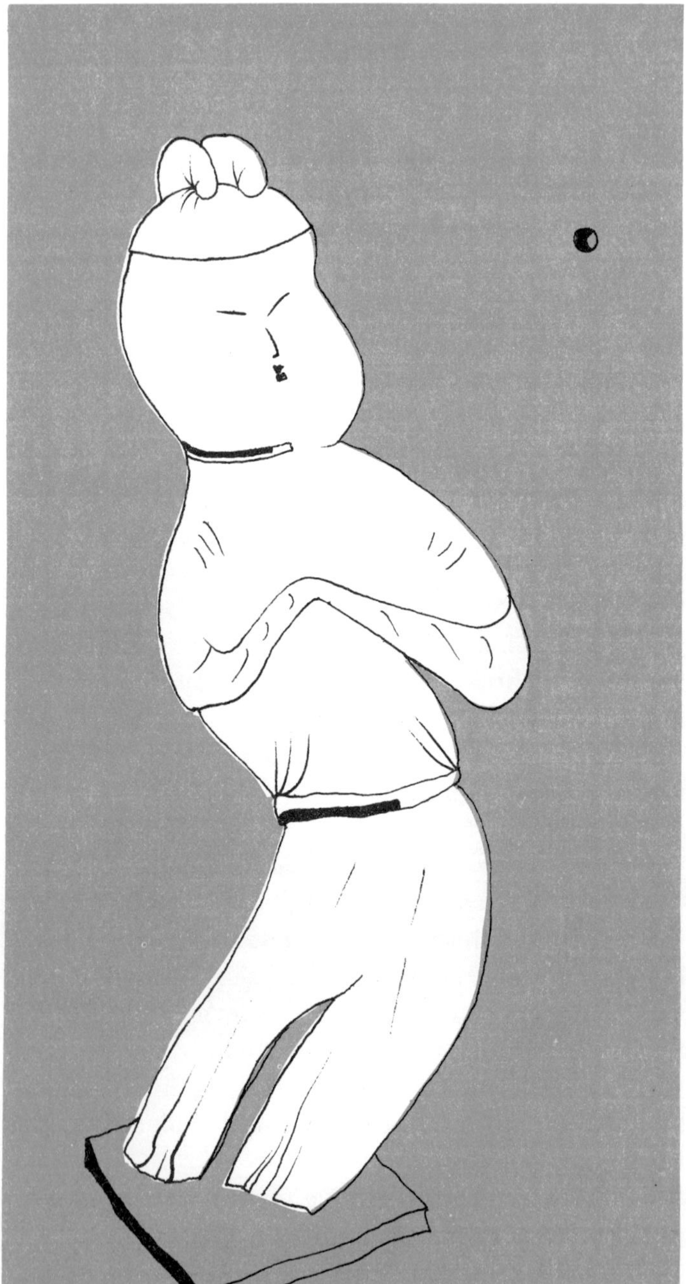

wenn du ein großes Verbrechen begingest, würde ich dir das nicht zur Last legen."

„Ich bin zwar von niedrigem Stande und empfange meine Anweisungen von Höhergestellten", gab Wang Biao zur Antwort, „doch was das Verhältnis zwischen Verwandten angeht, so verbietet sich der Gehorsam. Dieser Sohn hat seine Mutter verloren, als er noch in den Windeln lag – wie kann er da auch noch von seinem Vater getrennt werden? Selbst wenn ich mich deswegen Euer Gnaden gegenüber schuldig machen sollte – ich werde es in Kauf nehmen."

Pei Guangyuan überkam bei dieser Antwort Groll. Einige Tage später schickte er Wang Biao in die Gegend südlich von der Bezirksstadt. An der Bezirksgrenze hatte er Banditen auf ihn warten lassen, die ihn töteten. Den Sohn des Wang Biao nahm er zu sich.

Im Frühling des Jahres 891, des Jahres mit den zyklischen Zeichen „Xinhai" der Periode „Große Gunst", erkrankte Pei Guangyuan. Über einen Monat lang war er völlig kraftlos, und manchmal schien er von Dämonen besessen zu sein. Im Selbstgespräch sagte er:

„Da bist du, Wang Biao, ich muß dir deinen Sohn wiedergeben."

Dann sprach er anstelle von Wang Biao:

„Ich bin zwar nur ein kleiner Beamter, doch habe ich immer sorgfältig achtgegeben, keinen Fehler zu begehen. Dann geriet ich in die Gewalt von grausamen Banditen, die mir mein Kind weggenommen haben. Ich habe mich schon beim Himmel deswegen beklagt. Jetzt bin ich gekommen, Euer Leben einzufordern."

Und wieder sprach Pei Guangyuan für sich selber:

„Ich gebe dir jetzt dein Kind zurück. Ich werde verdienstvolle Taten für dich vollbringen und dich reichlich mit Geld der Unterwelt beschenken. Wirst du mir vergeben?"

„Das ist unmöglich", war die Antwort.

Nach einer Weile sagte er:

„Da bist du, Schimmel!"

Dann sprach er anstelle des Pferdes:

„Es gibt eine natürliche Zahl von Jahren, in denen ein Pferd von Menschen geritten werden kann, und beim Lastentragen und Galoppieren gibt es auch ein normales Maß. Ich habe mich nie davor gefürchtet, meine Kräfte anzustrengen. Doch in den Hochsommermonaten unaufhörlich Polo zu spielen, das hat diesem bißchen Leben das Ende gegeben. Daran habt Ihr schuld. Ich habe mich schon beim Himmel beklagt. Jetzt bin ich gekommen, Euch abzuholen."

Wieder sprach er für sich und flehte das Pferd ebenso an, wie er Wang Biao angefleht hatte. Aber das Pferd hörte nicht. Nach wenigen Tagen starb Pei Guangyuan.

Frau Drei
vom Gasthof „Zur Bretterbrücke"

Zur Tang-Zeit gab es westlich von Bianzhou den Gasthof „Zur Bretterbrücke". Von der Wirtin, einer Frau Drei, wußte man nicht, woher sie stammte. Sie war schon über dreißig Jahre alt, lebte allein und hatte weder Kinder noch Verwandte. Ihr Gasthaus hatte mehrere Räume, und sie lebte davon, Fremde zu beherbergen und zu bewirten. Doch sie war sehr reich und besaß viele Esel. Wenn Reisende, die in öffentlichen oder privaten Angelegenheiten unterwegs waren, Tiere für die Weiterreise benötigten, dann half sie ihnen, indem sie ihnen billig welche verkaufte. Deshalb wurde sie allgemein als wohltätig bezeichnet, und viele Reisende aus nah und fern kehrten bei ihr ein.

In der Periode „Ursprüngliche Harmonie" (806 bis 820) kam Zhao Jihe, ein Reisender aus Xuzhou, der auf dem Wege in die östliche Hauptstadt war, hier vorüber und stieg in dem Gasthof ab. Vor ihm waren schon sechs oder sieben andere Gäste eingetroffen und hatten die vorderen Betten belegt. So erhielt Zhao Jihe als zuletzt Angekommener das hinterste Bett, das unmittelbar an der Wand zum Zimmer der Wirtin stand.

Frau Drei bewirtete ihre Gäste sehr üppig. Noch zu später Stunde trug sie Wein auf, hielt selber beim Trinken mit und war sehr ausgelassen. Zhao Jihe trank zwar, wie es seine Gewohnheit war, keinen Wein, beteiligte sich aber an der fröhlichen Unterhaltung. Etwa zur Zeit der zweiten Nachtwache waren alle Gäste betrunken und müde, so daß man sich zur Ruhe begab. Frau Drei ging in ihr Zimmer, schloß die Tür und löschte das Licht.

Bald waren alle fest eingeschlafen. Nur Zhao Jihe konnte keinen Schlaf finden und wälzte sich hin und her. Da hörte er plötzlich aus dem benachbarten Zimmer von Frau Drei ein Rascheln, so als ob irgendwelche Sachen bewegt würden. Durch einen Spalt in der Wand sah er, wie Frau Drei unter einem umgestülpten Topf eine Kerze hervorholte und sie anzündete. Aus einer Wäschekiste nahm sie einen Pflug, ein hölzernes Rind und eine hölzerne Menschenfigur. Alle drei Dinge waren sechs oder sieben Cun groß. Sie stellte sie vor dem Ofen auf und besprühte sie aus dem Mund mit Wasser. Da begannen das Rind und die Menschenfigur sich zu bewegen. Der kleine Mensch führte das Rind, spannte es vor den Pflug und fing an, ein Stückchen des Bodens vor dem Bett zu pflügen. Viele Male zog er hin und zurück. Dann holte Frau Drei aus der Wäschekiste einen Sack Buchweizenkörner heraus und gab sie dem kleinen Mann zum Säen. In kurzer Zeit war der Buchweizen gesprossen, stand in Blüte und war ausgereift, und sie ließ den Mann ernten und dreschen. Das ergab vielleicht sieben bis acht Sheng Körner. Jetzt wurde eine kleine Mühle aufgestellt und das Korn zu Mehl gemahlen. Frau Drei packte die Holzfiguren wieder in die Kiste, nahm das Mehl und buk daraus etliche Fladenbrote.

Nach einer Weile krähte der Hahn, und die Gäste wollten sich erheben. Frau Drei war als erste auf den Beinen und machte Licht. Die frischgebackenen Fladenbrote stellte sie auf den Eßtisch als Frühstück für die Gäste.

Zhao Jihe war innerlich heftig bewegt. Er verab-

schiedete sich rasch, öffnete die Tür und ging hinaus. Draußen versteckte er sich so, daß er sehen konnte, was drinnen vor sich ging. Er beobachtete, wie die Gäste um den Tisch herum saßen und die Fladenbrote aßen. Noch bevor alle Brote aufgegessen waren, fielen die Gäste zu Boden, schrien wie Esel und waren binnen kurzem in Esel verwandelt. Frau Drei trieb sie hinter den Gasthof und ließ die Sachen der Gäste verschwinden. Zhao Jihe sagte niemandem etwas davon. Im stillen aber bewunderte er ihre Zauberkunst.

Nach mehr als einem Monat kehrte Zhao Jihe aus der östlichen Hauptstadt zurück. Bevor er zum Gasthof „Zur Bretterbrücke“ kam, ließ er sich Fladenbrote aus Buchweizen backen, die genauso aussahen wie die der Wirtin. Als er schließlich angelangt war, quartierte er sich wieder für eine Nacht in dem Gasthof ein.

Frau Drei war fröhlich wie zuvor, und da an dem Abend keine anderen Gäste anwesend waren, widmete sie sich ihm mit besonderer Aufmerksamkeit. Spät in der Nacht noch fragte sie ihn nach seinen Wünschen.

„Ich will morgen frühzeitig aufbrechen, gebt mir doch dann bitte irgend etwas zu essen!“ antwortete er.

„Darum macht Euch keine Sorge“, sagte sie, „geht nur ruhig zu Bett!“

Als Mitternacht vorüber war, beobachtete Zhao Jihe Frau Drei heimlich und sah, daß alles genauso ablief wie vordem.

Am Morgen brachte Frau Drei eine Platte, auf der in der Tat etliche Fladenbrote lagen. Als sie dann noch etwas anderes holen ging, nutzte Zhao Jihe den Augenblick und tauschte eines der Fladenbrote gegen eines von seinen eigenen aus. Sie merkte davon nichts.

Kurz bevor Zhao Jihe aufbrechen wollte, setzte er sich zu Tisch, um zu essen.

„Zufällig habe ich selber Fladenbrote bei mir", sagte er zu Frau Drei. „Behaltet bitte die Euren für andere Gäste." Und er holte seine eigenen hervor und aß sie. Währenddessen brachte ihm Frau Drei Tee. „Probiert doch einmal eines von meinen Fladenbroten", forderte er sie nun auf. Er gab ihr das ausgetauschte und ließ sie es essen. Kaum hatte sie es im Mund, da war sie auch schon mit allen vieren auf dem Boden, stieß einen Eselsschrei aus und war sogleich selber in einen Esel verwandelt. Sie war ein stattliches, kräftiges Tier.

Zhao Jihe bestieg den neuen Esel und machte sich auf den Weg. Die kleinen Holzfiguren nahm er mit. Doch fehlte ihm der richtige Zaubertrick: Wie er auch hin und her probierte, es wollte nicht gelingen. Auf dem verwandelten Esel aber konnte er allenthalben umherreiten, an jedem Tag bis zu hundert Li, ohne daß ihm auch nur das Geringste zustieß.

Vier Jahre später kam er in das Gebiet innerhalb der Vier Pässe. Fünf bis sechs Li östlich vom Tempel des Hua-Berges begegnete er einem Alten, der am Wegesrand stand. Der Alte klatschte in die Hände und lachte. „Frau Drei vom Gasthof ‚Zur Bretterbrücke', wie seht Ihr denn aus!" rief er. Er faßte den Esel und wandte sich an Zhao Jihe. „Wenn sie auch einiges auf dem Kerbholz hat, so habt Ihr es ihr doch tüchtig heimgezahlt. Sie kann einem wirklich leid tun. Nun wollen wir sie aber freilassen."

Der Alte riß dem Esel mit beiden Händen das Maul auf, und Frau Drei sprang in ihrer ursprünglichen Gestalt aus dem Balg heraus. Sie verneigte sich vor dem Alten und rannte fort. Wo sie hingelaufen ist, weiß niemand.

Der Scharfsinn des Zhao He

Um das Jahr 860, zu Beginn der Periode „Allgemeines Durchdringen", bekleidete ein gewisser Zhao He aus Tianshui den Posten des Bezirksvorstehers von Jiangyin. Er war dafür berühmt, daß er Rechtsstreitigkeiten auch auf Grund von einseitigen Aussagen entscheiden konnte. So hatte er mehrfach hintereinander Orte zu verwalten, in denen schwierige Fälle anhängig waren, und wegen der Bereinigung von Ungerechtigkeiten hatte er stets eine gute Beurteilung erhalten. Auch vermeintlich eindeutige, tatsächlich aber verfälschte Rechtsangelegenheiten regelte er immer entsprechend dem wirklichen Sachverhalt.

Damals lebten in Huaiyin in der Präfektur Chuzhou zwei Bauern, deren benachbarte Güter wegen der guten Jahre wachsende Erträge brachten. Da erweiterte der östliche Nachbar seinen Besitz um einige hundert Mu guter Felder. Weil ihm etwas Geld fehlte, borgte er sich von dem westlichen Nachbarn eine bestimmte Summe und gab ihm die Kaufurkunde seines Gutes zum Pfand. Ein Schuldschein diente als Beweis. Er sagte, er werde im nächsten Jahr die geliehene Summe samt den Zinsen bringen, um den Schuldschein einzulösen.

Als die Zeit herankam, machte er wirklich mit seinen guten Feldern großen Gewinn. Nun hatte er genügend Geld, um den Schuldschein einzulösen. Zuerst lieferte er achthundert Schnüre Geld ab. Den Schuldschein ließ er zunächst noch dort. Am näch-

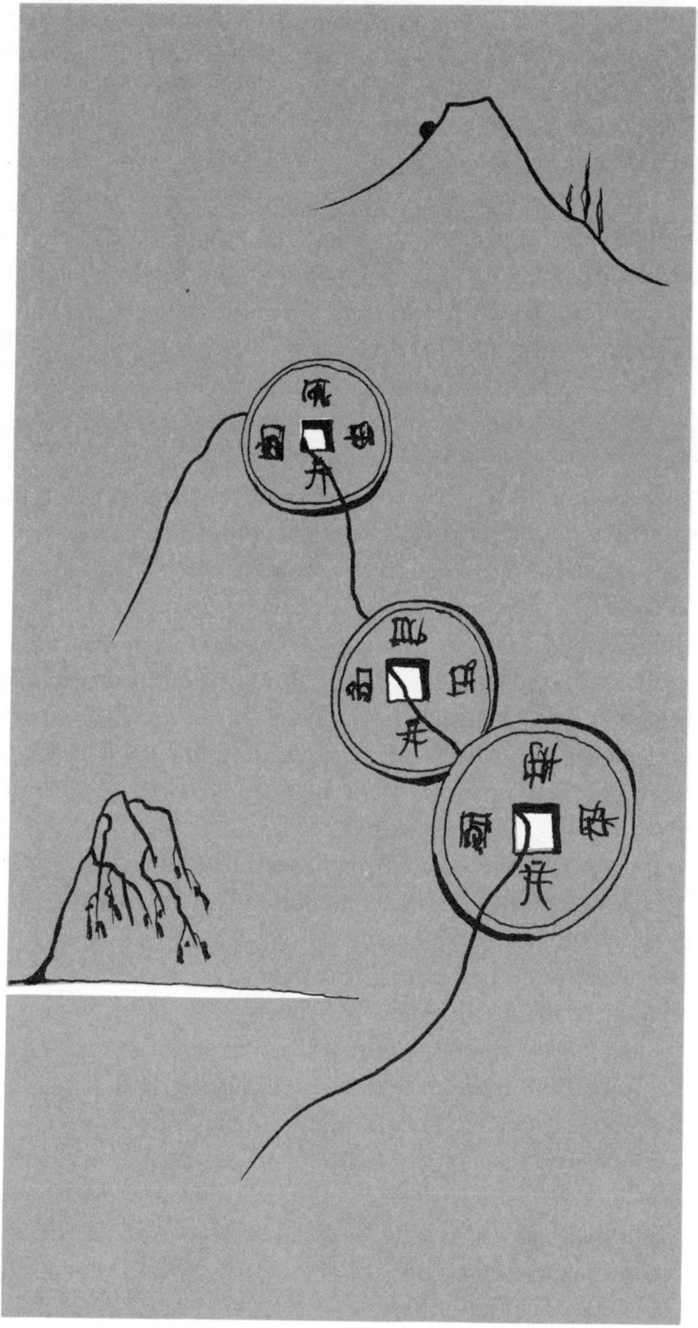

sten Tag wollte er mit dem noch fehlenden Geld die Urkunde und den Schuldschein eintauschen. Da nur ein Tag dazwischen lag und sie seit langem miteinander vertraut waren, hatte er für das abgelieferte Geld keine Quittung verlangt.

Am folgenden Tag überbrachte er das restliche Geld. Doch der westliche Nachbar erkannte die erste Zahlung nicht an und verweigerte die Rückgabe der Urkunden, weil der andere keinen Beweis in den Händen hatte und jedwede Aufzeichnungen fehlten.

Der östliche Nachbar reichte wegen dieses Unrechts eine Klage beim Bezirk ein. Als der Bezirk der Sache nachging, waren jedoch keinerlei Beweismittel vorhanden. Der Bezirksvorsteher erklärte: „Ich glaube wohl, daß Euch Unrecht widerfahren ist. Aber das, worauf sich die Ämter stützen, sind Urkunden. Wie sollen wir die Sache regeln, wenn es keine Beweismittel gibt?"

Daraufhin brachte der östliche Nachbar seine Klage bei der Präfektur vor. Doch auch die Präfektur vermochte die Angelegenheit nicht zu klären. Der östliche Nachbar geriet so sehr in Wut, daß er sich kaum noch beherrschen konnte.

Nun erfuhr er vom Hörensagen, daß es in Jiangyin jemanden gebe, der sich gut auf Rechtsentscheidungen verstehe. So überquerte er den Strom, wandte sich südwärts und trug seine Klage dem Bezirksvorsteher Zhao He vor. Der meinte:

„Die Behörde eines Bezirks nimmt eine niedrige Stellung ein, und zudem hat sich Euer Fall jenseits der Bezirksgrenze zugetragen. Auf welche Weise sollte ich Euch da zu Eurem Recht verhelfen können?"

Da begann der östliche Nachbar wegen des erlittenen Unrechts zu weinen.

„Wenn die Sache hier nicht geregelt werden kann",

sagte er, „so weiß ich nicht, wo ich zu meinem Recht kommen kann."

„Bleib vorerst in meinem Hause", erwiderte Zhao He. „Ich will Eure Sache überdenken."

Am nächsten Morgen rief er ihn zu sich und sagte:

„Mein Plan ist gefaßt. Habt Ihr wirklich nicht gelogen?"

„Wie sollte ich wagen, Falsches zu behaupten!" versicherte der östliche Nachbar.

„Wenn es wirklich so ist, wie Ihr sagt, dann müßt Ihr zu Eurem Recht kommen", meinte schließlich Zhao He.

Er rief einige Leute herbei, die sich auf das Ergreifen von Banditen verstanden, und beauftragte sie, ein amtliches Schreiben zum Ufer des Huai-Flusses zu bringen. Darin hieß es, daß es Leute gebe, die sich zusammenrotteten und auf dem Fluß Überfälle machten. Die Akten seien bereits komplett. Weiter hieß es, es gebe einen Komplizen und Hehler, der dort und dort wohne. Name und Aussehen deuteten auf den westlichen Nachbarn hin. Es werde darum gebeten, ihm Handfesseln anzulegen und ihn hierherzubringen. Schon vordem durfte nach den Regelungen für benachbarte Präfekturen in Fällen von bewaffneter Unterbrechung des Flußverkehrs niemand versteckt gehalten werden.

Mit dem amtlichen Schreiben nahmen die Leute die Verfolgung auf, ergriffen tatsächlich den westlichen Nachbarn und kehrten mit ihm zurück. Der aber verließ sich darauf, daß man ihm nichts nachweisen könne, und war ohne Furcht.

Nachdem er angekommen war, wurde er im Hofe untergebracht. Zhao He sagte in heftigem Ton:

„Du hast das Glück, dich mit Feldbestellung und Weberei selber versorgen zu können. Warum machst du da Überfälle auf dem Fluß?"

Da schrie der Gefangene laut auf und sagte unter Tränen:

„Ich bin ein Bauer und bin nie mit einem Boot gefahren!"

„Die Beweisaussagen sind vollständig", erwiderte Zhao He, „und der Name stimmt. Solltest du Falsches aussagen und starrsinnig sein, dann werden wir dir die Haut blutig prügeln und die Wahrheit schon aus dir herausholen."

Den Gefangenen befiel nun große Furcht. Er schlug mit dem Kopf auf die Erde, bis das Blut hervorströmte, als könne er das Unrecht nicht ertragen. Daraufhin sagte Zhao He:

„Glücklicherweise sind das, was du geraubt hast, meist Gold, Edelsteine, Brokat und gemusterte Stoffe, es ist nicht das, was Landleute zu speichern pflegen. Du solltest deinen Besitz auf einer Liste aufführen, damit wir alles genau überprüfen."

Da beruhigte sich der Gefangene etwas und gab im einzelnen Auskunft über das, was er gespeichert hatte. Er ahnte nicht, daß der östliche Nachbar herübergekommen war und geklagt hatte. Er gab an: Reis – soundso viel Hu, von den und den Pächtern eingebracht, grobe Seide – soundso viele Ballen, gefertigt auf dem häuslichen Webstuhl, Geld – soundso viele Schnüre, vom östlichen Nachbarn gegen einen Schuldschein eingetauscht, Silbergeräte – soundso viel Stück, von dem und dem Handwerker geschmiedet.

Der Bezirksvorsteher Zhao He war hocherfreut und prüfte die Angelegenheit noch einmal. „Du bist wirklich nicht einer, der Überfälle auf dem Fluß macht", sagte er. „Aber warum hast du die Achthunderttausend verschwiegen, die dir der östliche Nachbar zurückgegeben hat?"

Er holte den Kläger herbei und stellte ihn dem

westlichen Nachbarn gegenüber. Da war dieser beschämt und erschrocken und verlor die Fassung. Vor der Halle flehte er um sein Leben. Zhao He ließ ihn in Handfesseln in sein Heimatgebiet zurückführen. Zusammen mit dem Schuldschein als Beweis übergab er ihn dem Richter.

Ein furchtloser Präfekt

Zur Zeit der Kaiserin Wu Zetian war Di Renjie Präfekt von Ningzhou. Das Anwesen des Präfekten wurde seit langem von bösen Geistern heimgesucht, und mehr als zehn Präfekten waren bereits gestorben. Als Di Renjie eingetroffen war, hatten ihm die Amtsdiener erklärt, daß es im Amtsgebäude spuke und daß keiner mehr gewagt habe, das Gebäude zu beziehen. So sei das Anwesen verwildert. Es sei jetzt unbewohnbar, und man bitte ihn, anderswo Quartier zu nehmen. „Wie kann ein Präfekt anderswo Quartier nehmen und nicht im eigenen Hause wohnen?" sagte Di Renjie und befahl, die Schlösser zu entfernen und das Haus instand zu setzen. Dann zog er ohne Furcht ein.

Im Verlaufe einiger Nächte aber ereigneten sich so viele wunderliche und merkwürdige Dinge, daß man sie kaum noch zählen konnte. Schließlich wurde Di Renjie wütend und rief:

„Ich bin Präfekt, und dies ist mein Haus! Du willst mich vom rechten Wege abbringen. Warum benimmst du dich nicht, wie es sich gehört, sondern treibst Unfug und lehnst dich gegen die Ordnung auf? Wenn du ein Geist bist, dann nimm schleunigst Vernunft an! Wenn du ein Dämon bist, dann untersteh dich, mich noch weiter zu behelligen! Ich habe keine Angst vor dir, du treibst deinen Spuk völlig umsonst. Das beste wäre, wenn du dich zeigtest. Warum gibst du dich nicht offen zu erkennen?"

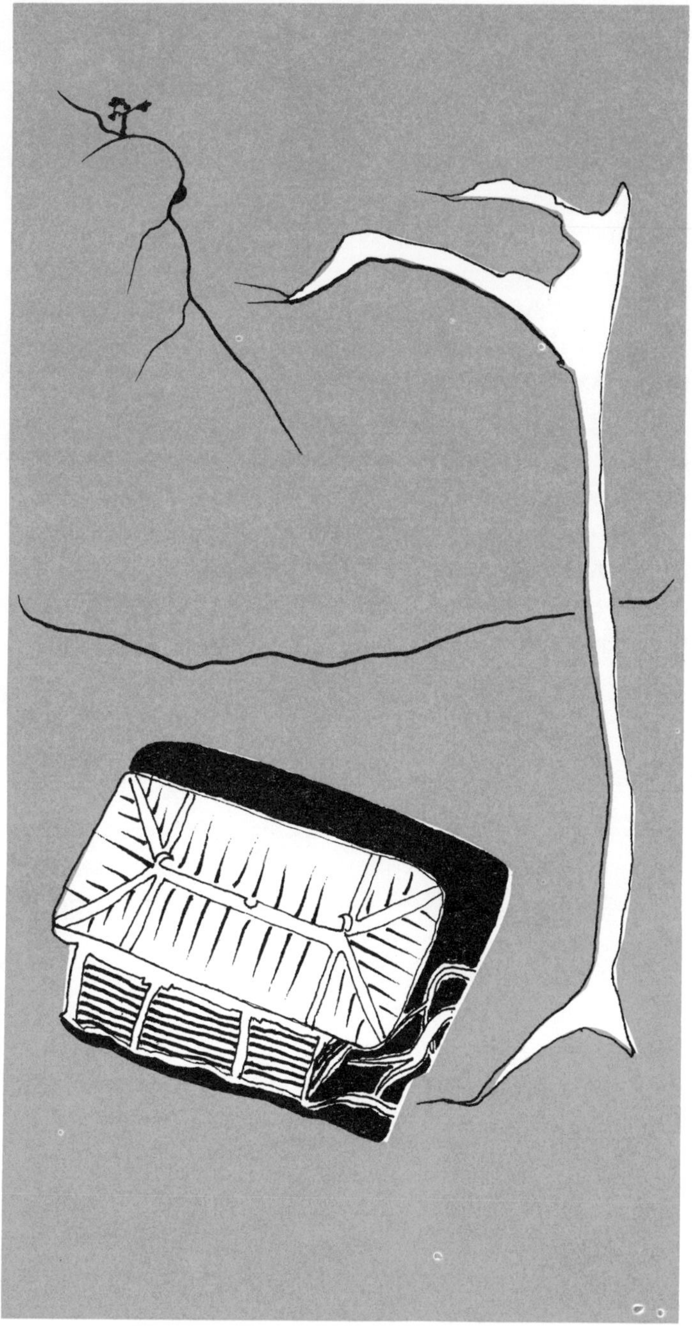

Kurz darauf erschien ein Mann in Amtstracht und sagte:

„Ich war Beamter unter der und der Dynastie und bin unter dem Baum westlich von der Treppe zur Halle begraben. Mein Körper wurde von einer Wurzel des Baumes durchbohrt, und ich kann die Schmerzen nicht mehr ertragen. Auch den früheren Herren wollte ich das erklären, doch sie sind immer gleich vor Angst gestorben. So bin ich auf meinem Wege in der Unterwelt bis heute nicht weitergekommen. Wenn Ihr mich umbetten könntet, brauchte ich hier nicht länger zu verweilen." Kaum hatte er zu Ende gesprochen, da war er auch schon wieder verschwunden.

Am nächsten Tage ließ Di Renjie die bezeichnete Stelle aufgraben, und es war tatsächlich so, wie der Mann gesagt hatte. Di Renjie ließ ihn umbetten, und der Spuk hörte auf.

Ein unerwünschter Schwiegersohn

Yang Bocheng war zu Beginn der Periode „Erschließung und Beginn“ der Tang-Dynastie, in den Jahren nach 713, Vizepräfekt der Hauptstadt. Eines Tages sprach bei ihm jemand vor, der sich als Wu Nanhe melden ließ. Yang Bocheng empfing ihn. Der Besucher war über dreißig Jahre alt, maß mehr als sieben Chi und sah gewaltig aus. Yang Bocheng führte ihn in die Halle hinauf und ließ ihn Platz nehmen.

Wu Nanhe war von unvergleichlicher Beredsamkeit, so daß Yang Bocheng kaum dazu kam, ihm zu antworten. Nach einer Weile bat der Besucher Yang Bocheng, die Dienerschaft fortzuschicken, da er mit ihm etwas Geheimes besprechen wolle.

„Ich habe gehört“, sagte er dann, „Euer junges Fräulein ist anmutig. Ich möchte, daß sie mir in meinem Hause zu Diensten sei.“

Yang Bocheng war entsetzt und entgegnete Wu Nanhe:

„Meine Tochter wird auf Grund eines Verlöbnisses heiraten. Außerdem kennen wir uns nur von ungefähr, wie könnt Ihr da so reden?“

Da wurde Wu Nanhe sehr zornig und nannte Yang Bocheng einen alten Sklaven.

„Ich werde mir Eure Tochter holen“, sagte er, „und wehe, man wagt mich daran zu hindern!“ Ungehörige Worte solcherart sprach er sehr viele.

Yang Bocheng wußte nicht, was er machen sollte.

Wu Nanhe legte schnell seine Kleider ab und drang in die inneren Gemächer ein. Er ging geradewegs zu dem Mädchen und setzte sie in einen Käfig aus Papier. Nach geraumer Zeit kam er mit ihr zusammen heraus. „Jetzt habe ich den Wu Nanhe geheiratet", sagte das Mädchen, „was gibt es da zu zürnen und zu schelten?"

Yang Bocheng erkannte, daß Wu Nanhe ein Fuchsdämon sein mußte, und befahl einem Dutzend Leute aus seiner Dienerschaft, ihn zu erschlagen. Statt dessen aber wurden sie von ihm verprügelt, und den meisten wurden beide Ohren mit Schlamm zugeschmiert.

Wegen dieser Vorfälle ließ sich Yang Bocheng für einige Zeit beurlauben. Sogar der Kaiser erkundigte sich, warum er Yang Bocheng nicht mehr zu Gesicht bekäme. Alle sagten, seine Familie werde von einem Fuchs belästigt. In einem Erlaß befahl der Kaiser einem Dutzend Daoisten und Geisterbeschwörern, in Yang Bochengs Haus zu gehen. Doch auch ihnen wurden die Ohren mit Schlamm zugeschmiert, sie wurden gefesselt, und keiner konnte Wu Nanhe bezwingen.

Yang Bocheng empfand die Sache als Schande und nahm seinen Abschied. Mit seiner ganzen Familie kehrte er auf sein Gut zurück, wo er einen eigenen Hof für den jungen Herrn Wu einrichtete. Wenn die Diener insgeheim über Wu Nanhe schimpften, wurden sie jedesmal von ihm verprügelt. Bald gab es keinen mehr, der noch etwas zu sagen wagte.

Yang Bocheng brauchte nun keinerlei Geschäften nachzugehen und hatte genügend Muße. So ging er selber auf die Felder und sah den Leuten zu, wie sie das Getreide schnitten.

Einmal rastete er unter einem Baum. Da trat ein Daoist, der sehr hager war, an Yang Bocheng heran und bat ihn um etwas Trinkwasser. Yang Bocheng lud ihn zum Essen ein.

„Warum seht Ihr so betrübt aus?" fragte der Daoist, nachdem sie gespeist hatten. Yang Bocheng fürchtete den Wu Nanhe und erklärte dem Daoisten daher die Sache, indem er ihm ins Ohr flüsterte. Da lachte dieser und sagte: „Ich bin ein Unsterblicher aus dem Himmel und habe vom Himmelskaiser den Auftrag, vier oder fünf solcher Gesellen wie Wu Nanhe zu fangen."

Dann verlangte er Papier und Pinsel. Yang Bocheng beauftragte einen jungen Sklaven, dies zu holen. Aber er fürchtete, Wu Nanhe könnte etwas merken, und er befahl daher dem Sklaven streng, keinen Lärm zu machen.

Als Papier und Pinsel herbeigeschafft waren, schrieb der Daoist drei Schriftzeichen in der Form der alten Siegelschrift. Er befahl dem jungen Sklaven, das Schriftstück Wu Nanhe zu überbringen und zu sagen: „Der ehrwürdige Meister ruft dich!"

Der Sklave nahm das Schriftstück und ging damit ins Haus. Dort sah er, wie Wu Nanhe gerade mit einer Sklavin scherzte. Der Sklave übergab ihm das Schriftstück. Nachdem Wu Nanhe es gesehen hatte, lief er auf allen vieren zu dem Baum.

„Wie kannst du alter Wildfuchs es wagen, menschliche Gestalt anzunehmen!" schalt ihn der Daoist und verwandelte ihn in einen Fuchs, der krank und räudig war. „Die himmlischen Behörden bedienen sich solcher Wesen", erklärte der Daoist, „und man kann sie nicht töten. Aber Euch zuliebe will ich ihn nicht ungeschoren lassen." Und mit einem kleinen Stock schlug er ihn hundertmal, bis das Blut floß und den Boden bedeckte.

Yang Bocheng wollte den Daoisten mit kostbaren Juwelen beschenken, aber der nahm nichts an. Er trieb den Fuchs vor sich her und folgte ihm nach. Als sie über hundert Schritt gegangen waren, kamen sie an den Rand eines Weidenhaines. Dort erhoben sie sich langsam zum Himmel, wo sie nach einer Weile verschwanden.

Yang Bocheng war überaus froh. Zu Hause beglückwünschte ihn die ganze Familie. Die Tochter schlief noch, sie erhob sich erst nach einer gewissen Zeit. „Ich war doch soeben noch in der Stadt in einem Käfig“, sagte sie erstaunt, „wie bin ich hierhergekommen?“

Da wußten alle, daß sie von dem Fuchs verhext gewesen war. Ihr selbst kam es vor, als hätte sie alles im Schlafe erlebt.

Wie der Bettler Liu Guanci den Drachen half

Liu Guanci aus Luoyang lebte in der Periode „Große Jahre“ (766–779) in Suzhou als Bettler. Dort lernte er den Prüfungskandidaten Cai Xia kennen, einen gutaussehenden Mann von frischem Geist, dem er gleich bei der ersten Begegnung sehr herzlich zugetan war.

Bald schlossen die beiden Brüderschaft und feierten dies mit einem Festmahl.

Als das Fest seinem Ende zuging, fragte Cai Xia: „Du ziehst jetzt im Lande umher – was bezweckst du eigentlich damit?“

„Ich bettele“, erwiderte Liu Guanci.

„Hast du ein bestimmtes Ziel, oder ziehst du einfach nur so umher?“

„Ich lasse mich einfach so treiben.“

„Und bei wieviel Geld willst du Schluß machen?“

„Bei hunderttausend.“

„So einfach umherziehen und erwarten, hunderttausend Geldstücke zu erlangen, das ist, als wollte man ohne Flügel fliegen“, wandte Cai Xia ein. „Selbst wenn du jemals soviel erlangen solltest, würdest du dafür viele Jahre brauchen. Ich bin in Luoyang zu Hause, und meine Familie ist nicht arm. Aus bestimmten Gründen mußte ich Luoyang verlassen und habe nun schon lange nichts mehr von meiner Familie gehört. Daher hätte ich einen Wunsch. Ich möchte dich bitten, zu meiner Familie zu reisen. Die Kosten für diese Reise würde ich übernehmen. So könntest du in wenigen Tagen das Ziel deines Umherziehens erreichen. Wie wäre das?"

„Das wäre natürlich genau das, was ich mir wünsche", stimmte Liu Guanci zu.

So versprach ihm Cai Xia hunderttausend Geldstücke. Er überreichte ihm einen Brief und erklärte ihm dazu:

„Da ich hier in der Fremde so plötzlich die Gunst deiner Wertschätzung erfahren habe und es zwischen uns keine Förmlichkeiten mehr gibt, will ich dir meine innersten Gedanken offenbaren. Die älteren Mitglieder meiner Familie sind Schuppentiere und wohnen unter der Wei-Brücke. Du mußt dort die Augen zumachen und an einen Brückenpfeiler klopfen, dann wird jemand kommen und dich einlassen. Wenn du meine Mutter siehst, dann bitte sie unbedingt darum, auch meine jüngere Schwester sehen zu dürfen. Da wir beide Brüderschaft geschlossen haben, brauchst du dich ihr gegenüber nicht als Fremder zu fühlen. Auch in meinem Brief habe ich sie aufgefordert, dir ihre Aufwartung zu machen. Sie ist zwar noch jung an Jahren, aber sehr klug. Ich habe veranlaßt, daß sie dir wie ein Gastgeber zur Seite steht. Sie wird auch sicher mit dem Geschenk von hundert Geldschnüren einverstanden sein."

So machte sich Liu Guanci auf den Weg in seine Heimatstadt. Als er unter der Wei-Brücke ankam, war dort nur tiefes, klares Wasser – wie sollte er da hineingelangen? Nach einer Weile sagte er sich: Der Drachengeist kann mich doch nicht betrogen haben! Er schloß zur Probe die Augen und klopfte an einen Pfeiler.

Plötzlich antwortete jemand. Als er die Augen wieder aufschlug, waren Brücke und Wasser verschwunden. Statt dessen erblickte er ein vornehmes Wohnanwesen mit vielen hohen und niedrigen Bauten. Davor

stand ein Diener in einem purpurnen Gewand. Er hob die Hände zum Gruß und fragte Liu Guanci nach seinem Begehr.

„Ich komme aus Suzhou", antwortete Liu Guanci. „Ich habe einen Brief von dem jungen Herrn."

Der Diener nahm den Brief und ging ins Innere des Anwesens. Kurz darauf kam er wieder heraus und sagte:

„Meine Herrin erwartet Euch."

Liu Guanci folgte dem Diener in die Halle, wo ihn die Herrin empfing. Sie war über vierzig Jahre alt und ganz in Purpur gekleidet. Sie sah liebreizend aus. Liu Guanci verbeugte sich vor ihr, und sie erwiderte diesen Gruß ebenfalls mit einer Verbeugung. Dann bedankte sie sich.

„Mein Sohn zieht in der Fremde umher und hat lange nichts von sich hören lassen. Dank Eurer Güte hat uns nun über viele tausend Li hinweg ein Brief von ihm erreicht. Einst, als er jung war, hat er sich gegen eine hochgestellte Persönlichkeit vergangen. Deren Groll hat sich bis heute nicht gelegt. Nachdem mein Sohn fortgegangen war, haben wir drei Jahre lang nichts mehr von ihm erfahren. Wenn Ihr nicht gekommen wäret, hätten sich meine Sorgen noch vermehrt." Nach diesen Worten forderte sie ihn auf, Platz zu nehmen.

„Der junge Herr hat mit mir Brüderschaft geschlossen", sagte Liu Guanci. „So ist seine jüngere Schwester auch meine Schwester, und Ihr solltet mich wohl auch ihr vorstellen."

„Auch das hat mein Sohn in seinem Brief geschrieben", antwortete die Frau. „Meine Tochter macht sich nur ein wenig zurecht, dann kommt sie Euch begrüßen."

Kurz darauf erschien eine Sklavin und meldete: „Die junge Herrin kommt."

Die junge Dame war etwa fünfzehn oder sechzehn Jahre alt. Sie war eine einmalige Schönheit und wirkte außergewöhnlich klug. Nachdem sie sich verneigt hatte, setzte sie sich zu Füßen ihrer Mutter nieder. Dann wurde befohlen, ein Essen aufzutragen. Es bestand aus den erlesensten Speisen.

Während sie so beim Essen saßen, bekam die Herrin plötzlich rote Augen und starrte Liu Guanci gierig an. Da sagte die Tochter eilig:

„Er ist im Auftrag meines Bruders gekommen und sollte höflich behandelt werden, zumal wir ihn veranlassen wollen, uns bei der Befreiung aus unserer mißlichen Lage zu helfen, und von diesem unserem Vorhaben dürfen wir nicht abgehen." Und zu Liu Guanci sagte sie: „In seinem Brief hat mein Bruder angeordnet, Euch hundert Geldschnüre als Geschenk zu überreichen. Da Ihr die aber schwerlich allein fortschaffen könnt, müssen wir sie Euch in Form von etwas Leichterem übergeben. Ich werde Euch einen Gegenstand schenken, dessen Wert dieser Summe entspricht. Wäret Ihr damit einverstanden?"

„Ich als Euer Bruder habe nur einen Brief überbracht", antwortete Liu Guanci, „wie könnte ich dafür eine Belohnung beanspruchen?"

„Mein Sohn hat uns ausführlich berichtet, wie Ihr als armer Mann im Lande umherzieht", sagte die Herrin. „Nun wollen wir Euch Euren Wunsch erfüllen. Da könnt Ihr nicht ablehnen."

Liu Guanci bedankte sich, und es wurde befohlen, die „Schale zum Schutze des Reiches" zu holen. Dann fuhr man mit dem Essen fort.

Bald aber starrte die Herrin Liu Guanci wieder gierig mit roten Augen an, und aus den Mundwinkeln troff ihr der Speichel. Die Tochter hielt ihr eilig die Hand vor den Mund.

„Der Herr ist im Vertrauen und im Auftrag meines

Bruders hier", sagte sie. „Man sollte sich ihm gegenüber nicht so gehen lassen." Und zu Liu Guanci sagte sie: „Meine Mutter ist schon recht betagt. Sie hat wieder ihr Reißen bekommen und kann Euch nicht länger Gesellschaft leisten. Vielleicht würdet Ihr uns besser wieder verlassen."

Es schien, als hätte die Tochter Angst. Sie hieß eine Sklavin die Schale bringen und übergab sie dann selber Liu Guanci.

„Dies ist eine Schale aus dem Staate Jibin", erklärte sie. „In jenem Lande benutzte man sie, um Katastrophen und Übel abzuwehren. Für die Leute des Tang-Reiches aber ist sie nicht von Nutzen. Wer Euch dafür hunderttausend Geldstücke bietet, dem könnt Ihr sie verkaufen. Verkauft sie aber nicht unter diesem Preis! Ich muß jetzt meiner kranken Mutter zur Seite stehen und kann leider nicht weiter bei Euch verweilen." Mit diesen Worten verneigte sich die Tochter zweimal und zog sich zurück.

Liu Guanci machte sich mit der Schale auf den Weg. Nach einigen Schritten schaute er sich um. Das blaugrüne Wasser und die hohe Brücke waren genauso wieder da wie in dem Augenblick, als er ankam. Er betrachtete die Schale in seiner Hand: Sie war aus gelblichem Kupfer und höchstens dreihundert oder fünfhundert Geldstücke wert. Er war sich sicher, daß die Drachenschwester ihn zum Narren gehalten hatte.

Als er später die Schale auf den Markt brachte, um sie zu verkaufen, bot man ihm siebenhundert oder achthundert Geldstücke oder auch nur fünfhundert. Er aber bedachte, daß die Drachengeister Wert auf Glaubwürdigkeit legten und die Menschen nicht betrogen. So ging er Tag für Tag mit der Schale auf den Markt.

Nach mehr als einem Jahr kam unverhofft zu einem der Läden auf dem Westmarkt ein Ausländer. Als der die Schale sah, war er außer sich vor Freude. Er fragte nach ihrem Preis, und Liu Guanci sagte:

„Zweihundert Geldschnüre."

„Eine Sache sollte ihrem Wert gemäß bezahlt werden", meinte der Ausländer, „wieso also zweihundert Geldschnüre? Zumal dies keine Kostbarkeit Chinas ist – was habt Ihr davon, wenn Ihr sie behaltet? Wäret Ihr mit hundert Schnüren zufrieden?"

Da verlangte Liu Guanci nicht mehr, denn dies war der ursprünglich vorgesehene Preis. So willigte er in den Handel ein.

„Dies ist die ‚Schale zum Schutze des Reiches' aus dem Lande Jibin", erklärte der Fremde. „In dem

Lande wehrte sie alles Unheil ab, das die Menschen treffen kann. Seitdem die Schale dort verschwunden ist, gibt es schlimme Mißernten, und allenthalben sind Kriege ausgebrochen. Wie wir gehört haben, ist die Schale vor annähernd vier Jahren von einem Drachensohn gestohlen worden. Nun hat der Landesherr die Steuereinnahmen eines halben Jahres als Belohnung ausgesetzt, um sie zurückzugewinnen. Wie seid Ihr zu der Schale gekommen?"

Liu Guanci erzählte, wie alles gewesen war.

„Die Schutzdrachen von Jibin haben beim Himmelsherrscher Klage erhoben", sagte der Fremde, „und seitdem wird nach dem Dieb gesucht. Deswegen meidet Cai Xia seither seine Heimat. Die Beamten des Jenseits sind sehr streng, so daß er sich nicht selber stellen wollte. Daher hat er Euch benutzt, um die Schale herauszuholen. Daß er seine Schwester geheißen hat, Euch freundlich zu begrüßen, geschah nicht deswegen, weil er mit Euch Brüderschaft geschlossen hat. Die gierigen Blicke der alten Drachenfrau zeigten wohl an, daß sie Euch fressen wollte. Doch durch seine Schwester hat er Euch beschützen lassen. Da die Schale nun von dort weg ist, kann auch er wieder zurückkehren. Auf diese Weise wurde die mißliche Lage beseitigt. Nach fünfzig Tagen werden die Wasser des Luo-Flusses aufwallen, und die Wogen werden die Sonne verdunkeln. Das wird das Zeichen sein, daß Cai Xia zurückkehrt."

„Wieso wird er erst nach fünfzig Tagen zurückkehren?" fragte Liu Guanci.

„Erst wenn ich mit der Schale die Gebirge überschritten habe, wird er es wagen, zurückzukehren", antwortete der Fremde.

Liu Guanci merkte sich das. Als es soweit war, ging er hin, um es sich anzuschauen: Es war wirklich so, wie vorhergesagt.

Der Verlobungsgasthof

Wei Gu aus Duling war schon in jungen Jahren verwaist. So regte sich in ihm früh der Wunsch zu heiraten. Doch was er auch versuchte, um zu einer Frau zu kommen, alles blieb ohne Erfolg.

Im Jahre 807, dem zweiten Jahr der Periode „Ursprüngliche Harmonie“, kehrte er auf einer Reise nach Qinghe in einem Gasthaus südlich der Stadt Songcheng ein. Dort schlug ihm einer der Gäste die Tochter des ehemaligen Assistenten des Präfekten von Qinghe, des Herrn Pan Fang, als Frau vor und machte mit ihm aus, daß er sich am nächsten Morgen vor Sonnenaufgang am Tor des Longxing-Tempels westlich von dem Gasthof einfinden solle.

Wei Gu, dessen Wunsch nach einer Frau unverändert dringlich war, ging im Morgengrauen dort hin. Der niedrig stehende Mond leuchtete noch hell. Auf den Stufen zum Tempel saß, an einen Stoffsack gelehnt, ein alter Mann, der in einer Schriftrolle las. Wei Gu trat näher heran und warf einen Blick darauf: Diese Schriftzeichen kannte er nicht. Es war weder die chinesische „Insektenschrift“ noch die „Acht-Teile-Schrift“ oder die „Kaulquappenschrift“, noch die Schrift des Sanskrit. Daher fragte er den Alten:

„Was ist das für eine Schrift, die Ihr da lest? Ich habe in meiner Jugend fleißig studiert und kann sagen, daß ich alle Schriften, die es auf der Welt gibt, kenne. Auch das Sanskrit-Alphabet aus den westli-

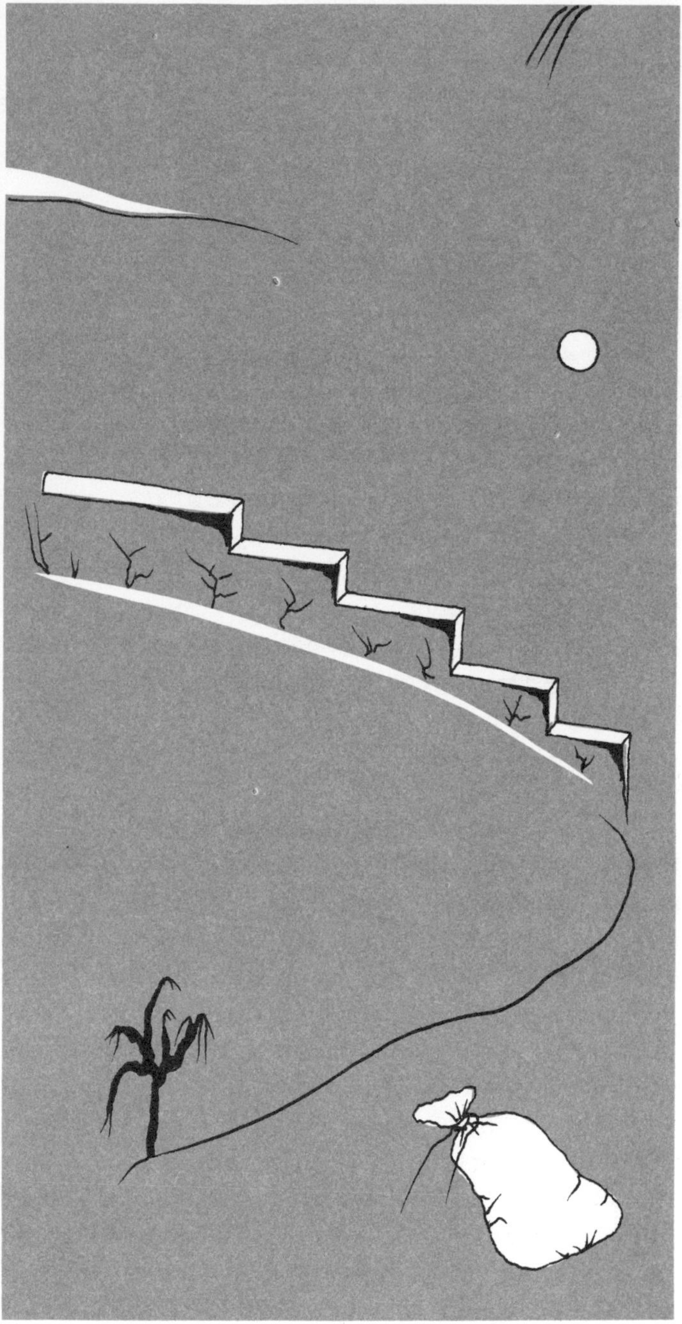

chen Ländern kann ich lesen. Diese Schrift aber habe ich noch nie gesehen. Was mag das nur sein?"

„Dies ist keine Schrift von dieser Welt, wie solltet Ihr sie je gesehen haben!" erwiderte lachend der Alte.

„Wenn das keine Schrift von dieser Welt ist, was ist es dann?

„Dies ist die Schrift des Jenseits."

„Wie kann jemand aus dem Jenseits hierherkommen?"

„Ihr seid früh unterwegs", stellte der Alte fest, „doch wenn ich nicht hier wäre, wäret Ihr nicht hierhergekommen. Die Beamten des Jenseits, die die Dinge des menschlichen Lebens lenken, können sich nicht nur im Jenseits bewegen. Von denen, die auf Euren Straßen einhergehen, sind die Hälfte Menschen und die andere Hälfte Geister. Nur könnt Ihr sie nicht voneinander unterscheiden."

„Und wofür seid Ihr zuständig?"

„Für die Heiratsregister des Reiches."

Da sagte Wei Gu voller Freude:

„Ich bin in jungen Jahren Waise geworden. Ich wollte schon immer früh heiraten, um eine große Nachkommenschaft zu zeugen. Seit zehn Jahren versuche ich es nun schon auf vielerlei Art, habe aber leider noch keinen Erfolg gehabt. Jetzt habe ich mich hier mit jemandem verabredet, der mir die Tochter des Assistenten des Präfekten Pan als Frau vorgeschlagen hat. Ob ich wohl Erfolg haben werde?"

„Nein", gab der Alte zur Antwort. „Wenn man vom Schicksal nicht füreinander bestimmt ist, kann man den anderen nicht zum Gatten bekommen, selbst wenn man es nicht auf den Stand des Beamten abgesehen hat, sondern nur das Kind eines Fleischers oder eines Spielers heiraten möchte. Wie sollte das dann bei dem Kind eines Präfekturbeamten möglich sein? Eure zukünftige Frau ist jetzt drei Jahre alt, und erst wenn sie siebzehn geworden ist, wird sie Euer Haus betreten."

„Und was habt Ihr da in Eurem Sack?"

„Rote Schnur. Damit binde ich die Füße von Männern und Frauen zusammen, die füreinander bestimmt sind. Sobald sie geboren sind, werden sie damit insgeheim verbunden. Selbst wenn ihre Familien tödlich miteinander verfeindet sind, oder wenn der eine dem vornehmsten und der andere dem geringsten Stand angehört, oder wenn sie himmelweit voneinander entfernten Beschäftigungen nachgehen, oder wenn sie aus ganz verschiedenen Gegenden kommen – wenn sie einmal mit dieser Schnur verbunden sind, können sie einander nicht mehr entgehen. Auch Eure Füße sind bereits mit denen jener Frau verbunden. Was sollte es da noch nützen, anderweitig nach einer Frau zu suchen?"

„Und wo lebt diese meine Frau, und was macht ihre Familie?"

„Sie ist die Tochter von Frau Chen, die nördlich von diesem Gasthof einen Gemüsehandel betreibt."

„Kann ich sie sehen?"

„Frau Chen hat das Mädchen gewöhnlich auf dem Arm, wenn sie auf dem Markt Gemüse verkauft. Ihr könnt mir folgen, und ich werde sie Euch zeigen."

Inzwischen war es hell geworden. Doch der Mann, mit dem sich Wei Gu verabredet hatte, war nicht gekommen. Der Alte wickelte seine Schriftrolle auf, nahm seinen Sack und machte sich auf den Weg. Wei Gu folgte ihm bis auf den Gemüsemarkt. Dort erblickte er eine einäugige alte Frau mit einem drei Jahre alten Mädchen auf dem Arm, das sehr häßlich aussah. Der Alte zeigte auf das Mädchen und sagte:

„Das ist Eure Frau."

Wei Gu wurde sehr böse und entgegnete:

„Kann ich die nicht umbringen?"

„Diesem Mädchen ist vom Schicksal bestimmt, einmal ein großes Einkommen zu haben. Sie wird durch ihren Sohn zu einem Lehen kommen. Warum wollt Ihr sie da umbringen?“ Nach diesen Worten war der Alte verschwunden.

„Was redet der alte Teufel nur für dämonisches Zeug!“ schimpfte Wei Gu. „Ich stamme aus einer Familie von Stand und werde eine Frau heiraten, die diesem Stand entspricht. Und wenn ich keine solche Frau heiraten kann, dann werde ich mir vielleicht eine schöne Kurtisane halten, aber doch nicht die häßliche Tochter einer einäugigen Alten heiraten!“

Dann schärfte er einen kleinen Dolch und gab ihn seinem Sklaven mit den Worten: „Du hast dich schon oft bewährt. Wenn du es schaffst, für mich jenes Mädchen zu töten, dann werde ich dir zehntausend Geldstücke schenken.“

Der Sklave war einverstanden.

Am nächsten Morgen ging er mit dem Dolch im Ärmel auf den Gemüsemarkt, stach inmitten der Menge auf das Mädchen ein und rannte fort. Der ganze Markt geriet in Aufregung. Wei Gu und sein Sklave aber liefen davon und entkamen. Wei Gu fragte den Sklaven:

„Hast du sie denn richtig getroffen?“

„Erst wollte ich sie ins Herz stechen, doch dann habe ich sie unglücklicherweise zwischen die Augen getroffen“, antwortete dieser.

Danach hielt Wei Gu noch mehrfach um die Hand von Frauen an, doch immer ohne Erfolg.

Nach vierzehn Jahren erhielt er auf Grund seiner vom Vater ererbten Privilegien den Posten eines Administrators in der Präfektur Xiangzhou. Der Präfekt, Wang Tai, ließ ihn stellvertretend den Finanzbereich verwalten und beauftragte ihn speziell mit der Untersuchung von Strafsachen. Da er Wei Gu als fähigen

Mann schätzen lernte, gab er ihm seine Tochter zur Frau.

Das Mädchen war etwa sechzehn oder siebzehn Jahre alt und sehr hübsch. Wei Gu gefiel sie ausnehmend gut. Doch zwischen ihren Augenbrauen trug sie ständig ein Pflaster. Sie nahm es nie auch nur für kurze Zeit ab, selbst nicht beim Baden oder wenn sie in Muße zu Hause weilte.

Als das nach über einem Jahr noch immer so war und sich Wei Gu mehr und mehr darüber wunderte, erinnerte er sich plötzlich daran, daß sein Sklave gesagt hatte, er habe das Mädchen zwischen die Augen getroffen. Er fragte nun seine Frau eindringlich, welche Bewandtnis es mit dem Pflaster habe. Unter Tränen antwortete sie:

„Ich bin ein Adoptivkind des Präfekten, nicht seine richtige Tochter. Mein Vater war früher einmal Präfekt der Stadt Songcheng. In diesem Amt ist er gestorben. Ich selber lag damals noch in den Windeln. Meine Mutter und mein älterer Bruder sind dann auch nacheinander gestorben. Wir hatten ein Gut südlich der Stadt Songcheng. Dort wohnte ich mit meiner Amme, Frau Chen. In der Nähe des Gutes war ein Gasthof. Frau Chen bestritt unseren Lebensunterhalt mit dem Verkauf von Gemüse. Sie hatte Mitleid mit mir, weil ich noch so klein war, und wagte es nicht, mich auch nur kurze Zeit allein zu lassen. Als ich drei Jahre alt war, ging sie wieder einmal, mich auf dem Arme haltend, auf den Markt. Da wurde ich von einem verrückten Banditen mit einem Dolch gestochen. Weil die Narbe noch zu sehen ist, verdecke ich sie mit dem Pflaster. Vor sieben oder acht Jahren erhielt mein Onkel ein Amt in Lulong, und er nahm mich mit. Aus Barmherzigkeit hat er mich als seine Tochter Euch zur Frau gegeben."

„War die Frau Chen einäugig?" fragte Wei Gu.

„Ja. Woher wißt Ihr das?“

„Ich war es, der dich gestochen hat. Das ist zwar merkwürdig, aber es ist das Schicksal“, erklärte er und erzählte ihr die ganze Geschichte.

Beide verehrten einander danach noch mehr. Später hatten sie einen Sohn, den sie Kun nannten und der Präfekt von Yanmen wurde. Der Frau von Wei Gu wurde der Titel „Große Dame von Taiyuan“ verliehen.

Da wußte man, daß das Schicksal unabänderlich ist. Als der Präfekt von Songcheng die Geschichte erfuhr, gab er dem Gasthof den Namen „Verlobungsgasthof“.

Ein Fremder in der Welt der Unsterblichen

Im Jahre 705, dem ersten Jahr der Periode „Geisterdrachen“ der Tang-Dynastie, lebte im Bezirk Zhushan in der Präfektur Fangzhou ein Gemeinfreier namens Yin Yinke, dessen Familie reich war. Seit zwei Jahren ließ er hinter seinem Gut einen Brunnen bauen, doch obwohl man bereits mehr als tausend Chi tief ausgeschachtet hatte, kam immer noch kein Wasser. Yin Yinke aber beharrte darauf, den Brunnen anzulegen.

Nachdem über ein Monat vergangen war, hörte der Arbeiter, der den Brunnen aushob, plötzlich im Innern der Erde Laute von Hühnern, Hunden und Vögeln. Er grub noch ein paar Chi tiefer, und da öffnete sich zur Seite hin eine steinerne Höhle.

Der Arbeiter trat in die Höhle hinein und tastete sie ab. Nach den ersten paar Dutzend Schritten war noch nichts zu sehen, doch er ging, sich mit den Händen an der Wand abstützend, weiter. Plötzlich zeigte sich ein Lichtschein wie von Sonne oder Mond. Dann ging es abwärts, und die Höhle mündete auf einen Berggipfel.

Der Arbeiter stieg den Berg hinab, und als er stehenblieb, um Ausschau zu halten, war er in einer anderen Welt, mit Himmel, Erde, Sonne und Mond. Auf allen Seiten ragten Berge weit in die Höhe. Tausend Felsen und Myriaden Schluchten lagen in strahlendem Sonnenschein. Die Steine hatten die Farbe von azurnem Glas. Auf den Felsen und in den

Schluchten standen goldene und silberne Paläste. Riesige Bäume hatten knotige Stämme wie der Bambus und Blätter, so groß wie Bananenlaub. Da gab es violette Blüten, weit ausladend wie Schüsseln, und bunte Schmetterlinge mit Flügeln, so breit wie Fächer, gaukelten zwischen den Blüten umher. Bunte Vögel, so groß wie Kraniche, segelten um die Wipfel der Bäume. Aus jedem Felsen sprudelten eine klare, spiegelhelle Quelle und eine weiße, milchfarbene.

Der Arbeiter stieg langsam hinab, bis er an einen Palast kam. Er wollte eintreten, um sich zu erkundigen, wo er sei. Als er vor dem Tor stand, sah er ein Schild, auf das in silbernen Schriftzeichen geschrieben war: „Bergpalast des Himmlischen Zimtbaumes." Aus jedem der beiden Steintore stürzte aufgeregt ein Mann heraus. Die zwei waren über fünf Chi groß, hatten jadegleiche jugendliche Gesichter und trugen Kleider, die so leicht und fein wie weißer Dunst oder grünlicher Rauch waren. Sie hatten rote Lippen, blendend weiße Zähne und tiefschwarzes Haar. Auf dem Kopf trugen sie goldene Kappen, ihre Füße aber waren nackt.

Sie schauten den Arbeiter an und fragten: „Wie kommst du hierher?" Der Arbeiter erzählte ihnen den Hergang. Er hatte noch nicht zu Ende gesprochen, als aus den Toren einige Dutzend Leute kamen, die sich über einen dumpfigen Geruch gewundert hatten und den Torwächtern die Schuld daran gaben. Die beiden Männer waren sehr erregt und sagten: „Ein Arbeiter aus der Außenwelt ist unerwartet hier erschienen. Wir sind gerade dabei, ihn auszufragen, darum haben wir noch keine Meldung erstattet."

Bald darauf überbrachte jemand in einem karmesinroten Gewand eine Anweisung, die besagte, die Torsteher sollten den Ankömmling höflich wieder fortschicken. Der Arbeiter verbeugte und bedankte sich, doch noch bevor er zu Ende gesprochen hatte, sagte der eine Torwächter zu ihm:

„Da du nun schon einmal hier bist, warum willst du nicht darum bitten, dir alles anschauen und dann erst zurückkehren zu dürfen?“

„Das habe ich gar nicht gewagt“, antwortete der Arbeiter. „Wenn mir diese Freiheit gewährt werden könnte, so bitte ich Euch, diesen Wunsch zu übermitteln.“

Daraufhin sandten die Torwächter ein jadenes Schriftstück ins Innere des Palastes. Kurz darauf kam dieses wieder zurück. Der eine Torwächter nahm es in Empfang und führte den Arbeiter zu einer klaren Quelle. Hier hieß er ihn ein Bad nehmen und seine Kleider waschen. Dann brachte er ihn zu einer weißen Quelle und hieß ihn sich die Hände waschen und den Mund spülen. Der Geschmack des Quellwassers war wie Milch, sehr süß und edel. Der Arbeiter trank mehrere Handvoll hintereinander, und danach fühlte er sich wie trunken und satt.

Dann wurde er von dem Torwächter den Berg hinabgeführt. Jedesmal, wenn er zu einem Palast kam, durfte er nur bis ans Tor gehen, nie aber das Innere betreten.

So verging der halbe Tag, bis sie an den Fuß des Berges gelangten. Hier lag eine Stadt mit Palästen und Toren aus Gold, Silber, schönen Steinen und Jade. Eine Inschrift aus jadenen Schriftzeichen lautete: „Reich der Stufen zur Unsterblichkeit“.

„Was hat es mit diesem Reich für eine Bewandtnis?“ fragte der Arbeiter den Torwächter.

„Diejenigen der Unsterblichen, die gerade erst die Unsterblichkeit erlangt haben“, antwortete der Torwächter, „werden hier eingeschlossen und müssen siebenhunderttausend Tage lang ihren Wandel üben. Danach können sie in die verschiedenen Himmel gelangen: in die Jadene Hauptstadt, auf den Penglai-Berg, in den Kunlun-Park oder auf den Guye-Berg. Dann erst erhalten sie ein Amt in einem der Paläste der Unsterblichen, das eines Registerverwalters oder eines Siegelbewahrers, und die Freiheit des Umherschwebens."

„Aber wenn dies das Land der Unsterblichen ist", wandte der Arbeiter ein, „warum befindet es sich dann in der Unterwelt von meinem Land?"

„Dieses unser Land", erklärte der Torwächter, „ist das Obere Reich der Unsterblichen der Unterwelt. Oberhalb deines Landes gibt es noch ein Reich der Unsterblichen wie dieses hier. Auch das heißt ‚Reich der Stufen zur Unsterblichkeit' und unterscheidet sich in nichts von dem hier." Nach diesen Worten sagte er zu dem Arbeiter: „Jetzt kannst du zurückkehren."

Dann stiegen sie den Berg wieder hinan, wobei sie dem alten Weg folgten. Wieder ließ der Torwächter den Arbeiter einige Handvoll von der weißen Quelle trinken. Am Gipfel angekommen, suchte der Arbeiter die Höhle. Da sagte der Torwächter: „Du bist zwar nur kurze Zeit hier gewesen, doch in der Welt der Menschen sind inzwischen mehrere Jahrzehnte vergangen. Durch die alte Höhle zurückzukehren dürfte wohl nicht mehr möglich sein. Warte, bis ich um den Schlüssel zum Himmelstor ersucht haben werde, um dich zurückzuschicken!" Der Arbeiter verbeugte und bedankte sich.

Bald darauf brachte der Torwächter ein goldenes Siegel und ein jadenes Schriftstück. Nun führte er den Arbeiter auf einem anderen Weg weiter nach oben.

Sie kamen an ein großes Portal. Es war so mächtig wie ein hoher Wachtturm. Davor standen etliche Leute, die in gebückter Haltung warteten. Der Torwächter wies das goldene Siegel vor und verlas das jadene Schriftstück. Da öffnete sich plötzlich das Portal, und der Torwächter führte den Arbeiter hinein. Kaum hatte dieser es durchschritten, wurde er von Wind und Wolken erfaßt und fortgetragen. Er konnte nichts sehen, er hörte nur noch den Torwächter sagen: „Gehab dich wohl und grüß den Zhenbo in Chicheng von mir!“

Nach einer Weile lichteten sich die Wolken, und der Arbeiter war in der Höhle am Gipfel des Berges des Einsamen Sterns dreißig Li nördlich von Fangzhou.

Er trat hinaus und erkundigte sich nach dem Hause des Yin Yinke. Die Leute aber sagten, der habe vor drei oder vier Generationen gelebt. Die Geschichte von dem Brunnenbau konnten sie also nicht kennen. So suchte der Arbeiter selbst nach dem Weg. Er entdeckte nur eine riesige Grube, die durch den eingestürzten Brunnen entstanden war.

Das war im siebenten Jahr der Periode „Keuscher Beginn“, im Jahre 791. Der Arbeiter forschte noch nach Leuten seiner Familie, doch er war verwirrt und kannte sich in den Örtlichkeiten nicht mehr aus. Er hatte keine Freude mehr an der Welt der Menschen, er hörte auf, sich von den Fünf Körnerfrüchten zu ernähren, und streifte ziellos umher.

Einige Jahre später traf ihn jemand in der Nähe des Hahnenkammberges bei Jian'ge. Danach wußte niemand mehr etwas über seinen Aufenthalt.

Wei Andao und die Erdgöttin

Wei Andao aus der Hauptstadt war der Sohn des Sekretärs im Kaiserlichen Sekretariat Wei Zhen. Er hatte mehrmals an den literarischen Prüfungen teilgenommen, aber immer ohne Erfolg.

In der Periode „Große Bestimmtheit" der Tang-Dynastie verließ er eines Morgens sein Haus in Luoyang. Als er an das Westtor des Cihui-Viertels kam, ertönte gerade die Morgentrommel, und er erblickte mitten auf der großen Straße Soldaten, die wie die Kaiserliche Leibgarde aussahen. An ihrer Spitze ritten einige Dutzend Gepanzerte. Diesen folgten mehrere Dutzend Beamte mit großen Stöcken. Sie trugen gemusterte Hosen und Jacken und eilten zu beiden Seiten der Straße dahin. Dann erschien ein kaiserlicher Wagen mit einer Mondfahne, aber ohne Sonnenfahne. Danach kamen mehrere Hunderte Diener, Palastdamen und Eunuchen. In ihrer Mitte trugen sie einen Baldachin, wie er bei kaiserlichen Ausfahrten benutzt wird. Darunter sah man eine Person in einem mit Perlen und Eisvogelfedern besetzten Gewand. Sie saß auf einem großen Pferd und war wie eine Kaiserin geschmückt. Ihre Schönheit und ihr Liebreiz waren solcherart, daß jedermann von ihrer Erscheinung beeindruckt sein mußte. Den Abschluß bildete ein Gefolge von Frauen und Palastdamen mit Kriegsbeilen, Bögen und Pfeilen, wohl mehr als tausend Personen. Auch sie saßen zu Pferde.

Da zu der Zeit die Kaiserin Zetian gerade in Luoyang residierte, meinte Wei Andao, es sei sie, die gerade eine Ausfahrt mache. Doch um diese Morgenstunde war es noch nicht hell. Wei Andao erkundigte sich bei den Leuten auf der Straße, alle aber sagten, sie hätten nichts gesehen. Er wunderte sich, daß die Polizei für den Zug nicht die Straße hatte räumen lassen.

Als es endlich dämmerte, erblickte er einen Eunuchen aus der Nachhut, der zu Pferde angestürmt kam. Wei Andao hielt ihn an und fragte:

„War das nicht Ihre Majestät die Kaiserin, die vorhin hier vorbeigekommen ist?“

„Nein“, antwortete der Eunuch.

Wei Andao wollte ihn weiter ausfragen, doch der Eunuch wies nur auf das Westtor des Cihui-Viertels.

„Geht nur hier weiter, vom Tor des Stadtviertels aus an der Mauer entlang nach Süden, dann kommt Ihr nach gut hundert Bu an ein rotes Tor, das sich nach Westen hin öffnet. Klopft dort an und fragt nach den Umständen, dann werdet Ihr alles erfahren.“

Wei Andao tat, wie der Eunuch ihn geheißen hatte, und klopfte an das Tor. Nach einer Weile öffnete ein Wächter in einem zinnoberroten Gewand und fragte:

„Seid Ihr nicht Wei Andao?“

„Ja“, antwortete dieser.

„Die Erdgöttin wartet schon lange auf Euch“, sagte der Wächter und bat ihn einzutreten.

Wei Andao erblickte ein großes Tor, das wie ein Hellebardentor aussah. Der Wächter durchschritt es und forderte nach einer Weile auch Wei Andao auf, hindurchzugehen. Ein Eunuch in purpurrotem Gewand sprach im Hof mit Wei Andao und geleitete ihn dann in eine Halle, in der ein Bad bereitet war.

Nachdem er gebadet hatte, wurde ihm in einem großen Kasten eine komplette Prachtausstattung dar-

gebracht. Dazu gehörten ein hellblaues Hofgewand, eine elfenbeinerne Handtafel, eine aus Seide gefertigte Siegelschnur, eine Kappe und Schuhe – es war alles vollständig. Dies ließ man Wei Andao anlegen. Dann sagte der Eunuch: „Nun können wir gehen!"

Wei Andao mußte auf ein großes Pferd steigen, und einige berittene Dienerinnen gaben ihm das Geleit. Der Eunuch ritt neben ihm her. So verließen sie das Westtor des Cihui-Viertels, bogen an der Hauptstraße nach Südwesten, wendeten sich an der Tongli-Straße nach Osten und verließen dann durch das Jianchun-Tor die Stadt. Von da an ritten sie mehr als zwanzig Li nach Nordosten. Nach einer Weile erschienen Wachtposten, die sich am Weg aufstellten, sich vor ihren Pferden verneigten und wieder verschwanden. Das geschah an mehreren Stellen.

Schließlich gelangten sie an eine große Stadtmauer, die von Gepanzerten streng bewacht wurde wie die Festung eines Königs. Sie passierten etliche Mauern, bis sie an ein hohes Gebäude mit mehreren Türmen kamen. In dem Gebäude befand sich ein großes Tor, vor dem wie an der Residenz der Kaiserin viele Eunuchen standen.

Wei Andao ritt an einem Dutzend farbenprächtiger Paläste vorbei und durch ein weiteres Tor. Noch etwa hundert Bu, und man geleitete ihn zu einer riesigen Palasthalle, in der ein üppiges Festmahl bereitstand und eine große Musikantentruppe versammelt war. Pokale und Speiseplatten reihten sich aneinander. Es wurden vielfältige Weisen gespielt und mannigfache Tänze aufgeführt wie im Palast des Himmelsherrschers. Ein Dutzend schöne Frauen, die Prinzessinnen glichen, standen zu beiden Seiten der Festtafel.

Der Eunuch, mit dem zusammen Wei Andao gekommen war, führte ihn über die westliche Treppe zur Halle hinauf. Dort forderte ihn ein Eunuch, der der Zeremonienmeister zu sein schien, auf, sich an die Westseite der Halle zu stellen mit dem Gesicht nach Osten.

Kurz darauf kam durch die hintere Tür der Halle eine Gruppe von Dienern und nahm vorn in der Halle Aufstellung. Sodann ertönte der leise Klang eines jadenen Schmuckgehänges. Eine schöne Dame in vollem Kopfputz und Ritualgewand – so als wollte sie einen Tempelbesuch machen – erschien in der Halle und wandte sich westwärts, so daß sie Wei Andao gegenüberstand. Es war dieselbe Dame, die er unter dem Baldachin in der Weststraße des Cihui-Viertels gesehen hatte.

Der Eunuch verkündete: „Die Erdgöttin ist Euch vom Geschick zur Gattin bestimmt!"

Er forderte Wei Andao auf, sich zu verneigen, und die Dame dankte. Dann verneigte sich die Dame, und Wei Andao dankte – ganz wie bei dem unter den Menschen üblichen Zeremoniell zwischen Gast und Gastgeber. Sie legte ihr Ritualgewand ab und setzte sich zusammen mit Wei Andao an die Tafel. Auch das Dutzend schöner Frauen nahm zu beiden Seiten Platz. Sie spielten auf und sprachen dem Festmahl zu.

Als es dunkelte, wurde die Tafel aufgehoben. Noch am selben Abend wurde die Erdgöttin Wei Andaos Gattin. Sie war noch Jungfrau.

So lebten sie mehr als zehn Tage lang zusammen. Kleidung und sonstige Ausstattung, Getränke und Speisen – alles war wie im Hause eines Herrschers.

Da sagte die Dame zu Wei Andao: „Ich bin nun deine Frau. Du hast aber auch deine Eltern. Es wäre wohl nicht höflich, wenn wir ihnen nicht sagten, daß du geheiratet hast. Ich würde gern mit dir zu ihnen fahren und den ehrenwerten Schwiegereltern meine Aufwartung machen. Ich wäre glücklich, wenn ich so das Ritual, durch das man eine Ehefrau wird, ganz vollziehen könnte."

Wei Andao war einverstanden. Daraufhin gab sie Befehl, noch am selben Tage Wagen und Gespann vorzubereiten. Die Dame bestieg einen Wagen, der von einem gelben jungen Rind gezogen wurde. Er trug Zierat aus Gold und Jade – es war ein Wagen, der in der Welt der Menschen wohl „Fasanenwagen" genannt wird. Ein Baldachin überspannte ihn. Die Dame wurde von einem Gefolge begleitet, genau so, wie Wei Andao es in der Weststraße des Cihui-Viertels gesehen hatte. Er selber bestieg ein Pferd und ritt hinter dem Wagen. Auch ihm gaben zu beiden Seiten ein Dutzend Bedienstete das Geleit, alles Palastdamen und Eunuchen.

Nach etwas mehr als zehn Li kamen sie an ein großes, aus roten Vorhängen errichtetes Zelt, an dem eine Reihe Damen Aufstellung genommen hatte. Es diente wie ein kaiserliches Reisezelt als Rastplatz. Die Dame ging in das Zelt hinein und forderte Wei Andao auf, ihr Gesellschaft zu leisten. Die Getränke und Speisen, die sie dort genossen, waren von erlesener Beschaffenheit.

Nach einer Weile zogen sie weiter. Plötzlich gab die Dame Befehl, die Wagen und Reiter des Gefolges um sieben oder acht Zehntel zu verringern. Als sie noch einige Li hinter sich gebracht hatten, befahl sie wiederum ein paar Leuten des Gefolges, sie zu verlassen. Bei ihrer Ankunft am Jianchun-Tor hatten sie nur noch zwanzig Reiter als Begleitung, wie ein Prinz bei einem Ausflug.

In Luoyang vor Wei Andaos Haus angelangt, ging er allein hinein. Seine Angehörigen wunderten sich, daß er in einem fremdartigen Wagen kam und fremdartige Kleider trug. Als er den Eltern seine Aufwartung machte, fanden beide lange Zeit vor Schreck keine Worte. Dann fragten sie:

„Seit über einem Monat suchen wir dich – wo bist du gewesen?"

„Ich bin von jemandem zur Heirat bewogen worden", erklärte er, indem er sich verneigte. Und er fügte hinzu, daß die Braut bereits eingetroffen sei und er nur vorangegangen sei, um sie anzukündigen.

Die Eltern konnten kaum ihr Erstaunen zeigen und weitere Fragen vorbringen, da kamen schon Wagen und Reiter zum Tor herein. Ihnen folgten Sklavinnen und Sklaven, die von draußen durch das Haupttor mit Stickereien verzierte Sitzkissen und Matten hereintrugen und sie im Hof ausbreiteten. Mit smaragdgrünen Wandschirmen und gemusterten Vorhängen statteten sie Halle und Türen aus. Zur Rechten und zur Linken stellten sie jeweils eine Sitzbank aus geflochtenen Schnüren auf und baten die Schwiegermutter und den Schwiegervater, einander gegenüber Platz zu nehmen. Sodann brachten sie zwei tragbare Wandschirme aus Brokat herein. Nun trat die Dame ein, gekleidet in ein Ritualgewand und mit Gehängen geschmückt.

Nachdem die Zeremonie der Brautvorstellung vollzogen war, wurden etwa ein Dutzend Kisten mit Jade, Gold und Seidengeweben hereingeschafft und, wie es unter den Menschen üblich ist, als Glückwunschgeschenk vor den Schwiegereltern abgesetzt. Auch alle Onkel, Tanten und die anderen Angehörigen des Hauses erhielten Geschenke.

Dann sagten die Eltern: „Die Braut möge bitte den östlichen Wohnhof beziehen."

Daraufhin brachten ihre Sklavinnen und Sklaven die Wandschirme, Vorhänge und Schmuckgegenstände in den östlichen Teil des Anwesens und richteten ihn mit Sorgfalt her. So wohnte sie hier. Die Eltern aber waren sehr besorgt, denn sie wußten nicht, wo die Frau herkam.

Zu dieser Zeit herrschte gerade die Kaiserin Zetian. Die Gesetze waren streng, und die Eltern fürchteten Unheil. Darum meldete Wei Zhen die Angelegenheit und bat um angemessene Bestrafung.

„Das ist sicher ein Dämon", meinte die Kaiserin. „Mach dir aber keine Sorgen. Ich verfüge über Leute, die sich gut auf Beschwörungen verstehen. Unter den Buddhisten gibt es die beiden Mönche Jiusi und Huaisu. Sie können diesen Spuk beseitigen." Und sie gab Befehl, Jiusi und Huaisu kommen zu lassen.

„Das ist bloß ein Dämon oder ein Fuchs", sagten die beiden. „Mit unseren Mitteln ist es ein leichtes,

das Wesen zu vertreiben. Es muß nur zuvor veranlaßt werden, daß in dem Anwesen der Schwiegertochter ein Essen aufgetragen wird und Sitzgelegenheiten aufgestellt werden. Wir bitten, dann morgen kommen zu dürfen."

Wei Zhen ging nach Hause und traf seine Anordnungen entsprechend den Worten der beiden Mönche. Die Schwiegertochter gehorchte und ließ ein Essen anrichten. Sie zeigte nicht die geringste Furcht.

Am nächsten Tage kamen die beiden Mönche. Nachdem sie gespeist hatten, nahmen sie eine aufrechte Haltung an und baten, die Schwiegertochter sehen zu dürfen, um ihre Künste auf sie anzuwenden.

Die Schwiegertochter war sofort zur Stelle und begrüßte die beiden. Die aber waren plötzlich wie verwandelt, als hätte sie irgendein Gegenstand getroffen. Sie beugten sich zu Boden und bekannten sich schuldig, wobei ihnen aus Augenhöhlen, Nase und Mund das Blut troff.

Sofort berichtete man den Vorfall der Kaiserin. Als diese die beiden Mönche befragte, antworteten sie:

„Was wir mit unserer Kunst beschwören können, sind nur Dämonen und böse Geister. Wo aber dieses Wesen herkommt, wissen wir nicht. Wir glauben nicht, daß wir es beherrschen können."

„Wir haben doch den Rat Ming Chongyan, der mit seiner besonderen Kunst des Großen Einen alle Geister von Himmel und Erde beherrscht", sagte darauf die Kaiserin. „Diese Kunst kann doch sicher auch hier etwas bewirken."

Und sie ließ Ming Chongyan kommen. Der sagte zu Wei Zhen: „Ihr solltet heute abend in der von Euch bewohnten Halle mit wachen Sinnen sitzen und warten, bis über den von Eurer Schwiegertochter bewohnten Räumen ein außergewöhnliches Wesen erscheint. Dann beobachtet es: Wenn es siegt, ist die

Sache abgetan, wenn es nicht siegen sollte, so will ich sie mit einer anderen Methode bezwingen."

Wei Zhen tat, wie Ming Chongyan ihn geheißen hatte. Zur ersten Nachtwache sah er, wie ein Wesen, das aussah wie eine gleitende Wolke, aus der rot leuchtende Blitze hervorschossen, von Ming Chongyans Haus aus herangeschwebt kam. Als es über dem Haus der Schwiegertochter anlangte, schien es, als werde das Wesen plötzlich von irgend etwas vernichtet. Danach war es nicht mehr zu sehen. Wei Zhen schickte jemanden, nach der Schwiegertochter zu sehen. Sie war wohlauf wie zuvor.

Zur zweiten Nachtwache sah er, daß wieder ein Wesen, diesmal in Gestalt eines roten Drachen mit gespreizten Krallen, giftsprühend und mit einem Geräusch wie von zahllosen Trommeln, auf einer schwarzen, von einem Lichtschein begleiteten Wolke über dem Haus der Schwiegertochter ankam. Abermals war es, als werde das Wesen von irgend etwas vernichtet – mit einem röhrenden Laut verschwand es. Wei Zhen ließ nach der Schwiegertochter sehen: Sie hatte sich nicht verändert.

Um Mitternacht konnte er beobachten, wie ein Wesen mit roten Haaren und Sägezähnen eintraf. Es ließ sich von einem fliegenden Donner tragen, drehte einen eisernen Reifen und schwang schreiend ein spitzes Horn. Als es über dem Hause angelangt war, schien es wieder, als werde es von irgend etwas vernichtet. Es stammelte eine Entschuldigung und verschwand.

Dann wurde es Tag. Wei Zhen hatte Angst. Er wußte nicht, was er von dem Gesehenen halten sollte, und erzählte alles Ming Chongyan.

„Die Methoden, die ich als erstes angewendet habe", erklärte der, „waren die Methoden der Zaubersprüche des Großen Einen. Mit ihnen kann man nur

Fuchsdämonen beherrschen. Sie haben sich als wirkungslos erwiesen. So will ich versuchen, auf andere Weise das Wesen Eurer Schwiegertochter zu ergründen."

Er ließ sich die Register der Altäre und Opfer kommen und rief an Hand dieser Listen alle Dämonen herbei, die für die weiten Gebiete der Acht Äußersten Grenzregionen, für die Berge, Ströme, Flüsse und Wasserläufe sowie für die Gewässer und Bäume auf den Hügeln und in den Wüsten zuständig sind. An ihrer Zahl fehlte keiner. Ming Chongyan war darüber verwundert. Am nächsten Tage rief er die Geister der Acht Regionen der Unsterblichen der Menschenwelt und des Himmels herbei. Auch sie erschienen vollzählig.

„Die Geisterwesen, die als Dämonen wirken können, kann ich beherrschen", sagte er. „Nun weiß ich wirklich nicht mehr, was das für ein Wesen sein könnte. Laßt mich sie einmal selber sehen!"

So ordnete Wei Zhen an, im Anwesen der Schwiegertochter ein Mahl anzurichten, und lud Ming Chongyan dazu ein. Sobald dieser Platz genommen hatte, bat er darum, die Schwiegertochter sehen zu dürfen. Doch kaum schickte sie sich an, dieser Aufforderung höflich Folge zu leisten und sich vor Ming Chongyan zu verneigen, da war es plötzlich, als hätte irgend etwas ihm einen Schlag versetzt. Er fiel unversehens zu Boden, bat um Vergebung und flehte um sein Leben. Aus Augenhöhlen, Nase und Mund strömte ihm das Blut und tropfte auf die Erde.

Wei Zhen war in großer Angst und wußte nicht, was er machen sollte. Da sagte seine Frau zu ihm: „Weder Jiusi noch Huaisu, noch der Rat Ming Chongyan hat es vermocht, sie zu beherrschen. Was sollen wir bloß tun? Ich erinnere mich, daß Andao damals, als er gerade mit ihr zusammengekommen war, sagte, sie sei die Erdgöttin. Sie ist wohl mit keiner der hundert menschlichen Künste zu beherrschen. Als Gattin scheint sie Andao ergeben zu sein. Versuchen wir, Andao mit ihr reden zu lassen. Er soll sie bitten, uns zu verlassen – vielleicht geht das!"

Wei Zhen trug seinem Sohn auf, ihn bei der Schwiegertochter zu entschuldigen und ihr zu sagen, er sei von niedrigem Stande, die Schwiegertochter aber sei eine erhabene Gottheit. Sie habe die Familie damit beglückt, mit ihrem geringen Sohn die Ehe zu schließen. Doch wage man nicht, sich mit ihr auf die gleiche Stufe zu stellen. Auch seien die Gesetze der Kaiserin Zetian streng, und man fürchte wegen dieser Sache Unheil. Daher wäre man froh, wenn die Schwiegertochter mit Rücksicht auf die Schwiegereltern einstweilen fortginge.

Noch bevor Wei Andao der Schwiegertochter diese Worte bis zu Ende vorgetragen hatte, brach sie in Tränen aus.

„Ich habe das Glück gehabt, deine Gattin zu werden", sagte sie, „und den Schwiegereltern dienen zu können. Doch was die Pflichten einer Frau angeht, so geziemt es ihr, den Befehlen der Schwiegereltern Folge zu leisten. Wie könnte ich es nun wagen, dem Befehl, den die Schwiegereltern ausgesprochen haben, nicht ehrerbietig zu entsprechen?"

Noch für denselben Tag ordnete sie an, ihren Wagen vorzubereiten, und nahm in aller Form von den Schwiegereltern Abschied. Dabei bat sie: „Ich bin eine Frau und wage nicht, allein zurückzukehren. Ich würde gerne mit dem jungen Wei gemeinsam aufbrechen."

Wei Zhen willigte freudig ein.

So machte sie sich denn gemeinsam mit Wei Andao auf den Weg. Vor dem Jianchun-Tor war bereits ihr gesamtes Gefolge wie bei ihrer Ankunft versam-

melt. Auch in ihrer Residenz waren Dienerschaft und Wachen wieder anwesend.

Am Tage nach ihrem Eintreffen in der Residenz legte die Dame ihre offizielle Kleidung an und setzte sich in den großen Palast, genau so wie der Kaiser zur Audienz. Dann sah man absonderliche Leute mit merkwürdigem Aussehen ihr die Aufwartung machen. Manche waren mehr als einen Zhang groß. Alle trugen blütengeschmückte Kappen und lange Schwerter und waren in zinnober- und purpurrote Gewänder gekleidet. Es hieß, sie wären die Geister der Fünf Heiligen Berge, der Vier Großen Ströme und der Flüsse und Meere des Reiches. Dann erschienen Tausende Leute, die die Geister der Bäume aller

Bergwälder sein sollten. Weiterhin trafen die Könige aller Reiche der Welt ein. Die ganze Zeit über mußte Wei Andao an der Seite der Dame auf einer kleinen Bank sitzen und zuschauen.

Schließlich wurde der letzte Besucher angekündigt: „Die Tochter des Herrschers des Daluo-Himmels."

Wei Andao blickte hin: Es war die Kaiserin Zetian. Die Dame lachte und sagte zu Wei Andao: „Dies ist deine Landesherrin. Zieh dich ein Weilchen zurück!" Und sie hieß ihn in einen kleinen Raum innerhalb des Palastes gehen.

Die Kaiserin verneigte sich unten im Hofe, wobei sie sich sehr ehrerbietig verhielt. Die Dame forderte sie auf, in die Halle heraufzukommen, doch sie lehnte mehrmals ab, bis sie schließlich doch in die Halle hinaufstieg, sich mehrfach verbeugte und sich niedersetzte.

„Gemäß meinem Schicksal war es mir vorbestimmt", sagte die Dame zu der Kaiserin, „mich mit einem Manne aus Eurem Herrschaftsbereich, mit Wei Andao, zu vermählen. Jetzt ist die Vorbestimmung erfüllt, und wir müssen uns trennen. Doch ich hege ihm gegenüber Mitgefühl. Leider ist diesem Menschen kein langwährendes Dasein beschieden. Eigentlich sollte ich in seinem Hause bleiben. Ich hätte ihm ein langes Leben von dreihundert Jahren geschenkt und ihn als Beamten bis in die dritte Rangstufe aufsteigen lassen. Doch von seinen ehrenwerten Eltern wurde ich gedrängt, fortzugehen und ich konnte nicht länger in der Welt der Menschen verweilen. Daher konnte ich diese meine Absicht nicht verwirklichen. Nun seid zum Glück Ihr gekommen. Gebt ihm um meinetwillen fünf Millionen Geldstücke und ein Amt bis zum fünften Rang, aber nicht mehr! Ich müßte sonst fürchten, er könnte das nicht verkraften, denn seine Lebenskraft ist gering."

Nun forderte sie Wei Andao auf, herauszukommen und sich vor der Kaiserin Zetian zu verneigen. „Er ist Euer Untertan, Ihr müßt seine Verneigung entgegennehmen", sagte sie zu der Kaiserin. Diese zögerte erst, nahm dann aber mit einem Ausdruck von Verlegenheit die Ehrerbietung an. Sodann gab sie ihre Zusage, den Forderungen zu entsprechen, und ging fort.

Und zu Wei Andao sagte die Dame: „Da du seit jeher gut gemalt hast, will ich diese deine Kunstfertigkeit noch verbessern, so daß du dir einen Namen für tausend Generationen machen kannst." Und sie brachte Wei Andao in einer kleinen Palasthalle unter, die sie mit Matten und Vorhängen ausstatten ließ. Sie rief die berühmtesten der Kaiser und Beamten, die seit dem Altertum gelebt hatten, herbei und beauftragte Wei Andao, sie zu malen. Nach einem guten Monat waren alle Porträts fertiggestellt, und sie wurden zu zwanzig Rollen vereinigt.

Jetzt bat Wei Andao, sich verabschieden zu dürfen. Die Dame ließ Wagen und Gespann bereitstellen und westlich von ihrer Residenz ein Zelt und ein Mahl für die Trennungszeremonie herrichten. Dort nahm sie von Wei Andao Abschied. Unter Tränen hielt sie seine Hände, und sie konnte ihre Gefühle kaum beherrschen. Sie beschenkte ihn noch mit Gold, Jade, Perlen und Juwelen, und mit vollbeladenen Wagen fuhr er davon.

Als Wei Andao die östliche Hauptstadt erreichte und sie durch das Jianchun-Tor betrat, hörte er, daß die Polizei einen Aufruf verbreitet habe, ihn in der Stadt Luoyang zu suchen, und dies nun schon seit über einem Monat. Sofort machte er der Kaiserin Zetian seine Aufwartung. Sie empfing ihn in einer kleinen Palasthalle und erzählte ihm einen früheren Traum. Er entsprach dem, was Wei Andao berichtete. Da machte sie ihn zum Haushofmeister im Hause des

Prinzen von Wei und schenkte ihm fünf Millionen Geldstücke. Sie nahm die von Wei Andao gemalten Bilder der Kaiser und verdienten Beamten und betrachtete sie: Sie stimmten mit den seit alters in der Kaiserlichen Bibliothek aufbewahrten überein. Noch heute sind sie vorhanden.

In der Periode „Himmlischer Plan“ starb Wei Andao in seinem Amte.

Die Rettungstat des Wu Baoan

Wu Baoan mit dem Beinamen Yonggu stammte aus dem Gebiet von Hebei und bekleidete den Posten des Bezirkshauptmanns von Fangyi in der Präfektur Suizhou. Sein Landsmann Guo Zhongxiang war der Neffe zweiten Grades von Guo Yuanzhen. Guo Zhongxiang besaß sowohl Talente wie Kenntnisse, und Guo Yuanzhen hegte die Absicht, ihn eine bedeutende Amtskarriere machen zu lassen.

Da geschah es, daß bei den Man-Barbaren im Süden Wirren ausbrachen. Li Meng wurde als Gouverneur von Yaozhou eingesetzt, um mit seinen Truppen die Unruhen niederzuschlagen.

Vor seinem Aufbruch verabschiedete sich Li Meng von Guo Yuanzhen. Bei der Gelegenheit stellte dieser dem Li Meng seinen Neffen Guo Zhongxiang vor und sagte: „Dies ist der verwaiste Sohn meines jüngeren Bruders. Er hat noch keine Möglichkeit gehabt, ein bedeutendes Amt zu bekleiden. Nehmt ihn doch mit auf Euren Feldzug. Wenn er sich bei der Niederschlagung der Rebellen Verdienste erwirbt, so will ich ihn später, wenn ich dann noch Kanzler sein sollte, heranziehen und ihm zu einem bescheidenen Einkommen verhelfen."

Li Meng war einverstanden. Er machte Guo Zhongxiang, der große Fähigkeiten hatte, zu seinem Adjutanten und betraute ihn mit Truppenangelegenheiten.

Nachdem die Streitmacht in Shu eingetroffen war,

sandte Wu Baoan dem Guo Zhongxiang einen Brief, in dem er schrieb:

„Ich bin glücklich, aus demselben Ort zu stammen wie Ihr, der Ihr einer Sippe angehört, die sich nach den höchsten moralischen Prinzipien richtet. Ich habe nie gewagt, Euch auch nur von ferne zu grüßen, doch im Herzen habe ich Euch stets bewundert. Ihr seid ein Neffe des Kanzlers und verfügt über außergewöhnliche militärische Fähigkeiten. Wegen Eures hervorragenden Könnens habt Ihr Euren jetzigen Posten erhalten. Der General Li Meng, auf zivilem wie auf militärischem Felde gleichermaßen befähigt, hat den Befehl erhalten, diesen Feldzug zu führen, und er wird mit seiner großen Armee die erbärmlichen Rebellen zur Ruhe bringen. Angesichts der hervorragenden Tapferkeit dieses Generals, zu der sich Eure Fähigkeiten und die Vernichtungskraft der Truppe gesellen, wird der Erfolg eine Sache von nur wenigen Tagen sein.

Ich habe als Kind gerne gelernt und mich, als ich erwachsen wurde, dem Studium der Klassiker gewidmet. Mein Talent aber steht hinter dem anderer zurück, und so habe ich nur den Posten eines Bezirkshauptmanns erhalten. Ich sitze nun hier im abgelegenen Westteil des Reiches nahe dem Gebiet der Man-Barbaren. Von meinem Heimatort bin ich Tausende Li entfernt und durch Pässe und Ströme getrennt. Jetzt ist meine Amtszeit hier abgelaufen, und es ist schwer, vorauszusehen, welches mein nächstes Amt sein wird. Bei meinen mangelnden Fähigkeiten und angesichts der strengen Maßstäbe der Auswahlbehörden, wie könnte ich da so vermessen sein, auch nur an einen kümmerlich bezahlten Posten zu denken! Ich war schon im Begriff, zu den Gräbern meiner Vorfahren zurückzukehren, um dort im Elend auf den Tod zu warten. Da habe ich über Umwege gehört, daß Ihr Euch des Kummers von anderen annehmt und die Gefühle von Landsleuten nicht enttäuscht. Vielleicht könntet Ihr mir Eure besondere Gunst zuteil werden lassen und mir gestatten, für Euch Peitsche und Bogen zu halten und Euch zu Diensten sein zu dürfen. Ich verstehe mich auf sorgfältige Aktenführung und auf genaue Buchhaltung. Und wenn ich bei Eurer siegreichen Rückkehr im hintersten Gliede Eures Gefolges mit Euch ziehen darf, so wird das die größte Gnade für mich sein; jener Tag wird für mich der Aufzeichnung in Erz wert sein.

All dies wage ich kaum zu hoffen, doch ich wollte wenigstens den Versuch machen. Haltet mir bitte meine Offenheit zugute und vergebt mir, daß ich Euch so nahetrete. Nun will ich den Boten zur Eile mahnen, denn ich sehne mich danach, von Euch gerufen zu werden."

Als Guo Zhongxiang diesen Brief erhielt, war er zutiefst bewegt. Er sprach darüber mit General Li Meng, und der berief Wu Baoan zum Sekretär. Doch bevor dieser bei ihm eintraf, wurden sie von den Man-Barbaren bedrängt. General Li Meng zog nach Yaozhou und schlug sie dort im Kampfe. Beflügelt durch diesen Sieg, drang er tiefer in das Gebiet der Man-Barbaren ein. Hier aber versetzten diese den Truppen des Li Meng eine Niederlage. Li Meng selber fiel, die Truppen wurden zerschlagen, und Guo Zhongxiang wurde gefangengenommen. Da die Man-Barbaren es besonders auf die Wertsachen der Han abgesehen hatten, mußten alle Besiegten Briefe an ihre Familien schreiben, daß diese sie freikaufen sollten, den Mann für dreißig Rollen Seidenstoff.

Wu Baoan traf gerade zu der Zeit in Yaozhou ein, da die Truppen die Niederlage erlitten hatten. Doch er blieb dort und kehrte nicht um. Guo Zhongxiang ließ ihm von den Man-Barbaren aus auf Umwegen einen Brief zukommen. In dem stand:

„Hoffentlich geht es Euch gut. Ich schäme mich, daß ich Euren Brief nicht beantwortet habe, aber unsere große Armee machte sich gerade auf den Marsch. Wir sind tief in das Gebiet der Rebellen eingedrungen und haben schließlich eine Niederlage erlitten. Herr Li ist im Kampfe gefallen, und ich bin gefangengenommen worden. Ich friste nun meine Tage im entferntesten Winkel des Erdkreises. Ich bin am Ende, und meine Heimat ist so fern! Ich bin nicht so charakterstark wie Zhong Yi, der sich seelenruhig fesseln ließ. Ich bin auch kein Graf von Ji, der sich damit abfand, jeden Tag Sklavenarbeit zu verrichten. Eher gleiche ich Su Wu, der am Seeufer Schafe hütete, und setze meine Hoffnung auf einen Li Ling, daß er im Palast eine Wildgans schießen möge. Seit ich den Man-Barbaren in die Hände geraten bin, habe ich zur Genüge Bitteres kosten müssen. Meine Haut ist zerschunden, mein Blut und meine Tränen könnten einen Teich füllen. Das Äußerste an Schlimmem, das es für einen lebendigen Menschen gibt, habe ich bis zum Ende durchgemacht. Ein Angehöriger einer edlen chinesischen Familie als armer Gefangener in fernabgelegener Gegend! So ist es nun schon seit Tagen und Monaten. Die Hitze ist gewichen, und plötzlich herrscht Kälte. Ich denke an meine alte Mutter in der Heimat und sehe die Föhren an den Gräbern meiner Ahnen vor mir. Wahnsinn will mich manchmal befallen, die Brust quillt mir über, und ich weiß nicht, wie ich die Tränen zurückhalten soll. Wenn Ihr mir auf dem Wege begegnetet, wäret Ihr von Schmerz und Mitleid ergriffen. Wir beide sind zwar nicht enge Vertraute, doch was unsere Heimat und unsere Vorfahren betrifft, so sind wir von verwandter Art, unsere Ansichten und unsere Haltungen sind so wenig voneinander entfernt wie Schlaf und Traum.

Bezüglich der Angelegenheit, deretwegen ich neulich von Euch befragt wurde, kann ich bei dieser Gelegenheit folgendes sagen: General Li Meng kannte seit langem Euer Talent und hat Euch daher als Sekretär hierhergebeten. Doch unsere Armee war bereits weit weg, und Ihr kamt zu spät. So seid Ihr hinter unserem Heereszug zurückgeblieben, und es ist nicht so, daß ich einen Landsmann im Stich gelassen hätte. Die Tugend Eurer Vorfahren und das durch die Gunst des Himmels angestammte Gute haben bewirkt, daß Ihr zu jenem Zeitpunkt noch nicht eingetroffen wart, so daß Eure Person und Euer Name keinen Schaden genommen haben. Hättet Ihr damals Euren Dienst bei uns aufgenommen und Euch unseren Truppen zugesellt, so wäret auch Ihr jetzt in dieser fernabgelegenen Gegend, nicht anders als ich.

Ich bin in allergrößten Schwierigkeiten, meine Kraft ist erschöpft, und ich weiß mir keinen Rat mehr. Nach der Sitte der Barbaren aber soll ich nicht hier bleiben, sondern sie wollen, daß meine Verwandten mich freikaufen. Doch da ich der Neffe des Kanzlers bin, werde ich anders behandelt als die anderen. So verlangen sie tausend Rollen Seidenstoff für mich, das ist eine weitere Bitternis. Allein für die Weitergabe dieser Nachricht fordern sie hundert Rollen. Ich möchte Euch bitten, dies meinem Onkel so bald wie möglich in einem Brief mitzuteilen. Es wäre gut, wenn das Lösegeld schnellstens ankäme, damit dann meine Heimkehr erkauft werden kann. Nur Ihr vermögt zu bewirken, daß eine verlorene Seele wieder zurückkehrt, daß tote Knochen sich wieder mit Fleisch bedecken. Ich bitte Euch, keine Mühe zu scheuen. Sollte aber mein Onkel nicht mehr bei Hofe sein, so weiß ich mir keinen anderen Rat, als Euch zu bitten, selber den Shifu zu befreien, indem Ihr ein Beipferd des Yiwu ausspannt, oder zu gehen und den Hua Yuan freizukaufen, ähnlich, wie es die Leute von Song getan haben. Mit der Hilfe für andere nahmen es die Alten sehr genau. Ich spreche diese Bitte aus, weil Euer Gerechtigkeitssinn rein und stark ist und weil Ihr für Eure aufrechte Haltung bekannt seid, und ich zweifle nicht an Euch. Wenn Ihr Euch meiner nicht erbarmt, sondern Euch wie ein gewöhnlicher Mensch verhaltet, dann werde ich, solange ich lebe, ein gefangener Sklave sein, und wenn ich gestorben bin, ein umherirrender Geist unter Barbaren. Was habe ich dann noch zu hoffen! Genug! Herr Wu, laßt meine Angelegenheit nicht aus dem Auge!"

Wu Baoan war tief betroffen, als er diesen Brief erhielt. Damals aber war Guo Yuanzhen schon nicht mehr am Leben. Statt seiner wollte nun Wu Baoan dem Wunsche von Guo Zhongxiang entsprechen und ihn auslösen. Er verkaufte seinen ganzen Besitz und erhielt dafür zweihundert Rollen Seidenstoff. Dann ließ er sich in Yaozhou nieder und kehrte zehn Jahre lang nicht zurück. Er trieb Handel und kam nach und nach zu siebenhundert Rollen Seidenstoff. Doch die erforderliche Zahl war immer noch nicht erreicht.

Wu Baoan hatte seit jeher in Armut gelebt. Seine Frau und sein Kind waren in Suizhou geblieben. In seinem Drang, Guo Zhongxiang freizukaufen, brach Wu Baoan die Verbindung mit seiner Familie ab. Alles, was er von anderen einnahm, jeden Chi Tuch und jeden Sheng Hirse, sparte er auf. Mit der Zeit gerieten seine Frau und sein Kind so in Not, daß sie sich nicht mehr selber erhalten konnten. Da machte sich die Frau mit ihrem kleinen Sohn auf einem Esel auf den Weg, um selber in das Gebiet von Lunan zu reisen und dort nach dem Verbleib von Wu Baoan zu forschen. Auf dem Wege aber ging ihr die Nahrung aus, und das, als sie noch viele hundert Li von Yaozhou entfernt war. Nun wußte sie keinen Ausweg mehr. Sie setzte sich an den Straßenrand und weinte. Ihr Kummer bewegte alle, die vorbeikamen.

Auch der neuernannte Gouverneur von Yaozhou, Yang Anju, der mit Postpferden auf dem Wege in die Präfekturstadt war, erblickte die Frau und sah, wie sie weinte. Er wunderte sich und fragte nach dem Grund.

„Mein Mann, Wu Baoan", antwortete sie, „ist der ehemalige Bezirkshauptmann von Fangyi in der Präfektur Suizhou. Weil sein Freund in die Gewalt der Barbaren geriet, ist er ausgezogen, um ihn freizukaufen. Deshalb hat er sich in Yaozhou niedergelassen. Mich ließ er mit meinem Sohn zurück, und seit zehn

Jahren habe ich nichts mehr von ihm gehört. Ich bin jetzt so arm, daß ich ihn aufsuchen will. Aber wir haben nichts mehr zu essen, und der Weg ist noch weit, deswegen weine ich."

Yang Anju war darüber sehr verwundert und sagte: „Ich werde vorausreiten bis zur nächsten Poststation und dort auf Euch warten. Dann will ich Euch mit allem versorgen, was Ihr braucht."

Als die Frau des Wu Baoan in der Poststation eintraf, schenkte Yang Anju ihr mehrere tausend Geldstücke, gab ihr ein Reittier und ließ sie weiterreisen. Er selber eilte voraus nach Yaozhou. Dort suchte er sogleich nach Wu Baoan und fand ihn auch. An der Hand führte er ihn zur Halle hinauf und sagte zu ihm: „Ich lese oft in den Schriften der Alten und verfolge ihre Taten. Ich hätte nicht erwartet, deren Haltung nun bei Euch wiederzufinden. Wie tief ist doch Euer Gefühl für Pflicht und Moral, daß Ihr sogar Frau und Kind hintanstellt und Eure Familie aufgebt, um einen Freund freizukaufen! Als ich Eure Frau habe so ankommen sehen und bei dem Gedanken an Euer Pflichtbewußtsein war mein Herz zutiefst betroffen, und ich möchte Eure Miene wieder fröhlich sehen. Leider habe ich dieses Amt gerade erst angetreten und besitze nichts, womit ich Euch helfen könnte. So will ich aus dem Amtsspeicher leihweise vierhundert Rollen Seidenstoff entnehmen und Euch damit helfen. Wenn Euer Freund zurückgekehrt ist, werde ich sie nach und nach zurückerstatten."

Wu Baoan war hocherfreut. Er nahm die Seide in Empfang und ließ sie von jemandem, der Briefe in das Gebiet der Barbaren beförderte, eigens dort hinbringen.

Etwa zweihundert Tage später traf Guo Zhongxiang in Yaozhou ein. Er war abgezehrt und sah kaum noch wie ein Mensch aus. Jetzt erst lernte er

Wu Baoan persönlich kennen. Die Worte, die sie miteinander wechselten, waren von Tränen begleitet.

Yang Anju hatte einst dem Kanzler Guo Yuanzhen gedient. So ließ er jetzt für Guo Zhongxiang ein Bad richten, schenkte ihm neue Kleider und lud ihn zu einem gemeinsamen Festmahl ein. Yang Anju war von der Handlungsweise des Wu Baoan tief beeindruckt, und so erwies er ihm große Gunst. Guo Zhongxiang erhob er in den Rang eines Leutnants.

Nach dem langen Aufenthalt bei den Barbaren kannte Guo Zhongxiang deren Verhältnisse gut. So entsandte er nun einen Boten in das Gebiet der Barbaren und ließ ihn zehn Mädchen von besonders schönem Aussehen kaufen. Sobald diese angekommen waren, verabschiedete er sich von Yang Anju, um in den Norden zurückzukehren. Er wollte ihm die Mädchen schenken. Yang Anju nahm sie aber nicht an.

„Ich bin doch kein Krämer", sagte er, „und denke doch nicht an Belohnung! Dank Herrn Wus Pflichtgefühl und nur durch ihn ist die Sache zum guten Abschluß gekommen. Ihr habt im Norden Eure alte Mutter. Nehmt Eure Mittel lieber, um für sie zu sorgen."

„Daß meine geringe Person überhaupt zurückkehren kann", entgegnete Guo Zhongxiang, „verdanke ich Eurer Gnade. Daß mein bißchen Leben erhalten geblieben ist, ist ein Geschenk von Euch. Wenn mein Blick auch beschränkt ist, so kann ich doch Eure große Tat nicht einfach übersehen. Diese Barbarensklavinnen habe ich eigens für Euch kommen lassen. Wenn Ihr sie jetzt ablehnt, muß ich darum bitten, mir das Leben nehmen zu dürfen."

Yang Anju konnte nun schwerlich das Geschenk ganz zurückweisen. Er schaute seine kleine Tochter an und sagte:

„Da Ihr nicht aufhört, in mich zu dringen, kann ich Euren Edelmut nicht zurückweisen. Dies ist meine kleinste Tochter, und ich liebe sie sehr. Für sie will ich Euch eine kleine Sklavin abnehmen." Die übrigen neun Sklavinnen aber wies er zurück.

Auch Wu Baoan wurde von Yang Anju reichlich bedacht, und mit vielen kostbaren Sachen brach auch er auf.

Guo Zhongxiang kehrte zunächst nach Hause zu seiner Mutter zurück, von der er fünfzehn Jahre lang getrennt gewesen war. Dann reiste er in die Hauptstadt, wo er als Anerkennung den Posten des Registrators der Präfektur Weizhou erhielt. Er heiratete und trat sein neues Amt an. Zwei Jahre später wurde ihm nach einer guten Beurteilung der Posten des Finanzadministrators der Präfektur Daizhou zuerkannt. Als seine Amtszeit abgelaufen war, starb seine Mutter. Sie wurde bestattet, und er brachte die Trauerzeit an ihrem Grabe zu. Dann sagte er sich: Daß ich mein Amt ausüben und meine Mutter pflegen konnte, verdanke ich Herrn Wu, der mich freigekauft hat. Nun, da meine Mutter tot und die Trauerfrist abgelaufen ist, kann ich meinen eigenen Wünschen nachgehen ... Und er machte sich auf die Suche nach Wu Baoan.

Wu Baoan war nicht mehr Bezirkshauptmann von Fangyi, sondern er hatte den Posten des Assistenten in der Bezirksverwaltung von Pengshan in der Präfektur Meizhou erhalten. So reiste Guo Zhongxiang nach Shu, um ihn dort zu besuchen. Doch Wu Baoans Amtszeit war inzwischen zu Ende gegangen. Er hatte aber nicht nach Hause zurückkehren können. So starben schließlich er und seine Frau an jenem Orte. Fürs erste hatte man sie in einem Tempel beigesetzt.

Als Guo Zhongxiang dies hörte, begann er bitterlich zu weinen. Er legte ein Trauergewand an, wikkelte sich ein Hanftuch um den Kopf, ergriff einen Wanderstab und wanderte barfuß und unter Tränen von Shujun nach Pengshan. Nachdem er dort ein Opfer dargebracht hatte, nahm er die Gebeine des Toten aus dem Sarg und kennzeichnete jeden Knochen mit Tusche. Auf diese Weise wollte er ihre Anordnung festlegen, damit bei der endgültigen Bestattung nichts durcheinandergerate. Dann tat er sie in einen seidenen Beutel. Danach holte er die Gebeine der Frau aus dem Sarg, kennzeichnete auch diese mit Tusche und legte sie in einen Bambuskorb. Beutel und Korb nahm er auf den Rücken und marschierte barfuß mehrere tausend Li bis nach Weijun. Dort wendete er sein ganzes Vermögen von zweitausend Geldstücken auf, um Wu Baoan großzügig zu bestatten und eine Steininschrift anfertigen zu lassen, in der seine Taten gepriesen wurden. Neben dem Grab errichtete er eine Hütte und verbrachte dort eine Trauerzeit von drei Jahren. Als diese verstrichen war, wurde er Chefadministrator von Lanzhou und Titularbeamter des fünften Ranges.

Wu Baoan hatte einen Sohn, den Guo Zhongxiang wie einen Bruder liebte. Er nahm ihn mit nach Lanzhou, suchte ihm eine Frau und ließ ihm höchste Wohltaten zuteil werden.

Guo Zhonxiang hörte nicht auf, Wu Baoans Tugend zu rühmen. Im Jahre 753, im zwölften Jahr der Periode „Himmlisches Juwel", ging er an den Hof und überließ seine zinnoberroten Knieschützer und sein Amt als Vergeltung für die Gnade des Wu Baoan dessen Sohn. Von seinen Zeitgenossen wurde ihm das hoch angerechnet.

Zuvor, als Guo Zhongxiang in die Hände der Barbaren geraten war, fiel er deren Häuptling als Sklave zu. Der schätzte ihn sehr und ließ ihm die gleiche

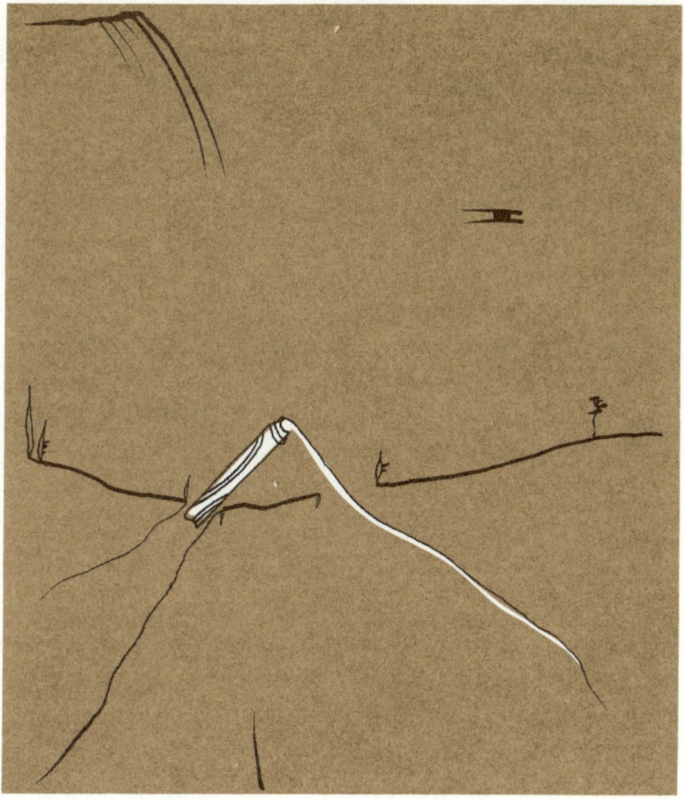

Nahrung zukommen, wie er sie selbst genoß. Nach einem Jahr aber verspürte Guo Zhongxiang großes Heimweh, und so machte er einen Fluchtversuch. Doch man verfolgte ihn, fing ihn wieder ein und verkaufte ihn an die südliche Stammesgruppe.

Deren Häuptling war streng und böse. Er behandelte Guo Zhongxiang sehr hart, er peitschte und prügelte ihn auf das heftigste. Guo Zhongxiang gelang es abermals zu entkommen. Doch wieder wurde er verfolgt, eingefangen und noch weiter weg, in das Innere des Stammesgebietes verkauft. Die dortige Stammesgruppe waren die Bodhisattva-Barbaren. Bei diesen blieb er ein Jahr und entfloh dann wiederum seinen Peinigern. Abermals hetzte man ihm nach, ergriff ihn und verkaufte ihn an eine andere Gruppe.

Als deren Häuptling Guo Zhongxiang in seine Gewalt bekam, sagte er zornig: „Du Sklave läufst dauernd davon. Sollte es denn so schwierig sein, das zu verhindern?“ Und er nahm zwei Bretter von mehreren Chi Länge, ließ Guo Zhongxiang sich daraufstellen und nagelte seine Füße an, bis die Nägel durch das Holz drangen. Bei allen seinen Arbeiten mußte Guo Zhongxiang mit diesen beiden Brettern gehen. Nachts sperrte ihn der Häuptling in eine Kellergrube und schloß diese eigenhändig ab. Die Wunden an den Füßen des Guo Zhongxiang brauchten viele Jahre, bis sie verheilt waren. Mit den Brettern und in der Kellergrube hatte er sieben Jahre lang leben müssen. Anfangs konnte er seinen Kummer kaum ertragen.

Als Wu Baoan den Boten schickte, um Guo Zhongxiang freizukaufen, geriet dieser zunächst an den ersten Herrn des Guo Zhongxiang. Erst nachdem der Bote all die anderen Häuptlinge aufgesucht hatte, gelang es, Guo Zhongxiang aufzufinden. Und so hatte Guo Zhongxiang zurückkehren können.

Der alte Gärtner Zhang

Der alte Zhang war ein greiser Gärtner in Liuhexian bei Yangzhou. Er hatte einen Nachbarn namens Wei Shu, der sich in der Periode „Himmlische Aufsicht" (502–519) der Liang-Dynastie nach Ablauf seiner Amtszeit in der Präfekturverwaltung hier niedergelassen hatte. Die älteste Tochter von Wei Shu war gerade ins heiratsfähige Alter gekommen, und Wei Shu ließ eine ortsansässige Heiratsvermittlerin kommen, um sie zu beauftragen, nach einem geeigneten Schwiegersohn zu suchen.

Als der alte Zhang davon hörte, freute er sich und wartete am Tor des Hauses Wei auf die Vermittlerin. Sobald sie aus dem Hause kam, lud der alte Zhang sie zu sich ein und bewirtete sie mit Wein und Speisen.

„Wie ich gehört habe", sagte er nach einigen Bechern zu der Frau, „soll eine Tochter des Hauses Wei verheiratet werden, und Herr Wei hat Euch gebeten, einen guten Mann zu suchen, ist es nicht so?"

„Das stimmt", erwiderte sie.

„Ich bin zwar alt und gebrechlich", fuhr der alte Zhang fort, „aber von der Gärtnerei kann man leben. Wenn Ihr mir das Mädchen vermitteln würdet, wäre Euch, sobald die Sache perfekt ist, eine dicke Belohnung gewiß."

Da fing die alte Frau an, heftig zu schimpfen, und ging fort.

Am nächsten Tage lud der alte Zhang die Vermittlerin wieder zu sich ein.

„Wie könnt Ihr alter Mann Euch selber so falsch beurteilen!“ sagte die Frau. „Wo gibt es denn so etwas, daß ein Mädchen von Stand einen alten Gärtner heiraten will! Die Familie Wei ist zwar nicht gerade reich, aber es gibt genügend vornehme Häuser, die für die Tochter in Frage kommen. Wie ich die Dinge sehe, seid Ihr nicht gerade ein geeigneter Partner. Wie könnte ich mich für einen Becher von Eurem Wein zum Gespött von Herrn Wei machen?“

„Ihr könnt es doch aber trotzdem einmal vorbringen“, beharrte der alte Zhang. „Wenn er nicht einverstanden ist, dann ist das eben mein Schicksal.“

Da blieb der Frau nichts anderes übrig, als das Wagnis auf sich zu nehmen und die Sache vorzutragen.

Herr Wei wurde furchtbar zornig.

„Daß Ihr mich wegen meiner Armut so geringachten könnt! Wie sollte denn so einer für die Familie Wei in Frage kommen! Was ist dieser alte Gärtner eigentlich für ein Mensch, daß er sich untersteht, einen solchen Vorschlag zu machen! Und wenn er schon nicht weiß, was sich geziemt, so müßtet Ihr es wissen!“

„Ich hätte das wirklich nicht sagen sollen“, entschuldigte sich die Frau, „aber ich wurde von dem Alten gedrängt, bis mir nichts anderes übrigblieb, als Euch seinen Wunsch zu unterbreiten.“

„Sagt ihm folgendes“, fuhr Herr Wei zornig fort. „Ich würde mich einverstanden erklären, aber nur unter der Bedingung, daß ich noch an diesem heutigen Tage fünfhunderttausend Geldstücke bekomme.“

Die Frau ging hinaus und teilte dem alten Zhang dies mit. Der sagte nur: „Gut!“ und brachte kurz darauf das Geld auf einem Wagen zu Herrn Wei. Die ganze Familie Wei war höchst erschrocken.

„Was ich da vorhin gesagt habe, war doch nur ein

Scherz", erklärte Herr Wei. „Wie kommt der Alte mit seiner Gärtnerei nur zu so viel Geld? Ich habe das doch nur gesagt, weil ich annahm, er könne auf keinen Fall so viel besitzen. Nun hat er, ohne zu säumen, das Geld hergebracht. Was machen wir jetzt bloß?"

Sodann gab er jemandem den Auftrag, unauffällig die Meinung der Tochter zu erkunden. Die aber hatte nichts gegen den Alten einzuwenden. „Dann ist das wohl Schicksal", meinte nun Wei Shu und erklärte sich mit der Heirat einverstanden.

Nachdem der alte Zhang Fräulein Wei geheiratet hatte, gab er seinen Gärtnerberuf keineswegs auf. Unermüdlich bestellte er den Boden und verkaufte Gemüse. Seine Frau führte ihm mit eigenen Händen den Haushalt, ohne sich deswegen zu schämen. Ihren Angehörigen gefiel das gar nicht, doch sie konnten sie nicht davon abbringen.

Als das einige Jahre lang so gegangen war, warf ein Bekannter Wei Shu vor: „Deine Familie ist zwar arm, aber in deinem Ort gibt es sicher noch andere vornehme Leute, die arm sind. Wieso mußtest du deine Tochter ausgerechnet einem alten Gärtner zur Frau geben? Wenn du sie schon verstößt, warum läßt du sie dann nicht weit wegziehen?"

Einige Tage später lud Wei Shu seine Tochter und den alten Zhang zu einem Becher Wein ein. Nachdem sich durch den Genuß des Weins die Stimmung etwas gehoben hatte, ließ Wei Shu seine Absicht durchblicken. Da erhob sich der alte Zhang und sagte: „Daß wir nicht sofort weggezogen sind, liegt daran, daß ich befürchtete, Ihr würdet Sehnsucht nach Eurer Tochter bekommen. Doch nun, da Euch unsere Anwesenheit mißfällt, steht unserem Weggang nichts mehr im Wege. Ich habe ein kleines Gut am Wangwu-Gebirge. Morgen werden wir uns dorthin zurückziehen."

Sowie es Tag wurde, kamen der alte Zhang und seine Frau, um sich von der Familie Wei zu verabschieden. „Wenn Ihr Euch später einmal nach Eurer Tochter sehnt", sagte der alte Zhang, „dann schickt ihren ältesten Bruder, er möge sie südlich vom Tiantan-Berg besuchen."

Sodann hieß er seine Frau einen Regenhut aus Bambus aufsetzen und einen Esel besteigen. Er selber folgte ihr zu Fuß mit einem Wanderstab. Man hörte nie wieder etwas von ihnen.

Viele Jahre später gedachte Wei Shu seiner Tochter. Er stellte sich vor, wie sie mit wirrem Haar und schmutzigem Gesicht kaum wiederzuerkennen sei. So schickte er seinen Sohn Wei Yifang aus, sie zu besuchen.

Als Wei Yifang in der Gegend südlich vom Tiantan-Berg ankam, traf er auf einen Kunlun-Sklaven, der dort mit gelben Rindern einen Acker pflügte.

„Befindet sich hier irgendwo das Gut des alten Zhang?" fragte er ihn.

Der Kunlun-Sklave warf den Stock, mit dem er die Rinder antrieb, beiseite und verbeugte sich.

„Warum kommt Ihr erst jetzt, großer Herr?" erwiderte er. „Das Gut ist ganz nahe von hier. Ich werde Euch hinführen."

Zusammen mit Wei Yifang wandte er sich nach Osten. Zunächst erklommen sie einen Berg. Auf der anderen Seite am Fuße des Berges verlief ein Fluß, den sie überqueren mußten. Dann führte der Weg in vielen Windungen weiter. Die Landschaft veränderte sich allmählich und sah bald nicht mehr so aus wie in der Welt der Menschen. Nachdem sie dann einen anderen Berg hinabgestiegen waren und einen weiteren Fluß in nördlicher Richtung überquert hatten, befanden sie sich plötzlich vor einem vornehmen Anwesen mit einem roten Tor und vielen hohen und luftigen

Gebäuden. Üppig gewachsene Bäume standen in voller Blüte, umhüllt von zartem Dunst. Phönixe, Kraniche und Pfauen flogen umher. Helle Klänge von Sängern und Bläsern drangen ins Ohr. „Dies ist das Gut der Familie Zhang“, erklärte der Kunlun-Sklave. Wei Yifang war höchst überrascht.

Bald hatten sie das Tor erreicht. Dort empfing sie ein violett gekleideter Türhüter, verneigte sich und geleitete sie in die Haupthalle. Die Pracht der Ausstattung übertraf alles, was Wei Yifang je gesehen hatte. Das Ganze war von einem außergewöhnlich lieblichen Duft erfüllt.

Plötzlich war der Klang von Perlengehängen zu vernehmen, der sich langsam näherte. Es erschienen zwei Sklavinnen und verkündeten: „Der Herr kommt.“ Jetzt schritten ein Dutzend Sklavinnen von außergewöhnlicher Schönheit paarweise einher, als ob sie jemanden geleiteten. Kurz danach trat ein Mensch mit einer vornehmen Kappe, der in rote Rohseide gekleidet war und rote Schuhe trug, gemächlich durch die Tür herein. Eine Sklavin führte Wei Yifang vor ihn, und Wei Yifang verbeugte sich. Der Mann war von stattlicher Statur und hatte ein zartes Antlitz. Als Wei Yifang genauer hinsah, erkannte er, daß es der alte Zhang war.

„Die Mühsal der Menschenwelt gleicht einem Dasein im Feuer“, sagte der alte Zhang. „Solange man noch nicht die Reinheit und Kühle erlangt hat und noch den Flammen der Sorge ausgesetzt ist, findet man keinen Augenblick Ruhe. Du warst lange dort – was hast du so getrieben? Deine werte Schwester macht sich nur noch etwas zurecht, dann wird sie dir ihre Aufwartung machen.“ Und er lud Wei Yifang mit einer höflichen Geste ein, Platz zu nehmen.

Bald darauf erschien eine Sklavin und teilte mit, daß die junge Dame ihre Toilette beendet habe. Die

Sklavin geleitete Wei Yifang zur inneren Halle, wo er seine Schwester sehen sollte.

In dieser Halle waren die Balken aus duftendem Adlerholz, die Tür schmückten Einlagen aus Schildpatt, die Fenster zierte azurner Nephrit, die Vorhänge bestanden aus Perlenschnüren, die Treppenstufen waren spiegelglatt und von blaugrüner Farbe – Wei Yifang wußte nicht, aus was für einem Material sie waren. Kleidung und Schmuck seiner Schwester waren von einer solchen Pracht, wie er sie auf der Welt noch nie gesehen hatte. Die Schwester begrüßte ihren Bruder nur kurz und erkundigte sich nach ihren Eltern, doch ihr Geist schien abwesend zu sein.

Eine Weile später wurde ein Essen aufgetragen. Es bestand aus so erlesenen und wohlriechenden Speisen, daß man es nicht beschreiben kann. Nach dem Mahl brachte man Wei Yifang in einer der inneren Hallen unter, damit er dort übernachte.

Am nächsten Morgen, noch in der Dämmerung, saßen der alte Zhang und Wei Yifang wieder beisammen. Da kam plötzlich eine Sklavin herein und flüsterte dem alten Zhang etwas ins Ohr. Der lachte und sagte: „Wenn man einen Gast im Hause hat, wie kann man da bis zum Abend fortbleiben?“ Und zu Wei Yifang sagte er: „Meine kleine Schwester möchte einen Ausflug zum Penglai-Berg machen, und deine Schwester und ich sollen sie begleiten. Aber wir wollen vor dem Abend wieder zurück sein. Du kannst inzwischen hier der Ruhe pflegen.“ Damit verabschiedete sich der alte Zhang und ging fort.

Bald darauf erhoben sich im Hof fünffarbige Wolken, Phönixe flogen herbei, und es erklangen Saiten- und Blasinstrumente. Der alte Zhang und Wei Yifangs Schwester bestiegen jeder einen Phönix. Ihr Gefolge, ein Dutzend Personen, ritt auf Kranichen. Sie erhoben sich allmählich in die Luft und schwebten in östlicher Richtung davon. Obwohl man sie schon nicht mehr sehen konnte, war die Musik noch immer leise zu hören.

Wei Yifang war zurückgeblieben. Junge Sklavinnen umsorgten ihn mit großer Aufmerksamkeit. Gegen Abend ertönten Mundorgeln, und plötzlich waren der alte Zhang und seine Frau wieder da. Kaum waren sie im Hof gelandet, da suchten sie auch schon Wei Yifang auf.

„So allein war es für dich sicher hier sehr einsam", entschuldigte sich der alte Zhang. „Aber das hier ist eine Residenz von Unsterblichen, gewöhnliche Menschen dürfen sich hier nicht aufhalten. Dir hat es das Geschick zwar ermöglicht, hierherzukommen, doch

kannst du hier nicht lange verweilen. Morgen müssen wir uns trennen."

Als die Zeit heran war, kam Wei Yifangs Schwester, um sich von ihrem Bruder zu verabschieden. Sie gab ihm nur ein paar wohlwollende Worte für die Eltern mit auf den Weg. Der alte Zhang meinte: „Wir sind hier zu weit von der Welt der Menschen entfernt, als daß wir Briefe schreiben könnten." Er gab ihm vierhundertachtzig Liang Gold und einen alten Strohhut zum Abschied. „Wenn du einmal kein Geld hast", sagte er, „dann kannst du dir bei dem alten Wang, dem Apotheker am Nordtor von Yangzhou, zehn Millionen Geldstücke holen. Diesen Hut nimm mit als Erkennungszeichen!" Damit verabschiedete er sich und befahl dem Kunlun-Sklaven, Wei Yifang hinauszugeleiten.

Der Sklave begleitete Wei Yifang bis zum Tiantan-Berg. Dort verneigte er sich zum Abschied und ging zurück.

Als Wei Yifang mit dem Gold nach Hause kam, war die ganze Familie höchst verwundert und fragte ihn aus. Einige seiner Angehörigen meinten, der alte Zhang sei ein Unsterblicher. Andere nahmen das Ganze als einen Spuk. Sie wußten wirklich nicht, was sie davon halten sollten.

Im Laufe von fünf oder sechs Jahren ging das Gold zur Neige. Da wollte sich Wei Yifang das Geld von dem alten Wang holen. Aber er war sich nicht sicher, ob ihm nicht etwas vorgegaukelt worden sei.

„Du willst dir so viel Geld holen, ohne irgend etwas Schriftliches vorzuweisen?" meinte jemand. „Und wie sollte dieser Hut ein Erkennungszeichen sein?"

Als dann aber seine Mittel noch knapper wurden, bedrängte ihn seine Familie. „Wenn du auch dreist kein Geld erhältst – auf die Reise soll es doch nicht ankommen!" sagten sie.

So reiste er nach Yangzhou und suchte dort das Nordtor auf. Der alte Wang war gerade dabei, in seinem Laden die Arzneien zum Verkauf auszulegen. Wei Yifang trat vor ihn hin.

„Wie ist Euer Familienname?" fragte er den Alten.

„Ich heiße Wang", erwiderte der.

„Der alte Zhang hat mich geheißen, bei Euch zehn Millionen Geldstücke zu holen. Er hat mir diesen Hut als Erkennungszeichen mitgegeben."

„Das Geld ist in der Tat vorhanden. Aber ist der Strohhut auch der richtige?"

„Ihr könnt ihn untersuchen. Erkennt Ihr ihn etwa nicht?"

Der alte Wang hatte noch nicht geantwortet, als ein junges Mädchen hinter einem hellblauen Vorhang hervorkam und sagte: „Der alte Zhang war früher oft hier. Einmal bat er mich, seinen Hut auszubessern. Ich hatte keinen schwarzen Faden und mußte einen roten nehmen. An der Farbe des Fadens und an der Art der Stiche könnte ich den Hut leicht erkennen." Sie nahm den Hut, betrachtete ihn und stellte fest, daß es der richtige war.

Jetzt konnte Wei Yifang mit dem Geld zurückreisen. Er war nun überzeugt, daß der alte Zhang ein wahrhaftiger Unsterblicher war.

Als die Familie Wei später wieder einmal ihrer Tochter gedachte, wurde Wei Yifang abermals ausgeschickt, um sie südlich vom Tiantan-Berg aufzusuchen. Doch als er dort ankam, fand er nur zahllose Berge und Flüsse vor, aber keinen Weg. Gelegentlich traf er auf Holzfäller, jedoch keiner von ihnen wußte etwas vom Gut des alten Zhang.

Tiefbetrübt kehrte er nach Hause zurück. Die ganze Familie war nun sicher, daß man sich keine Hoffnung mehr zu machen brauchte, die Tochter wiederzusehen, denn die Wege der Unsterblichen und die der gewöhnlichen Menschen sind verschieden. Man suchte auch nach dem alten Wang, doch der war fortgezogen.

Einige Jahre danach hielt sich Wei Yifang einmal auf einer Vergnügungsreise zufällig in Yangzhou auf. Wie er dort so müßig am Nordtor spazierenging, trat plötzlich der Kunlun-Sklave der Familie Zhang vor ihn hin und sagte zu ihm: „Wie geht es Eurer Familie, großer Herr? Obwohl meine Herrin nicht nach Hause zurückkehren kann, ist es doch so, als wäre sie jeden Tag dort. Sie weiß über alles Bescheid, was in Eurer Familie vor sich geht." Dann holte er ein zehn Jin schweres Goldstück aus seinem Gewand hervor und überreichte es Wei Yifang. „Dies schickt Euch meine Herrin", sagte er. „Mein Herr sitzt zusammen mit dem alten Wang in dieser Schenke beim Wein. Nehmt doch hier ein Weilchen Platz, ich werde hineingehen und Bericht erstatten."

Wei Yifang setzte sich unter die Flagge der Schenke. Als es schließlich zu dunkeln begann, ohne daß sie herausgekommen wären, ging er hinein, um nach ihnen zu sehen. Die ganze Schenke war voller Gäste, doch die beiden Alten waren nicht unter ihnen. Auch der Kunlun-Sklave war nicht aufzufinden.

Wei Yifang nahm noch einmal das Gold heraus und betrachtete es: Es war echt. Mit einem Seufzer des Erstaunens machte er sich auf den Heimweg. Die Familie konnte nun wieder viele Jahre lang ihren Lebensunterhalt bestreiten. Doch von dem Verbleib des alten Zhang erfuhr man nichts mehr.

Die Sklavin Shangqing

Im dritten Monat des Jahres 792, des Jahres mit den zyklischen Zeichen „Renshen" in der Periode „Keuscher Beginn", schritt der Kanzler Dou Shen in einer mondhellen Nacht im Hofe des von ihm bewohnten Anwesens im Guangfu-Viertel müßig umher. Da sprach ihn seine Lieblingssklavin Shangqing an:

„Ich möchte Euch eine Mitteilung machen. Ich wage aber nur zu sprechen, wenn Ihr Euch zur Halle bemüht."

Herr Dou ging eilends zur Halle hinauf. Dort sagte Shangqing zu ihm:

„Auf dem Baum im Hofe sitzt ein Mann. Ich befürchtete, Euch zu erschrecken, daher habe ich Euch untertänigst gebeten, den Hof zu verlassen."

„Lu Zhi will mich seit langem stürzen und meinen Posten einnehmen", sagte Herr Dou. „Nun, da draußen auf dem Baum ein Mann sitzt, wird mich wohl das Unheil ereilen. Es wird sich auf jeden Fall ereignen, ob ich nun deswegen bei Hofe eine Eingabe mache oder nicht. Auf irgendeinem meiner Wege werde ich sicher des Todes sein. Auch du als Angehörige meines Gefolges wirst nicht viel Gutes zu erwarten haben. Wenn ich tot sein werde und mein Haushalt aufgelöst ist, wirst du sicher als Sklavin an den Hof kommen. Wenn dich unser Herrscher seiner Beachtung würdigt, dann leg für mich ein gutes Wort bei ihm ein!"

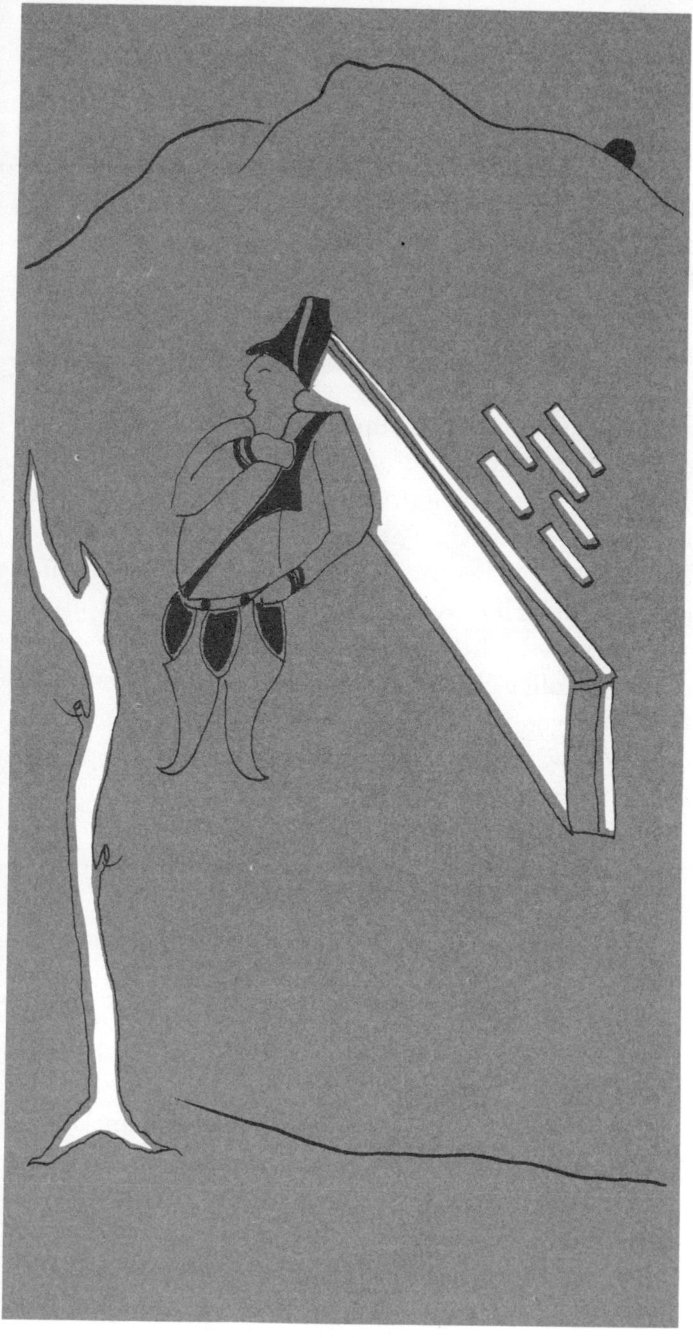

„Wenn es wirklich so kommt", erwiderte Shangqing, „dann will ich mein Leben einsetzen, um das zu tun."

Herr Dou ging hinunter in den Hof.

„Ihr da auf dem Baum", rief er laut, „Ihr seid wohl von Lu Zhi hergeschickt worden. Wenn Ihr mich alten Mann am Leben laßt, dann soll Euch eine dicke Belohnung zuteil werden!"

Auf diese Worte hin kam der Mann von dem Baum herunter. Er trug grobe hanfene Trauerkleidung und sagte:

„Meine Familie hat einen großen Trauerfall. Aber wir sind arm und können nicht die Mittel für die Trauerzeremonien aufbringen. Ich weiß, daß der Herr Kanzler Mitgefühl haben und hilfsbereit sind. Daher bin ich heute nacht gekommen. Zum Glück nehmen der Herr Kanzler mir das wohl nicht übel."

„Alles, was ich habe", antwortete Herr Dou, „sind tausend Rollen Seidenstoff von meinem Lehensbesitz. Ich hatte vor, damit einen Familientempel zu errichten. Wie wäre es, wenn ich Euch die vorläufig überlassen würde?"

Der Mann in der Trauerkleidung verneigte sich und dankte. Herr Dou erwiderte die Verbeugung, wie die Sitte es verlangt.

„Dann will ich mich von dem Herrn Kanzler verabschieden", sagte nun der Fremde. „Darf ich darum bitten, daß mir Eure Leute den geschenkten Stoff über die Mauer werfen? Ich werde auf der Straße darauf warten."

Herr Dou gewährte ihm diese Bitte. Einem Diener befahl er, auf den Mann aufzupassen, bis er völlig verschwunden sei. Dann erst wagte er, sich zur Ruhe zu begeben.

Am nächsten Morgen erstattete zuerst die Polizei dem Kaiser über diese Sache Bericht. Als Herr Dou an der Reihe war, berichtete er noch einmal darüber. Der Kaiser Dezong sagte in heftigem Tone:

„Du hast Beziehungen zu den Militärgouverneuren und hältst dir bewaffnete Agenten. Du hast den höchsten Amtsposten inne, was wünschst du noch mehr?"

Herr Dou machte einen Kotau.

„Ich habe als kleiner Schreiber angefangen", sagte er, „und habe nun das höchste Amt erlangt. Das alles verdanke ich der Gunst Eurer Majestät und keinesfalls irgend jemand anderem. Daß es nunmehr unglücklicherweise zu dieser Sache gekommen ist, hat vermutlich ein Feind von mir bewirkt. Euer Majestät sind darüber unversehens in donnergleichen Zorn geraten. Euer Diener hat dafür zehntausendfachen Tod verdient."

Da kam ein Palastdiener von der Halle herab und verkündete Herrn Dou: „Kehrt vorerst in Euer Haus zurück und wartet weitere Maßnahmen ab."

Einen Monat später wurde Herr Dou zum Vizepräfekten von Chenzhou degradiert. Alsbald geschah es, daß Liu Shining, der Militärgouverneur von Xuanwu, mit Chenzhou freundschaftliche Beziehungen anknüpfte. Ein kaiserlicher Untersuchungskommissar verfaßte darüber einen ausführlichen Bericht und sandte ihn an den Hof.

„Die Beziehungen zu Militärgouverneuren sind damit glaubhaft erwiesen", sagte nun der Kaiser und ließ Herrn Dou nach Huanzhou verbannen. Sein Vermögen wurde eingezogen. So war er völlig mittellos. Und noch bevor er an seinem Verbannungsort eingetroffen war, erhielt er den Befehl, sich das Leben zu nehmen.

Shangqing wurde tatsächlich Palastsklavin. Nach einigen Jahren durfte sie, weil sie Gewandtheit im Gespräch zeigte und Fähigkeiten in der Teezubereitung besaß, mehrfach dem Kaiser aufwarten.

„Unter den vielen Leuten, die hier im Palast leben, bist du eine besonders verständige Person“, sagte der Kaiser Dezong einmal zu ihr. „Wie bist du hierhergekommen?“

„Ich war ursprünglich eine Sklavin im Hause des verstorbenen Kanzlers Dou Shen“, erwiderte Shangqing. „Die Gemahlin des Herrn Dou verschied früh, und so durfte ich die Stelle seiner Frau einnehmen. Nachdem der Haushalt des gewissen Dou aufgelöst war, wurde mir das Glück zuteil, in den Palast aufgenommen zu werden. Nun, da ich im Angesicht des Drachen dienen darf, ist mir, als sei ich im Himmel.“

„Der gewisse Dou hat sich nicht nur des Vergehens schuldig gemacht, bewaffnete Agenten zu halten“, sagte Dezong, „sondern er ließ sich auch bestechen. Damals sind zahlreiche Silbergeräte amtlich beschlagnahmt worden.“

Da brach Shangqing in Tränen aus und sagte:

„Der gewisse Dou ist vom Zensoratsvizepräsidenten über den Kaiserlichen Kommissar für die Staatseinnahmen, die Finanzen und die staatlichen Salz- und Eisenmonopole bis zum Kanzler aufgestiegen. Sechs Jahre lang bezog er jeden Monat ein Einkommen von vielen hunderttausend Geldstücken. Wie viele Gelegenheitsgeschenke er nach und nach erhielt, weiß niemand genau. Doch das, was aus Chenzhou als beschlagnahmte Silbergeräte dem Hof überstellt wurde, das waren Gnadengeschenke Eurer Majestät. Als sie damals registriert wurden, war ich in Chenzhou und habe selber gesehen, wie die Beamten der Präfektur und des Bezirks die Inschriften wegkratzten, um den Wünschen des Lu Zhi zu entsprechen. Denn in die Silbergerätschaften waren Militärgouvernement, Amtstitel und Name des damit Beschenkten eingraviert. Man hat sie fälschlich für

Bestechungsgeschenke ausgegeben. Ich bitte untertänigst, das untersuchen zu lassen."

Daraufhin ordnete der Kaiser an, die bei dem gewissen Dou beschlagnahmten Silbergeräte wieder hervorzuholen und nochmals zu untersuchen. Dabei stellte man fest, daß die Inschriften tatsächlich weggekratzt waren, genau wie Shangqing es gesagt hatte.

Das war im Jahre 796, im zwölften Jahr der Periode „Keuscher Beginn".

Kaiser Dezong fragte weiter, wieso sich der Kanzler Dou Shen bewaffnete Agenten gehalten habe.

„Die hat es nie gegeben", erwiderte Shangqing. „Das ist alles von Lu Zhi erfunden worden, um Herrn Dou zu verderben."

Da wurde der Kaiser sehr böse auf Lu Zhi und sagte: „Dieser Barbarensklave! Ich habe ihn sein grünes Gewand gegen ein purpurnes eintauschen lassen und ihn vertraulich ‚Lu der Neunte' genannt. Als ich Dou Shen sein Amt übergab, regelte der die Dinge in meinem Sinne. Aber dann hat mich Lu Zhi veranlaßt, ihm Unrecht zu tun und ihn zu töten. Der aber erwies sich, sobald er die Macht in Händen hatte, als weich, schlimmer denn ein Lehmklumpen."

Und der Kaiser verkündete einen Erlaß, in dem Dou Shen von seiner Schuld freigesprochen wurde.

Zu dieser Zeit erfuhr Pei Yanling, daß Lu Zhi die kaiserliche Gunst nicht mehr genoß. Jetzt hatte er freie Bahn, ihn zu Fall zu bringen. Lu Zhi wurde dann tatsächlich in die Verbannung geschickt, aus der er nicht mehr zurückkehren durfte.

Shangqing wurde später auf Grund einer Sondererlaubnis Daoistin, heiratete dann aber Jin Zhongyi.

Damals gab es viele Anhänger von Lu Zhi, die bedeutende Posten bekleideten, und daher wagte man nicht, diese Geschichte weiterzuerzählen, so daß sie geheim blieb und keiner sie kannte.

Ein magischer Mehlparasit

In Changcheng lebte einst ein gewisser Lu Yong, der aus Wujun stammte. Seine Vorfahren hatten die Klassikerprüfungen abgelegt und waren Beamte gewesen. Lu Yong liebte es von klein auf, Mehl zu essen, doch je mehr er davon aß, desto dünner wurde er.

Als er etwas älter geworden war, schickte ihn seine Heimatpräfektur als Prüfungskandidaten in die Hauptstadt zum Ministerium der Riten. Dort aber fiel er bei der Prüfung durch, worauf er sich bei der Taixue-Universität als Student einschreiben ließ.

Nach einigen Monaten besuchten ihn unverhofft Ausländer, die Wein und Speisen mitbrachten. Als sie sich gesetzt hatten, blickten sie Lu Yong an und sagten:

„Wir sind aus Nanyue und unter Barbaren aufgewachsen. Wir haben gehört, daß in der Schule des Himmelssohnes der Tang die hervorragendsten Männer des Reiches versammelt sind und daß man hier bestrebt ist, die Güter der Kultur auch den Barbaren der vier Himmelsrichtungen zuteil werden zu lassen. Daher sind wir über Meere gefahren und über Berge gestiegen und nach China gekommen, um in der Taixue-Universität den Glanz der Güter der Kultur kennenzulernen. Ihr nun tragt eine würdige Kappe und ein strenges Gewand, Ihr habt ein gewichtiges Äußeres und eine ernste Lebenseinstellung wie ein wahrhaftiger Konfuzianer der Tang-Dynastie. Daher

würden wir gern mit Euch geselligen Verkehr pflegen.“

Lu Yong wies die Komplimente zurück und erwiderte:

„Ich habe das Glück, an der Taixue-Universität eingeschrieben zu sein, verfüge aber über keine besonderen Talente. Wie könnte ich Eure Wertschätzung verdienen?“

Dann tafelten sie gemeinsam und waren heiter, bis sich die Ausländer wieder verabschiedeten. Lu Yong war ein argloser Mensch und traute den Ausländern nicht irgendwelche geheimen Absichten zu.

Nach etwas mehr als zehn Tagen kamen die Ausländer wieder und brachten Gold und Seide als Geschenke mit. Da vermutete Lu Yong ernstlich, daß sie irgend etwas im Schilde führten, und lehnte die Gaben energisch ab. Die Ausländer aber sagten:

„Ihr wohnt zwar in Chang'an, doch seht Ihr aus, als würdet Ihr schrecklich unter Hunger und Kälte leiden. Wir haben Gold und Seide mitgebracht, damit Ihr Eure täglichen Unkosten bestreiten könnt und wir Euer Wohlwollen gewinnen. Wie sollten wir irgendwelche anderen Absichten haben? Verdächtigt uns bitte nicht!“

Da blieb Lu Yong nichts anderes übrig, als das Gold und die Seide anzunehmen.

Nachdem die Ausländer wieder fort waren, hörten die Studenten der Taixue-Universität von dem Vorgefallenen. Sie gingen gemeinsam zu Lu Yong und sagten: „All diese Ausländer lieben den Vorteil mehr als ihre eigene Person, sie streiten sich um Nichtigkeiten wie Salz und Reis und bestehlen und morden sich deswegen sogar gegenseitig. Wie könnten sie bereit sein, Gold und Seide herzugeben, nur um einem Freund ein Geschenk zu machen! Außerdem gibt es hier in der Taixue-Universität sehr viele Studenten –

wieso sollten sie es ausgerechnet mit dir so gut meinen? Verbirg dich lieber außerhalb der Stadt, um ihnen zu entgehen, falls sie wiederkommen."

Daraufhin übersiedelte Lu Yong an das Ufer des Wei-Flusses, schloß sich im Hause ein und ging nicht hinaus. Doch kaum war ein Monat vergangen, da standen die Ausländer wieder vor seiner Tür. Lu Yong war sehr erschrocken. Sie aber sagten fröhlich:

„Als Ihr vor kurzem noch in der Taixue-Universität wart, konnten wir nicht über alles reden. Daß Ihr nun außerhalb der Stadt wohnt, ist in der Tat nach unserem Herzen." Sie setzten sich, faßten Lu Yong bei der Hand und fuhren fort: „Wir kommen nicht zufällig. Wir haben nämlich eine Bitte an Euch und hoffen, Ihr werdet sie uns gewähren. Zudem bringt Euch das, worum wir bitten, mit Sicherheit keinen Schaden, für uns aber wäre es eine große Gnade."

„Nun, ich bin bereit, Euch anzuhören", antwortete Lu Yong.

„Ihr liebt es, Mehl zu essen?" fragten die Ausländer.

„Ja", erwiderte Lu Yong, worauf sie sagten:

„Wer da Mehl ißt, seid nicht Ihr selber, sondern das ist ein Parasit in Eurem Bauch. Wir wollen Euch nun ein Kügelchen eines Präparates geben. Wenn Ihr es einnehmt, werdet Ihr erbrechen und den Parasiten ausspucken. Wir wollen ihn Euch dann für einen üppigen Preis abkaufen. Wäret Ihr damit wohl einverstanden?"

„Wenn das wirklich so ist, weshalb sollte ich damit nicht einverstanden sein?" entgegnete Lu Yong.

Daraufhin holten die Ausländer eine purpurn glänzende Pille hervor und forderten ihn auf, sie zu schlucken. Nach einer Weile erbrach er einen Parasiten von etwa zwei Cun Länge und hellblauer Farbe. Seine Gestalt glich der eines Frosches. Die Ausländer sagten:

„Dieses Wesen heißt zwar ‚Mehlvertilgender Parasit', ist aber in Wirklichkeit eine auf der Welt einzigartige magische Kostbarkeit."

„Woran habt Ihr sie erkannt?" fragte Lu Yong.

„Wir haben jeden Morgen gesehen, wie über der Taixue-Universität die Strahlen einer magischen Kostbarkeit zum Himmel aufstiegen", antworteten sie. „Damals haben wir Euch besucht, weil wir in den Besitz der Kostbarkeit kommen wollten. Doch seit über einem Monat stellen wir fest, wenn wir am klaren Morgen danach ausschauen, daß die Strahlen über dem Ufer des Wei-Flusses stehen. Tatsächlich seid Ihr hierher umgezogen. Dieses magische Wesen bildet sich, indem es die von Himmel und Erde hervorgebrachten Wirkstoffe der inneren Ausgewogenheit in sich aufnimmt. Der Grund dafür, daß es so gerne Mehl frißt, ist der: Das Getreide wird im Herbst gesät, und bis zum Sommer des nächsten Jahres reifen die Früchte. Es empfängt also sämtliche Wirkstoffe von Himmel und Erde und den vier Jahreszeiten. Daher liebt dieses Wesen den Geschmack des Mehls. Ihr solltet ihm Mehl zu fressen geben, dann könnt Ihr es sehen."

Lu Yong stellte einen reichlichen Dou Mehl vor es hin, und das froschähnliche Wesen fraß es – das Mehl war sofort alle.

„Wozu kann man dieses Wesen verwenden?" fragte Lu Yong.

„Alle seltenen Kostbarkeiten auf der Welt streben nach den Wirkstoffen der inneren Ausgewogenheit", gaben die Ausländer zur Antwort. „Dieses Wesen nun ist das Äußerste an innerer Ausgewogenheit. Ist es da nicht natürlich, wenn man es gewissermaßen als Wurzel benutzt, um an die fernen Zweige zu gelangen?"

Sie taten das magische Wesen in eine Röhre, verschlossen diese in einer goldenen Schatulle und forderten Lu Yong auf, sie in seinen Schlafraum zu bringen. Sie erklärten, daß sie am darauffolgenden Tag wiederkommen würden.

Am nächsten Morgen erschienen die Ausländer mit zehn schweren Wagen und brachten Lu Yong Gold, Jade, Seide und Brokat im Werte von vielen zehntausend Geldstücken. Dafür nahmen sie die goldene Schatulle und gingen damit fort.

Nun war Lu Yong außerordentlich reich. Er legte sich Gärten und Häuser zu, um darin sein Leben zu genießen. Jeden Tag aß er edle Speisen, kleidete sich in neue Gewänder und vergnügte sich in Chang'an. Man nannte ihn einen großen Herrn.

Nach über einem Jahr waren die Ausländer wieder

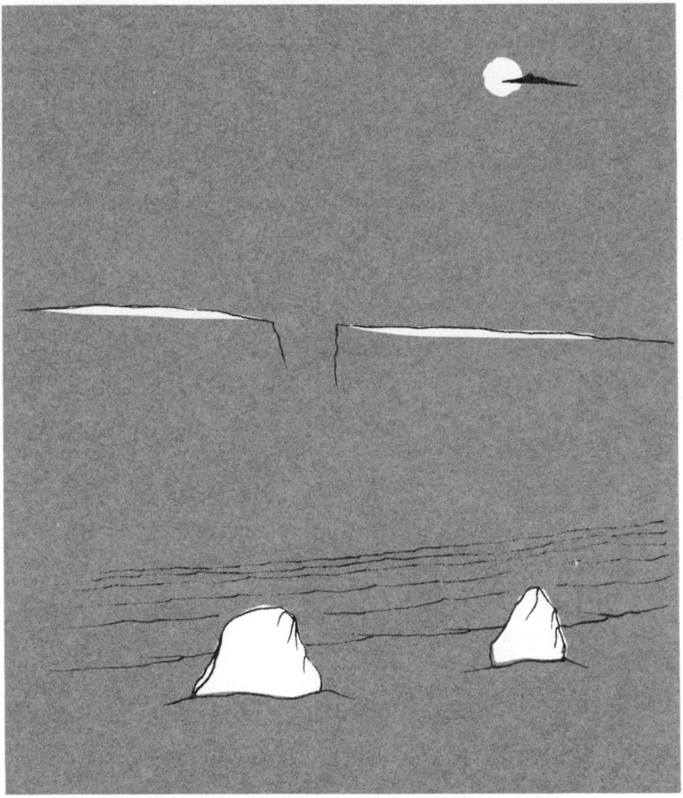

bei ihm. „Wollt Ihr mit uns zusammen aufs Meer hinausfahren?“ fragten sie Lu Yong. „Wir wollen die seltenen Kostbarkeiten im Meer erkunden, damit die Welt mehr Glanz erhält. Ihr findet doch an merkwürdigen Dingen Gefallen.“

Lu Yong, der durch seinen großen Reichtum viel Muße hatte und allen seinen Neigungen nachgehen konnte, fuhr also mit den Ausländern zusammen hinaus ans Meer. Dort errichteten die Ausländer eine Hütte als Unterkunft. Dann taten sie Fett in einen silbernen Dreifußkessel, entfachten darunter ein Feuer, warfen das magische froschähnliche Wesen in den Kessel und siedeten es darin.

Nachdem das Feuer sieben Tage lang ununterbrochen gebrannt hatte, tauchte plötzlich ein Knabe mit gescheiteltem Haar, gekleidet in eine hellblaue Jacke, aus dem Meerwasser auf. Er hielt eine Mondschale in den Händen, in der etliche Perlen von einem Cun Dicke lagen, und brachte sie den Ausländern dar. Die aber schalten ihn heftig, so daß der Junge ganz verängstigt mit der Schale wieder fortging.

Kaum war der Knabe verschwunden, da erschien ein zierliches Himmelsmädchen. Es trug ein Gewand aus nebelzarter Seide, sein Gürtel war mit Ringen und Kugeln aus Jade verziert. Gleichsam schwebend stieg es aus dem Meer empor. Es brachte eine Schale aus purpurnem Jade herbei, in der Dutzende Perlen lagen. Doch als sie diese den Ausländern darreichte, fingen sie wieder an zu schimpfen, so daß auch das Himmelsmädchen mit seiner Schale kehrtmachte.

Bald darauf erschien ein Unsterblicher. Er hatte eine jadeblaue Kappe auf und war in einen rötlichen Umhang gehüllt. Auf einem roten Tuch, das er vor sich ausgebreitet hatte, lag eine Perle von etwa drei Cun Durchmesser. Von ihr ging ein seltsamer Glanz aus, der sich mehr als zehn Bu weit im Umkreis verbreitete. Diese Perle brachte der Unsterbliche den Ausländern dar. Die Ausländer nahmen sie lachend entgegen und sagten voller Freude zu Lu Yong: „Die größte Kostbarkeit ist gekommen!“ Sofort löschten sie das Feuer. Sie nahmen den magischen Parasiten aus dem Kessel und legten ihn wieder in die goldene Schatulle. Obwohl er lange gesotten worden war, war er so lebhaft wie zuvor.

Ein Ausländer schluckte die Perle und sagte zu Lu Yong: „Kommt mit mir ins Meer hinein. Ihr braucht keine Angst zu haben.“ Da faßte Lu Yong den Ausländer am Gürtel und folgte ihm. Das Wasser des Meeres wich vor ihnen zur Seite, und die Schuppentiere verzogen sich. So konnten die beiden durch die Räume der Unterwasserpaläste streifen, die von den gehörnten und ungehörnten Drachen bewohnt werden, und nach Herzenslust wertvolle Perlen und seltene Kostbarkeiten sammeln. Auf diese Weise erwarb Lu Yong an einem einzigen Abend ungeheure Schätze. „Damit könnt Ihr Milliarden erlangen“, sagte der Ausländer zu ihm und schenkte ihm noch einige wertvolle Muscheln. Als Lu Yong diese später in Nanyue verkaufte, erhielt er dafür vierundzwanzigtausend Liang Gold. Nun war er noch reicher. Er verzichtete endgültig auf eine Amtskarriere und lebte bis ins hohe Alter in Minyue.

Die Geschichte von der Kurtisane Yang

Die Kurtisane Yang war eine der außergewöhnlichsten Schönheiten von ganz Chang'an. Sie war von edler Gestalt, und es machte ihr Freude, ihr Äußeres zu pflegen. Wenn Adlige und Personen von Stand Gelage gaben, wetteiferten sie darin, sie einzuladen. Dann tranken ihr selbst Leute, die sonst nie einen Tropfen anrührten, mit vollen Bechern zu und genossen die Stimmung. Manch einer der jungen Leute von Chang'an, die bei ihr verkehrten, verpraßte, ohne es zu bedauern, sein ganzes Vermögen und ruinierte sich. Die Kurtisane Yang war die bekannteste unter ihresgleichen und wurde von ihren Zeitgenossen heiß begehrt.

Damals lebte in Lingnan ein Truppenführer, ein junger Mann aus vornehmer Familie, dessen Frau aus der Verwandtschaft der Kaiserin stammte. Sie war sehr streng zu ihm. Beide hatten von Anfang an vereinbart, derjenige, der dem anderen untreu würde, sollte den Tod durch die Klinge finden. Der Truppenführer, ein Jüngling aus wohlhabendem Hause, aber liebte die Wollust und war gegen seine Frau verbittert. So achtete er ihrer nicht weiter, sondern bot insgeheim eine große Summe auf, kaufte die Kurtisane Yang frei und nahm sie mit in den Süden. Dort brachte er sie in einem gesonderten Hause unter. Wenn ihm sein Dienst freie Stunden ließ, war er mit der Kurtisane zusammen, und erst im Abenddunkel kehrte er nach Hause zurück.

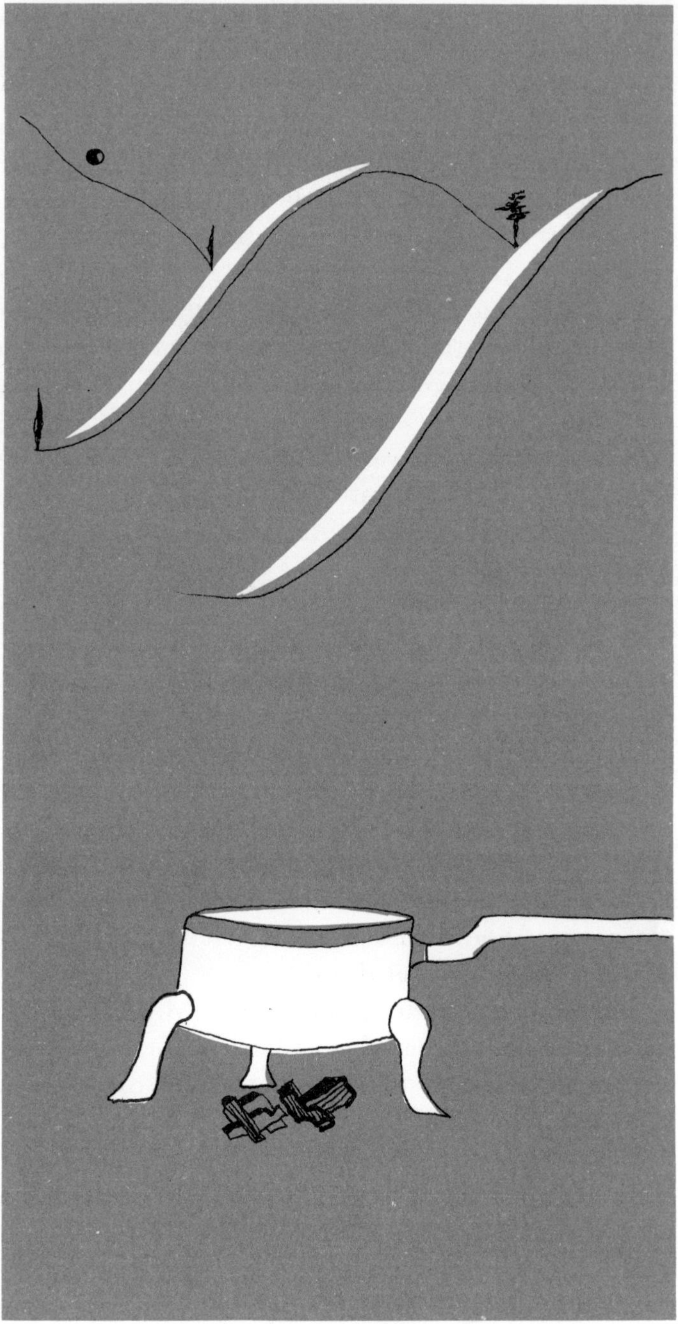

Die Kurtisane hatte einen hellen Verstand und erwies sich als dem Truppenführer besonders ergeben. Stets hielt sie sich an die Pflichten einer Frau und tat nichts, was gegen die Anstandsregeln verstieß. Auch den Kameraden des Truppenführers bezeigte sie Wohlwollen und erwarb sich die Zuneigung aller. Deswegen war ihr der Truppenführer noch inniger zugetan.

Als etwa ein Jahr vergangen war, erkrankte der Truppenführer, so daß er sich nicht mehr erheben konnte. Er wollte gern die Kurtisane sehen, fürchtete aber seine Frau.

Schon seit langem war er eng befreundet mit einem Truppeninspektor. Dem ließ er heimlich seinen Wunsch mitteilen, damit der sich einen Plan ausdenke.

Der Truppeninspektor flunkerte der Frau des Truppenführers etwas vor, er sagte:

„Der Herr Truppenführer ist sehr krank. Ich denke, wenn wir jemanden finden könnten, der sich gut auf Pflege und Arzneibereitung versteht und nach ihm sehen könnte, dann würde er schnell wieder gesund werden. Ich habe eine gute Sklavin, die seit langem in vornehmen Häusern dient und allenthalben Zufriedenheit erweckt hat. Laßt doch bitte diese Sklavin für das Wohlbefinden des Herrn Truppenführers sorgen! Was meint Ihr dazu?"

„Ihr seid ein vertrauenswürdiger Mensch", erwiderte die Frau. „Wenn das wirklich so ist, dann habe ich nichts dagegen einzuwenden. Laßt die Sklavin schnell herkommen!"

Daraufhin befahl der Truppeninspektor der Kurtisane, sich als Sklavin verkleidet zu dem Truppenführer auf den Weg zu machen.

Doch bevor der Plan ausgeführt war, kam die Sache ans Licht. Die Frau des Truppenführers schichtete mit etlichen kräftigen Sklavinnen Scheite übereinander, entzündete im Hof unter einem Kessel mit Fett ein Feuer und erwartete die Ankunft der Kurtisane. Sobald sie ankäme, sollte sie in den brodelnden Kessel geworfen werden.

Als der Truppenführer dies hörte, bekam er einen großen Schreck. Eilig befahl er, die Ankunft der Kurtisane zu verhindern. Er sagte: „Das war meine Idee. Soll sie etwa dafür büßen? Wie gut, daß ich noch nicht gestorben bin, ich werde sie vor den Fängen dieses Tigers bewahren! Anderenfalls wäre sie verloren."

Er vermachte der Kurtisane einen großen Teil seiner Kostbarkeiten und beauftragte einen Haussklaven, sie in einem Boot zurück in den Norden zu geleiten.

Doch von da an hegte der Truppenführer einen noch tieferen Groll gegen seine Frau, und nach weniger als zehn Tagen starb er.

Die Kurtisane war auf ihrem Weg gerade bis Hongzhou gekommen, als sie die Nachricht erreichte. Sie schickte alle Geschenke des Truppenführers zurück, richtete für ihn eine Seelentafel auf und sprach unter Tränen: „Der Truppenführer ist meinetwegen gestorben. Da er nun tot ist, wofür soll ich noch leben? Kann ich ihn etwa allein lassen?" Und mit diesen Worten tat sie die Seelentafel beiseite und machte ihrem Leben ein Ende.

Kurtisanen sind Frauen, die mit ihren Reizen anderen zu Diensten sind. Doch wenn sie keinen Vorteil davon haben, geben sie sich niemandem hin. Die Kurtisane Yang aber hat das Schicksal des Truppenführers mit ihrem Tod vergolten – das ist moralische Stärke! Und sie hat die Geschenke des Truppenführers zurückgegeben – das ist Bescheidenheit! Obwohl sie nur eine Kurtisane war, unterschied sie sich von den anderen doch beträchtlich.

Wie der Lohnarbeiter Feng Jun ein reicher Mann wurde

Im ersten Jahr der Periode „Keuscher Beginn“ der Tang-Dynastie, dem Jahre 785, lebte in Guangling ein gewisser Feng Jun, der seinen Lebensunterhalt dadurch verdiente, daß er sich als Lohnarbeiter verdingte. Er war sehr kräftig, von schlichtem Gemüt und aufrichtig, so daß er leicht Arbeit fand.

Einmal begegnete er einem Dao-Adepten. Der hatte auf dem Markt Arzneien gekauft und sie in einen Sack gepackt. Nun wollte er sich jemanden mieten, der die hundert Jin schwere Last allein tragen konnte. Er war bereit, dem Träger den doppelten Lohn zu zahlen.

Feng Jun bewarb sich um diese Arbeit. Er sollte den Sack nach Liuhe bringen. Als Preis wurden tausend Geldstücke vereinbart, die er nach der Ankunft bekommen sollte.

Feng Jun ging nach Hause, unterrichtete seine Familie von dem Vorhaben und begab sich dann zu dem Dao-Adepten.

„Wenn du mit mir gehst, wirst du nicht unbedingt auf dem direkten Wege nach Liuhe gelangen“, erklärte der Dao-Adept. „Ich möchte diesmal auf dem Wasserwege dorthin reisen. Wenn ich ein Boot bekomme, dann kannst du mit mir in dem Boot fahren. Vom Lohn aber soll dir deswegen nichts abgehen.“

Feng Jun war einverstanden. Zusammen mit dem Dao-Adepten bestieg er ein kleines Boot, auf dem au-

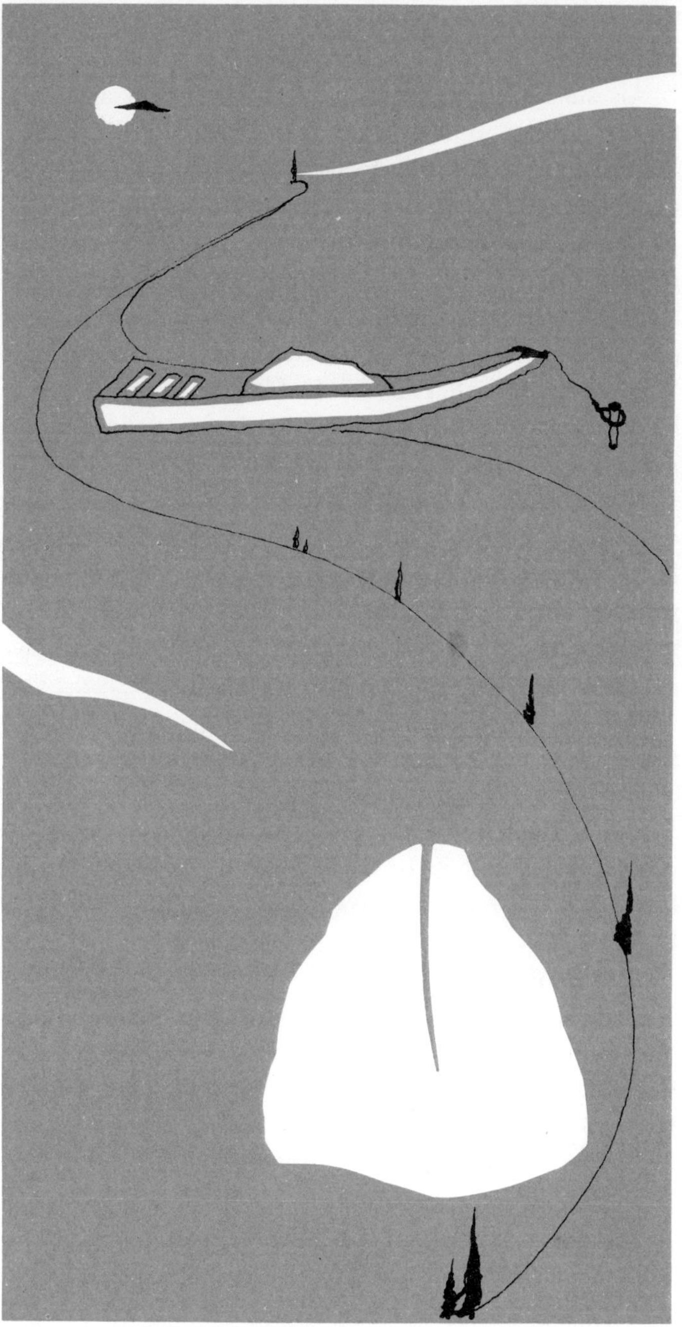

ßer dem Bootsmann nur der Dao-Adept und Feng Jun reisten.

Als sie auf den Strom gelangt und ein paar Li gefahren waren, meinte der Dao-Adept: „Wir haben keinen Wind. Stromaufwärts erreichen wir so nicht unser Ziel. Ich werde einen kleinen Trick anwenden." Er befahl dem Bootsmann und Feng Jun, in die Kajüte zu gehen, und blieb allein an Deck. Er zog Segel auf und nahm das Ruder in die Hand. Die beiden in der Kajüte hörten zwar das Geräusch von Wind und Wellen, doch hatten sie das Gefühl, das Boot schwebe in der Luft. Vor Angst wagten sie nicht, sich zu bewegen.

Nach einiger Zeit befahl der Dao-Adept den beiden, die Kajüte zu öffnen und wieder herauszukommen. An der Stelle, wo sie jetzt waren, erstreckte sich weithin ein spiegelblanker See, und vor ihnen türmten sich Berge auf. Erst nach einer Weile begriff der Bootsmann, daß sie auf dem Südsee in der Bucht von Xingzi unterhalb des Lushan-Gebirges gelandet waren.

Der Dao-Adept kletterte ans Ufer und hieß Feng Jun den Sack mit den Präparaten auf die Schulter nehmen. Als er dem Bootsmann den Mietpreis bezahlen wollte, war der noch so erschrocken, daß er das Geld nicht annehmen wollte.

„Ich weiß, daß du aus Xunyang bist", sagte der Dao-Adept. „Ich wollte auf dem schnellsten Wege hierhergelangen und habe eigens dich mit deinem Boot dafür erwählt. Willst du das Geld deswegen etwa ablehnen?"

Da verbeugte sich der Bootsmann und nahm das Geld entgegen. Er stammte tatsächlich aus Xunyang.

Sodann führte der Dao-Adept Feng Jun mit dem Sack über Geröll. Nach etwa fünf oder sechs Li kamen sie an den Fuß eines Berges. Dort lag ein großer Stein von einigen Zhang im Geviert. Der Dao-Adept schlug mit einem kleinen Stein etliche Dutzend Male dagegen. Da spaltete sich der große Stein in zwei Teile, und aus dem Spalt kam ein Junge hervor. „Der erhabene Meister ist zurückgekehrt!" sagte er erfreut.

Der Dao-Adept führte Feng Jun in die Steinhöhle hinein. Zuerst ging es mehr als zehn Zhang weit steil nach unten. Zu den Seiten hin wurde es dann allmählich weitläufiger und ebener, und nach mehreren weiteren Schritten wurde es ganz hell. Sie waren in einer großen steinernen Halle angelangt, in der einige Dutzend Dao-Adepten saßen, die Schach spielten und sich vergnügten.

„Warum kommst du so spät?" fragten sie den Ankömmling.

Sie befahlen Feng Jun, die Arzneien abzulegen, und forderten ihre Diener auf, ihn schnell wieder zurückzuführen. Der Dao-Adept aber befahl den Dienern: „Der Träger hat großen Hunger. Gebt ihm etwas zu essen!"

Da füllten sie ein Gericht aus Sesam in eine Porzellanschüssel und gaben es ihm zu essen. Außerdem reichten sie ihm eine Schale mit einer Flüssigkeit, die süß und sämig wie Milch war. Feng Jun wußte nicht, was das war. Danach geleitete der Dao-Adept selber Feng Jun hinaus.

„Ich danke dir, daß du diese weite Reise mit mir gemacht hast", sagte er zu ihm. „Diese Kleinigkeit hier schenke ich dir." Und er gab ihm tausend Geldstücke und forderte ihn auf, sie sich um den Bauch zu binden.

„Wenn du zu Hause angekommen bist, dann binde sie ab und schau sie dir an – sie werden dann etwas anderes sein." Weiter fragte er, wie viele Personen zu Feng Juns Familie gehörten.

„Mit Frau und Kindern sind wir insgesamt fünf", antwortete Feng Jun.

Da händigte ihm der Dao-Adept etwa hundert Pillen aus und sagte:

„Wenn ihr täglich eine hiervon schluckt, braucht ihr hundert Tage lang nichts zu essen."

„Der Rückweg ist sehr weit, und wie soll ich ihn finden?" fragte Feng Jun.

„Ich werde dir dabei helfen", antwortete der Dao-Adept und führte Feng Jun über das Geröll zu einem Stein, der aussah wie ein Tiger. Der Dao-Adept forderte Feng Jun auf, ihn rittlings zu besteigen. Den Kopf des Steintigers bedeckte er mit einem Stoff, dessen Enden Feng Jun wie einen Zügel halten mußte. Er schärfte ihm ein, die Augen zu schließen und sie erst wieder zu öffnen, wenn seine Füße den Boden berührten. Sobald Feng Jun auf dem Stein saß, versetzte der Dao-Adept diesem einen Hieb mit der Peitsche. Feng Jun spürte, wie der Stein sich in die Lüfte erhob und flog.

Das geschah gegen Abend. Es verging etwa so viel Zeit, wie man zum Kochen einer Mahlzeit braucht, da fühlte Feng Jun, wie seine Füße auf dem Boden aufsetzten. Er öffnete die Augen und fand sich am Stadttor von Guangling wieder. Es war gerade die Zeit, da man die Lampen anzündet.

Als er zu Hause ankam, wunderten sich seine Frau und seine Kinder, daß alles so schnell vonstatten gegangen war. Er löste die Schnur von seinem Bauch und stellte fest, daß alle Geldstücke zu Gold geworden waren.

Von nun an verdingte er sich nicht mehr bei anderen, sondern legte sich viele Felder zu und führte das Leben eines Reichen.

Seine Nachbarn aber vermuteten, daß er ein Dieb sei. Als sich dann wirklich einmal ein Diebstahl ereignete, glaubten sie, er habe seine Finger mit im Spiel, und brachten ihn in Fesseln vor die Behörden.

Damals war Du Ya Militärgouverneur von Huainan. Er schätzte die Alchimie und hatte eine Neigung für absonderliche Geschichten. Nachdem er Feng Jun angehört hatte, befahl er ihm, das Gold und die Pillen zu holen. Doch kaum hatte Du Ya beides in die Hand bekommen, da war es, als fielen sie zu Boden, und sie waren verschwunden. Auch hatte ihm Feng Jun gesagt, daß außerhalb der Stadtmauer noch der Stein liege, auf dem er zurückgekehrt sei. Du Ya ließ ihn herbeischaffen. Von da an beschäftigte er sich noch eifriger mit Dao-Studien und Elixierbereitung, brachte aber dennoch nichts zuwege.

Feng Jun erreichte ein hohes Alter, und auch seine Nachkommen waren sehr reich.

Guo Yuanzhen befreit ein Dorf von einem Ungeheuer

Guo Yuanzhen, der spätere Herzog von Dai, fiel einmal in der Periode „Erschließung und Beginn" bei einer Prüfung durch. Als er danach eine Reise von Jinzhou nach Fenzhou machte und eines Nachts noch in tiefer Finsternis unterwegs war, verirrte er sich. Erst nach langer Zeit erblickte er weit entfernt einen Lichtschein. In dem Glauben, dort wohnten Menschen, ritt er geraden Weges darauf zu.

Nach einer Strecke von acht oder neun Li stand er vor einem Anwesen mit einem mächtigen Torgebäude. Er schritt durch das Tor und entdeckte Gänge und eine Halle, die von Lampen hell erleuchtet waren. Allenthalben standen Speisen, und es war wie in einem Hause, in dem man die Hochzeit einer Tochter feiert. Aber es herrschte Stille. Kein Mensch war zu sehen. Guo Yuanzhen band sein Pferd vor dem westlichen Gang an eine Säule, stieg die Stufen hinauf und schaute sich in der Halle um. Er hatte keine Ahnung, was dies wohl für ein Ort sein könnte.

Plötzlich vernahm er aus dem östlichen Obergeschoß der Halle das Weinen einer Frau. Das Schluchzen wollte kein Ende nehmen.

„Ihr, die Ihr da oben weint", fragte er, „seid Ihr ein Mensch oder ein Geist? Wieso ist hier alles so festlich hergerichtet, aber kein Mensch ist da außer Euch, die Ihr alleine weint?"

„Ich gehöre einem Tempel dieses Dorfes", antwortete die Frau. „Es gibt hier einen General Wu, der die

Geschicke der Menschen bestimmt. Jedes Jahr fordert er von den Dorfbewohnern eine Gefährtin. Die Dorfbewohner müssen unter den Jungfrauen eine Schönheit auswählen und sie mit ihm vermählen. Ich bin zwar häßlich, aber mein Vater gierte nach den fünfhundert Geldschnüren, die die Dorfbewohner ihm geboten haben, und hat insgeheim in die Wahl eingewilligt. Heute abend kamen die Töchter der Dorfbewohner hierher und haben mit mir zusammen gefeiert. Sie haben mich betrunken gemacht, mich in diesen Raum gebracht und hier eingeschlossen. So soll ich die Frau des Generals werden. Meine Eltern haben mich dem Tode geweiht. Ich habe große Angst und bin sehr traurig. Seid Ihr wirklich ein Mensch? Wenn Ihr mich retten könntet, würde ich mein ganzes Leben lang als dienendes Weib Euren Weisungen folgen."

„Wann soll er denn kommen?" fragte Guo Yuanzhen in großer Erregung.

„Zur zweiten Nachtwache."

„Ich bin ein ausgewachsener Mann und werde all meine Kraft aufbieten, um Euch zu retten. Sollte ich es nicht schaffen, dann will ich mich selber töten, um Euch im Tode zu begleiten. Auf keinen Fall werde ich Euch in den Klauen eines wollüstigen Teufels unschuldig zu Tode kommen lassen."

Da hörte die Frau für kurze Zeit auf zu weinen. Guo Yuanzhen führte sein Pferd an die Nordseite der Halle und setzte sich auf die westliche Treppe. Seine Diener ließ er weiter vorn Aufstellung nehmen wie Leute, die Gäste erwarten und sie empfangen wollen.

Sehr bald zeigte sich ein leuchtender Feuerschein, und es näherte sich ein großer Zug von Wagen und Pferden. Zwei Amtsdiener in purpurroten Gewändern gingen in die Halle, kamen eilig wieder heraus und sagten: „Der Herr Kanzler ist da."

Nach einer Weile gingen zwei Amtsdiener in gelben Kleidern hinein, kamen wieder heraus und sagten ebenfalls: „Der Herr Kanzler ist da."

Im stillen freute sich Guo Yuanzhen. „Ich soll einmal Kanzler werden. Also muß ich diese Teufel besiegen!" sprach er bei sich.

Dann stieg der General gemächlich von seinem Wagen herab, und die Amtsdiener erstatteten ihm noch einmal Meldung.

„Gehen wir hinein!" sagte der General.

Bewaffnete mit Streitäxten, Schwertern, Bögen und Pfeilen geleiteten ihn ins Innere. Als er am Fuße der östlichen Treppe angelangt war, ließ Guo Yuanzhen einen Diener vortreten und sagen: „Der Kandidat Guo Yuanzhen macht seine Aufwartung." Sodann vollzog er selber die Begrüßungsgeste.

„Wie kommt Ihr hierher?" fragte der General.

„Ich habe gehört, daß der Herr General heute abend Hochzeit feiern", erwiderte Guo Yuanzhen, „und da wollte ich gern Brautführer sein."

Der General war erfreut und bat ihn, Platz zu nehmen. Gemeinsam aßen sie, plauderten, lachten und waren sehr fröhlich.

Guo Yuanzhen hatte in seinem Beutel ein scharfes Messer. Damit gedachte er den General zu erstechen.

„Haben der Herr General schon einmal Dörrfleisch vom Hirsch gegessen?" fragte Guo Yuanzhen.

„Das wird hier wohl schwer zu bekommen sein", erwiderte der General.

„Ich habe ein Stückchen ganz Köstliches aus der kaiserlichen Küche", erklärte Guo Yuanzhen. „Ich werde Euch etwas davon abschneiden und darreichen."

Der General war sehr erfreut. Guo Yuanzhen stand auf und holte das gedörrte Hirschfleisch und das Messer. Er schnitt ein Stück von dem Fleisch ab, legte es auf eine Schale und hieß den General davon nehmen. Der freute sich, streckte den Arm aus und langte ohne jeden Verdacht zu.

Auf diesen Augenblick der Arglosigkeit hatte Guo Yuanzhen gewartet. Er ließ das Dörrfleisch fallen, griff die Hand des Generals und schnitt sie ihm ab. Der General lief, ohne ein Wort zu sagen, davon, und auch die Amtsdiener, die ihn geleitet hatten, stoben sofort voller Schrecken auseinander.

Die abgeschnittene Hand wickelte Guo Yuanzhen in ein Kleidungsstück. Seinen Dienern befahl er, hinauszugehen und nach dem General zu sehen. Aber da war alles ruhig und nichts zu erblicken.

Dann öffnete Guo Yuanzhen die Tür zu dem Raum der Frau und sagte zu der Weinenden:

„Die Hand des Generals habe ich nun hier. Wenn wir der Blutspur nachgehen, werden wir ihn wohl bald tot auffinden. Ihr seid nun frei und könnt herauskommen, um etwas zu essen."

Die Weinende trat heraus. Sie war vielleicht siebzehn oder achtzehn Jahre alt und sah bezaubernd aus. Sie verneigte sich vor Guo Yuanzhen und sagte:

„Ich gelobe, von nun an Eure Sklavin zu sein!"

Guo Yuanzhen aber bemühte sich inständig, ihr das auszureden.

Sobald es dämmerte, wickelte Guo Yuanzhen die Hand aus und betrachtete sie: Da war es die Klaue eines Schweines.

Plötzlich hörte man ein Weinen und Schluchzen, das sich allmählich näherte. Die Eltern und Geschwister des Mädchens und die Ältesten des Dorfes kamen mit einem Sarg, um den Leichnam des Mädchens zu holen und die Einsargung vorzunehmen. Da sahen sie Guo Yuanzhen und das Mädchen, die beide lebten. Alle waren erstaunt und bestürmten die zwei mit Fragen. Guo Yuanzhen erklärte ihnen, was vorgefallen war. Die Alten aus dem Dorf aber wurden böse, weil Guo Yuanzhen ihren Geist verletzt hatte.

„Der General Wu ist der Schutzgeist dieses Dorfes“, erklärten sie, „und die Menschen im Dorf verehren ihn seit langem. Wenn wir ihm jedes Jahr ein Mädchen geben, dann leben wir sorgenfrei. Doch wenn sich dieses Ritual auch nur ein wenig verzögert, dann werden wir von Sturm, Regen, Donner und Hagel heimgesucht. Wie kommt Ihr, ein verirrter Fremder, dazu, unseren guten Geist zu verletzen? Was hat dieses Dorf Euch angetan, daß Ihr gegen andere gewalttätig werdet? Wir müßten Euch töten, um damit General Wu ein Opfer darzubringen, oder Euch wenigstens in Fesseln legen und an Euren Heimatort zu-

rückschicken." Und sie riefen junge Leute herbei, um ihnen den Befehl zu erteilen, Guo Yuanzhen festzunehmen.

„Ihr seid zwar reich an Jahren, aber nicht reich an Erfahrungen", hub da Guo Yuanzhen an und belehrte sie: „Ich kenne mich etwas in den Zusammenhängen dieser Welt aus, und daher wäre es wohl gut, wenn Ihr auf meine Worte hören würdet. Die Geister erhalten den Auftrag, etwas zu beschützen, vom Himmel. Ist das nicht genauso, wie wenn die Fürsten vom Kaiser den Befehl erhalten, das Reich in Ordnung zu halten?"

„Ja", erwiderten die Alten.

„Und wenn ein Fürst in seinem Gebiet hinter schönen Frauen her ist, wird dann der Kaiser nicht böse werden? Und wenn der Fürst seine Untertanen grausam behandelt, wird der Kaiser dann nicht gegen ihn einschreiten? Und wenn der, den Ihr ‚General' nennt, wirklich ein guter Geist sein sollte – ein Geist hat bestimmt nicht die Klauen eines Schweines! Wie könnte der Himmel eine geile Bestie herabsenden? Geile Bestien sind für Himmel und Erde verbrecherisches Vieh! Und wenn ich mich an das Rechte halte und diese Bestie strafe, sollte das etwa nicht statthaft sein? Bei Euch gibt es wohl keinen rechtlich denkenden Menschen, daß Ihr Eure jungen Mädchen Jahr für Jahr von diesem Unheil bringenden Vieh zu Unrecht töten laßt! Diese unaufhörlichen Verbrechen rühren sogar den Himmel! Wie wollt Ihr wissen, ob mich nicht der Himmel geschickt hat, um dieses Unrecht wiedergutzumachen? Wenn Ihr meinen Worten folgt, werde ich für Euch das Vieh beseitigen, und Ihr werdet nie mehr die Sorge haben, Geschenke darbringen zu müssen. Wie wäre das?"

Da begriffen die Dörfler. Sie freuten sich und sagten:

„Wir sind bereit, Euren Weisungen zu folgen!"

Guo Yuanzhen befahl daraufhin, daß einige hundert Leute sich mit Bögen, Pfeilen, Messern, Speeren, Spaten und Pfannen bewaffnen, sich um ihn scharen und ihm folgen sollten. Sie gingen der Blutspur nach und kamen nach zwanzig Li an eine Stelle, wo die Spur in eine große Grabeshöhle hineinführte. Sie stellten sich um sie herum auf und begannen zu hakken. Bald hatten sie eine Öffnung geschaffen, die so groß war wie die eines Bottichs. Guo Yuanzhen ließ etwas Holz aufsammeln und befahl, es zu entzünden und es hineinzuwerfen, damit das Innere, ein großer Raum, erhellt werde. In diesem sah man ein großes Schwein, dem die linke Vorderklaue fehlte, in seinem Blute auf dem Boden liegen. Vom Qualm getrieben, kam es heraus, und die Dörfler töteten es. Da beglückwünschten sich die Leute gegenseitig. Sie legten Geld zusammen, um Guo Yuanzhen zu belohnen. Der aber nahm es nicht an, sondern sagte: „Ich beseitige Übel für andere, bin aber kein gewerbsmäßiger Jäger."

Das gerettete Mädchen verabschiedete sich von seinen Angehörigen und sagte: „Wenn man das große Glück hat, ein Mensch zu sein, so ist man auf seine Blutsverwandten angewiesen. Solange man noch nicht aus der Mädchenkemenate herausgekommen ist, hat man keinerlei Schuld auf sich geladen, die mit dem Tode zu ahnden wäre. Aus Gier nach fünfhunderttausend Geldstücken habt Ihr mich dort eingesperrt, um mich an die unheilvolle Bestie zu verheiraten, und Euch selber davongemacht. Ist denn das dem Menschen gemäß? Wenn nicht Herr Guo so menschlich und tapfer gewesen wäre, niemals hätte es für mich den heutigen Tag gegeben! Ich wäre durch meine Eltern gestorben, aber dank Herrn Guo lebe ich. Ich bitte, Herrn Guo folgen zu dürfen. An meine alte Heimat will ich nie wieder denken!"

Sie weinte und verneigte sich und wollte sich Guo Yuanzhen anschließen. Der versuchte, sie mit vielen Gründen davon abzuhalten, aber ohne Erfolg. So nahm er sie als Nebenfrau zu sich.

Später gebar sie ihm mehrere Kinder. Guo Yuanzhen erlangte einen vornehmen Stand und hatte viele bedeutende Ämter inne.

Damit ist klar: Wenn etwas vorherbestimmt ist, kann es durch nichts verhindert werden, auch wenn man sich in fernen Gegenden aufhält oder bei Teufeln oder Geistern verweilt.

Vier nächtliche Dichter

In der Periode „Kostbare Erwiderung“ lebte einst ein gewisser Yuan Wuyou. Einmal ging er, als der Mittfrühlingsmonat sich dem Ende näherte, in der Nähe von Weiyang allein spazieren. Als gegen Abend ein gewaltiger Sturm aufkam, suchte er Zuflucht in einem leeren Gehöft am Wegesrand, das von seinen Bewohnern wegen der Kriegswirren verlassen worden war. Bald klarte es aber wieder auf, und der halbhoch am Himmel stehende Mond trat hervor. Plötzlich hörte Yuan Wuyou, der sich an einem Fenster niedergelassen hatte, im Seitengang des Hofes Schritte. Kurz darauf sah er im Mondschein vier Männer, die alle unterschiedliche Amtstrachten trugen. Sie plauderten miteinander, rezitierten Verse und waren sehr munter. Da sagte der eine:

„Heute abend ist mir wie im Herbst zumute, so klar ist der Mond. Wollen wir nicht einmal Verse machen auf das, was wir im Leben so treiben?“

Ein anderer stimmte sofort zu:

„O ja!“

Sie sprachen so deutlich, daß Yuan Wuyou alles genau verstehen konnte. Der eine Beamte, ein Langer, fing an mit folgenden Zeilen:

„Wie Körnchen von Eis, so glänzt's weiß
und zart,
ich mache den Ton, er klingt hohl und
hart.“

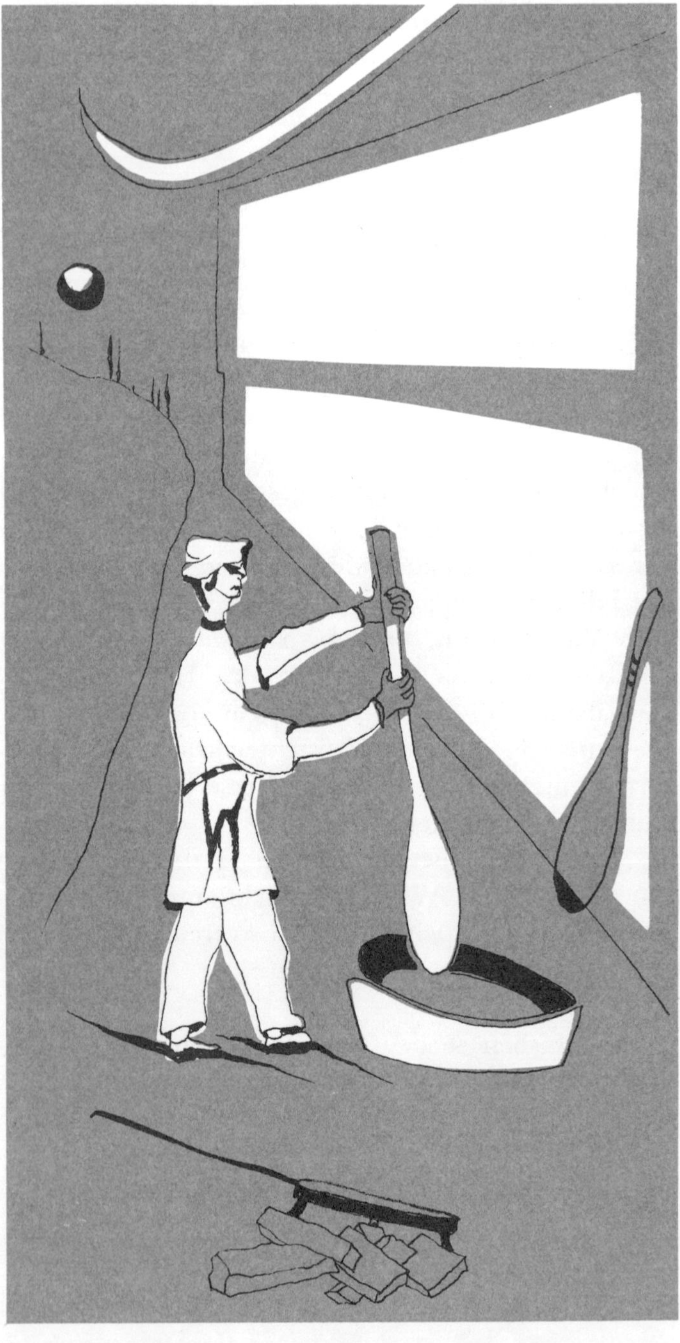

Der zweite Beamte, ein Untersetzter in Schwarz, fügte folgenden Vers an:

„In klarer Nacht, wenn sich sammeln die
Gäste,
die Kerze halt ich beim prächtigen
Feste."

Darauf sprach der dritte, auch er untersetzt, aber in schäbiger gelber Tracht, den Vers:

„Klar und kalt ist am Morgen der
Quell,
häng am Seil, auf und ab zieht's mich
schnell."

Der vierte, ein Beamter in alter schwarzer Kluft, schloß mit diesen Zeilen:

„Sitz auf lodernden Scheiten, bis daß ich
fast glühe,
ihre Mägen zu füllen, das macht mir viel
Mühe."

Die vier ahnten nichts von der Anwesenheit Yuan Wuyous, der sich allerdings auch nicht rührte. Sie überhäuften sich gegenseitig mit Komplimenten und zeigten sich von ihren Versen derart eingenommen, als könnte ihnen selbst der größte Dichter nicht das Wasser reichen.

Als es schließlich dämmerte, verzogen sich die vier. Yuan Wuyou folgte ihnen und suchte nach ihnen. Was er fand, das waren aber nur eine alte Reisstampfkeule, ein Kerzenständer, ein Wassereimer und ein zerbrochener Kochtiegel. Da ging ihm auf, daß die vier nichts anderes als Verwandlungen dieser Dinge gewesen sein mußten.

Der Kunlun-Sklave

In der Periode „Große Jahre“ lebte ein junger Mann namens Cui. Sein Vater war ein angesehener Beamter, der enge Beziehungen zu einem der verdienten Mandarine jener Zeit hatte, einem Träger des ersten Amtsranges. Der junge Cui diente in der Kaiserlichen Garde. Einmal sandte ihn sein Vater zu dem Träger des ersten Amtsranges, diesem einen Krankenbesuch abzustatten.

Der junge Cui stand im Jünglingsalter, und sein Antlitz war glatt wie Jade. Er war von Natur aus zurückhaltend, bewegte sich gemessen und drückte sich gewählt aus.

Der Träger des ersten Amtsranges befahl seinen Sklavinnen, die Vorhänge aufzuziehen, und ließ den jungen Cui eintreten. Der junge Cui verneigte sich und richtete den Auftrag seines Vaters aus. Der Träger des ersten Amtsranges war erfreut und von dem jungen Cui sehr angetan. Er hieß ihn sich setzen, um mit ihm zu plaudern. Währenddessen füllten vor ihren Augen drei außergewöhnlich hübsche Sklavinnen Kirschen in goldene Schalen, zerteilten sie, übergossen sie mit süßer Sahne und trugen sie auf.

Der Träger des ersten Amtsranges befahl einer Sklavin in einem roten Seidengewand, dem jungen Cui eine der Schalen zu reichen. Der junge Cui aber schämte sich vor den Sklavinnen und rührte die Kirschen nicht an. Da befahl der Träger des ersten Amtsranges der Sklavin in dem roten Seidengewand, ihm

die Kirschen auf einem Löffel darzubieten, so daß der junge Cui wohl oder übel essen mußte. Die Sklavin lächelte.

Als sich der junge Cui verabschiedete, sagte der Träger des ersten Amtsranges: „Wenn Ihr Zeit habt, müßt Ihr mich unbedingt wieder besuchen kommen – ich bin ein alter Mann und habe wenig Abwechslung im Leben“, und er befahl der Sklavin in dem roten Gewand, den Jüngling aus dem Hause zu geleiten. Der junge Cui blickte sich noch einmal um. Da hielt die Sklavin drei Finger hoch, wendete dreimal die Hand und zeigte dann auf einen kleinen Spiegel an ihrer Brust, wobei sie nichts weiter sagte als: „Merkt Euch das und holt mich!“

Der junge Cui kehrte nach Hause zurück, richtete aus, worum ihn der Träger des ersten Amtsranges gebeten hatte, und begab sich wieder in sein Studierzimmer. Aber er fühlte sich wie im Traum und seiner Sinne beraubt. Er redete kaum, seine Miene war verdüstert, und er war so verwirrt und in Gedanken versunken, daß er nicht einmal ans Essen dachte. Er sprach nur diese Verse vor sich hin:

„Ein Paradies war's wohl, das ich besucht hab!
Hab dort geblickt in sternengleiche Augen.
Wenn nun der Mondschein dringt in jene Räume –
fällt er auf eine kummervolle Schönheit?“

Doch die, mit denen er zusammen war, konnten den Sinn dieser Worte nicht ergründen.

In dem Hause gab es zu der Zeit einen Kunlun-Sklaven mit Namen Mole. Er beobachtete den jungen Herrn aufmerksam und sagte schließlich:

„Was habt Ihr auf dem Herzen, daß Ihr dauernd so bedrückt seid? Wollt Ihr es mir nicht sagen?“

„Wie kommst du darauf, nach meinen Herzensangelegenheiten zu fragen?“ antwortete der junge Cui.

„Sagt es mir nur, und ich werde für Euch eine Lösung finden, ganz gleich, ob es in der Ferne oder in der Nähe ist", antwortete Mole.

Der junge Cui wunderte sich über seine merkwürdigen Worte und erzählte ihm alles.

„Das ist eine Kleinigkeit", sagte Mole, „warum habt Ihr mir das nicht schon eher gesagt, statt Euch zu quälen?"

Dann berichtete ihm der junge Cui von den Zeichen.

„Was sollte daran schwer zu verstehen sein?" sagte Mole. „Die drei erhobenen Finger bedeuten: Im Hause des Trägers des ersten Amtsranges gibt es zehn Höfe mit Sklavinnen, und diese wohnt im dritten. Das dreimalige Wenden der Hand bedeutet: fünfzehn Finger, womit der Fünfzehnte des Monats gemeint ist. Und der kleine Spiegel an der Brust bedeutet: In der Nacht des Fünfzehnten ist der Mond so rund wie ein Spiegel, und Ihr sollt in dieser Nacht kommen."

Der junge Cui war außer sich vor Freude und sagte zu Mole:

„Und wie willst du bewirken, daß ich von meiner inneren Bedrückung befreit werde?"

„Die kommende Nacht ist die des Fünfzehnten", entgegnete Mole lachend. „Gebt mir bitte zwei Rollen dunkelblauen Seidenstoff, und ich werde Euch ein Gewand machen, in das Ihr Euch hüllen könnt. Im Hause des Trägers des ersten Amtsranges gibt es einen scharfen Hund, der das Tor zu den Höfen der Sklavinnen bewacht, so daß außer den gewohnten Leuten niemand hinein kann: er würde zu Tode gebissen werden. Der Hund ist wachsam wie ein Geist und blutrünstig wie ein Tiger, es ist ein Hund aus Menghai in der Präfektur Caozhou. Der einzige auf der Welt, der den Hund töten kann, bin ich, und heute abend werde ich ihn für Euch totschlagen."

Daraufhin bewirtete der junge Cui den Mole mit Wein und Fleisch.

Um die dritte Nachtwache ging Mole mit einem kettenbewehrten Knüppel fort. Nach einer Weile kehrte er zurück. „Der Hund ist tot“, sagte er, „nun gibt es kein Hindernis mehr.“

Mole ließ den jungen Cui das blaue Gewand anziehen, nahm ihn auf den Rücken und kletterte mit ihm über mehr als zehn Mauern bis zu den Höfen der Sklavinnen, wo er vor dem dritten Tor stehenblieb. Die feingeschnitzte Tür war nicht verschlossen, und eine goldene Lampe verbreitete einen schwachen Schein. Es war nur das Seufzen einer Sklavin zu hören, die dort saß, als ob sie auf etwas wartete. Sie hatte gerade ihren Schmuck abgelegt. Auf ihrem rosigen Gesicht, umrahmt von den soeben gelösten Haaren, glänzten Tränen wie Perlen. Sie sang vor sich hin:

„Ein einsam Mädchen seufzt und grollt dem
Jüngling,
der unter Blüten einst das Herz ihr raubte.
Die Wolken stehen still – es kommt kein Brief
mehr.
Gesang von Trauer ist ihr einzig Trost nun.“

Die Wachen schliefen alle, und ringsum war es ganz still. Da zog der junge Cui behutsam den Vorhang zur Seite und ging hinein. Es dauerte geraume Zeit, bis die Sklavin ihn bemerkte. Sie sprang von ihrem Sitz auf, ergriff seine Hand und sagte:

„Ich wußte, daß Ihr schlau genug sein würdet, mich ohne Worte zu verstehen, daher habe ich Euch Zeichen gegeben. Doch welche Zauberkünste beherrscht Ihr, daß Ihr bis hierher zu gelangen vermochtet?“

Der junge Cui erzählte ihr von den Künsten des Mole und wie der ihn hereingetragen habe.

„Wo ist Mole?“ fragte die Sklavin.

„Vor dem Vorhang“, antwortete der junge Cui.

Die Sklavin ließ Mole hereinkommen, füllte eine goldene Schale mit Wein und bot sie ihm zum Trinken an. Dem jungen Cui erklärte sie:

„Meine Familie war einstmals reich. Wir waren in Shuofang zu Hause. Mein jetziger Herr war dort als Feldherr und zwang mich, seine Sklavin zu werden. Ich brachte es nicht fertig, meinem Leben ein Ende zu machen, und friste nun hier mein Dasein. Wenn auch mein Gesicht gepudert und geschminkt ist, so ist mir das Herz doch schwer. Wenn ich auch die Speisen mit jadenen Stäbchen zu mir nehme, wenn mich auch aus goldenen Räuchergefäßen quellende

Düfte umgeben, wenn mir auch hinter wolkenverzierten Wandschirmen seidene Kleider gereicht werden, wenn ich auch unter gestickten Decken in Perlen- und Federschmuck schlafe – das alles ist nicht das, was ich will. Es ist, als wenn ich in Fesseln steckte. Euer ehrenwerter Diener besitzt doch übermenschliche Kräfte – könnte er mich nicht aus diesem Gefängnis befreien? Ich habe Euch freimütig gesagt, was ich ersehne, und ich bereue es nicht, auch wenn es mich das Leben kosten sollte. Ich würde gern Eure Sklavin sein und Euch dienen, doch ich weiß nicht, was Ihr dazu meint."

Der junge Cui machte ein nachdenkliches Gesicht und sagte keinen Ton, doch Mole sprach:

„Wenn die junge Dame wirklich entschlossen ist, dann ist auch dies eine Kleinigkeit."

Die Sklavin war hocherfreut. Mole schlug vor, zuerst die Sachen der Sklavin fortzubringen, was mit drei Gängen getan war. Dann sagte er: „Ich glaube, es dämmert bald", nahm den jungen Cui zusammen mit der Sklavin auf den Rücken und flog mit ihnen über die mehr als zehn hohen Mauern hinaus. Von den Wächtern im Hause des Trägers des ersten Amtsranges nahm keiner etwas davon wahr. So kehrte Mole mit den beiden in das Studierzimmer zurück und versteckte sie dort.

Erst am Morgen entdeckte man im Hause des Trägers des ersten Amtsranges, daß die Sklavin fehlte und der Hund tot war. Der Träger des ersten Amtsranges bekam einen gewaltigen Schreck und sagte: „Tore und Mauern meines Anwesens sind seit jeher dicht, und alles ist fest verschlossen. Doch es fehlt jede Spur von ihr. Sie kann doch nicht davongeflogen sein. Gewiß hat ein Recke sie entführt. Aber wenn es weiter kein Aufsehen erregt, will ich das Ganze nur als einen Unglücksfall betrachten."

Zwei Jahre lang blieb die Sklavin im Hause des jungen Cui verborgen. Als sie dann einmal zur Zeit der Frühlingsblüte in einem kleinen Wagen am Gewundenen Strom spazierenfuhr, wurde sie von Leuten aus dem Hause des Trägers des ersten Amtsranges gesehen, ohne daß sie selbst es merkte.

Der Träger des ersten Amtsranges war sehr verwundert, als ihm davon berichtet wurde, und ließ den jungen Cui rufen, um ihn zu befragen. Der geriet in große Angst und wagte nicht, etwas zu verheimlichen. Er erzählte ausführlich den ganzen Hergang und daß sie von dem Sklaven Mole getragen worden seien. Der Träger des ersten Amtsranges sagte: „Diese Sklavin hat sich eines großen Vergehens schuldig gemacht. Aber da sie nun schon über ein Jahr in Euren Diensten steht, kann hier Recht oder Unrecht nicht mehr abgewogen werden. Meine Aufgabe ist es, das Volk vor Schaden zu bewahren."

Er befahl fünfzig gepanzerten und schwerbewaffneten Kriegern, das Haus des jungen Cui zu umstellen und den Mole zu fangen. Mole aber ergriff einen Dolch und entflog über die hohen Mauern, so flink, als hätte er Flügel, und so schnell wie ein Habicht oder ein Falke. Von den Pfeilen, die wie Regen auf ihn einprasselten, konnte keiner ihn treffen. Bald war er nicht mehr zu sehen. Die Familie Cui aber war sehr bestürzt.

Der Träger des ersten Amtsranges bereute später sein Tun. Er hegte große Furcht und ließ sich allabendlich von Haussklaven mit Schwertern und Hellebarden bewachen. Erst nach einem Jahr ließ er wieder davon ab.

Mehr als zehn Jahre später beobachtete jemand aus dem Hause Cui, wie Mole auf dem Markt in Luoyang Arzneien verkaufte – er sah noch genauso aus wie früher.

Die Rachetat des Chen Yilang

Chen Yishuang, der Vater von Chen Yilang, stammte wie sein Freund Zhou Maofang, mit dem er zusammen in Sanxiang studierte, aus Fuchang bei Luoyang. Chen Yishuang bestand die Prüfung und heiratete nach seiner Rückkehr die Tochter von Guo Yin. Zhou Maofang aber hatte keinen Erfolg. Doch er und Chen Yishuang schworen sich ewige Freundschaft.

In der Periode „Himmlisches Juwel" der Tang-Dynastie erhielt Chen Yishuang bei der Ämtervergabe in der Hauptstadt den Posten des Bezirksvorstehers von Yilong in der Präfektur Pengzhou. Seine Mutter aber hing an ihrem alten Wohnort und hatte nicht die Absicht, ihrem Sohn zu dessen neuem Amtssitz zu folgen.

Der Tag der Abreise war bereits festgesetzt, da nähte die geborene Guo aus einer Rolle selbstgewebter und selbstgefärbter Seide ein Gewand, um es ihrer Schwiegermutter zu schenken. Dabei verletzte sie sich aus Versehen mit der Schere am Finger, so daß das Gewand Blutflecke bekam. „Sieben oder acht Jahre lang durfte ich Euch ständig umsorgen", sagte sie zu der Schwiegermutter, „doch nun werde ich meinem Mann zu seinem neuen Amtssitz folgen und kann nicht länger in Eurer Nähe sein. Das macht mich so traurig, daß ich mich gar nicht fassen kann. Mit eigenen Händen habe ich dieses Gewand für Euch genäht. Es trägt Spuren von Blut, weil ich mich mit der

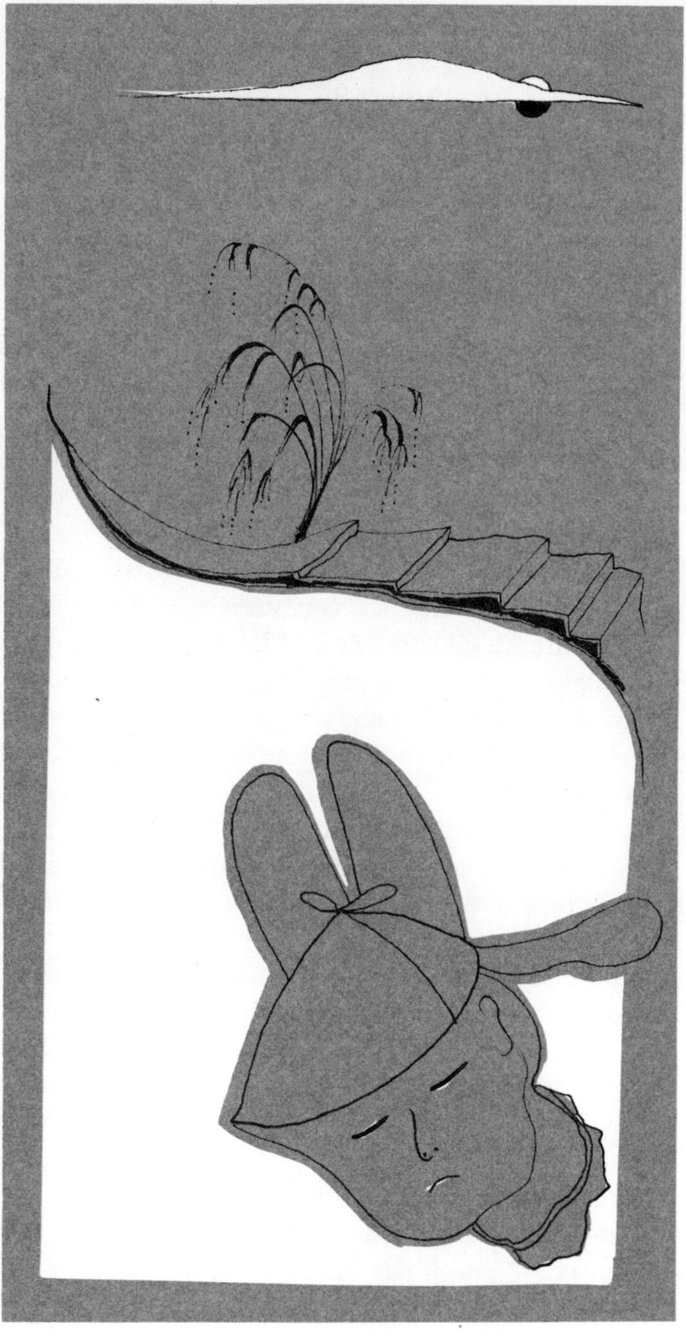

Schere verletzt habe. Sie lassen sich nicht auswaschen. Immer, wenn Ihr sie seht, werdet Ihr an mich denken." Da weinte auch die Schwiegermutter.

Chen Yishuang bat Zhou Maofang inständig, ihn zu begleiten. Chen Yishuangs Sohn Yilang war erst zwei Jahre alt. Zhou Maofang behandelte ihn liebevoller, als wenn es sein eigener Sohn gewesen wäre.

Noch über fünfhundert Li von Yilong entfernt, kamen sie an eine Stelle, wo der Weg über steinerne Stufen einen Steilhang emporführte. Unten zog sich ein Fluß der alten Landschaft von Ba bis weit in die Ferne. Mit den Händen hielten sie sich an Schlinggewächsen fest und genossen die Aussicht.

Da überkam Zhou Maofang plötzlich eine merkwürdige Anwandlung. Er befahl den Dienern und allen anderen, voranzugehen und in der nächsten Poststation das Essen für sie vorzubereiten. Ihre Pferde selber führend, schritten er und Chen Yishuang langsam allein weiter. An einer besonders abschüssigen Stelle des Bergpfades zog Zhou Maofang plötzlich einen eisernen Hammer hervor und schlug damit Chen Yishuang den Schädel ein. Dann stieß er seinen Freund in den reißenden Strom.

Zu den anderen sagte er später unter geheuchelten Klagen und Tränen: „Ich war wegen eines natürlichen Bedürfnisses etwas zurückgeblieben. Da sah ich, wie das Pferd scheute und meinen verehrten Freund zu Tode trampelte. Was sollen wir nun machen?"

Die ganze Nacht hindurch beratschlagten sie über die Trauerzeremonie. Frau und Diener des Chen Yishuang brachten ihm Weinopfer dar und waren tief bewegt.

„Was können wir nun tun, da es nun einmal so gekommen ist?" fragte Zhou Maofang die Frau. „Auf der ganzen Welt gibt es niemanden, der von der Sache weiß. Da könnte ich doch mit Euch weiterreisen und unter seinem Namen das Amt antreten. Mit dem Gehalt, das der Posten einbringt, könnten wir dann später nach dem Norden zurückkehren. Dann werden wir die Trauerzeremonien für Euren Mann durchführen."

Den Dienern wurde eine üppige Belohnung zugesagt. Da die Frau den wahren Sachverhalt nicht kannte, ging sie auf seinen Vorschlag ein.

Nachdem Zhou Maofang den Amtsposten übernommen hatte, versicherte er sich der Schweigsamkeit der Diener. Nach einem Jahr sagte er zu der geborenen Guo: „Ich habe mein Ziel erreicht. Schwöre mir, daß du mir nicht in den Rücken fallen wirst!"

Die geborene Guo, die jetzt aus seinen Worten die Wahrheit erriet, unterdrückte ihren Haß und unternahm nichts gegen ihn. Zudem hielt Zhou Maofang sie auch streng abgeschlossen.

Nach Ablauf seiner Amtszeit erhielt er einen anderen Posten und ließ sich in Changjiang in der Präfektur Suizhou nieder. Bei der nächsten Ämtervergabe wurde ihm ein Posten in der Präfekturverwaltung von Suizhou zugesprochen.

So vergingen schnell siebzehn Jahre, und das Kind wurde neunzehn Jahre alt. Zhou Maofang war sich sicher, daß niemand in Yilang den Sohn von Chen Yishuang erkennen würde. Er hatte ihn die Klassiker studieren lassen, und diese Studien sollten nun abgeschlossen werden. Als seine Amtszeit in Suizhou zu Ende war, brachte er ihn selber in die Hauptstadt zur Prüfung.

Zu der Zeit aber sollten die Prüfungen in der östlichen Hauptstadt durchgeführt werden. Zhou Maofang wählte die nördliche Route und ließ den Sohn die südliche nehmen, denn er wollte, daß der Sohn Ausschau halte, was in dem Heimatort von den früheren Besitztümern noch vorhanden sei.

Als Chen Yilang in Sanxiang ankam, nahm er bei einer alten Gastwirtin eine Mahlzeit ein. Die Alte musterte ihn sehr genau. Nach dem Essen wollte er seine Rechnung begleichen, da sagte die Alte: „Nicht nötig! Ihr gefallt mir, weil Ihr genauso ausseht wie mein Enkel."

Sie öffnete eine Kleidertruhe und nahm das blutbefleckte Gewand heraus, das die geborene Guo ihr hinterlassen hatte, um es ihm zu schenken. Unter Tränen übergab sie es ihm. Der Sohn versteckte es in seinem Reisesack. Er wußte weder, wieso sie es ihm gab, noch war ihm etwas über das Schicksal seines Vaters bekannt.

Im Jahr darauf fiel er bei der Prüfung durch und kehrte nach Changjiang zurück.

Eines Tages entdeckte seine Mutter das Gewand mit den Blutspuren und fragte ihn erschrocken, woher er es habe. Er erzählte ihr die Geschichte von der Alten in Sanxiang. Sie erkundigte sich nach deren Alter. Es mußte ihre Schwiegermutter sein. Sie brach in heftiges Weinen aus, führte ihren Sohn in einen abgeschiedenen Raum und erzählte ihm alles.

„Das ist nicht dein Vater. Dein Vater ist von diesem Mann umgebracht worden. Ich wollte es dir schon längst erzählen, dachte aber immer, daß du noch zu jung dafür wärst. Als Ehefrau habe ich mich schlecht verhalten. So konnte das Unrecht, das dein verstorbener Vater erlitten hat, nicht mehr gerächt werden. Es war aber nicht so, daß ich Angst vor dem Sterben gehabt hätte. Daß dieses Gewand, welches das Blut meiner Hand trägt, nun zu mir zurückgekommen ist – sollte das nicht ein Zeichen des Himmels sein?"

Der Sohn schärfte insgeheim einen Dolch. Er wartete, bis Zhou Maofang schlief und schnitt ihm die Kehle durch. Mit dem abgetrennten Haupt ging er zu den Behörden. Der Gouverneur hielt diese Tat für rechtens und erließ ihm die Strafe.

So kehrte Chen Yilang mit seiner Mutter in die Heimat zurück. Die Schwiegermutter war noch am Leben. Sie erzählten ihr von dem Schicksal, das sie durchgemacht hatten, und holten als Beweis das Gewand hervor. Alle begannen bitterlich zu weinen. Die geborene Guo aber konnte die Schwiegermutter noch drei Jahre lang, bis zu deren Tode, pflegen.

Der Registrator im Schuppenkleid

Xue Wei war im Jahre 758, dem ersten der Periode „Himmlischer Anfang", Registrator des Bezirks Qingcheng in der Präfektur Suzhou. Er diente dort zur selben Zeit wie der Assistent Zou Pang und die Hauptleute Lei Ji und Pei Liao. Im Herbst aber wurde er krank, und nach sieben Tagen war er plötzlich wie tot. Wenn man ihn ansprach, antwortete er nicht, doch die Stelle über dem Herzen war noch warm. Seine Angehörigen wagten nicht, ihn einzusargen, sondern blieben bei ihm und beobachteten ihn.

Nach zwanzig Tagen holte er plötzlich tief Luft, setzte sich auf und fragte:

„Der Wievielte ist heute bei euch?"

„Der Zwanzigste", bekam er zur Antwort.

„Seht doch bitte einmal nach, ob meine Amtskollegen gerade Fischgulasch essen", bat er. „Sagt ihnen, daß ich wieder am Leben bin. Es gibt eine sehr merkwürdige Geschichte, und ich bäte die Herren, ihre Mahlzeit stehen zu lassen, zu mir zu kommen und sich diese Geschichte anzuhören."

Ein Diener ging zu den Amtskollegen. Sie wollten tatsächlich gerade Fischgulasch essen. Als der Diener ihnen seinen Auftrag ausrichtete, ließen sie das Essen stehen und erschienen vor Xue Wei.

„Habt ihr Zhang Bi, dem Diener des Finanzverwalters, aufgetragen, Fisch zu besorgen?" fragte sie dieser.

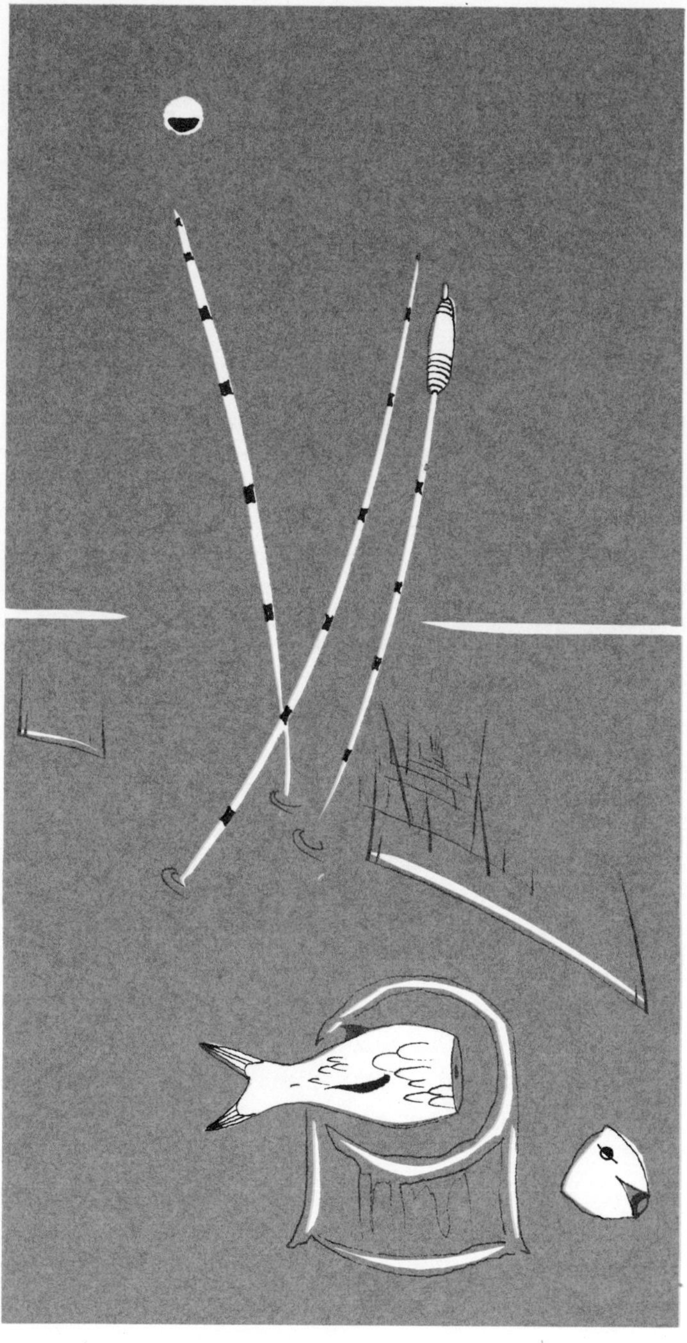

„Ja“, antworteten sie.

Daraufhin fragte Xue Wei den Zhang Bi:

„Der Fischer Zhao Gan hatte doch einen großen Karpfen versteckt und wollte dir nur kleine Fische geben. Hast du dann nicht im Schilf den versteckten Karpfen gefunden und ihn hergebracht? Als du in das Amtsgebäude kamst, saß da der Finanzverwalter nicht östlich vom Tor und der Untersuchungsbeamte westlich davon, und spielten sie nicht gerade Umzingelungsschach? Als du an die Treppe kamst, spielten Zou Pang und Lei Ji da nicht gerade das Liubo-Spiel, und aß Pei Liao nicht gerade einen Pfirsich? Als du erzählt hattest, daß der Fischer den großen Fisch versteckt habe, befahl da Pei Liao nicht, den Fischer zur Strafe auszupeitschen? Als du den Fisch dem Koch Wang Shiliang gabst, hat er sich da nicht gefreut und ihn geschlachtet?“

Auf jede dieser Fragen antwortete Zhang Bi mit ja.

„Woher weißt du das?“ fragten alle erstaunt.

„Der Karpfen, den ihr eben geschlachtet habt, der war ich selber“, antwortete Xue Wei.

Sie waren erschrocken und verlangten, daß er ihnen die Geschichte erzähle. Da begann er:

„Als ich krank wurde, machte mir das Fieber sehr zu schaffen, ich konnte es kaum ertragen. Plötzlich war ich wie benommen, ich dachte nicht mehr an die Krankheit, ich wollte nur die Hitze loswerden und Kühlung erlangen. Da ergriff ich meinen Spazierstock und ging los. Ich wußte nicht, daß das ein Traum war. Sobald ich die Stadtmauer hinter mir hatte, wurde mir ganz weit ums Herz, und ich fühlte mich wie ein Tier, das nach langer Gefangenschaft endlich die Freiheit erlangt hat. Ich kannte mich selbst nicht mehr.

Ich näherte mich den Bergen. Doch da war ich wieder bedrückt, und so ging ich hinunter ans Flußufer.

Der Strom war tief und floß ruhig durch die liebliche Herbstlandschaft. Nicht die leiseste Welle bewegte sich, das Wasser zog sich spiegelglatt bis in die Ferne hin. Plötzlich bekam ich Lust zu baden. Ich zog mich am Ufer aus und sprang hinein.

In meiner Kindheit hatte ich mich gern im Wasser getummelt, doch seit ich erwachsen bin, habe ich mir nie wieder das Vergnügen gegönnt. Nun, da ich so allen Zwanges ledig war, schien es mir, als ob eine uralte Sehnsucht in Erfüllung ginge. Da dachte ich: Wenn der Mensch schwimmt, erreicht er niemals die Schnelligkeit des Fisches. Wie kraftvoll könnte ich doch schwimmen, wenn ich mich an einem Fisch festhalten könnte! – In dem Augenblick meinte neben mir ein Fisch: ‚Wie ich sehe, seid Ihr unzufrieden. Dabei ist es ein leichtes, Euch selber das richtige Schwimmen zu ermöglichen – Ihr braucht gar nicht zu wünschen, Euch an einem Fisch festzuhalten! Ich werde das für Euch besorgen.' Und damit schwamm er fort.

Bald danach kam ein Mensch mit einem Fischkopf – er war mehrere Chi groß –, auf einem Riesensalamander reitend, mit einem Gefolge von mehreren Dutzend Fischen herbei und verkündete einen Erlaß des Flußgrafen mit folgendem Wortlaut: ‚Ob man nun ein Land- oder ein Wasserbewohner ist, es ist ein grundsätzlicher Unterschied, ob man an der Wasseroberfläche schwimmt oder in der Tiefe. Wer keine echte Neigung dazu verspürt, der durchquert nur blind die Wellen. Der Registrator Xue Wei möchte aber gerne in der Tiefe schwimmen, und er sehnt sich nach der Weite. Er hat Freude an den großen nassen Gefilden und ist in den klaren Strömen in seinem Element. Er ist der Steigungen und Abhänge des festen Landes überdrüssig und hat daher jener Welt den Rücken gekehrt. Es wird ihm hiermit gestattet, sich zeitweilig in einen Schuppenträger zu verwandeln und sich ausnahmsweise bei uns niederzulassen. Er erhält das Recht, sich als Rotkarpfen in den Osttiefen anzusiedeln. – Nun! Wenn du durch große Wellen Boote zum Kentern bringst, machst du dich vor den Behörden des Dunkels strafbar. Wenn du vor dem dünnen Haken blind bist und einen Köder schluckst, wirst du bei den Behörden der Helle zu Schaden kommen. Gib dir also Mühe und laß dir nichts zuschulden kommen, damit du deinesgleichen keine Schande machst!‘

Als ich mich bei diesen Worten selbst betrachtete, hatte ich schon ein Fischkleid an. Ich war nun frei und konnte mich tummeln. Kaum hatte ich ein Ziel ins Auge gefaßt, so war ich auch schon angelangt. Ob oben bei den Wellen oder unten am Boden, überall konnte ich dahingleiten. Die Drei Ströme und die Fünf Seen habe ich fast zur Gänze durcheilt. Doch ich war den Osttiefen zugeteilt, und jeden Abend mußte ich dorthin zurückkehren.

Schließlich bekam ich großen Hunger, aber ich fand nichts zu essen. Als ich dann einem Boot hinterherglitt, sah ich plötzlich, wie Zhao Gan seine Angel auswarf. Der Köder sah so lecker aus, daß ich unwillkürlich darauf zusteuerte, obwohl ich im Herzen wußte, daß das verboten war. Ich sagte mir: Ich bin ein Mensch und nur für eine bestimmte Zeit zum Fisch geworden. Ich darf mir nichts zu essen suchen, wie kann ich da diesen Haken schlucken? und entfernte mich wieder. Der Hunger aber wurde immer schlimmer, und ich dachte: Ich bin Beamter und habe nur zum Spaß ein Fischkleid angelegt. Selbst wenn ich diesen Haken schlucke, wie könnte mich Zhao Gan töten? Er würde mich doch sicher ins Amtsgebäude bringen. Da schluckte ich den Happen. Zhao Gan zog die Leine ein und holte mich heraus.

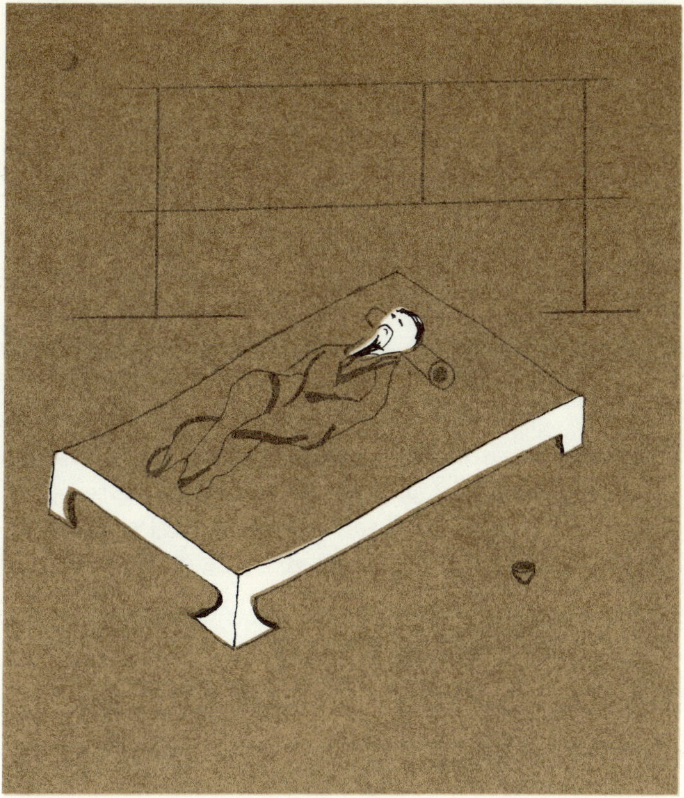

Als Zhao Gan sich anschickte, mich zu fassen, rief ich ihn mehrmals an, doch er hörte nicht. Er zog mir eine Schnur durch die Backen und band mich im Schilf fest. Dann kam Zhang Bi an und sagte zu Zhao Gan:

‚Seine Gnaden Pei Liao möchten einen Fisch kaufen, und zwar einen großen!'

‚Ich habe keinen großen Fisch gefangen, habe aber mehr als zehn Jin kleine', antwortete Zhao Gan.

‚Ich habe den Befehl, einen großen Fisch zu beschaffen, was nutzen mir da kleine!' erwiderte Zhang Bi und fing im Schilf zu suchen an.

Da fand er mich und holte mich heraus. ‚Ich bin der Registrator deines Bezirkes und habe die Gestalt eines Fisches angenommen, um in den Strömen zu schwimmen', sagte ich zu Zhang Bi. ,Was unterstehst du dich, mir nicht die gebührende Ehre zu erweisen?'

Zhang Bi aber hörte nicht darauf, sondern nahm mich einfach mit. Ich schimpfte ununterbrochen, doch er kümmerte sich überhaupt nicht darum.

Wir kamen durch das Tor des Bezirksgebäudes, und ich sah die Bezirksbeamten dasitzen und Umzingelungsschach spielen. Ich rief sie mit lauter Stimme an, doch keiner antwortete. Sie lachten nur und meinten: ,Der Fisch ist ja zum Fürchten groß! Der wiegt aber mehr als drei oder vier Jin!'

Als wir dann die Treppe erreichten, spielten Zou Pang und Lei Ji das Liubo-Spiel, und Pei Liao aß einen Pfirsich. Alle freuten sich, daß der Fisch so groß war, und drängten Zhang Bi, ihn schnell in die Küche zu bringen. Er erzählte, daß Zhao Gan den großen Fisch versteckt hatte und nur kleine geben wollte. Darüber wurde Pei Liao böse und befahl, den Zhao Gan auspeitschen zu lassen. Ich rief den Herren zu: ,Ich bin euer Kollege, und ihr wollt mich töten lassen? Wenn ihr mich wirklich nicht freilaßt, sondern mich tötet, entspricht das vielleicht den Geboten der Menschlichkeit?' und schrie unter Tränen laut auf. Die drei Herren aber kümmerten sich nicht darum, sondern übergaben mich dem Koch.

Wang Shiliang wetzte gerade das Messer. Er freute sich sehr und warf mich auf den Tisch. ,Wang Shiliang', rief ich wieder, ,du bist nun schon lange als Koch in meinen Diensten, wieso willst du mich töten? Warum bringst du mich nicht zu meinen Kollegen, damit wir ihnen die Wahrheit sagen können?'

Wang Shiliang aber schien nichts zu hören. Er drückte meinen Nacken auf den Hauklotz und schnitt mir den Kopf ab. In dem Moment, da dort mein

Kopf zu Boden fiel, wachte ich hier auf. Deshalb habe ich euch hergebeten."

Unter den Herren gab es keinen, der nicht zutiefst vom Schrecken gepackt und gleichzeitig von Mitleid erfüllt gewesen wäre. Alle hatten gesehen, wie der Fisch den Mund bewegt hatte – Zhao Gan, als er ihn fing, Zhang Bi, als er ihn trug, die Beamten bei ihrem Schachspiel, die drei Herren an der Treppe, Wang Shiliang, als er ihn schlachtete –, doch keiner hatte etwas gehört. Da schütteten die Herren ihr Fischgulasch weg und aßen nie wieder Fisch. Xue Wei aber war wieder ganz gesund.

Später wurde er Bezirksassistent in Huayang, und auf diesem Posten ist er schließlich gestorben.

Die Geschichte von der Dame Liu

In der Periode „Himmlisches Juwel" wurde Han Yi aus der Präfektur Changli durch seine Gedichte berühmt. Er war ein Draufgänger, doch war er sehr arm und lebte daher sehr eingeschränkt.

Ein junger Mann namens Li war Han Yi in Freundschaft zugetan. Li verfügte über großen Reichtum, er war großzügig und schätzte dichterische Talente. Seine besondere Gunst hatte er einer Kurtisane, einer Dame Liu, zugewandt. Sie war eine auserlesene Schönheit, hatte Freude an Scherzen und konnte gut singen und rezitieren. Li ließ sie in einem eigenen Hause wohnen, das er zusammen mit Han Yi zur Stätte seiner Geselligkeiten machte. Dem Han Yi hatte er als Wohnung ein Nachbarhaus verschafft.

Han Yi erfreute sich schon lange großer Berühmtheit, und er verkehrte mit den hervorragendsten Leuten jener Zeit. Als die Dame Liu, die eine tiefe Zuneigung für ihn verspürte, ihn einmal von ihrem Tor aus erblickte, sagte sie zu ihrer Zofe: „Warum ist der Herr Han nur so arm?"

Der junge Li, der Han Yi sehr achtete und in keiner Weise kleinlich war, merkte bald, was die Dame Liu für Han Yi empfand. Er richtete ein Mahl aus und lud Han Yi zum Trinken ein. Sobald der Wein seine Wirkung tat, sagte der junge Li:

„Die Dame Liu ist von außergewöhnlicher Schönheit, und der Kandidat Han Yi ist ein überragendes literarisches Talent. Ich möchte die Dame Liu dem

Herrn Han als Bettgenossin überlassen. Seid Ihr damit einverstanden?"

Han Yi war ganz bestürzt und erhob sich von der Matte.

„Ich empfange deine Gnade und lebe schon seit langem auf deine Kosten", sagte er, „wie kann ich dir da noch deine Geliebte wegnehmen?"

Li aber beharrte auf seinem Wunsch. Die Dame Liu, die überzeugt war, daß Li es aufrichtig meinte, verneigte sich und zog Han Yi an den Kleidern auf die Matte zurück. Li hieß Han Yi den Platz des Ehrengastes einnehmen. Sie tranken einander mit randvollen Bechern zu und waren sehr ausgelassen. Dann versah der junge Li den Han Yi noch mit dreihunderttausend Geldstücken, damit er seine Ausgaben bestreiten könne.

Han Yi bewunderte die Schönheit der Dame Liu, sie wiederum schätzte sein Talent, und man kann sich vorstellen, wie glücklich beide waren, daß sie in ihren Gefühlen so vollkommen übereinstimmten.

Im Jahre darauf bestand Han Yi unter dem Vorsitz von Yang Du, dem Minister für Riten, die Prüfung als Erster, verbrachte dann aber ein Jahr, ohne ein Amt anzutreten.

Eines Tages sagte die Dame Liu zu Han Yi: „Seit alters gilt: Wenn jemand Ehre und Ruhm erlangt, so soll auch die Verwandtschaft etwas davon haben. Wie dürfte ich in meiner Geringfügigkeit deiner glänzenden Karriere im Wege stehen? Ich bin mit allem ausreichend versorgt, um deine Wiederkehr abzuwarten."

Daraufhin stattete Han Yi seiner Familie in Qingchi einen Besuch ab. Die Dame Liu hatte aber schon nach einem Jahr nicht mehr genug zu essen und mußte ihre Toilettengegenstände verkaufen, um sich zu ernähren.

Am Ende der Periode „Himmlisches Juwel“ eroberten die Banditen die beiden Hauptstädte, und die vornehmen Leute ergriffen voller Angst die Flucht. Auch die Dame Liu fürchtete, sie würde wegen ihrer außergewöhnlichen Schönheit nicht unbehelligt bleiben. So schnitt sie sich die Haare ab, verunstaltete ihr Äußeres und verbarg sich im Dharma-Seelen-Tempel.

Um diese Zeit wurde der Militärgouverneur Hou Xiyi aus dem Militärgouvernement Pinglu in das Militärgouvernement Ziqing versetzt. Schon seit langem war ihm Han Yis Name bekannt. Jetzt forderte er ihn auf, sein Sekretär zu werden. Nachdem Kaiser Xuan mit seinen wie von Geistern geführten Truppen die Ordnung wiederhergestellt hatte, schickte Han Yi jemanden aus, die Dame Liu heimlich aufzusuchen. Er gab ihm einen seidenen Beutel, angefüllt mit Goldstücken, und dieses Gedicht mit:

„O Weide von Zhangtai! O Weide von Zhangtai!
Einst grüntest du so schön, doch stehst du auch
noch heute?
Und hängen deine Zweige auch heute noch wie
einst,
so ist es wohl ein andrer, des Hand sie faßt
und bricht.“

Beim Empfang des Goldes fing die Dame Liu an zu schluchzen, und die bei ihr waren, wurden traurig. Sie antwortete:

„Der Weide Zweige strotzten einst, es war die
Zeit der Blüte.
Doch viele Jahre voller Gram bescherten
uns nur Trennung.
Jetzt aber fliegt ein Blatt im Wind und kündet
uns vom Herbste –
selbst wenn du kämst, du fändest nichts, das
wert des Brechens wäre.“

Wenig später erfuhr Sha Zhali, ein Ausländer, der im Rang eines Generals stand und gerade erste Verdienste errungen hatte, von der Schönheit der Dame Liu. Er raubte sie, brachte sie in sein Haus und schenkte ihr seine besondere Gunst.

Einige Zeit danach erhielt Hou Xiyi den Posten des Vizepräsidenten zur Linken in der Verwaltung für Staatsangelegenheiten und mußte zur Audienz in die Hauptstadt reisen. Han Yi durfte ihn begleiten. In der Hauptstadt konnte er jedoch die Dame Liu nicht mehr ausfindig machen, worüber er untröstlich war.

Eines Tages sah er auf dem Drachenkopfhügel, wie ein Sklave einen gescheckten Ochsen führte, der vor einen Wagen gespannt war. Zwei Sklavinnen folgten dem Wagen. Wie von ungefähr ging Han Yi hinter ihnen her. Da ertönte aus dem Inneren des Wagens die Frage: „Ist das nicht Herr Han? Ich bin die Dame Liu." Und sie ließ die Sklavinnen ihm unauffällig mitteilen, daß sie in die Gewalt des Sha Zhali geraten war und wegen ihrer Mitinsassin nicht offen reden könne, er möge sie aber am nächsten Morgen am Tor des Daozheng-Viertels erwarten.

Zur angegebenen Zeit fand sich Han Yi dort ein. Aus ihrem Wagen heraus reichte die Dame Liu ihm eine in hauchdünne Seide gewickelte Jadedose, die eine duftende Paste enthielt, und sagte: „Wir müssen uns für immer trennen. Behalte dies zur Erinnerung!" Der Wagen wendete, und sie winkte ihm mit der Hand zu, wobei ihr leichter Ärmel im Winde flatterte. Der Wagen rollte davon, bis er kaum noch zu erkennen war und schließlich im aufgewirbelten Staub verschwand. Han Yi konnte seine Gefühle kaum noch beherrschen.

Zur gleichen Zeit saßen Offiziere aus dem Militärgouvernement Ziqing in einer Weinschenke in fröhlicher Runde beisammen. Sie schickten jemanden aus, der auch Han Yi hinzubitten sollte. Dieser zwang sich zwar, der Einladung Folge zu leisten, doch seine Stimmung und seine Miene waren von Trauer erfüllt, und wenn er etwas sagte, klang es wie Schluchzen.

Einer in der Gesellschaft war der Wachoffizier Xu Jun, der sich auf seine Fähigkeiten allerhand einbildete. Er griff an sein Schwert und sagte: „Du hast doch etwas auf dem Herzen. Ich wäre bereit, mich dir nützlich zu machen." So blieb Han Yi nichts anderes übrig, als alles zu erzählen. Schließlich sagte Xu Jun: „Schreib ein paar Zeilen, und ich werde die Sache sofort für dich regeln!"

Sodann ritt er, uniformiert und bewaffnet und in Begleitung eines berittenen Soldaten, geradewegs zum Hause des Sha Zhali. Dort wartete er, und sobald Sha Zhali ausgegangen und einen guten Li entfernt war, eilte er, den Kragen hochgeschlagen und das Pferd am Zügel führend, durch die verschiedenen Tore ins Haus. Drinnen rief er: „Dem General ist Übles widerfahren! Er schickt mich, seine Gattin zu holen!" Die Dienerschaft verzog sich vor Schreck, ohne zu wagen, ihm ins Gesicht zu schauen. Xu Jun betrat die Halle, zog den Brief von Han Yi hervor und zeigte ihn der Dame Liu. Dann hob er sie hoch, bestieg mit ihr das gesattelte Pferd, und schnell wie der Blitz war er mit ihr zurückgekehrt. Seinen Kragen wieder glatt streichend, trat er vor Han Yi hin und sagte: „Ich schätze mich glücklich, daß ich deinen Wünschen entsprechen konnte."

Die ganze Gesellschaft staunte und war voller Bewunderung. Die Dame Liu und Han Yi faßten sich bei den Händen, brachen in Tränen aus und verließen gemeinsam die Gesellschaft.

Zu jener Zeit stand Sha Zhali gerade in besonderer kaiserlicher Gunst, und sowohl Han Yi als auch Xu Jun fürchteten, daß er sie ins Verderben stürzen könnte. Deshalb wandten sie sich an Hou Xiyi um Hilfe. Der sagte: „Da hat Xu Jun also eine Tat vollbracht, wie ich sie mein Leben lang geschätzt habe!"

Er reichte eine Throneingabe ein, in der es hieß: „Han Yi, Träger des Titels eines Unterstaatssekretärs der Kaiserlichen Finanzverwaltung in der Verwaltung für Staatsangelegenheiten und eines Zensors, ist bereits seit langem im Staatsdienst tätig und hat sich schon mehrfach durch Verdienste ausgezeichnet. Vor kurzem wurde er als Prüfungskandidat an den Hof geschickt. Seine Nebenfrau, eine Dame Liu, wollte sich vor den Banditen verbergen und hat sich daher als Nonne ausgegeben. Jetzt aber herrschen wieder friedliche Verhältnisse, im Lande ist Ruhe, und fern

und nah sind wie umgewandelt. Der General Sha Zhali jedoch läßt seinen üblen Absichten freien Lauf und bricht das Recht. Gestützt auf seine geringfügigen Verdienste, hat er diese standhafte Frau in seine Gewalt gebracht und damit der um Ordnung bemühten Regierungspolitik zuwidergehandelt. Mein Unterführer, der Zensoratsvizepräsident Xu Jun, dessen Sippe in den Präfekturen Youzhou und Jizhou ansässig ist, zeichnet sich durch Heldenmut und Entschlossenheit aus. Er hat die Dame Liu zurückgeholt und sie dem Han Yi wieder zugeführt. Er hat sich dabei nur vom Gefühl der Rechtlichkeit leiten lassen und die Aufrichtigkeit seines Tuns bewiesen. Ich aber habe von der Angelegenheit zuvor nichts erfahren und konnte ihn deshalb nicht zur Mäßigung mahnen."

Bald darauf erging ein Edikt mit der Anordnung, daß die Dame Liu bei Han Yi bleiben und Sha Zhali zwei Millionen Geldstücke als kaiserliches Geschenk erhalten solle.

So kehrte die Dame Liu zu Han Yi zurück. Han Yi brachte es später bis zum Großsekretär im Kaiserlichen Sekretariat.

Die Dame Liu erwies sich als eine Frau, die willens war, sich selbst zu bewahren, doch dies nicht schaffte. Xu Jun war ein Mann, der nur seinem Eifer für Rechtlichkeit nachhing, aber nicht zu wirklichem Erfolg gelangte. Wäre die Dame Liu eine Hofdame geworden, hätte sie Haltung bewahrt wie jene Damen des Altertums, die den Kaiser einst vor dem Bären beschützten oder es ablehnten, mit ihm zusammen im Wagen zu fahren. Wäre Xu Jun bei seinen Fähigkeiten weiter aufgestiegen, dann hätte er so verdienstvolle Taten vollbringen können, wie sie einst Cao Mo in Ke und Lin Xiangru in Mianchi vollbracht haben. Die Dinge werden erst durch die Spuren, die sie hinterlassen, bedeutend, und verdienstvolle Taten bedürfen der Anlässe, um ausgeführt zu werden. Leider gelangt man weder durch Zurückhaltung und Tatenlosigkeit noch durch Tollkühnheit und bloßen Eifer zu wahrem Erfolg. Denn waren dies etwa Begebenheiten von wirklicher Bedeutung? Es war doch wohl eher ein Spiel des Zufalls.

Die mißlungene Wandlung des Du Zichun

Du Zichun lebte in den letzten Jahrzehnten des 6. Jahrhunderts, zur Zeit der Zhou- und der Sui-Dynastie. In seiner Jugend führte er ein lockeres Leben. Statt sich um die Mehrung seines Besitzes zu kümmern, gab er sich in ungehemmter Gier dem Trunk und dem Vergnügen hin. So ging sein Vermögen zur Neige. Er suchte Zuflucht bei seinen Verwandten, wurde aber, weil er keiner ernsthaften Tätigkeit nachging, von allen abgewiesen.

Einmal, es war gerade Winter geworden, zog er in zerlumpter Kleidung und mit leerem Magen in Chang'an umher. Der Tag neigte sich dem Ende zu, und er hatte noch nichts gegessen. Unschlüssig, wohin er sich wenden sollte, stand er am Westtor des Ostmarktes. Sein Elend war mit Händen zu greifen, und er gab, den Blick zum Himmel gerichtet, ein langes Stöhnen von sich. Da erschien vor ihm ein alter Mann, der am Stock ging.

„Warum stöhnt Ihr so?" fragte er.

Du Zichun erzählte ihm, wie ihm zumute war, und machte seinem Groll über die Hartherzigkeit seiner Verwandten Luft. Es war ihm anzusehen, wie erregt er war.

„Wieviel Geld braucht Ihr denn?" wollte der Alte wissen.

„Dreißig- bis fünfzigtausend würden schon zum Leben reichen", antwortete Du Zichun.

„Das ist zuwenig", meinte der Alte.

„Hunderttausend“, sagte Du Zichun.

„Zuwenig.“

„Eine Million.“

„Zuwenig.“

„Drei Millionen.“

„Das wird reichen“, sagte der Alte endlich. Er zog eine Schnur Geld hervor und fuhr fort: „Dies ist für heute abend. Morgen mittag werde ich am persischen Laden auf dem Westmarkt auf Euch warten. Aber hütet Euch, zu spät zu kommen!“

Zur angegebenen Zeit ging Du Zichun dorthin. Der Alte gab ihm tatsächlich drei Millionen Geldstücke und verschwand, ohne ihm seinen Namen zu sagen.

Nun war Du Zichun reich, und sofort flammte seine Verschwendungssucht wieder auf. Er glaubte, nie mehr im Leben würde er heimatlos umherziehen müssen. Er legte sich eine luxuriöse Ausstattung zu, suchte die Gesellschaft von Trinkern, lud Musikantinnen zu sich, vergnügte sich in Freudenhäusern und dachte wieder nicht daran, etwas für seinen Lebensunterhalt zu tun. Schon nach ein, zwei Jahren gingen seine Mittel allmählich zur Neige. Von Kleidung und Ausstattung wurde das Kostbare mit dem Einfachen vertauscht: Zuerst schaffte er das Pferd ab und kaufte einen Esel, dann schaffte er den Esel ab und ging zu Fuß. Plötzlich war alles wieder wie zuvor. Eines Tages sah er keinen Ausweg mehr, und wieder stand er stöhnend am Markttor.

Kaum hatte er einen Laut von sich gegeben, da kam auch schon der Alte, faßte ihn bei der Hand und sagte:

„Ihr seid erneut in diesem Zustand, wie merkwürdig! Mit wieviel Geld soll ich Euch denn diesmal helfen?"

Du Zichun schämte sich und antwortete nicht. Da drängte ihn der Alte, doch Du Zichun lehnte nur bescheiden ab.

„Kommt morgen mittag an die Stelle, wo wir uns das vorige Mal getroffen haben!" forderte ihn der Alte schließlich auf.

Du Zichun unterdrückte seine Scham und ging hin. Nun bekam er zehn Millionen. Zuvor hatte er sich, innerlich bewegt, vorgenommen, einen Posten zu erlangen und sich seinen Lebensunterhalt zu erarbeiten – Shi Jilun und Yi Dun sollten gegen ihn wie arme Wichte wirken.

Doch sobald er das Geld in Händen hatte, wandelte sich auch schon sein Sinn. Wie früher überkam ihn die Lust, sich die Zügel schießen zu lassen. So dauerte es kaum ein, zwei Jahre, und er war ärmer als zuvor.

Da traf er wieder den Alten an der gewohnten Stelle. Du Zichun war so beschämt, daß er sich die Hände vors Gesicht hielt und weiterging. Der Alte aber faßte ihn am Kleidersaum und hielt ihn fest. „Ach, da habt Ihr aber schlecht gewirtschaftet!“ sagte er und gab ihm dreißig Millionen. „Wenn es diesmal wieder nichts hilft, dann sitzt Euch die Armut im Leibe“, fügte er hinzu.

Du Zichun sagte zu sich selber: „Ich habe ein lokkeres Dasein geführt, mich vergnügt und meine Lebenszeit vergeudet. Von meinen Verwandten und den großen Sippen hat mich keiner beachtet. Nur dieser Alte hat mir dreimal geholfen. Womit kann ich das nur wiedergutmachen?“ – So meinte er zu dem Alten:

„Mit diesem Geld kann ich etwas anfangen, was den Menschen nützt. Ich kann Witwen und Waisen Kleidung und Nahrung verschaffen und meine moralische Pflicht erfüllen. Ich bin Euch für Eure Gnade zutiefst dankbar. Wenn ich mein Werk vollbracht habe, will ich nur noch Euch zu Diensten sein.“

„Das wäre ganz nach meinem Herzen“, erwiderte der Alte. „Wenn Ihr im Leben Fuß gefaßt habt, sucht mich im nächsten Jahr zum Zhongyuan-Fest an den beiden Wacholderbäumen des Laozi auf!“

Du Zichun, der wußte, daß im Gebiet südlich des Huai-Flusses die Witwen und Waisen besonders zahlreich waren, überführte sein Vermögen nach Yangzhou. Dort kaufte er Hunderte Qing gutes Ackerland. In der Stadt baute er ein Haus, und an den wichtigsten Straßen errichtete er über hundert Gasthäuser. Darin ließ er Witwen und Waisen wohnen. Er verheiratete seine Neffen und Nichten und ließ Verstorbene bei den Gräbern ihrer Angehörigen bestatten. Er umhegte mit Wärme die Gnadenvollen und rächte die,

die der Rache bedurften. Als alles vollendet war, ging er zum vorbestimmten Zeitpunkt wieder zu dem Alten.

Der Alte saß, ein Lied vor sich hin pfeifend, im Schatten der beiden Wacholderbäume. Zusammen brachen sie auf, um den Yuntai-Gipfel des Huashan-Gebirges zu besteigen. Nach etwa vierzig Li kamen sie an ein Anwesen, so überaus sauber, daß es unmöglich von gewöhnlichen Menschen bewohnt sein konnte. Bunte Wolken umhüllten es, und aufgeschreckte Kraniche flogen darüber umher. In der Haupthalle war ein Herd zum Kochen von Elixieren aufgestellt. Er war über neun Chi hoch und strahlte einen violetten Flammenschein aus, der das Fenster erleuchtete. Um den Herd herum standen neun Jademädchen. Vorn und hinten saßen ein hellblauer Drache und ein weißer Tiger.

Es wurde Abend. Der Alte trug nun nicht mehr seine gewöhnliche Kleidung, sondern erschien als Dao-Priester in gelber Kappe mit angenähtem Umhang. In den Händen hielt er weiße Steine und einen Becher Wein. Das übergab er Du Zichun und forderte ihn auf, sogleich die Steine zu essen und den Wein zu trinken. Dann holte er ein Tigerfell herbei und breitete es an der westlichen Wand des Raumes aus. Du Zichun mußte sich mit dem Gesicht nach Osten niedersetzen. „Ihr dürft von jetzt an auf keinen Fall etwas sagen", ermahnte ihn der Alte. „Was Ihr nun erleben werdet, Geister, Teufel, Yakshas, wilde Tiere, Höllen sowie auch Eure eigenen Verwandten, die gefesselt und gequält werden – all das ist nicht wirklich. Aber Ihr dürft Euch nicht rühren und nichts sagen. Ihr sollt ruhigen Sinnes bleiben und Euch nicht fürchten, dann werdet Ihr bis zum Schluß nichts zu leiden haben. Denkt unentwegt an meine Worte!" Nach dieser Rede verschwand er.

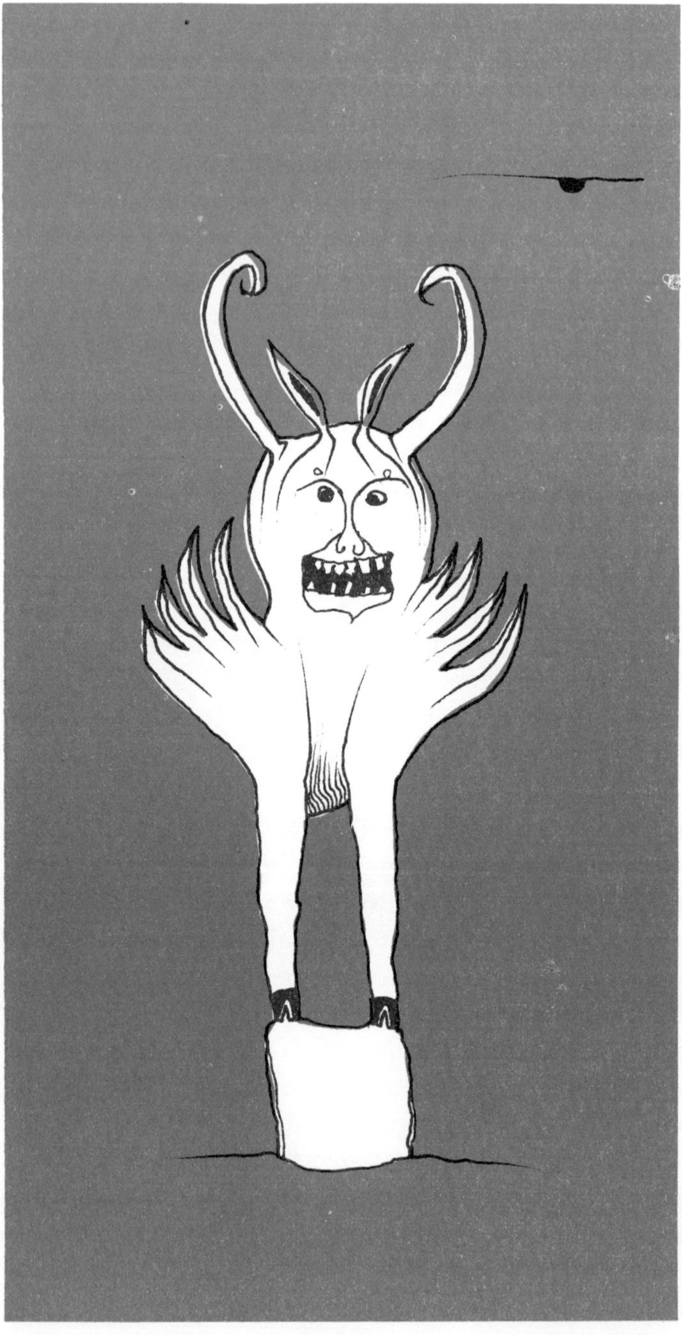

Du Zichun blickte in den Hof. Da stand nur ein riesiger Bottich mit Wasser. Der Daoist hatte sich kaum entfernt, als Myriaden gepanzerter Reiter mit Bannern und Dolchäxten den Hof füllten. Ihr lautes Schimpfen erschütterte Himmel und Erde. Einer von ihnen, der sich „Großgeneral" nannte, war mehr als zehn Chi groß und trug – wie auch sein Pferd – einen goldenen Panzer, der so blitzte, daß einen die Augen schmerzten. Mit einer Leibwache von mehreren hundert Leuten, die Schwerter und Bögen trugen, trat er geradewegs vor die Halle und schimpfte: „Wer bist du, daß du es wagst, dem Großgeneral nicht aus dem Wege zu gehen?" Seine Begleiter zückten die Schwerter, kamen näher, bedrängten Du Zichun und fragten ihn, wie er heiße und was er hier mache. Doch der gab keine Antwort. Da wurden sie sehr wütend, griffen ihn an und schossen auf ihn, daß es wie Donner hallte. Du Zichun aber rührte sich nicht. Voller Wut ging der General fort.

Nun erschienen grimmige Tiger, giftspeiende Drachen, Löwen, Nattern und Skorpione. Sie zählten nach Zehntausenden. Brüllend und beutegierig stürzten sie vor und faßten nach Du Zichun, manche sprangen auch über ihn hinweg. Er aber verzog keine Miene, und nach einer Weile zerstreuten sie sich wieder.

Jetzt ging ein gewaltiger Wolkenbruch nieder, es wurde finster, und ein Gewitter brach los. Ein Feuerball sauste hin und her, durchzuckt von Blitzen, so daß man nicht mehr die Augen öffnen konnte. Binnen kurzem erreichte das Wasser im Hof eine Höhe von über einem Zhang. Die zuckenden Blitze und der grollende Donner hatten die Gewalt berstender Berge und reißender Ströme, die sich nicht aufhalten lassen. Nur noch einen Augenblick, und das Wasser erreichte den Sitzplatz von Du Zichun. Der aber saß aufrecht da und achtete dessen nicht.

Da erschien der General wieder. Ihm folgten Höllenbüttel mit Rinderköpfen und grausig aussehende Geister. Sie stellten einen großen Kessel mit heißem Wasser vor Du Zichun hin. Rund um den Kessel ragten lange gegabelte Spieße hervor. „Wenn er gewillt ist, seinen Namen zu nennen, soll er seine Freiheit haben", befahl der General, „wenn nicht, dann soll er aufgespießt und in den Kessel gesteckt werden." Du Zichun aber erwiderte abermals nichts.

Daraufhin brachten sie seine Frau herbei und zerrten sie vor die Treppe. „Wenn du deinen Namen sagst, soll sie verschont bleiben", sagte der General und zeigte auf die Frau. Du Zichun aber rührte sich nicht. Da schlugen sie sie mit der Peitsche, daß das Blut floß, schossen auf sie und hackten auf sie ein, kochten und brannten sie, so daß sie unerträgliche Pein litt. Unter Tränen rief die Frau: „Ich bin ein niedriges Weib und habe dir Schmach gebracht. Doch du hast mich der Gunst gewürdigt, dir mehr als zehn Jahre lang zu Diensten sein zu dürfen. Jetzt bin ich in der Gewalt dieser ehrenwerten Teufel und kann die Qualen nicht mehr ertragen. Ich wage nicht, von dir zu erwarten, daß du dich zu einer Fürbitte für mich erniedrigst, doch wenn du wenigstens nur ein Wort für mich einlegtest, dann wäre mein Leben gerettet. Kein Mensch ist völlig gefühllos, dir aber ist ein einziges Wort zu schade!" Während sie so flehte und schimpfte, flossen ihre Tränen wie Regen in den Hof. Du Zichun aber kümmerte sich nicht darum.

Da sagte der General: „Meinst du etwa, ich könnte deine Frau nicht töten?", und er befahl, ein Häckselgerät herbeizuschaffen. Damit ließ er sie von den Füßen an Cun für Cun in Stücke schneiden. Die Frau schrie und jammerte noch heftiger, aber Du Zichun beachtete sie nicht.

„Dieser Gauner hat tatsächlich dämonische Fähigkeiten", meinte schließlich der General, „ich kann es nicht zulassen, daß er weiterhin auf der Welt bleibt!", und er gab seinen Leuten den Auftrag, Du Zichun zu töten.

Seine Seele wurde vor Yanluowang geführt. Der sagte: „Dies ist also der Dämon vom Yuntai-Gipfel?" und schickte ihn in die Hölle. Dort mußte Du Zichun geschmolzenes Kupfer trinken und sich mit eisernen Stangen schlagen lassen, er wurde in Stampfen gewalkt und in Mühlen gemahlen, er wurde in Flammengruben geworfen und in kochendem Wasser gesotten, er mußte durch Berge von Messern und Wälder von Schwertern hindurch – keine Qual blieb ihm erspart. Im Herzen aber gedachte er der Worte des Daoisten, und da schien es ihm, als könne er die Pein ertragen. So gab er keine Klage von sich.

Nachdem die Höllenbüttel gemeldet hatten, daß Du Zichun alle Strafen erlitten habe, sagte Yanluowang: „Dieser Mensch ist ein Gauner, der in die jenseitige Welt eingedrungen ist. Er darf nicht mehr als Mann leben, sondern soll zur Frau werden und der Familie des Assistenten in der Bezirksverwaltung von Danfu in der Präfektur Songzhou, Wang Quan, zugeteilt werden."

So wurde Du Zichun als Frau neu geboren. Doch das Mädchen war viel krank, und es verging kaum ein Tag, an dem es nicht mit Nadeln, Moxen und Arzneien behandelt werden mußte. Auch verbrannte es sich häufig, fiel oft aus dem Bett und mußte mannigfache Leiden erdulden. Aber niemals gab es einen Laut von sich.

Als es erwachsen war, war es von einmaliger Schönheit. Weil es aber nie sprach, hielt seine Familie es für stumm. Verwandte und Bekannte erniedrigten es auf tausendfache Weise, ohne daß es jemals etwas entgegnete.

Im selben Ort lebte ein Kandidat namens Lu Gui. Dieser erfuhr von der Schönheit des Mädchens und fand Gefallen an ihm. Daher ließ er eine Heiratsvermittlerin für sich um ihre Hand anhalten. Doch die Familie des Mädchens lehnte wegen dessen Stummheit ab. Der junge Lu aber sagte: „Wenn sie mir eine tüchtige Gattin ist, was braucht sie da zu reden! Vielmehr wird sie geschwätzigen Weibern als Warnung dienen." Da willigte die Familie ein. Der junge Lu vollzog die Sechs Heiratsrituale und führte das Mädchen als seine Frau heim.

Mehrere Jahre lang lebten sie einträchtig zusammen. Die Frau gebar einen Sohn, der schon mit zwei Jahren unvergleichlich klug war. Als Lu Gui seinen Sohn einmal auf dem Arm hielt, sprach er seine Frau an, doch sie erwiderte nichts. Auf welche Weise auch immer Lu Gui sie zum Sprechen bringen wollte, sie sagte kein Wort. Da wurde er sehr böse und schimpfte: „Im Altertum verachtete die Frau des Würdenträgers von Jia ihren Mann und zeigte nie ein Lächeln. Doch als sie ihm beim Fasanenschießen zuschaute, legte sich ihr Groll. Nun bin ich nicht so häßlich wie Jia, und meine Gelehrsamkeit verdient wohl etwas mehr Achtung als das Glück im Fasanenschießen. Du aber sagst dennoch nichts. Wenn ein tüchtiger Mann von seiner Frau verachtet wird, wozu braucht er dann von ihr einen Sohn?" Bei diesen Worten faßte er das Kind an beiden Beinen und schlug es mit dem Kopf auf einen Stein. Es war sofort zerschmettert, und das Blut verspritzte mehrere Bu im Umkreis.

Du Zichun liebte sein Kind von ganzem Herzen. Jetzt vergaß er plötzlich, wie er sich verhalten sollte, und rief, ohne es selber zu merken: „Oh!" Der Laut war noch nicht verhallt, da saß er wieder an seinem alten Platz. Vor ihm stand der Daoist. Der Morgen begann zu dämmern. Violetter Feuerschein drang durch das Dach. Ringsumher loderten Flammen auf, und alle Gebäude verbrannten. Der Daoist stöhnte: „Wie konntet Ihr nur solch einen riesengroßen Fehler machen!“, ergriff Du Zichun bei den Haaren und warf ihn in den Wasserkessel.

Bald darauf verlosch das Feuer. Der Daoist trat vor Du Zichun hin und sagte: „Freude und Zorn, Trauer und Furcht, Haß und Verlangen – all diese Gefühle habt Ihr aus Eurem Herzen verbannt. Was Ihr Euch aber bewahrt habt, ist die Liebe. Wenn Ihr dieses eine ‚Oh!‘ nicht ausgerufen hättet, hätten meine Mittel gewirkt, und Ihr hättet zu den Unsterblichen aufsteigen können. Ach, wie schwierig ist es doch, jemanden zu finden, der das Zeug zu einem Unsterblichen hat! Und wenn ich Euch die feinsten Elixiere einflößte – Ihr bleibt in dieser Welt befangen! Macht Euch fort!“ Mit diesen Worten wies er auf den Weg in die Ferne und hieß ihn gehen.

Du Zichun ging noch einmal zu dem Herd – er war zerborsten. Darin lag eine Eisenstange, so stark wie ein Arm und mehrere Chi lang. Der Daoist legte sein Gewand ab und zerschnitt sie mit dem Messer.

Zu Hause angekommen, schämte sich Du Zichun, weil er seinem Gelöbnis untreu geworden war. Er bezichtigte sich selber und wollte sich für seinen Fehler entschuldigen. So ging er noch einmal zum Yuntai-Gipfel. Doch da war niemand zu finden. Bekümmert kehrte er heim.

Aufzeichnungen über einen magischen Spiegel

Zur Sui-Zeit lebte ein gewisser Herr Hou. Er stammte aus Fenyin und war eine der merkwürdigsten Persönlichkeiten im ganzen Reiche. Wang Du verehrte ihn als seinen Lehrer und diente ihm längere Zeit. Gegen Ende seines Lebens vermachte Herr Hou dem Wang Du einen alten Spiegel. „Mit diesem Spiegel können alle Übel vom Menschen ferngehalten werden", erklärte er ihm. Wang Du nahm den Spiegel in Empfang und bewahrte ihn wie eine Kostbarkeit auf.

Der Spiegel maß acht Cun im Durchmesser. Sein Knopf hatte die Form eines kauernden Einhorns. Rings um den Knopf waren die vier Himmelsrichtungen dargestellt mit Schildkröte, Drache, Phönix und Tiger. Die vier Himmelsrichtungen waren umgeben von den acht Trigrammen und diese von den zwölf Doppelstunden mit ihren Tiersymbolen. Vierundzwanzig Schriftzeichen bildeten die Randeinfassung. Sie hatten Formen wie die Zeichen der Li-Schrift, und ihnen schien kein einziger Strich zu fehlen, aber es waren Zeichen, wie man sie in keinem Wörterbuch findet.

„Dies sind Symbole der vierundzwanzig Jahresperioden", erklärte Herr Hou.

Wenn man den Spiegel in die Sonne hielt, erschienen in seinem Widerschein die Zeichen und Muster der Rückseite in Schwarz, ohne daß auch nur ein einziges fehlte. Hob man ihn hoch und klopfte dagegen,

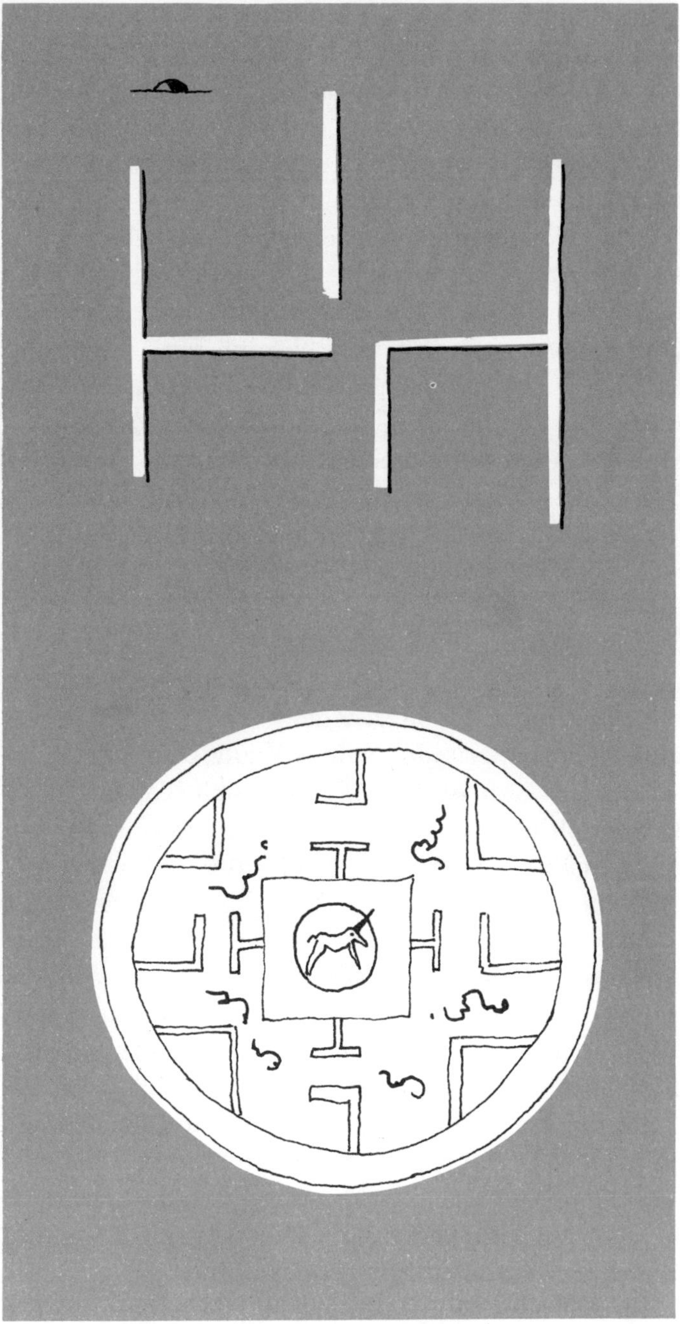

so erklang ein heller, langanhaltender Ton, der erst nach einem ganzen Tag verstummte. Ja, dieser Spiegel glich nicht einem gewöhnlichen Spiegel. Es war schon richtig, daß er einem edlen Menschen zum Geschenk gemacht wurde, der ihn als magischen Gegenstand zu würdigen wußte.

Herr Hou hatte einmal erzählt: „Ich habe gehört, daß im Altertum der Gelbe Kaiser fünfzehn Spiegel hat gießen lassen. Von diesen hatte der erste einen Durchmesser von einem Chi und fünf Cun. Die Maße der übrigen entsprachen den Tagen von Vollmond bis Neumond: Jeder Spiegel war einen Cun kleiner als der vorhergehende. So muß das der achte Spiegel aus dieser Serie sein. Das ist zwar schon lange her, und in den Büchern steht darüber nichts, doch was erhabene Menschen überliefert haben, kann nicht falsch sein."

Früher hatte die Familie Yang einen Ring besessen und sich viele Generationen hindurch fortdauernden Glücks erfreut. Als Herr Zhang sein Schwert verlor, ging auch er zugrunde. Nun ist Wang Du in die Wirrsal der Zeitläufe geraten. Er fühlt sich sehr bedrückt. Das Reich liegt darnieder, und nirgendwo kann man mehr in Ruhe leben. Da ist der kostbare Spiegel verschwunden. Wie traurig!

Nun wollen wir den sonderbaren Spuren des Spiegels nachgehen und im Folgenden davon erzählen, damit derjenige, der nach vielen tausend Jahren vielleicht in seinen Besitz kommt, erfahre, was für eine Bewandtnis es damit hatte.

Im fünften Monat des siebenten Jahres der Periode „Großes Werk", im Jahre 611, hatte Wang Du zeitweilig seinen Posten als Zensor aufgegeben und war nach Hedong zurückgekehrt. Herr Hou war gestorben, und Wang Du hatte den Spiegel bekommen.

Im sechsten Monat desselben Jahres reiste Wang

Du nach Chang'an. Als er Changlepo erreichte, machte er dort bei dem Gastwirt Cheng Xiong Station. Cheng Xiong hatte gerade eine neue Sklavin erhalten, die sehr schön war. Sie hieß „Papagei". Nachdem Wang Du sich eingemietet hatte, wollte er seine Kleidung richten und holte den Spiegel hervor, um sich zu betrachten. Papagei sah das von ferne, machte sofort einen so heftigen Kotau, daß sie sich den Kopf blutig schlug, und rief: „Ich wage nicht, hierzubleiben!"

Wang Du ließ den Wirt kommen und fragte nach dem Grund. „Vor zwei Monaten kam ein Gast mit dieser Sklavin von Osten her", erklärte Cheng Xiong. „Sie war sehr krank. Daher ließ der Gast die Sklavin hier und sagte: ‚Wenn ich zurückreise, hole ich sie wieder ab.' Bisher ist er aber noch nicht wiedergekommen. Ich weiß nicht, was es mit ihr auf sich hat."

Wang Du vermutete, sie sei ein Dämon. Er griff zu dem Spiegel und richtete ihn auf sie. Da flehte sie:

„Laßt mich am Leben, dann will ich meine ursprüngliche Gestalt annehmen!"

„Erzähl uns erst, wer du bist", sagte Wang Du und deckte den Spiegel zu, „und nimm danach deine ursprüngliche Gestalt an, dann will ich dich am Leben lassen."

Die Sklavin verneigte sich zweimal und begann:

„Ich bin ein tausend Jahre alter Marderhund und bin unter der alten Föhre, die vor dem Tempel des Herrn vom Huashan-Berg steht, zu Hause. Ich habe schon so viel Unfug angerichtet, daß ich die Todesstrafe verdient hätte. Daher wurde ich von dem Herrn verfolgt. Ich floh in das Gebiet zwischen dem Gelben Fluß und dem Wei-Fluß und wurde die Adoptivtochter von Chen Sigong in Xiagui. Dessen Frau, eine geborene Zheng, zog mich mit großer Fürsorge auf. Sie verheiratete mich mit Chai Hua aus demselben Ort.

Aber ich verstand mich mit Chai Hua nicht gut und floh in Richtung Osten. Als ich den Bezirk Hancheng verließ, wurde ich von dem Wanderhändler Li Wuao aufgegriffen. Der war ein grober Kerl und schleppte mich mehrere Jahre lang im Lande umher. Neulich kamen wir hierher, und er ließ mich plötzlich zurück. Ich ahnte nicht, daß ich diesem Himmelsspiegel begegnen würde. Nun gibt es keinen Weg mehr für mich, meine wahre Gestalt zu verbergen."

„Du bist also eigentlich ein alter Fuchs", sagte Wang Du, „und hast dich in einen Menschen verwandelt – hast du den Menschen auch keinen Schaden zugefügt?"

„Sich zu verwandeln und den Menschen zu dienen, das verursacht keinen Schaden. Aber fortzulaufen, sich zu verstecken und Spuk zu treiben, das ist für die Moral der Geister etwas Schlimmes, und dafür habe ich natürlich den Tod verdient."

„Wenn ich dich verschonen wollte, könnte ich das überhaupt?"

„Ihr beschämt mich mit Eurer Großherzigkeit, und ich werde Euch das nie vergessen. Doch da ich nun einmal von dem Schein des Himmelsspiegels getroffen worden bin, kann ich meiner ursprünglichen Gestalt nicht mehr entgehen. Aber ich habe lange in menschlicher Gestalt gelebt und schäme mich, wieder den alten Körper anzunehmen. Ich wäre Euch dankbar, wenn Ihr den Spiegel in seine Schatulle einschließen würdet und mir erlaubtet, mich vor dem Ende nach Herzenslust zu betrinken."

„Wenn ich den Spiegel in seine Schachtel einschließe, läufst du dann auch nicht davon?"

„Ihr hattet gerade so freundlich gesagt, Ihr wolltet mich verschonen", antwortete lachend Papagei. „Wenn Ihr den Spiegel einschlösset und ich liefe davon, würde ich dann nicht Eure Gnade mißachten?

Da der Himmelsspiegel nun einmal hier ist, gibt es keinen Weg, sich zu verbergen. Ich wünsche nur noch, in den letzten Augenblicken dieses Lebens die Freude des Daseins bis zum Ende auszukosten."

Sofort verschloß Wang Du den Spiegel in der Schatulle. Dann ließ er Wein kommen und lud die ganze Familie von Cheng Xiong und alle Nachbarn ein, gemeinsam zu feiern und fröhlich zu sein.

Bald war die Sklavin betrunken. Sie erhob sich mit wehendem Gewand zum Tanz und sang:

„O du Spiegel, o du Spiegel,
schmerzvoll machst du nun mein Schicksal!
Seit ich die Gestalt verlassen,
wie oft hab ich mich verwandelt?
Fröhlich hab ich oft gelebt,
sollt nun auch nicht traurig sterben!
Wozu denn mit Sehnsucht hängen
an dem Dasein hier auf Erden?"

Nachdem sie das Lied beendet hatte, verneigte sie sich zweimal, verwandelte sich in einen alten Marderhund und starb. Alle Anwesenden waren erschrocken und seufzten.

Am ersten Tag des vierten Monats im achten Jahr der Periode „Großes Werk", im Jahre 612, gab es eine Sonnenfinsternis. Wang Du tat gerade Dienst im Zensorat. Er hatte sich am Tage in einem Nebenraum des Amtsgebäudes niedergelegt und merkte, wie die Sonne allmählich dunkler wurde. Die Amtsdiener meldeten ihm, daß die Sonne stark verfinstert sei. Er machte sich zurecht und holte den Spiegel hervor. Da mußte er sehen, daß auch der Spiegel verdunkelt war und keinen Glanz mehr hatte. Er nahm an, das Verhalten des magischen Spiegels stimme mit den Feinheiten des Verhältnisses zwischen Yin und Yang überein. Wieso sollte sonst der Spiegel keinen Glanz mehr haben, sobald die Sonne den ihren verlor? Wang Du war überaus verwundert. Bald wurde es aber wieder heller, und die Sonne leuchtete allmählich stärker. Sowie sie wieder voll erstrahlte, glänzte auch der Spiegel wie zuvor. Von da an wurde der Spiegel jedesmal matt, wenn Sonne oder Mond sich auch nur im geringsten verfinsterten.

Xue Xia, ein Freund von Wang Du, besaß ein bronzenes Schwert. Es war vier Chi lang und hatte einen Griff in der Form eines mit einem Drachen verschlungenen Phönix. Auf der einen Seite trug es ein Flammenmuster und auf der anderen ein Wellenornament. Von ihm ging ein strahlender Glanz aus – es war kein gewöhnliches Stück. Am fünfzehnten Tag des achten Monats desselben Jahres kam er mit dem Schwert zu Wang Du. „Ich habe dieses Schwert längere Zeit beobachtet", sagte er. „Wenn man es am Fünfzehnten eines Monats bei klarer Witterung in einen dunklen Raum legt, geht ein eigenes Leuchten von ihm aus, das mehrere Zhang weit reicht. Ich habe es nun schon lange in Besitz. Der Sinn für Absonderliches und die Liebe zu Altertümern sind bei dir doch so stark wie Hunger und Durst. Daher möchte ich heute nacht einmal mit dir zusammen das Schwert auf die Probe stellen."

Wang Du war sehr erfreut.

In der Nacht herrschte tatsächlich klares Wetter. Sie schlossen sich heimlich in einem Raum ein, sorgten dafür, daß es keine offene Ritze mehr gab und verbrachten dort gemeinsam die Nacht. Wang Du holte auch seinen magischen Spiegel hervor und legte ihn neben seinen Sitz.

Bald strahlte der Spiegel ein Licht aus, das den ganzen Raum erleuchtete, so daß sie sich wie am hellichten Tage gegenseitig sehen konnten. Das Schwert lag neben dem Spiegel, leuchtete aber nicht. Xue Xia war sehr erschrocken und sagte: „Leg bitte den Spiegel in die Schatulle."

Erst nachdem Wang Du dieser Aufforderung gefolgt war, begann das Schwert zu leuchten. Doch sein Licht reichte nur ein oder zwei Chi weit. Xue Xia strich über das Schwert und sagte seufzend: „Bei den magischen Dingen gibt es das wohl auch, daß das eine dem anderen unterliegt."

Von da an holte Wang Du jeden Monat am fünfzehnten Tag in dem dunklen Raum den Spiegel hervor, und dessen Licht leuchtete stets viele Zhang weit. Wenn aber der Schein des Mondes in den Raum drang, dann leuchtete der Spiegel nicht. War es etwa so, daß der Spiegel dem Leuchten der Sonne und des Mondes nicht gewachsen war?

Im Winter desselben Jahres erhielt Wang Du zusätzlich das Amt eines Redaktors und den Auftrag, die Reichsgeschichte zu verfassen. In das Werk wollte er auch eine Biographie des Su Chuo aufnehmen. Wang Du hatte einen Sklaven mit dem Namen „Leopard". Der war schon siebzig Jahre alt und früher einmal ein Halbfreier der Familie Su gewesen. Leopard war sehr belesen und hatte gewisse schriftstellerische Fähigkeiten. Als er Wang Dus Entwurf der Biographie des Su Chuo zu Gesicht bekam, wurde er sehr traurig. Wang Du fragte ihn nach der Ursache.

„Ich bin von Herrn Su stets großzügig behandelt worden", sagte Leopard. „Ich bin so traurig geworden, weil ich gerade von seinen Worten und Werken gelesen habe. Der magische Spiegel, den Ihr besitzt, war Herrn Su von seinem Freund Miao Jizi aus Henan geschenkt worden. Herr Su schätzte den Spiegel hoch. Kurz vor seinem Tode war er sehr bedrückt. So lud er einmal Herrn Miao zu sich und sagte zu ihm: ‚Ich glaube, der Tag meines Todes ist nicht mehr fern. Nun wüßte ich gerne, in wessen Hände dieser Spiegel

eines Tages gelangen wird. Heute will ich einmal das Schafgarbenorakel befragen und würde mich freuen, wenn du dabei zuschautest.‘ Dann beauftragte er mich, die Schafgarbenstengel zu holen. Herr Su nahm sie in die Hand und stellte das Orakel. Als es vollendet war, sagte er: ‚Mehr als zehn Jahre nach meinem Tode wird meine Familie diesen Spiegel verlieren und nichts mehr über seinen Verbleib wissen. Aber die Geschicke der magischen Dinge auf dieser Welt deuten sich in Zeichen an. In der Gegend zwischen dem Gelben Fluß und dem Fen-Fluß zeigt sich häufig eine magische Ausstrahlung. Bringt man dies mit dem, was das Orakel voraussagt, zusammen, dann wird der Spiegel vielleicht dorthin gelangen.‘ – ‚Wird ihn vielleicht ein anderer bekommen?‘ fragte Miao Jizi. Herr Su befragte noch einmal das Orakel und sagte dann: ‚Zuerst kommt er zu einer Familie Hou und dann zu einem Herrn Wang. Wo er danach hingelangen wird, das weiß keiner.‘“ Bei diesen Worten brach Leopard in Tränen aus.

Wang Du erkundigte sich bei der Familie Su. Dort sagten sie tatsächlich, daß sie diesen Spiegel besessen hätten, daß er aber nach dem Tode von Herrn Su verschwunden sei – ganz so, wie Leopard es erzählt hatte.

Als nun Wang Du die Biographie des Herrn Su verfaßte, kam er an deren Ende auch auf diese Geschichte zu sprechen. Er sagte dort, daß Herr Su sich hervorragend auf das Orakelstellen verstand, daß er darüber aber Stillschweigen bewahrte und diese Kenntnisse nur für sich selbst anwandte. Dabei bezog er sich auf diese Geschichte.

Am Neujahrstag des neunten Jahres der Periode „Großes Werk“, des Jahres 613, kam früh am Morgen ein ausländischer Mönch bettelnd zum Hause von Wang Du. Wang Dus jüngerer Bruder, Wang Ji, ging hinaus, um mit ihm zu sprechen. Er merkte, daß der Mönch von außergewöhnlicher Wesensart war. So bat er ihn, hereinzukommen. Er lud ihn zum Essen ein und unterhielt sich lange mit ihm.

„Es scheint mir“, sagte der Mönch schließlich, „als hättet Ihr in Eurem Hause einen einmaligen magischen Spiegel. Könnte ich den vielleicht einmal sehen?“

„Woher wißt Ihr das?“ fragte Wang Ji.

„Ich verfüge über verborgene Aufzeichnungen und geheime Mittel und kann erkennen, wenn irgendwo die Ausstrahlung von etwas Magischem auftritt. Über Eurem Hause erstrahlt tatsächlich ein azurner Glanz, der sich bis zur Sonne hinzieht, und ein roter Dunst reicht bis zum Mond. Das ist die Ausstrahlung eines magischen Spiegels. Seit zwei Jahren beobachte ich das nun schon. Jetzt habe ich einen günstigen Tag ausgewählt und würde den Spiegel gern einmal sehen."

Wang Ji holte den Spiegel hervor. Der Mönch kniete nieder und nahm ihn freudig bewegt entgegen.

„Dieser Spiegel hat viele magische Eigenschaften, die vielleicht noch nicht erkannt worden sind", meinte der Mönch. „Wenn man ihn mit Goldpaste bestreicht, mit Perlenstaub abreibt und ihn dann gegen die Sonne hält, dann müßte sein Widerschein Mauern durchdringen." Der Mönch seufzte und sprach dann weiter: „Wendet man eine andere Methode an, so müßte sein Schein die Eingeweide sichtbar machen. Leider habe ich nicht die Substanzen, die dafür nötig sind. Aber wenn man ihn mit Golddampf behandelt, in Jadewasser badet, ihn dann, der Vorschrift entsprechend, mit Goldpaste und Perlenstaub abreibt und danach im Schlamm verbirgt, wird er nicht matt werden."

Der Mönch überließ den Brüdern Wang Golddampf, Jadewasser und andere Mittel, und sie probierten sie aus. Alle zeitigten die erwartete Wirkung. Der ausländische Mönch aber wurde nie wieder gesehen.

Im Herbst desselben Jahres erhielt Wang Du den Posten des Bezirksvorstehers von Ruicheng. Vor dem Gebäude seines Amtes stand eine Jujube. Sie hatte einen Umfang von etlichen Zhang und mochte viele hundert Jahre alt sein. Alle Vorgänger des Wang Du in diesem Amte hatten diesem Baum bei ihrer Ankunft mit einem Opfer ihre Ehrerbietung erwiesen, denn sonst hätte sie gleich irgendein Unglück ereilt. Wang Du aber war der Meinung, Unglück werde vom Menschen verursacht und mit dem abergläubischen

Opfer solle Schluß sein. Die Amtsdiener machten vor ihm einen Kotau und beschworen ihn, das Opfer doch vorzunehmen. Da blieb ihm nichts anderes übrig, als dem Baum zu opfern. Bei sich aber dachte er, dieser Baum werde von einem Dämon bewohnt, den der Mensch nicht austreiben könne und den er daher wegen seiner Macht günstig stimmen müsse. Insgeheim hing Wang Du den Spiegel in den Baum. In der Nacht, etwa um die zweite Nachtwache, hörte er vor dem Amtsgebäude ein polterndes Geräusch, das wie Donnergrollen klang. Wang Du stand auf und schaute nach. In der Finsternis tobte um den Baum herum ein Sturm, und grelle Blitze zuckten bald in die Höhe, bald in die Tiefe. Am nächsten Morgen hing eine große tote Schlange in dem Baum. Sie hatte violette Schuppen, einen roten Schwanz und einen grünen Kopf mit weißen Hörnern. Auf der Stirn trug sie das Schriftzeichen „König". Ihr Körper war an mehreren Stellen verwundet. Wang Du nahm den Spiegel an sich und ließ die Amtsdiener die Schlange fortbringen und sie außerhalb der Bezirksstadt verbrennen. Dann befahl er, an dem Baum die Erde aufzugraben. Der Baum war im Innern hohl, und diese Aushöhlung vergrößerte sich, je tiefer man in die Erde eindrang. Dort fanden sich die Abdrücke einer liegenden großen Schlange. Daraufhin wurde die Grube wieder zugeschüttet, und der Spuk hörte auf.

Im Winter desselben Jahres erhielt Wang Du zusätzlich einen Posten als Zensor und den kaiserlichen Auftrag, in der Provinz Hebei die Speicher zu öffnen und mit dem Getreide das Gebiet von Shaandong zu versorgen. Im Reich herrschte zu der Zeit eine große Hungersnot, und das Volk hatte schwer zu leiden. Im Gebiet zwischen Puzhou und Shaanzhou wüteten schlimme Seuchen. Bei Zhang Longju aus Hebei, einem kleinen Untergebenen des Wang Du, erkrankte plötzlich die ganze Familie, mit Freien und Unfreien einige Dutzend Leute. Wang Du hatte Mitleid mit der Familie. Er besuchte sie mit seinem Spiegel und ließ Zhang Longju in der Nacht den Spiegel auf die Kranken richten. Sobald diese des Spiegels ansichtig wurden, erhoben sie sich schreckerfüllt. „Wir sehen", sagten sie, „wie Longju einen Mond hält und uns damit anleuchtet. Die Stellen, die von dem Lichtschein getroffen werden, sind wie von Eis berührt, und die Kälte dringt bis in die Eingeweide." Sofort legte sich das Fieber, und bis zum Abend waren alle gesund.

Wang Du dachte nicht, daß der Spiegel Schaden nehmen könnte, sondern sah nur, daß man vielen Menschen mit ihm helfen konnte. So ließ er Zhang Longju insgeheim mit dem Spiegel bei den Leuten umherziehen. Eines Abends, als der Spiegel wieder in seiner Schatulle lag, gab er einen klirrenden Ton von sich, der weithin zu hören war und erst nach langer Zeit verklang. Wang Du war darüber zutiefst verwundert.

Am nächsten Morgen kam Zhang Longju zu ihm. „In der letzten Nacht erschien mir plötzlich im Traum ein Mensch mit einem Drachenkopf und einem Schlangenleib", sagte er. „Er trug eine zinnoberrote Kappe und ein purpurrotes Gewand und sagte zu mir: ‚Ich bin der Geist des Spiegels und heiße Purpurschatz. Ich habe einmal meine Zauberkraft in deinem Hause wirken lassen, und daher möchte ich dich jetzt mit einer Sache betrauen. Ersuche bitte Herrn Wang um Nachsicht für mich: Das Volk ist schuldig geworden, und der Himmel straft es dafür mit Krankheit. Warum soll ich nun die Menschen entgegen dem Willen des Himmels retten? Nach einigen Monaten werden die Leute allmählich wieder gesund werden – laßt also bitte nicht mich leiden!'"

So bekam Wang Du das magische Wesen des Spiegels zu spüren, und es prägte sich ihm tief ein. In den Monaten danach legte sich die Krankheit in der Tat allmählich, genau so, wie der Geist es vorhergesagt hatte.

Im zehnten Jahr der Periode „Großes Werk", im Jahre 614, schied Wang Ji, der jüngere Bruder von Wang Du, aus seinem Amt als Assistent der Bezirksverwaltung von Liuhe aus und kehrte in seine Heimat zurück. Er hatte die Absicht, sein gewohntes Leben aufzugeben und frei im Lande umherzuziehen. Wang Du wollte ihn zurückhalten.

„Im Reich herrschen Unruhen", sagte er, „und überall gibt es Banditen. Wo willst du da hinreisen? Zudem bin ich mit dir aufs innigste verbunden, und wir waren noch nie weit voneinander getrennt. Wenn du diese Reise antrittst, ist mir, als wolltest du diese Welt verlassen. Im Altertum machte Shang Ziping eine Reise zu den Fünf Heiligen Bergen, und niemand weiß, wo er geblieben ist. Wenn es mit dir genauso kommen sollte, dann könnte ich das nicht verwinden." Und weinend blickte er Wang Ji an.

„Mein Entschluß steht fest", entgegnete dieser. „Du kannst mich auf keine Weise halten. Du bist einer der klügsten Menschen unserer Zeit, und es sollte nichts geben, für das du kein Verständnis hättest. Konfuzius hat gesagt: ‚Einem einfachen Mann kann man nicht seinen Willen nehmen.' Das menschliche Leben währt hundert Jahre, und es ist so flüchtig wie ein Sprung über einen Spalt. Wenn man erlangt, was das Herz begehrt, dann freut man sich, und bleibt das Streben ohne Erfolg, dann ist man traurig. Ungestört seinen Wünschen nachgehen zu können, das ist ein Grundsatz der Heiligen."

So mußte sich Wang Du dareinschicken, daß sich sein Bruder von ihm trennte.

„Zum Abschied habe ich noch einen Wunsch", sagte Wang Ji. „Dein magischer Spiegel ist kein gewöhnlicher Gegenstand. Ich habe die Absicht, mich auf Wolkenwege zu erheben und mich im Dunst anzusiedeln. Ich wäre dir dankbar, wenn du ihn mir für die Reise überließest."

„Was sollte mir für dich zu schade sein!" antwortete Wang Du und gab ihm den Spiegel.

Sobald Wang Ji den Spiegel erhalten hatte, ging er fort, ohne zu sagen, wohin er sich begeben wollte.

Erst im sechsten Monat des dreizehnten Jahres der Periode „Großes Werk", im Jahre 617, kehrte er mitsamt dem Spiegel nach Chang'an zurück.

„Dieser Spiegel ist wahrlich ein kostbares Ding!" sagte er zu Wang Du. „Nachdem ich mich von dir getrennt hatte, wanderte ich zuerst auf den Shaoshi-Berg im Songshan-Massiv. Ich ging über steinerne Brücken und saß an jadenen Altären. Einmal, als es gerade Abend wurde, kam ich an einen ausgehöhlten Felsen. Darin war ein Raum, der etwa drei bis fünf Menschen fassen mochte. Dort ließ ich mich nieder, um etwas auszuruhen.

In der mondhellen Nacht, etwa nach der zweiten Nachtwache, erschienen zwei Männer. Der eine sah wie ein Ausländer aus. Er war hager, hatte einen silbergrauen Bart und ebensolche Augenbrauen und nannte sich Bergherr. Der andere war klein und dunkelhäutig. Er hatte ein breites Gesicht, einen weißen Bart und lange Augenbrauen. Er nannte sich Haariger.

‚Wer seid Ihr, daß Ihr Euch hier aufhaltet?' fragten sie mich.

‚Jemand, der dem Verborgenen auf der Spur ist, der Höhlen erkundet und das Merkwürdige sucht', antwortete ich.

Die beiden nahmen Platz und unterhielten sich lange mit mir. Doch vieles von dem, was sie sagten, hatte einen absonderlichen Sinn, der jenseits der Worte lag. Bei mir regte sich der Verdacht, sie seien Dämonen. Heimlich langte ich mit der Hand hinter mich, öffnete die Schatulle und holte den Spiegel hervor. Kaum erstrahlte dessen Glanz, da verstummten die beiden und fielen kopfüber zu Boden. Der Kleine verwandelte sich in eine Schildkröte und der Ausländer in einen Affen. Ich hängte den Spiegel an die Wand. Als es dämmerte, waren die beiden tot. Die Schildkröte trug an ihrem Körper grüne Härchen und der Affe weiße.

Dann begab ich mich in das Gebiet des Jishan-Berges, überquerte den Ying-Fluß und kam durch das Taihe-Gebirge. Dort besichtigte ich den Jadebrunnen. Neben dem Brunnen befindet sich ein Teich, dessen Wasser klar und grün ist. Ich fragte einen Holzfäller, welche Bewandtnis es mit diesem Teich habe. ‚Dies ist ein magischer Teich', erklärte er. ‚Die Leute aus dem Dorf opfern ihm zu jedem der acht jahreszeitlichen Wendepunkte, um dadurch Glück zu erbitten. Wenn sie eines der Opfer auslassen, steigen aus dem Wasser schwarze Wolken empor, und große Hagelkörner beschädigen den Deich und zerstören das Dorf.'

Ich holte den Spiegel hervor und richtete ihn auf den Teich. Da begann das Wasser zu brodeln, und es erhob sich ein furchtbarer Donner. Plötzlich sprang das Wasser aus dem Teich und fiel, ohne daß auch nur ein Tropfen verspritzte, mehr als zweihundert Bu weiter wieder zu Boden. Es erschien ein Fisch, der etwa einen Zhang lang war. Er war dicker als ein Arm, hatte einen roten Kopf und eine weiße Stirn. Sein Körper war von hellblau-gelblicher Farbe. Er trug keine Schuppen, sondern war schleimig und glich einer Schlange mit Drachenhörnern. Sein Maul war spitz wie bei einem Stör. Wenn er sich regte, ging von ihm ein Glänzen aus. Er lag im Schlamm und war dadurch so behindert, daß er sich nicht weit fortbewegen konnte. Ich hielt ihn für einen Flutdrachen, der außerhalb des Wassers machtlos war. So tötete ich ihn mit meinem Messer. Dann briet ich ihn. Er war sehr fett und wohlschmeckend, und ich konnte mehrere Tage von ihm leben.

Sodann zog ich weiter nach Songzhou und Bianzhou. Im Hause meines Wirtes Zhang Qi in Bianzhou war eine Tochter erkrankt. Jedesmal, wenn die Nacht hereinbrach, fing sie vor Kummer und Schmerzen an zu schreien, daß es nicht zu ertragen war. Die Krankheit hatte sie schon vor Jahren bekommen. Am Tage war Ruhe, aber in der Nacht schrie sie immer. Ich blieb eine Nacht dort. Als ich die Schreie des Mädchens hörte, holte ich den Spiegel hervor und richtete ihn auf das Mädchen. Da rief die Leidende: ‚Der Herr mit dem Kamm ist getötet worden!' Und unter dem Bett der Kranken lag ein großer toter Hahn, der alte Hahn, den der Wirt schon seit sieben oder acht Jahren hatte.

Danach reiste ich in den Süden, wo ich bei Guangling den Yangzijiang überqueren wollte. Plötzlich bedeckten dunkle Wolken das Wasser, und ein heftiger Wind peitschte die Wellen auf. Der Fährmann geriet außer Fassung und dachte, sein Boot würde kentern. Ich ging mit dem Spiegel auf das Boot und richtete ihn auf den Strom. Da wurde das Wasser klar bis auf den Grund, Wind und Wolken verzogen sich, und die Wellen kamen zur Ruhe. In kurzer Zeit hatten wir den großen Strom überquert.

Ich bestieg den Qufang-Grat des Sheshan-Berges. Bald erklomm ich die höchsten Gipfel, bald kroch ich in tiefe Höhlen. Ich traf auf Schwärme von Vögeln, die mich umschwirrten und kreischten, und mehrfach kauerten Bären vor mir auf dem Weg. Sobald ich aber den Spiegel erhob, ergriffen Bären und Vögel die Flucht.

Zu der Zeit bot sich mir eine günstige Gelegenheit, den Zhejiang-Fluß zu überqueren. Da traf es sich, daß vom Meere her gerade die Flutwellen heranströmten. Die Wogen tosten, daß man es viele hundert Li weit hören konnte. Der Schiffer sagte: ‚Sobald die Wogen herankommen, können wir nicht nach Süden übersetzen. Wenn wir nicht kehrtmachen, werden wir unser Grab in den Bäuchen der Fische finden.'

Ich holte den Spiegel hervor und richtete ihn auf die Wellen im Strom. Da rückten sie nicht weiter vor, sondern hielten erstarrt inne wie aufgetürmte Wolken. Das Wasser des Flusses wich im Umkreis von mehr als fünfzig Bu zurück. Es wurde allmählich klar und flach, und Schildkröten und Alligatoren verzogen sich. Wir hißten die Segel, und in rascher Fahrt erreichten wir auf geradem Weg das südliche Ufer. Als ich danach zurückblickte, bäumten sich die brodelnden Wogen wieder Dutzende von Zhang hoch auf und erfaßten auch die Stelle, an der wir übergesetzt waren.

Dann bestieg ich das Tiantai-Gebirge und besichtigte Höhlen und Schluchten. Nachts, wenn ich durch die Täler ging, nahm ich den Spiegel mit. Hundert Bu weit im Umkreis von mir war alles von seinem Licht erfüllt, so daß ich selbst die kleinsten Dinge erkennen konnte. Die Vögel, die im Walde schliefen, wurden aufgescheucht und flogen wirr durcheinander.

Sodann reiste ich in das Huiji-Gebirge und traf dort den Sonderling Zhang Shiluan. Er unterwies mich in den Lehren der ‚Kreisbahnen und Gnomone', der ‚Neun Kapitel', der ‚Klaren Halle' und der ‚Sechs Panzer'. Zusammen mit Chen Yong kehrte ich zurück.

Dann reiste ich im Gebiet von Yuzhang umher, wo ich mit dem Dao-Adepten Xu Cangmi zusammentraf. ‚Ich bin ein Enkel in siebenter Generation von Xu Xun', sagte Xu Cangmi, ‚und beherrsche die Kunst, mittels Beschwörung auf Dolche steigen und auf Flammen treten zu können.' Er klärte mich über Wundererscheinungen auf und sagte mir dann, daß im Hause von Li Jingshen, dem Speicherverwalter des Bezirkes Fengcheng, drei Töchter lebten, die von Dämonen besessen seien. Kein Mensch aber habe bisher die Dämonen erkennen können. Er habe versucht, sie zu heilen, doch ohne Erfolg.

Ein alter Bekannter von mir, Zhao Dan, ein Mann mit Talenten, bekleidete damals gerade den Posten des Bezirkshauptmanns von Fengcheng. Daher stattete ich ihm einen Besuch ab. Zhao Dan befahl einem Untergebenen, mir eine Unterkunft zu gewähren.

‚Ich würde gerne im Hause des Speicherverwalters Li Jingshen wohnen', sagte ich. Sofort wies Zhao Dan den Li Jingshen an, mein Wirt zu sein und mich als seinen Gast zu behandeln.

Dann fragte ich, was es mit den Töchtern auf sich habe.

‚Die drei Mädchen wohnen in einem Raum innerhalb des Hauptgebäudes meines Anwesens', sagte Li Jingshen. ‚Jeden Abend schminken und putzen sie sich. Nach Eintritt der Dämmerung gehen sie in ihre Kammer und löschen das Licht. Man hört dann, wie sie heimlich mit jemandem sprechen und lachen. Bei Tagesanbruch schlafen sie dann so fest, daß sie nur aufwachen, wenn man sie weckt. Von Tag zu Tag werden sie dünner, doch sie bringen keinen Bissen hinunter. Gebietet man ihnen aber Einhalt und läßt sie sich nicht herausputzen, dann wollen sie sich erhängen oder in den Brunnen springen. Ich weiß nicht, was ich mit ihnen machen soll.'

‚Zeigt mir doch einmal, wo ihre Kammer ist', sagte ich zu Li Jingshen.

Die Kammer hatte in ihrer Ostwand ein Fenster. Ich nahm an, die Tür sei fest verschlossen und nur schwer zu öffnen. Daher schnitt ich bei Tage vier der Stäbe vom Gitterwerk des Fensters durch und stützte sie so ab, daß es aussah wie zuvor.

Nach Sonnenuntergang teilte mir Li Jingshen mit, daß sich die Mädchen geputzt hätten und in die Kammer gegangen seien. Zur Zeit der ersten Nachtwache belauschte ich sie: Sie sprachen und lachten ganz natürlich. Ich zog die Stäbe des Gitterwerks heraus, nahm den Spiegel, stieg in die Kammer und richtete ihn auf die Mädchen. Alle drei riefen zugleich: ‚Man tötet unsere Männer!‘

Zuerst konnte ich gar nichts sehen. Ich hängte den Spiegel auf und wartete bis zum Morgen. Da sah ich ein Wiesel, das vom Kopf bis zum Schwanz einen Chi und drei bis vier Cun lang war; es hatte weder Haare noch Zähne. Dann war da eine alte Ratte, die ebenfalls weder Haare noch Zähne hatte. Sie war fett und groß und mochte so an die fünf Jin wiegen. Schließlich war da ein Gecko, der die Größe der Hand eines Menschen hatte. Sein Körper war mit Schuppen bedeckt und schillerte in allen fünf Farben. Am Kopf trug er zwei Hörner von etwa einem halben Cun Länge. Sein Schwanz war länger als fünf Cun, und die Schwanzspitze war weiß. Alle drei Tiere lagen tot vor einem Loch in der Wand. Die Mädchen aber waren von Stund an geheilt.

Danach reiste ich auf der Suche nach der Wahren Erkenntnis in das Lushan-Gebirge, wo ich mehrere Monate lang umherzog: Bald verweilte ich in alten Wäldern, bald lagerte ich mich auf Wiesen unter freiem Himmel. Tiger und Leoparden zeigten sich unablässig, Wölfe folgten einer dem anderen, doch sobald ich den Spiegel erhob und ihn auf sie richtete, verkrochen sie sich alle.

Im Lushan-Gebirge lebte der Eremit Su Bin, ein Gelehrter von ungewöhnlichen Kenntnissen. Er hatte die Gesetze der ‚Wandlungen‘ gründlich studiert, er kannte alles Vergangene und wußte um die Zukunft. Er sagte zu mir: ‚Die beseelten Dinge, die es auf der Welt gibt, bleiben nie lange unter den Menschen. Jetzt herrscht in der Welt Unordnung, und man sollte sich nicht unnötig an fremden Orten aufhalten. Noch habt Ihr diesen Spiegel und seid geschützt. Es wäre gut, wenn Ihr auf dem schnellsten Wege in Eure Heimat zurückkehrtet.‘ Ich glaubte seinen Worten und machte mich sofort in Richtung Norden auf den Weg.

Als ich in das Gebiet nördlich des Gelben Flusses gelangt war, erschien mir eines Nachts der Spiegel im Traum und sagte: ‚Ich bin von Eurem Bruder sehr ehrenvoll behandelt worden. Jetzt muß ich die Welt der Menschen verlassen und weit fortgehen. Daher möchte ich mich von ihm verabschieden. Kehrt bitte bald nach Chang'an zurück!‘ Das habe ich ihm im Traum zugesagt.

Als ich am Morgen im stillen darüber nachdachte, bekam ich plötzlich Herzklopfen. Sofort machte ich mich auf den Heimweg in Richtung Westen. Nun stehe ich hier vor dir und habe mein Versprechen eingehalten. Ich fürchte nur, auch du wirst dieses magische Gerät nicht halten können.“

Einige Monate später kehrte Wang Ji nach Hedong zurück.

Am fünfzehnten Tag des siebenten Monats im dreizehnten Jahr der Periode „Großes Werk“, im Jahre 617, ertönte ein trauriges Stöhnen aus der Schatulle. Es war ein zarter, ferner Laut, der allmählich stärker wurde, bis er wie das Schreien eines Drachen oder das Brüllen eines Tigers klang. Er währte sehr lange. Dann verstummte er. Wang Du öffnete die Schatulle und schaute hinein. Der Spiegel war verschwunden.

Wei Gao und die Sklavin Jadeflöte

Wei Gao, der Militärgouverneur von Xichuan, hielt sich in seiner Jugend im Gebiet von Jiangxia auf. Dort wohnte er im Hause des Präfekten Jiang. Der kleine Sohn der Familie Jiang, Jiang Jingbao, hatte bereits zwei klassische Schriften studiert. Er nannte Wei Gao zwar „älterer Bruder", doch begegnete er ihm mit einer Höflichkeit, wie sie dem Vater gebührt.

Jiang Jingbao hatte eine kleine Sklavin mit dem Namen „Jadeflöte". Sie war erst zehn Jahre alt. Für gewöhnlich ließ er sie dem älteren Bruder Wei zu Diensten sein, eine Aufgabe, der sie mit großem Eifer nachkam.

Eines Tages begab sich der Präfekt Jiang in die Hauptstadt, um sich um ein neues Amt zu bewerben. Seine Familienangehörigen aber begleiteten ihn nicht. Wei Gao zog um in den Toutuo-Tempel, und Jiang Jingbao schickte gelegentlich Jadeflöte zu ihm, damit sie für ihn sorge. Sie war nun älter geworden und hegte schon tiefere Gefühle für Wei Gao.

Um diese Zeit erhielt der Nachfolger des Herrn Jiang im Amte des Präfekten, Großrat Chen, von dem Onkel des Wei Gao einen Brief, in dem es hieß: „Mein Neffe Wei Gao hat sich lange als Gast in Eurer ehrenwerten Präfektur aufgehalten. Ich wünsche inständig, daß Ihr ihn nach Hause schickt, auf daß er seinen Eltern seine Aufwartung mache."

Nachdem der Präfekt den Brief zur Kenntnis ge-

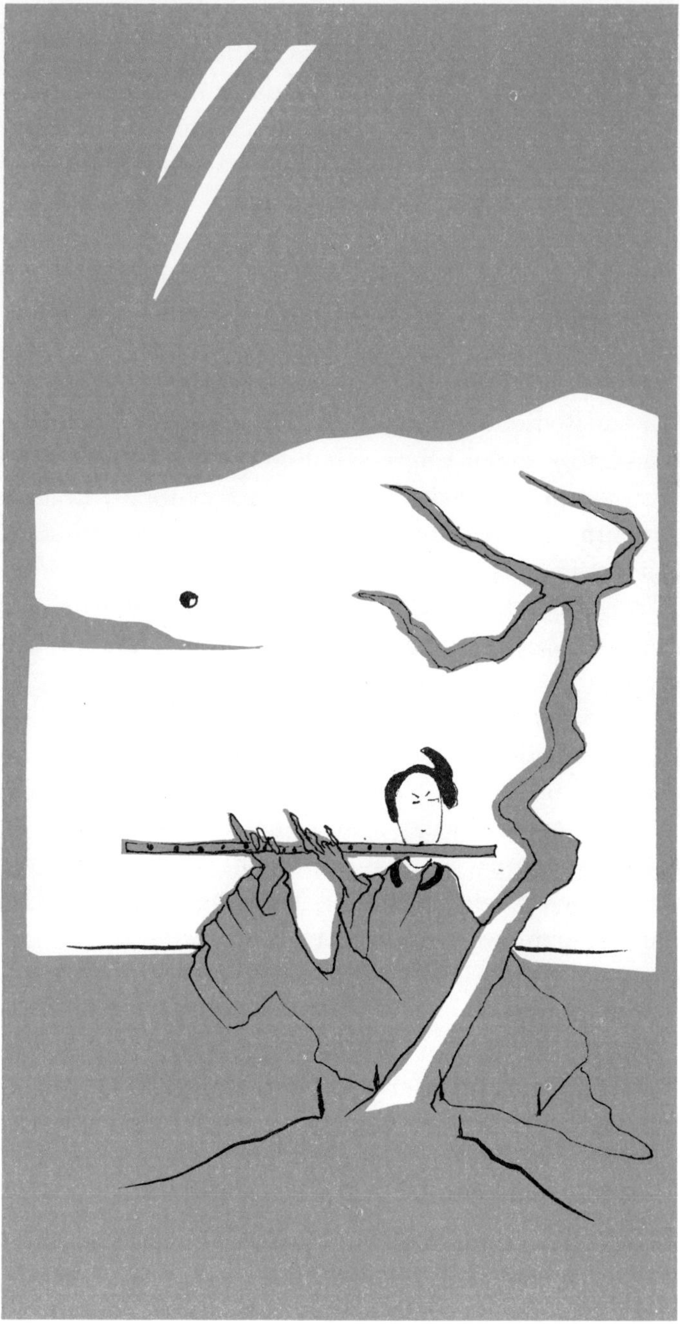

nommen hatte, stattete er Wei Gao mit einem Boot, mit Kleidung und mit allem Nötigen aus. Weil er aber befürchtete, Wei Gao werde sich länger verweilen, bat er ihn, Jadeflöte nicht noch einmal zu sehen.

Das Boot lag schon am Ufer des schnell dahinströmenden Flusses, da drängte er noch den Bootsmann, sich zu beeilen. Wei Gao aber wischte wie benommen die Tränen weg und schrieb einen Abschiedsbrief an Jiang Jingbao. Sofort eilte Jiang Jingbao zusammen mit Jadeflöte zu ihm. Sie waren gleichzeitig traurig und erfreut. Jiang Jingbao wollte Wei Gao die Sklavin zur Bedienung mit auf die Reise geben. Doch Wei Gao hatte seinen Eltern schon lange nicht mehr seine Aufwartung gemacht, und so wagte er nicht, sie mitzunehmen; er lehnte entschieden ab, versprach aber: „In wenigstens fünf, spätestens aber in sieben Jahren werde ich Jadeflöte nachholen." Und er hinterließ ihr einen jadenen Fingerring und schenkte ihr ein Gedicht.

Als er nach fünf Jahren nicht kam, betete Jadeflöte in aller Stille auf dem Papageieneiland. Zwei Jahre später, im Frühling des achten Jahres, seufzte sie: „Sieben Jahre sind es nun, seit der junge Herr Wei fortgegangen ist. Er wird wohl nicht wiederkommen!"

Fortan verweigerte sie die Nahrung und starb. Die Familie Jiang war von ihrer Haltung tief ergriffen. Sie steckten ihr den Jadering an den Finger und bestatteten sie damit.

Später wurde Wei Gao Militärgouverneur von Shu. Drei Tage nachdem er an seinem Amtssitz eingetroffen war, verhörte er Gefangene, um ungerecht Bestraften gemäß der Schwere oder Geringfügigkeit ihrer Vergehen zu ihrem Recht zu verhelfen. Es handelte sich um ungefähr dreihundert Leute. Unter ihnen war einer, der in mehreren Fesseln steckte. Er blickte verstohlen in die Halle und sprach zu sich selber: „Seine Exzellenz ist der ältere Bruder Wei von damals!“ Dann rief er laut:

„Euer Exzellenz! Euer Exzellenz! Erinnern sich Euer Exzellenz des Jingbao aus der Familie Jiang?“

„Und ob ich mich seiner erinnere!“ antwortete Wei Gao.

„Der bin ich!“

„Welches Verbrechen hast du denn begangen, daß du so schwer gefesselt bist?“

„Nachdem wir uns getrennt hatten, absolvierte ich die Klassikerprüfung und erhielt das Amt des Bezirksvorstehers von Qingcheng. Da verursachte jemand aus meinem Haushalt versehentlich einen Brand, dem die Amtsgebäude mit Nebengelaß und Inventar zum Opfer fielen.“

„Das Vergehen eines Haushaltsangehörigen kann gewiß nicht als Tat von einem selber gelten“, stellte Wei Gao fest.

Er sprach ihn von jeglicher Schuld frei und gab ihm seine Amtsinsignien zurück. Dann ersuchte er für Jiang Jingbao bei Hofe um das Amt des Präfekten von Meizhou. Doch als der Erlaß eintraf, in dem diesem Ersuchen stattgegeben wurde, ließ Wei Gao Jiang Jingbao sein Amt nicht antreten, sondern schickte einen Stellvertreter dorthin. Jiang Jingbao, angetan mit der seiner neuen Würde entsprechenden zinnoberroten Amtstracht, behielt er als Gast in seinem Gefolge.

Es war damals gerade die Zeit nach den großen Kriegswirren, und man war vollauf beschäftigt, die Ordnung wiederherzustellen. So fragte Wei Gao erst nach vielen Monaten, wo Jadeflöte sei. „An dem Abend, da Euer Exzellenz Boot schon am Ufer lag, hatten Euer Exzellenz ihr ein Versprechen gegeben“, sagte Jiang Jingbao. „Sieben Jahre lang hat sie gehofft. Als diese Zeit überschritten war und Euer Exzellenz nicht gekommen waren, hat sie die Nahrung verweigert und ist gestorben.“ Und er rezitierte das „Gedicht auf den zum Geschenk hinterlassenen Jadering“:

„Ein Zeisig brachte ihn vor vielen Jahren.
Zur Trennung schenke ich ihn meiner Schönen.
Und sollte sie sich einmal nach mir sehnen,
so bring er sie im Traum an meine Seite.“

Als Wei Gao dies hörte, seufzte er voller Trauer. Er ließ in großer Zahl Sutras abschreiben und Buddhabildnisse herstellen, um ihr ihre aufrichtige Treue zu vergelten. Doch sosehr er ihrer auch gedachte, es gab keinen Weg, sie wiederzusehen.

Damals lebte ein Eremit namens Zu, der die Künste eines Li Shaoweng beherrschte und Begegnungen mit Verstorbenen herbeiführen konnte. Er ließ Wei Gao sieben Tage lang fasten. In einer Nacht dann kam Jadeflöte. Sie dankte ihm. „Euer Exzellenz haben Sutras abschreiben und Buddhabildnisse herstellen lassen. Kraft dieser Taten werde ich in zehn Tagen wiedergeboren werden. Dreizehn Jahre später werde ich als dienendes Weib bei Euch sein und Euch Eure große Gnade vergelten!“ Beim Abschied lächelte sie und sagte: „So hat die Schwäche der Gefühle eines Mannes zwei Menschen durch den Tod getrennt!“

Wei Gao konnte wegen seiner früheren Verdienste in Longyou bis zum Ende der Regierungszeit des Kaisers Dezong in Shu im Amt bleiben. Eben wegen dieser Verdienste wurde er mit den Jahren noch mehrfach befördert und brachte es bis zum Präsidenten des Kaiserlichen Sekretariats. Das ganze Reich war ihm gewogen, und auch die Fremdvölker wandten sich ihm zu.

Wenn ihm an seinen Geburtstagen von den Militärgouverneuren gratuliert wurde, erhielt er die kostbarsten und seltensten Geschenke. Der Würdenträger Lu von Dongchuan schickte ihm einmal eine Musikantin, die noch keine sechzehn Jahre alt war und den Namen Jadeflöte trug. Wei Gao betrachtete sie: Sie war wirklich die Jadeflöte der Familie Jiang! An ihrem Mittelfinger hatte sie eine ringförmige Verdikkung, die genauso aussah wie der zum Abschied hinterlassene Jadering. „Jetzt weiß ich, was es bedeutet, lebendig oder tot zu sein!" seufzte Wei Gao. „Die eine ist gegangen, die andere ist gekommen. Die Worte von Jadeflöte haben sich bestätigt."

Ein Mensch als Tiger

Zhang Feng aus Nanyang machte am Ende der Periode „Keuscher Beginn", in den Jahren vor 805, auf einer Reise in den Süden in einem Gasthaus im Hengshan-Gebirge im Bezirk Futang der Präfektur Fuzhou Station. Der Tag neigte sich dem Abend zu. Es hatte gerade nach einem Unwetter aufgeklart, und die Bergwälder wirkten ganz frisch und waren von lieblichem Dunst umflort. Mit einem Stock in der Hand begab sich Zhang Feng auf einen Spaziergang, er betrachtete die Landschaft und entfernte sich unversehens immer mehr von seiner Unterkunft.

Plötzlich kam er an eine Wiese, die mit zartem Gras bestanden war und sich mehr als hundert Bu weit erstreckte. Das frische Grün entzückte ihn sehr. Neben der Wiese war ein kleiner Hain. Dort legte er seine Kleider ab, hängte sie an einen Baum und stellte seinen Stock daneben. Er warf sich ins Gras und wälzte sich hin und her. Er fühlte sich so wohl, daß er wie ein wildes Tier alle viere von sich streckte. Als er davon genug hatte und sich wieder erhob, war er zu einem Tiger geworden mit einem glänzenden gefleckten Fell. Als er die Schärfe seiner Krallen und Zähne und die Kraft seiner Brust und seiner Glieder betrachtete, wurde er sich bewußt, daß ihm nichts auf der Welt gewachsen sei. Da sprang er auf, lief über die Berge und durcheilte die Schluchten so schnell wie ein Blitz.

Spät in der Nacht packte ihn großer Hunger. Er

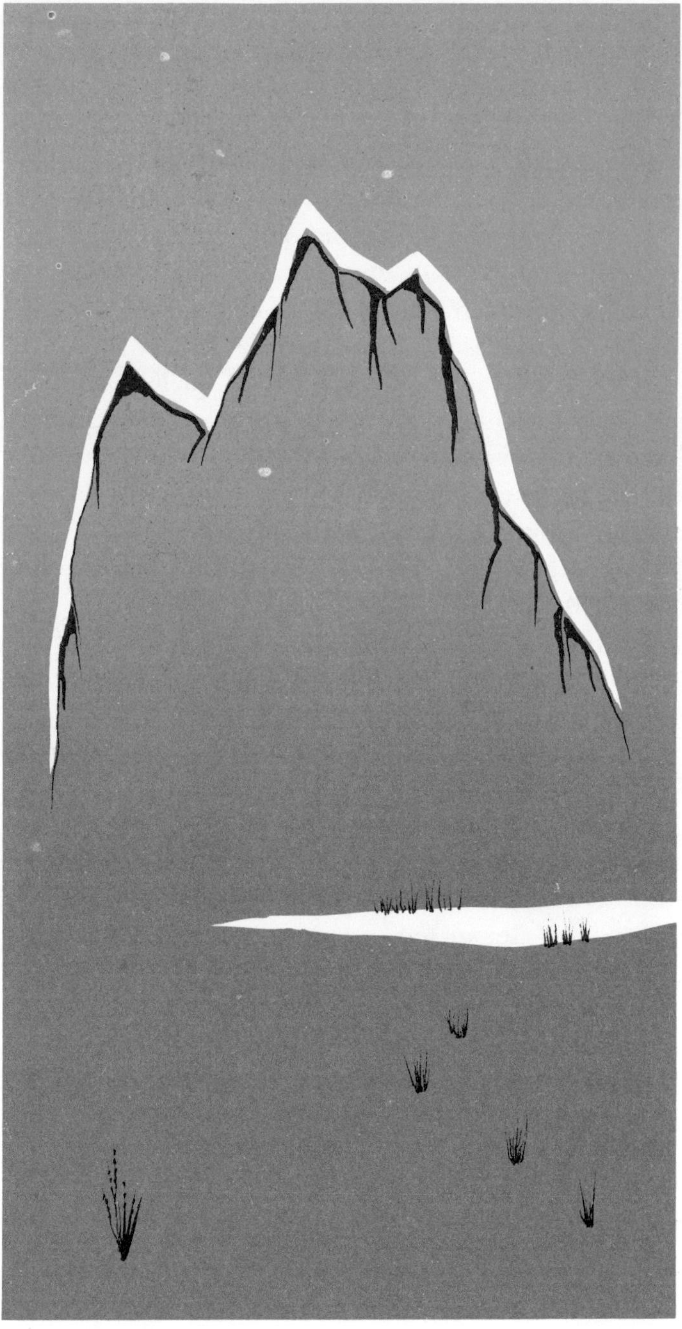

schlich sich an ein Dorf heran, doch es gelang ihm nicht, einen Hund, ein Schwein, ein Fohlen oder ein Kalb zu erwischen. Sein Geist verwirrte sich, und er war von dem Gedanken besessen, er müsse den Registrator Zheng aus der Präfektur Fuzhou fangen. So versteckte er sich am Rande der Straße.

Bald kamen von Süden her einige Leute des Wegs. Sie schienen Beamte zu sein, die den Registrator Zheng empfangen sollten, denn sie fragten einen anderen, der ihnen entgegenkam:

„Der Registrator Zheng Fan aus Fuzhou muß im nächsten Gasthaus von hier Station gemacht haben. Könnt Ihr uns sagen, wann er von dort aufgebrochen ist, um hierherzukommen?“

„Das ist mein Herr“, erwiderte der andere. „Ich hörte noch, wie er zum Aufbruch rüstete. Es wird nicht mehr lange dauern, bis er ankommt.“

„Kommt er allein, oder ist er in Begleitung?“ fragten die Beamten. „Wir möchten nämlich bei der Begrüßung keinen Fehler machen.“

„Sie sind zu dritt“, antwortete der andere. „Ihr erkennt ihn aber an seinem dunkelgrünen Gewand.“

Zhang Feng war Zeuge dieser Unterhaltung, und die genauen Fragen schienen wie für ihn selbst gestellt. Da er nun genau Bescheid wußte, schmiegte er sich noch tiefer in sein Versteck und wartete ab.

Bald darauf traf der Registrator Zheng Fan mit einem großen Gefolge ein. Er trug ein grünes Gewand, war sehr dick und kam würdevoll daher. Als er nahe bei Zhang Feng war, sprang dieser auf ihn zu, packte ihn und lief mit ihm den Berg hinauf. Da es noch dunkel war, wagte keiner, ihn zu verfolgen, und so konnte er den Registrator in aller Ruhe auffressen. Nur Haare und Gedärm ließ er übrig.

Dann streifte er wieder durch die Wälder, doch er fühlte sich so ohne Gesellschaft einsam. Plötzlich dachte er: Ich bin doch eigentlich ein Mensch. Wieso finde ich Gefallen daran, als Tiger hier in der Tiefe der Berge eingeschlossen zu sein? Vielleicht sollte ich lieber an den Ort meiner Verwandlung zurückkehren?

So machte er sich auf die Suche nach der bewußten Stelle. Am Abend fand er endlich den Ort. Seine Kleider hingen noch dort, der Stock stand daneben, und auch das grüne Gras hatte sich nicht verändert. Er legte sich wieder hinein und wälzte sich hin und her. Als er genug davon hatte und sich erhob, hatte er wieder menschliche Gestalt angenommen. Er zog seine Kleider an, nahm den Stock und kehrte zurück.

Von dem Zeitpunkt an, da er fortgegangen war, bis zu seiner Rückkehr war ein voller Tag verstrichen. Seine Diener waren zunächst sehr erschrocken gewesen, daß Zhang Feng verschwunden war. Einige hatten sich in der Nachbarschaft nach ihm erkundigt, andere hatten gesagt, sie wollten in die Berge gehen und dort die Wege absuchen. Doch sie hatten keinerlei Spur von ihm entdeckt.

Als er nun ankam, waren sie ebenso überrascht wie erfreut und fragten ihn, warum er erst jetzt käme.

„Durch Zufall habe ich auf der Suche nach einer Bergquelle eine Einsiedelei gefunden“, log Zhang Feng. „Mit den Einsiedlern habe ich über die buddhistische Lehre geplaudert und gar nicht gemerkt, wie die Zeit verging.“

„Heute früh ist hier in der Nähe ein Tiger aufgetaucht und hat den Registrator Zheng Fan aus Fuzhou gefressen“, erklärten die Diener. „Man konnte nicht einmal mehr Reste von ihm aufspüren. In den Bergen gibt es seit jeher viele wilde Tiere. Deshalb sollte man nie allein gehen. Weil Ihr nicht zurückkehrtet, waren wir sehr in Sorge. Nun freuen wir uns, daß nichts passiert ist und daß Ihr wohlbehalten wieder eingetroffen seid."

Nach diesem Vorfall setzte Zhang Feng seine Reise fort.

Im sechsten Jahr der Periode „Ursprüngliche Harmonie", im Jahre 811, kehrte er einmal in einem Gasthaus in Huaiyang ein. Die Angestellten des Hauses richteten für die Gäste ein Bankett aus, auf dem einer der Gäste den Vorschlag machte: „Laßt uns der Reihe nach merkwürdige Geschichten erzählen, die wir selbst erlebt haben! Und jeder, dessen Geschichte nicht merkwürdig ist, muß zur Strafe einen Becher trinken."

Als die Reihe an Zhang Feng kam, erzählte er den Vorfall vom Hengshan-Gebirge. Am Ende der Tafel saß ein Kandidat namens Zheng Xia. Er war der Sohn des Registrators Zheng Fan. Mit zornigem Blick sprang er auf, ergriff ein Messer und machte Anstalten, Zhang Feng zu töten, wobei er rief, er wolle seinen Vater rächen. Die Leute trennten die beiden, doch Zheng Xias Zorn legte sich nicht, so daß man die Sache vor den Präfekten bringen mußte. Der ließ Zheng Xia an das andere Ufer nach Huainan bringen und wies die Furtaufseher an, ihn nicht wieder herüberzulassen.

Zhang Feng reiste nach Westen und änderte seinen Namen, um Zheng Xia zu entgehen. Jemand meinte dann zu Zheng Xia, ein am eigenen Vater begangenes Unrecht dürfe zwar nicht ungerächt bleiben, doch dieses Unrecht sei kein vorsätzlicher Mord gewesen. Wenn Zheng Xia den Zhang Feng umgebracht hätte, wäre er selber belangt worden. Da ließ Zheng Xia von seinen Racheplänen ab und zog sich in die Einsamkeit zurück.

Rotfaden

Rotfaden war eine Sklavin von Xue Song, dem Militärgouverneur von Luzhou. Sie konnte gut Laute spielen und kannte sich in den Klassikern und Historikern aus. Xue Song ließ sie seine Akten verwalten und nannte sie seinen „Inneren Sekretär".

Einmal, als die Truppe ein großes Bankett veranstaltete, sagte Rotfaden zu Xue Song:

„Der Ton der Trommel klingt sehr traurig – den Trommelspieler drücken sicher irgendwelche Sorgen."

Xue Song, der etwas von Musik verstand, antwortete: „Du hast recht", ließ den Mann herbeirufen und befragte ihn. Der sagte, seine Frau sei letzte Nacht gestorben, er habe aber nicht gewagt, um Beurlaubung zu bitten. Sofort schickte Xue Song ihn nach Hause.

Zu jener Zeit, nach der Periode „Höchste Tugend" (756/57), herrschten im Gebiet nördlich und südlich des Gelben Flusses Unruhen. Kurz zuvor war das Militärgouvernement Zhaoyi gebildet worden mit Sitz in Fuyang, und Xue Song hatte den Befehl erhalten, es zu verteidigen und im Gebiet östlich der Berge für Ruhe zu sorgen. Dieser Posten war im Gefolge der ständigen Kämpfe geschaffen worden, und der Hof befahl nun Xue Song, seine Tochter mit dem Sohn des Militärgouverneurs von Weibo, Tian Chengsi, und seinen Sohn mit der Tochter des Militärgouverneurs von Huazhou, Linghu Zhang, zu verheiraten.

So waren die drei Gouvernements verwandtschaftlich miteinander verbunden, und zwischen ihnen entwikkelte sich ein regelmäßiger Verkehr.

Tian Chengsi litt ständig an einer eitrigen, fieberhaften Hauterkrankung, die im Sommer besonders heftig auftrat. Dann pflegte er zu sagen: „Wenn ich mein Hauptquartier westwärts in die Berge verlegen und mich der dort herrschenden Kühle erfreuen könnte, würde ich wohl ein paar Jahre länger leben." Um dieser Absicht zu entsprechen, wählte er aus seiner Truppe dreitausend Mann aus, die zehnmal so tapfer waren wie andere. Er nannte sie seine „Söhne" und umsorgte sie besonders. Dreihundert von ihnen ließ er allnächtlich bei seinem Präfekturgebäude Wache halten. Er bestimmte einen günstigen Tag, an dem er Luzhou einnehmen wollte.

Als Xue Song davon erfuhr, verfiel er in düstere Stimmung, die Tag und Nacht anhielt. Er seufzte und führte Selbstgespräche, fand aber keinen Ausweg.

Eines Abends – das äußere Tor war schon geschlossen – ging er, auf seinen Stock gestützt, im Hofe auf und ab. Nur Rotfaden begleitete ihn. Sie sagte:

„Seit einem Monat, mein Gebieter, findet Ihr keine Ruhe zum Essen und Schlafen. Irgend etwas bedrückt Euch. Ist es vielleicht das Nachbargouvernement?"

„Es ist etwas, was meine Sicherheit betrifft", antwortete er, „aber du verstehst davon nichts."

„Wenn ich auch niederen Standes bin", erwiderte sie, „so kann ich doch Eure Sorgen vertreiben."

Darauf erzählte ihr Xue Song die ganze Geschichte und sagte schließlich:

„Ich habe das Werk meiner Vorfahren übernommen und die Gnade unseres Staates empfangen. Wenn ich jetzt plötzlich mein Gebiet verliere, dann habe ich die Verdienste von Jahrhunderten verspielt."

„Die Sache ist ganz einfach“, entgegnete Rotfaden, „und nicht wert, Euch deswegen Sorgen zu machen. Erlaubt mir bitte, nach Weibo zu gehen, um die Lage zu ergründen und zu sehen, ob es wirklich an dem ist. Wenn ich heute zur Zeit der ersten Nachtwache aufbreche, kann ich zur dritten Nachtwache wieder zurück sein. Gebt mir bitte ein schnelles Pferd, händigt mir eine Legitimation aus und wartet mit allem übrigen, bis ich wieder zurück bin.“

„Ich wußte nicht, daß du ein übernatürlicher Mensch bist“, rief Xue Song verwundert aus, „wie bin ich doch blind! Doch wenn die Sache nicht gelingt, sondern das Unheil im Gegenteil noch beschleunigt wird, was dann?“

„Diese Sache kann nicht mißlingen“, antwortete Rotfaden und begab sich in ihr Zimmer, um sich fertigzumachen. Ihr Haar flocht sie zu einem Zopf, wie ihn die Wuman-Barbaren tragen, und steckte ihn mit goldenen Phönixnadeln fest. Sie zog ein kurzes Kleid mit Purpurstickereien und leichte Schuhe aus dunkelblauer Seide an. Im Busen versteckte sie einen Dolch mit einem Drachenmuster, und auf ihre Stirn schrieb sie den Namen „Geist des Großen Einen“. Dann verneigte sie sich zweimal und ging. Sie war sogleich verschwunden.

Xue Song schloß die Tür und setzte sich wie erstarrt nieder, den Rücken zur Kerze gewandt. Zu gewöhnlichen Zeiten genügten ihm, wenn er Wein trank, ein paar Schälchen, doch heute führte er den Becher mehr als zehnmal zum Munde, ohne betrunken zu werden. Plötzlich hörte er den langgezogenen Klang des Morgenhorns und das Sausen des Windes, der die Blätter der Bäume auf die taufeuchte Erde fegte. Erschrocken erkundigte er sich, was geschehen sei, und erfuhr, daß Rotfaden zurückgekehrt war.

„Ist alles gut gegangen?“ fragte er erfreut.

„Wie könnte ich es wagen, Eurem Befehl nicht gerecht zu werden!“ erwiderte Rotfaden.

„Und es hat keine Verletzten oder Toten gegeben?“

„So weit ist es nicht gekommen“, antwortete Rotfaden. „Ich habe nur eine goldene Dose vom Kopfende des Bettes mitgenommen, um ein Beweisstück zu haben.“ Und sie erzählte: „Eine Dreiviertelstunde vor Mitternacht traf ich in Weibo ein. Ich ging durch mehrere Tore, bis ich zum Schlafgemach kam. In dem Gang davor war das Schnarchen ‚seiner Söhne‘ wie Donnergrollen zu hören. Soldaten des Hauptquartiers schritten in dem Gang, der den Hof umgibt, auf und ab und wechselten Zurufe. Ich öffnete die linke Tür und trat an den Bettvorhang heran. Dahinter erblickte ich Herrn Tian, der mit angezogenen Beinen fest schlief. Sein Kopf ruhte auf einer gemusterten Kopfstütze aus Rhinozerosleder. Den Haarknoten hatte er mit gelbem Krepp umwunden. Unter der Kopfstütze schaute ein Siebengestirnschwert hervor, und vor dem Schwert stand eine geöffnete goldene Dose, in die sein Geburtsdatum und der Name ‚Sterngeist des Großen Wagens‘ eingraviert waren. Sie enthielt duftende Spezereien. Er, der von seinem Hauptquartier aus seine Macht zur Schau zu stellen pflegt und dessen einzige Sorge darin besteht, daß Zeit seines Lebens alles nach seinem Willen gehen möge, träumte nun hier in seinem innersten Gemach und ahnte nicht, daß sein Leben einzig von mir abhing. Doch seiner Person brauchte ich nicht habhaft zu werden – es genügte, ihn in seiner Seele zu treffen. Die Kerzen waren niedergebrannt, und im Räucherkessel glühte nur noch die Asche. Das Gefolge war ringsherum verteilt, und alles starrte von Waffen. Manche lehnten mit dem Kopf an einem Wandschirm und schnarchten, andere lagen ausgestreckt da, Tücher oder Fliegenwedel in den Händen. Ich nahm ihnen Haarnadeln und Ohrschmuck ab und knotete ihre Kleider zusammen, doch sie waren wie benommen, und keiner merkte etwas. Dann griff ich die goldene Dose und machte kehrt. Als ich das Westtor der Stadt Weizhou hinter mir hatte, kam ich nach etwa zweihundert Li an die Stelle, wo die Terrasse des Bronzenen Phönix hoch aufragt und der Zhang-Fluß ostwärts strömt. Der Morgenwind begann sich zu regen, und die Mondsichel verschwand hinter dem Wald. Auf der Hinreise war ich voller Sorge gewesen, doch nun freute ich mich, zurückkehren zu können, und hatte die Mühen der Reise sofort vergessen. Mich hatte der Gedanke beseelt, Eure Wohltaten zu vergelten, und nun war ich dankbar, die Gelegenheit dazu gehabt zu haben. In der Zeitspanne von drei Nachtwachen habe ich hin und zurück siebenhundert Li zurückgelegt und fünf oder sechs Mauern überwunden, um in ein gefährliches Gebiet zu gelangen. Ich hoffe, die Sorgen meines Herrn verringert zu haben, doch nie würde ich wagen, von Mühen zu sprechen."

Sogleich schickte Xue Song einen Boten zu Tian Chengsi mit einem Brief, in dem es hieß: „Letzte Nacht kam ein Fremder aus Weibo hierher, der sagte, er hätte neben Eurem Kopf eine goldene Dose gefunden. Ich bin nicht so vermessen, sie zu behalten, und sende sie Euch ergebenst zurück."

Der Sonderbote eilte fort und traf um Mitternacht ein. Man suchte gerade nach der goldenen Dose, und die ganze Truppe war in Sorge. Der Bote klopfte mit der Reitpeitsche ans Tor und bat, trotz der unpassenden Zeit Tian Chengsi sehen zu dürfen. Der kam sofort heraus, und der Bote übergab ihm die goldene Dose. Als Tian Chengsi sie entgegennahm, fiel er vor Schreck in Ohnmacht.

Der Bote wurde im Hause untergebracht, man veranstaltete eigens für ihn ein Bankett und überhäufte ihn mit Geschenken. Am nächsten Tag erhielt er noch dreißigtausend Rollen Seidenstoff, zweihundert erlesene Pferde und andere Geschenke – all das sollte er Xue Song übergeben, zusammen mit folgendem Schreiben: „Daß ich noch am Leben bin, verdanke ich Eurer Gnade. Nun geziemt es mir, meinen Fehler einzusehen und mich zu bessern, damit ich mir nicht noch einmal solche Sorgen zu machen brauche. Ich werde mich nur noch nach Euren Weisungen richten und mich nie wieder unterstehen, mich Euch gegenüber als Gleichrangiger aufzuspielen. Wenn Ihr zum Feldzug ausrückt, will ich die Nachhut bilden, und wenn Ihr zu mir kommt, will ich Euch als erster entgegengehen. Die Untergebenen, die ich für besondere Dienste eingesetzt hatte und meine ‚Söhne' nannte, dienten nur zur Abwehr von Räubern, ich hegte mit ihnen keine unlauteren Absichten. Ich habe sie ihre Waffen ablegen lassen und nach Hause geschickt."

Innerhalb von ein, zwei Monaten wurde der Verkehr zwischen den Gebieten nördlich und südlich des Stromes wieder normal. Rotfaden aber wollte fortgehen. Doch Xue Song sagte zu ihr:

„Du bist in meinem Hause geboren, und wo willst du hin? Außerdem brauche ich dich. Wie kannst du da von fortgehen reden?"

„In meinem früheren Leben", erklärte Rotfaden, „war ich ein Mann. Ich zog in der Gegend umher und half den Menschen, wenn sie an Krankheiten litten, denn ich hatte das Kräuterbuch des Heiligen Landmanns studiert. Einmal war in einem Dorf eine schwangere Frau an einer Vergiftung erkrankt. Ich hieß sie Seidelbastwein trinken, und die Frau ist mit den Zwillingen, die sie im Leibe trug, gestorben. So habe ich auf einen Schlag drei Menschen getötet. Die Mächte der Unterwelt haben mich dafür bestraft: Sie haben mich zur Frau bestimmt. Nun muß ich als Geringe und Abhängige leben, und mein Geschick liegt bei den Kometen. Zum Glück bin ich in Eurem Hause geboren, vor nunmehr neunzehn Jahren. Mein Körper ist bis zum Überdruß in Seidenstoffe gehüllt, und mein Mund hat jeglichen Wohlgeschmack gekostet. Ihr behandelt mich mit wachsender Gunst und erweist mir die höchsten Ehren. Gerade jetzt, da im Staate die Tugend oberstes Regierungsprinzip ist und grenzenlose Beglückung herrscht, wollte jener den himmlischen Verhaltensnormen zuwiderhandeln. Diesem Übel mußte vorgebeugt werden. Gestern bin ich nach Weibo gegangen, zum Zeichen, daß ich Euch Eure Gnade vergelte. So sind beide Gebiete un-

versehrt geblieben, und Zehntausende Menschen konnten am Leben bleiben. Jenen unbotmäßigen Staatsdiener habe ich das Fürchten gelehrt, und seine Truppen halten sich zurück. Für mich als Frau ist das kein kleines Verdienst. Ich habe dadurch mein früheres Vergehen gesühnt und kann wieder meine ursprüngliche Gestalt annehmen. Ich werde nun diese Welt des Staubes verlassen, mein Sinnen auf jenseitige Dinge richten, mich vollständig läutern und ewig jung bleiben."

„Wenn du wirklich gehen willst", erwiderte Xue Song, „so werde ich dir tausend Goldbarren geben, damit du als Eremitin leben kannst."

„Dies betrifft die jenseitige Welt, wie solltet Ihr für mich Pläne machen können?" lehnte Rotfaden ab.

Xue Song sah ein, daß er sie nicht halten konnte. Er richtete für sie ein großes Abschiedsmahl aus, zu dem er alle seine Freunde einlud. Die ganze Nacht hindurch wurde in der Haupthalle gefeiert. Dann verabschiedete Xue Song Rotfaden mit einem Lied, zu dem einer seiner Gäste, ein gewisser Leng Chaoyang, auf seine Bitte diesen Text verfaßt hatte:

Die Weise vom Pflücken der Wassernuß
stimmt traurig beim Aufbruch des Reiseboots.
Und uns hier beim Abschied im Pavillon
vergeht fast die Seele vor Trennungsschmerz:
als wollte die Göttin vom Luo-Fluß
entschwinden im wallenden Nebelsog –
uns bleibt nur der ewige Wasserlauf
hier unter dem endlosen Himmelszelt.

Als das Lied verklungen war, konnte Xue Song seine Trauer nicht mehr bezwingen. Rotfaden verneigte sich unter Tränen. Dann tat sie so, als wäre sie betrunken, und verließ die Gesellschaft. Seitdem blieb sie verschwunden.

Herr Bao und der Dorfgewaltige

Der frühere Justizminister Li Xun war eine Zeitlang Überwachungskommissar in Zhedong. Von Natur aus war er gutherzig, er sorgte sich um das Volk und hielt die Beamten im Zaum.

In seinem Verwaltungsdistrikt gab es einen Herrn Bao, ehemals Bezirkshauptmann von Zhuji, der nach Beendigung seiner Amtszeit in dem Bezirk wohnen blieb. Herr Bao verkehrte mit einem Mann aus dem Volk, der als Dorfgewaltiger ziemlichen Einfluß hatte. Dessen Familie war sehr reich. Dieser Dorfgewaltige hatte es sich zur Regel gemacht, jedesmal, wenn er neue Delikatessen oder Früchte hatte, etwas davon Herrn Bao zu schicken.

Plötzlich aber erkrankte die Frau von Herrn Bao, sie hatte Herz- und Magenbeschwerden. Mit einem Schlage wurde ihr Zustand ernst und besorgniserregend. Alle, die sie sahen, meinten, es handele sich um eine Parasitenvergiftung. Und als man nach der Ursache forschte, stellte sich heraus, daß die Frau krank geworden war, weil sie kürzlich die Früchte gegessen hatte, die der Dorfgewaltige gesandt hatte. Es hieß, im Hause des Dorfgewaltigen züchteten sie Parasiten, und damit hätten sie nach und nach schon viele Menschen umgebracht.

Herr Bao fragte:

„Was kann man denn dagegen tun?"

„Diejenigen, die dieses Gift züchten, können es auch unwirksam machen", wurde ihm geantwortet.

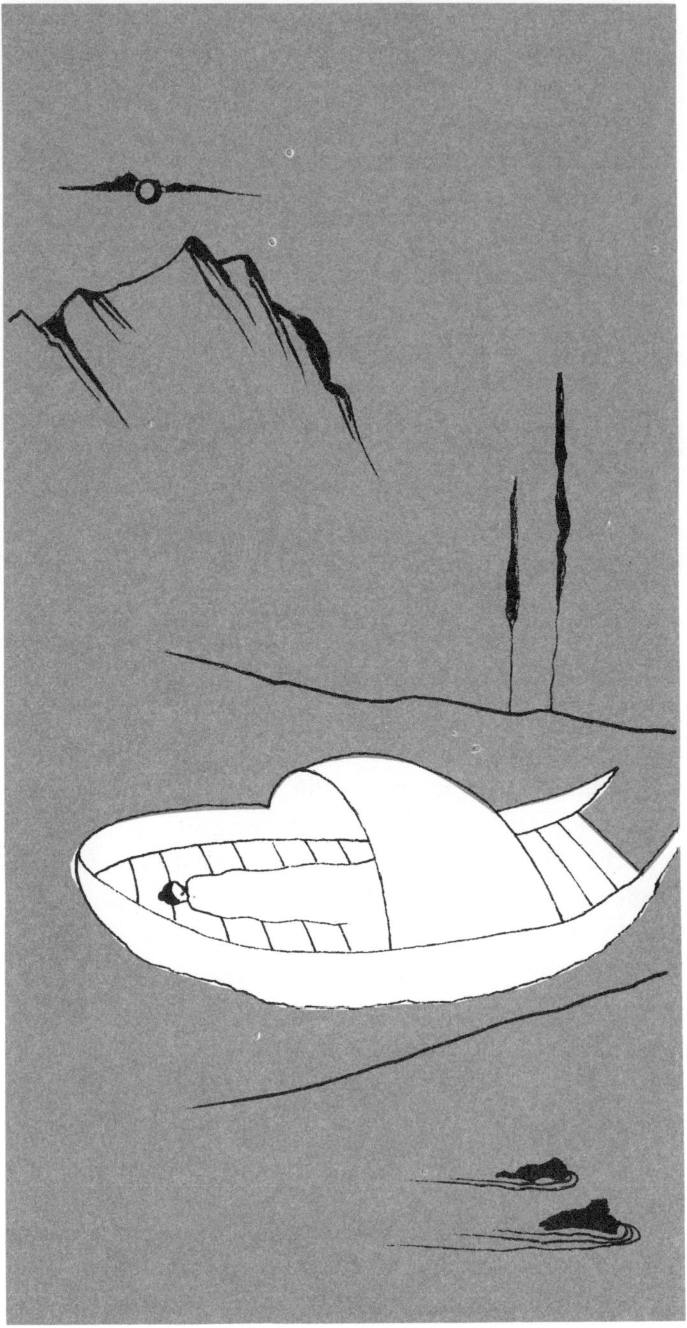

„Der Herr Bezirkshauptmann sollten jetzt schnell die Frau Gemahlin zu ihm führen und ihn um Hilfe bitten. Ein anderes Mittel gibt es nicht.“

Herr Bao mietete sogleich ein Boot und fuhr mit seiner Frau zu dem Dorfgewaltigen. Es waren nur etwas mehr als hundert Li, und am nächsten Tage waren sie schon dort.

Der Dorfgewaltige hatte aber bereits davon erfahren und fürchtete, die Angelegenheit mit dem Gift könne herauskommen. Deshalb war er sehr erbost.

Als das Boot des Herrn Bao angelangt war, stieg dieser zuerst ans Ufer. Er war in offizieller Kleidung und hatte vor, den Dorfgewaltigen förmlich anzuflehen. Der aber hatte sich mit einem Dutzend Knechte in einem Hinterhalt verborgen, wo sie die Ankunft des Herrn Bao erwarteten. In leichten Schuhen und gestützt auf einen Ballschläger, führte er seine Leute an und kam mit ihnen aus dem Versteck hervor. Herr Bao aber hatte noch kein Wort gesagt, da überfiel der Dorfgewaltige ihn schon mit Schmähungen und brüllte los. Dann ließ er ihn auf den Boden zerren und schlug ihn Dutzende Male mit dem Ballschläger. Herr Bao konnte die Pein kaum ertragen.

Außerdem befahl der Dorfgewaltige einigen Frauen aus dem Dorfe, in das Boot zu steigen und die Gattin des Herrn Bao herauszuholen. Nachdem er sich ihres Krankheitszustandes vergewissert hatte, zog er sie am Kopf auf den Boden und demütigte sie auf das äußerste. Die Frau war schon lange schwach und krank, zudem war sie schwanger. Und als sie dann wieder im Boot war, starb sie. Herr Bao kam gerade noch mit dem Leben davon.

Herr Bao begab sich auf den Rückweg, und der Dorfgewaltige ruderte eilends in die Präfekturhauptstadt. Dort suchte er Li Xun auf und brachte seine Klage vor. Er behauptete, ein gewisser Bezirkshauptmann Bao sei, gestützt auf seinen früheren Posten, mit seiner Frau auf sein Gut gekommen, habe ihn unter falschen Beschuldigungen festgenommen und alles nach Geld durchwühlt. Über diese Ungerechtigkeit sei er äußerst entrüstet.

Li Xun wurde sehr böse. Sofort ließ er Leute, die mit Holzkragen und Fesseln ausgestattet waren, die Verfolgung aufnehmen.

Herr Bao war gerade heimgekehrt. Seine Frau hatte man noch nicht ins Leichengewand hüllen können. Er wollte erst das Ende der Zeremonien abwarten und dann in die Präfekturhauptstadt reisen, um die Angelegenheit zur Sprache zu bringen. Da trafen bereits in großer Eile die Boten ein. Herr Bao wurde in den Holzkragen gesteckt, in Fesseln gelegt und abgeführt.

Am selben Tage träumte der Hilfsbeamte beim Überwachungskommissar, ein Herr Dugu, während er in der Halle lag und schlief, von einer Frau, die kummervoll und bedrückt aussah, als hätte sie eine Klage vorzubringen. Mit beiden Händen überreichte sie ihm eine steinerne Tuschereibschale, und Herr Dugu nahm sie entgegen. Dabei war ihm sehr traurig zumute. Als er erwachte, sprach er darüber sogleich mit seinen Kollegen, und alle fanden diesen Traum recht merkwürdig.

Nach einer Weile traf Herr Bao ein. Li Xun befahl Dugu, ihn nach seinem Anliegen zu fragen. Als dieser nun Herrn Baos Klage hörte, stellte er fest: Der Wohnsitz von Herrn Bao war in dem Dorf „Steinerne Tuschereibschale". Der junge Mann war darüber höchst verwundert. Dann führte er Herrn Bao ins Innere des Amtsgebäudes und fragte ihn nach dem genauen Hergang. Unter Tränen berichtete Herr Bao ihm alles ausführlich. Herr Dugu fragte ihn nach dem Aussehen und dem Alter seiner Frau – es war die, die der junge Mann im Traum gesehen hatte. Er war zutiefst bewegt.

Wenige Tage später gestand auch der Dorfgewaltige alles. Nun wurde eine Anklageschrift verfaßt, die Li Xun zugestellt wurde. Auch der Dorfgewaltige wurde zu ihm gebracht. Li Xun aber war der Meinung, das Geständnis wäre falsch, und verurteilte Herrn Bao auf Grund der ersten Aussage des Dorfgewaltigen zu zehn Stockschlägen auf die Arme. Er ging davon aus, daß sich Herr Bao, gestützt auf seinen früheren Posten, eigenmächtig auf das Gut eines Mannes aus dem Volke geschlichen und dort alles durchwühlt habe. Den Dorfgewaltigen aber verurteilte er in Ansehung seiner früheren Stellung als Bezirksbeamter nur zur Zahlung von zwanzig Geldstücken. In dem Gefolge und unter den Gästen des Li Xun war keiner, der sich nicht bemüht hätte, den wahren Sachverhalt darzulegen, und auch der junge Mann Dugu kämpfte nach Kräften um die Richtigstellung der Angelegenheit, doch keiner konnte etwas erreichen.

Ein älterer Bruder der Frau des Herrn Bao lebte in Yangzhou und hörte dort von der Sache. Eilends überquerte er den Zhe-Fluß und suchte Li Xun auf. Unter Tränen setzte er ihm auseinander, wie seiner Schwester Unrecht geschehen und sie gestorben sei. Li Xun geriet darüber in großen Zorn. Er betrachtete dies als Einmischung eines Außenstehenden, verurteilte den Bruder zu zwanzig Stockschlägen auf den Rücken und ließ ihn außerhalb der Grenzen von Zhedong bringen. Im ganzen Gebiet südlich des Huai-Flusses gab es niemanden, der Li Xuns Entscheidungen nicht ungerecht und absonderlich genannt hätte. Der junge Mann Dugu bat danach unter dem Vorwand einer Krankheit um seine Entlassung.

Damals war der spätere Minister Meng Jian Präfekt von Changzhou. Er stand auch mit den Nachbargebieten in Verbindung und war mit der Angelegenheit wohl vertraut. Im Jahre nach dem Vorfall trat er die Nachfolge von Li Xun in dessen Amt als Überwachungskommissar von Zhedong an. Schon zuvor hatte er durch ein Schreiben veranlaßt, daß der ganze Haushalt des Dorfgewaltigen – mehr als zehn Personen – in einer Liste registriert wurde. Schon wenige Tage nachdem er eingetroffen war – Li Xun war noch nicht abgereist –, ließ er die ganze Familie des Dorfgewaltigen in der Präfekturstadt hinrichten. Herrn Bao entschädigte er reichlich mit Geld. Alle, die in den umliegenden Präfekturen davon hörten, waren darüber voller Freude.

Aufzeichnungen vom Inneren einer Kopfstütze

Im siebenten Jahr der Epoche „Erschließung und Beginn“, im Jahre 719, wanderte ein Daoist, der über magische Kräfte verfügte und der alte Lü genannt wurde, einen Weg nahe bei Handan entlang. In einem Gasthaus machte er Rast. Er nahm seine Kappe ab, löste seinen Gürtel und setzte sich mit seinem Beutel nieder.

Kurz darauf kam ein junger Mann desselben Weges. Es war der junge Lu. Er trug eine kurze Jacke, ritt auf einem schwarzen Pferdchen und war im Begriff, sich auf seine Felder zu begeben. Auch er kehrte in dem Gasthaus ein und nahm neben dem Alten Platz. Bald war zwischen den beiden ein lockeres, heiteres Gespräch im Gange.

Nach einer Weile betrachtete der junge Lu seine abgetragene Kleidung und seufzte:

„Wie widrig ist doch diese Welt, daß ein tüchtiger Mann wie ich in solcher Bedrängnis leben muß!“

„Nach Eurem Äußeren zu urteilen, seid Ihr weder arm, noch habt Ihr Sorgen“, erwiderte der Alte. „Eure Rede ist ausgewogen, und Ihr müßtet eigentlich zufrieden sein. Wieso beklagt Ihr Euch, daß Ihr in Bedrängnis lebt?“

„Ich führe doch nur ein nutzloses Leben, wie könnte da die Rede davon sein, ich müßte zufrieden sein?“

„Wenn bei Euch nicht die Rede davon sein kann, bei wem könnte dann die Rede davon sein?“

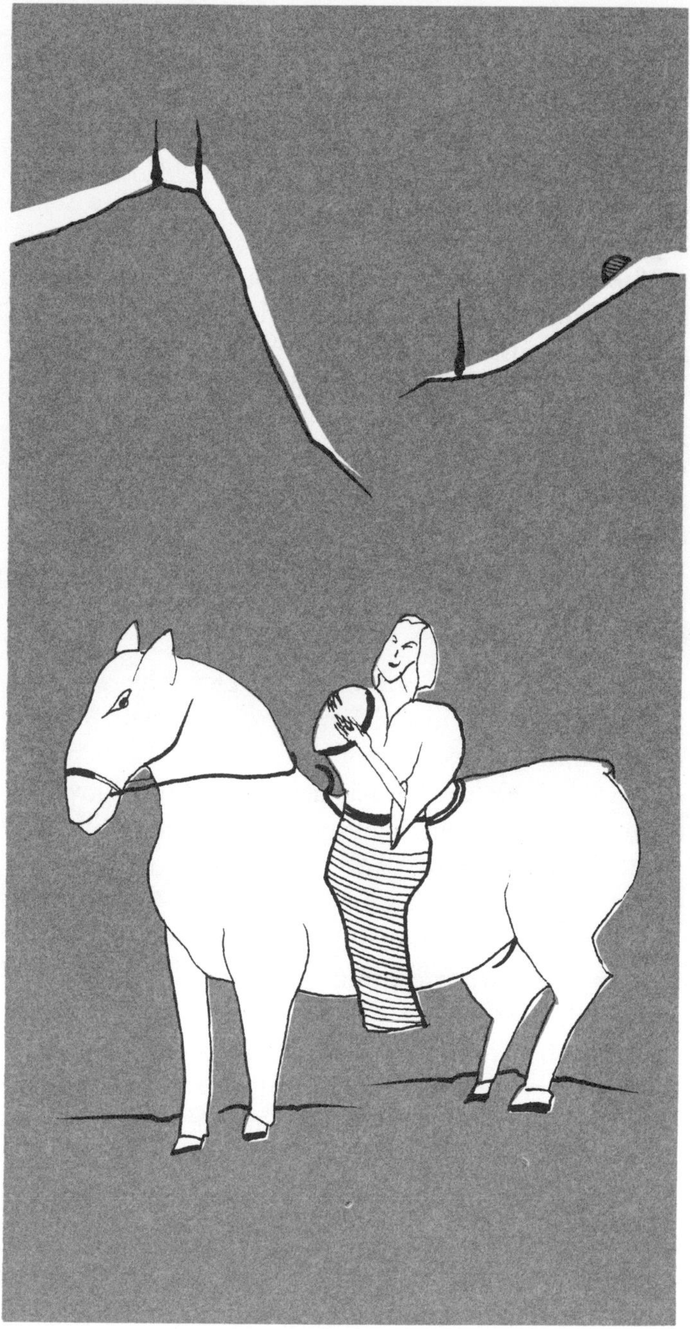

„Ein Mann sollte sich im Leben Verdienste erwerben und sich einen Namen machen“, erklärte der junge Mann. „Er müßte auswärts als General und in der Regierung als Kanzler dienen. Beim Essen müßte er die erlesensten Speisen genießen und dazu den mannigfaltigsten Klängen lauschen. Er müßte seine Sippe zur höchsten Blüte und seine Familie zum größten Reichtum führen. Erst dann kann die Rede davon sein, daß er zufrieden sein müßte. Ich habe mich einstmals der Studien befleißigt, mich ausgiebig in den Künsten geübt und geglaubt, zu gegebener Zeit die höchsten Ämter zu erlangen. Jetzt aber bin ich schon über die Dreißig hinaus und plage mich noch immer auf meinen Äckern. Wenn das nicht Bedrängnis ist, was ist es dann?“ Doch kaum hatte er diese Worte ausgesprochen, da wurden ihm die Augen schwer, und ihn überkam eine große Müdigkeit.

Der Wirt kochte gerade Hirse. Der Alte zog eine Kopfstütze aus seinem Beutel, gab sie dem jungen Mann und sagte: „Bettet Euer Haupt auf meine Kopfstütze! Sie wird Euch dazu verhelfen, Ehren zu erringen und zufrieden zu sein, wie es Euer Wille ist.“

Die Kopfstütze war aus hellblauem Porzellan und hatte an beiden Enden Löcher. Als der junge Mann nun seinen Kopf darauf legte, sah er, wie sich die Löcher langsam weiteten und wie es in ihrem Inneren ganz hell wurde.

Er erhob sich und ging durch die Löcher hindurch. Bald gelangte er zu seinem Heim. Nach wenigen Monaten heiratete er ein Mädchen aus der Sippe der Cui aus Qinghe. Das Mädchen war von großer Schönheit, doch ihr Vermögen war noch beträchtlicher. Den jungen Mann erfüllte beides mit großer Freude.

Seine Kleidung und seine Ausstattung gewannen nun von Tag zu Tag an Pracht. Im Jahre darauf stellte er sich der Jinshi-Prüfung und bestand sie. Daraufhin begann er als Textkollationierer in der Palastbibliothek seine Amtslaufbahn. Er nahm an einer Sonderprüfung teil und erhielt den Posten des Bezirkshauptmanns von Weinan. Dann verlieh man ihm nacheinander die Ämter eines Zensors, eines Kaiserlichen Sektretärs und eines Kaiserlichen Redakteurs. Nach drei Jahren ernannte man ihn zum Präfekten von Tongzhou, berief ihn aber bald zum Präfekten von Shanzhou.

Von seiner Veranlagung her interessierte er sich für öffentliche Bauvorhaben. So ließ er vom Westen von Shanzhou aus den Gelben Fluß über achtzig Li freigraben, um Durchlaß an Stellen zu schaffen, die bisher nicht passierbar waren. Den Menschen des Landes nützte er damit, und sie schrieben seine Taten auf eine Stele, um seine Tugend zu verewigen.

Dann erhielt er den Posten des Militärgouverneurs von Bianzhou, verbunden mit dem des Überwachungskommissars von Henan. Danach wurde er zum Präfekten der Hauptstadt berufen.

Zu jener Zeit stand der geistergleich kriegerische Kaiser in Auseinandersetzungen mit Barbarenvölkern, um die von diesen besetzten Gebiete zurückzuerobern. Die Tibeter Ximoluo und Zhulong Mangbuzhi hatten die Präfekturen Guazhou und Shazhou angegriffen und erobert. Der Militärgouverneur Wang Junchuo war dabei getötet worden. Im Gebiet zwischen dem Gelben Fluß und dem Huangshui tobten gewaltige Unruhen. Der Kaiser überlegte, wer wohl den Gegenangriff leiten könnte, und ernannte den jungen Lu zum Zensoratsvizepräsidenten und Militärgouverneur von Hexi. Der fügte den Barbaren eine schwere Niederlage zu, tötete siebentausend Feinde, drang neunhundert Li weit in das von ihnen besetzte Gebiet ein und errichtete drei große Festungen zum Schutz strategischer Punkte. Die Bewohner des Grenzgebietes stellten für den jungen Lu in den Bergen bei Juyan einen Gedenkstein auf, worauf seine Taten gepriesen wurden.

An den Hof zurückgekehrt, wurde er für seine Verdienste ausgezeichnet, und ihm wurden hohe Gnaden und Ehrungen zuteil. Er wurde zum Vizeminister im Ministerium der Beamten ernannt und dann zum Finanzminister und Zensoratspräsidenten befördert. Als unbestechlicher und mächtiger Mann genoß er großes Ansehen, und alle waren ihm von Herzen geneigt.

Doch die gerade regierenden Kanzler beneideten ihn. Sie setzten Gerüchte in Umlauf, um ihn in Mißkredit zu bringen, und erreichten, daß er zum Präfekten von Duanzhou degradiert wurde.

Drei Jahre später bekam der junge Lu den Posten eines Chefadministrators, und kurz darauf wurde er zum Kanzler ernannt. Gemeinsam mit den Präsidenten Xiao Song und Pei Guangting hielt er mehr als zehn Jahre lang die Regierungsgewalt in Händen. Dreimal am Tage nahm er allerhöchste Ratschlüsse und geheime Erlasse entgegen. Durch seine Ernennungen und Absetzungen und seine Ratschläge für den Herrscher erwarb er sich den Namen eines tüchtigen Kanzlers.

Seine Kollegen wollten ihn jedoch zugrunde richten. Wiederum wurde er verleumdet. Man behauptete, er habe sich mit Grenzgenerälen verschworen und plane eine Revolte. Auf Grund eines kaiserlichen Erlasses sollte er in den Kerker geworfen werden. Die Beamten erschienen mit ihren Bütteln in seinem Haus und wollten ihn eiligst festnehmen. Über diese unerwartete Wendung geriet der junge Lu in Aufregung und Schrecken. Er sagte zu seiner Frau und seinen Kindern: „Unsere Familie ist im Gebiet östlich der Berge zu Hause. Wir hatten fünf Qing guten Boden, genug, um weder Kälte noch Hunger leiden zu müssen. Wozu mußte ich mich um eine Amtskarriere bemühen? Nun ist es so weit gekommen! Wenn ich jetzt meine kurze Jacke anlegen und auf meinem schwarzen Pferdchen auf den Wegen nahe bei Handan umherziehen wollte, so könnte ich das gar nicht mehr."

Er zog sein Schwert und wollte sich töten. Doch seine Frau hinderte ihn daran, und er blieb am Leben. Seine angeblichen Komplizen wurden alle zum Tode verurteilt. Nur der junge Lu erlangte dank des Schutzes eines Eunuchen Strafmilderung: Er wurde nach Huanzhou verbannt.

Einige Jahre später erkannte der Kaiser, daß der junge Lu zu Unrecht verurteilt worden war. So ließ er ihn zurückrufen und gab ihm den Posten des Präsidenten des Kaiserlichen Sekretariats. Gleichzeitig belehnte er ihn als Fürsten von Zhao. Die Gunsterweisungen, die ihm zuteil wurden, waren außergewöhnlich.

Der junge Lu hatte fünf Söhne mit den Namen Jian, Chuan, Wei, Ti und Qi, und alle verfügten über große Fähigkeiten. Lu Jian bestand die Jinshi-Prüfung und wurde Unterstaatssekretär für die Beurteilung von Verdiensten, Lu Chuan erhielt den Posten eines Zensors, Lu Wei bekam das Amt eines Assistenten im Büro für Kaiserliche Opfer, Lu Ti wurde zum Bezirkshauptmann von Wannian ernannt, Lu Qi aber erlangte von ihnen das höchste Amt: Er wurde Kaiserlicher Rat zur Linken. Die Gemahlinnen der fünf Söhne stammten alle aus den vornehmsten Sippen des Reiches. Sie brachten dem jungen Lu mehr als zehn Enkel zur Welt.

So war nun der junge Lu zweimal in öde Grenzgebiete verbannt worden, und er war danach jedesmal wieder in höchste Ämter eingesetzt worden. Er hatte mehrfach zwischen dem Dienst in der Hauptstadt und dem in den Provinzen gewechselt, hatte viele hohe Ämter innegehabt und genoß jetzt im Alter von über fünfzig Jahren Pracht und Glanz.

Er liebte den Luxus und schätzte das Wohlleben. Die Musikantinnen und die Sklavinnen in seinen inneren Gemächern waren samt und sonders erstklassige Schönheiten. Nach und nach erhielt er unzählige Geschenke: Äcker, Häuser, schöne Mädchen und edle Pferde. In späteren Jahren ließ seine Lebenskraft nach, und er bat mehrmals darum, ihn von seinen Amtspflichten zu entbinden, doch wurde ihm dies nicht gewährt.

Dann erkrankte er. Die Reihe der Hofeunuchen, die zu ihm kamen und nach ihm sahen, riß nicht ab, und alles, was an berühmten Ärzten und erstklassigen Arzneien verfügbar war, wurde zu ihm geschickt. Als er sein Ende nahen fühlte, richtete er eine Denkschrift an den Kaiser, in der er schrieb:

„Euer Majestät Diener war ursprünglich ein gewöhnlicher junger Mann aus der Gegend östlich der Berge. Felder und Beete waren meine Vergnügung. Da ereilte mich das heilige Geschick: Ich fand Aufnahme in die Reihen der Amtsträger. Ich habe besondere Auszeichnungen empfangen, und Euer Majestät haben mich besonderer Gunstbeweise gewürdigt. In den Provinzen hielt ich Euer Majestät Fahnen empor, und in der Hauptstadt bin ich in höchste Ämter aufgestiegen. Im Wechsel von Außendienst und Dienst in der Hauptstadt vergingen viele lange Jahre. Ich bin beschämt ob Euer Majestät Gnade, habe ich doch nichts zu Eurem heiligen Werk beigetragen. Euer Majestät haben mich als geringen Mann auf hohem Posten gewähren lassen, und wie beim Gehen auf einer dünnen Eisdecke geriet ich stetig mehr in Sorge.

In Furcht von Tag zu Tag lebend, bin ich nun, ohne es zu merken, alt geworden. Jetzt habe ich mit über achtzig Jahren die höchsten Amtsposten erreicht. Die Uhr meines Lebens will stehenbleiben, mein Körper ist verfallen. Ich muß nun ausruhen, und binnen kurzem wird es mit mir zu Ende sein. Erfolge habe ich nicht aufzuweisen, Euer Majestät aber haben mir Ihren strahlenden Glanz geschenkt. Für nichts habe ich Euer Majestät große Gnade genossen und muß nun von Eurer heiligen Epoche auf ewig Abschied nehmen. Wenn ich fortan mit keinem Amt mehr betraut werden könnte, so würde ich dafür aufs höchste dankbar sein. Ergebenst reiche ich diese Denkschrift ein, um meinen Dank auszudrücken."

Der Kaiser antwortete in einem Erlaß:

„Auf Grund Deiner überragenden Tugend hast Du mir in höchsten Ämtern gedient. Im Außendienst sorgtest Du Dich um das Wohl der Provinzen, in der Hauptstadt wirktest Du zum Gedeihen des Reiches. Den Frieden von zwei Jahrzehnten – tatsächlich verdanken wir ihn Dir. In letzter Zeit erkranktest Du, aber täglich meinte ich, Du müßtest genesen. Wie sollte denn dies eine langwierige Krankheit sein? Man muß Dich nur mehr umsorgen. Jetzt habe ich dem Großgeneral Gao Lishi befohlen, in Deinem Hause zu bleiben und ständig nach Dir zu sehen. Unterzieh Dich allen ärztlichen Behandlungen und gib mir zuliebe auf Dich acht! Meine Wünsche sind ehrlich gemeint: Ich hoffe auf Deine Genesung!"

An diesem Abend starb der junge Lu.

Er gähnte, streckte sich und erwachte. Er stellte fest, daß er in dem Gasthaus lag. Der alte Lu saß an seiner Seite. Die Hirse, die der Wirt gerade kochte, war noch nicht gar. Alles war wie zuvor. Erschrocken erhob sich der junge Mann und rief:

„War das etwa nur ein Traum?"

„Die Begebenheiten des menschlichen Lebens sind nun einmal so", sagte der Alte zu ihm.

Der junge Mann saß eine Weile gedankenverloren da. Dann bedankte er sich:

„Den Wechsel von Gunst und Schmach, das Geschick in niedrigem und hohem Amt, die Grundsätze von Gewinnen und Verlieren, die Umstände von Leben und Tod – all das kenne ich nun. Damit habt Ihr mein Verlangen gestillt. Wie könnte ich wagen, diese Lehre nicht anzunehmen?"

Er verneigte sich mehrmals und ging fort.

Anhang

Nachwort

In der Geschichte der chinesischen Literatur gilt die Zeit der Tang-Dynastie, also der knapp drei Jahrhunderte von 618 bis 907, traditionell als das Goldene Zeitalter der klassischen chinesischen Dichtung, die in den Werken ihrer größten Meister wie Li Taibo (701–762), Du Fu (712–770), Bo Juyi (772–846) und vieler anderer ihren Höhepunkt, ja ihre Vollendung fand. In späteren Jahrhunderten mag noch manches Gleichwertige und auch manches Andersartige geschaffen worden sein – übertroffen wurden die dichterischen Leistungen der Tang-Dichter kaum.

Neben der Dichtung und in vielfacher Verknüpfung mit ihr machte in dieser Zeit aber noch eine andere Gattung der schöngeistigen Literatur eine bemerkenswerte Entwicklung durch, die zu einer ersten Blüte führte: die Erzählung oder „Novelle", chinesisch meist „chuanqi" (überlieferte Merkwürdigkeit) oder „xiaoshuo" (kleine Erzählung) genannt. In der offiziellen Sicht der alten chinesischen Gelehrten war diese Gattung freilich keiner besonderen Beachtung wert, war sie doch inhaltlich wie formal keinen strengen Regeln unterworfen und daher kaum geeignet, große Künstlerschaft im traditionellen Sinne zu demonstrieren. Jahrhundertelang fristete die schon von ihrer Menge her beachtliche erzählerische Produktion der Tang-Zeit daher ein Schattendasein. Nur vereinzelt wurde von ihr Notiz genommen, am wirkungsvollsten wohl als Quelle von Stoffen, die dann in anderer Bearbeitung, vor allem in dramatisierter Form größere Aufmerksamkeit fanden. So haben allein von den in diesem Band enthaltenen Erzählungen „Der Fremde mit dem Lockenbart“, „Die Geschichte von der Dame Liu“, „Der Kunlun-Sklave“, „Die seltsame Gattin des Sun Ke“, „Rotfaden“, „Sühne für Zehntausende getötete Tiere“, „Die Rettungstat des Wu Baoan“, „Die mißlungene Wandlung des Du Zichun“, „Der Registrator im Schuppenkleid“, „Aufzeichnungen vom Inneren einer Kopfstütze“ und „Wei Gao und die Sklavin Jadeflöte“ die Stoffe für spätere bekannte umgangssprachliche Erzählungen oder Dramen der Song- (960–1279), Yuan- (1279–1368) und Ming-Zeit (1368–1644) geliefert.

Erst durch die 1927 erstmalig erschienene und seither mehrfach neu aufgelegte „Sammlung von Novellen der Tang- und Song-Zeit“ (Tang Song chuanqi ji) des großen chinesischen Schriftstellers und Literaturforschers Lu Xun (1881–1936), der später andere, ähnlich angelegte Auswahlbände folgten, wurde dieser Bereich des literarischen Erbes des alten China in das Bewußtsein einer größeren Öffentlichkeit gerückt. Dem europäischen Leser aber sind bislang nur wenige Übersetzungen von Stücken dieser Gattung zugänglich geworden.

Tatsache ist jedoch, daß aus der Tang-Zeit viele Hunderte von kürzeren oder längeren Erzählungen in klassischer chinesischer Schriftsprache auf uns gekommen sind – überliefert vor allem in der 977/78 in 500 Kapiteln kompilierten Sammlung „Weitläufige Aufzeichnungen aus der Taiping(xingguo)-Zeit“ (Taiping guangji), in die sie zumeist aus älteren zeitgenössischen Sammlungen, seltener als Einzelwerke aufgenommen und nach „Sachgruppen“ eingeordnet wurden. Das „Taiping guangji“ ist somit unsere Hauptquelle dieser Literatur, leider aber eine flüchtig zusammengestellte, schlecht überlieferte und bis heute wissenschaftlich nicht ausreichend aufgearbeitete Quelle, womit sich viele Mängel unserer Textgrundlage erklären.

Ungeachtet dessen ist das Bild, das uns das „Taiping guangji" bietet, beachtlich; es umfaßt eine Unzahl von Erzählungen, die zum überwiegenden Teil in der Tang-Zeit spielen, die zweifellos auch in dieser Periode entstanden sind und deren Hauptanliegen der Bericht von merkwürdigen, ungewöhnlichen oder rätselhaften Vorgängen aller Art ist: von außergewöhnlichen Menschen und ihren Taten, von Wundern und magischen Kräften, von Verwandlungen, von jenseitigen Welten, von Gottheiten und Dämonen in der Welt der Menschen, von Menschen in Tiergestalt und Tieren in Menschengestalt, von Geistern und Unsterblichen. Fast immer wird ein konkreter zeitlicher, räumlicher oder sachlicher Bezug zur Gesellschaft der Tang-Zeit hergestellt: Der Leser soll glauben, daß die unwahrscheinlichsten Dinge sich tatsächlich zu einer bestimmten Zeit und an einem bestimmten Ort abgespielt haben, daß sich die Wunder wirklich ereignet haben und daß oft sogar bekannte historische Persönlichkeiten darin verwickelt waren.

Gestaltung und Sprache der Erzählungen sind bei allen Unterschieden im einzelnen meist einfach, anspruchslos und direkt. Die auftretenden Personen sind mehr oder weniger festgelegte Typen, die kaum eine Entwicklung durchlaufen – bestenfalls gehen sie in irgendeiner Weise gebessert, geläutert oder eines anderen belehrt aus den Ereignissen hervor. Manch eine Erzählung ist so locker gefaßt, daß es stellenweise zu sachlichen Brüchen kommt oder daß die Logik der Handlung verletzt wird.

Vieles, was dem heutigen Leser als „Ungereimtheit“ erscheint, mag aber auch durchaus beabsichtigt gewesen sein. In der Gestaltung des Stoffes herrscht oft ein Prinzip, das man vielleicht als „punktuelle Expressivität“ bezeichnen kann: eine Überhöhung des Ausdrucks an bestimmten Stellen, wodurch die Aussage in Widerspruch zum Gesamtzusammenhang gerät und unwahrscheinlich wird. Dies betrifft vor allem Zahlenangaben, wo unglaublich hohe Zahlen genannt werden, nur um die große Menge von Personen, Gebäuden, Geld und so weiter zu betonen.

Sofern in solchen Fällen von „Unlogik“ jedoch weder Absicht noch Verderbtheit des Textes durch fehlerhafte Überlieferung anzunehmen ist, muß man diese Unvollkommenheiten wohl mit der Spezifik der Entstehung dieser Literatur in Zusammenhang bringen.

Die Dynastie der Tang übernahm von ihrer Vorgängerin, der Sui-Dynastie (581–619), ein Reich, das nach jahrhundertelanger Spaltung von Yang Jian (als Kaiser Wendi, reg. 581–604) erstmals wieder geeint, von dessen Nachfolger, dem Kaiser Yangdi (reg. 604–617), aber infolge aufwendiger Bauvorhaben und Kriegszüge wieder an den Rand des Zerfalls geführt worden war. Den energischen Gründungskaisern der Tang, Gaozu (reg. 618–626) und dessen Sohn Taizong (reg. 626–649), gelang es, den endgültigen Zerfall zu verhindern, das Reich fester als zuvor zusammenzufassen und die Grundlagen für eine Blüteperiode auf nahezu allen Gebieten des gesellschaftlichen Lebens zu schaffen.

Zur vorherrschenden Figur dieses Lebens wurde der mittlere oder größere private Grundbesitzer, dessen Platz auf der Bühne der Zeit auch die Versuche der Staatsmacht, das Großgrundeigentum in Grenzen zu halten, kaum einzuengen vermochten. Im Gegenteil: ein höchst kompliziertes System von erblichen

Rechten und allgemein zugänglichen Beamtenprüfungen erlaubte es fähigen Leuten aus dieser Klasse, als Beamte in den straff organisierten Staatsapparat mit seinen Regierungsdepartements, Ministerien, Spezialbüros, Zensoratsbehörden, Präfektur- und Bezirksverwaltungen einzutreten und höchste Posten bis hin zum Sitz im Kreise der Kanzler zu erreichen. Der weitgehend von Pächtern in Kleinwirtschaft bewirtschaftete private Grundbesitz bot dieser herrschenden Klasse auch die materiellen Voraussetzungen dafür, ihre Nachkommen das Maß von klassischer Bildung erwerben zu lassen, das für das Bestehen der Prüfungen (in denen übrigens die Dichtung keine geringe Rolle spielte) und für die Amtslaufbahn erforderlich war, wozu es vieler Jahre intensiven Studiums bedurfte.

So haben wir uns den gebildeten, der klassischen Schriftsprache mächtigen und mit der klassischen Literatur vertrauten Grundbesitzer, sei er nun Privatmann oder Beamter am Beginn beziehungsweise auf verschiedenen Stufen einer Karriere, auch als den Träger der Erzählungen zu denken. In einer Zeit, die noch keinerlei technische Kommunikationsmittel hatte, war das Erzählen und Weitererzählen der verschiedenartigsten Begebenheiten die vorherrschende Form der geselligen „Unterhaltung“ im eigentlichen Sinne des Wortes. Je wunderlicher eine Geschichte war, desto aufmerksamer wurde ihr gelauscht. Bankette und andere Festlichkeiten boten einen idealen Rahmen für das Weitererzählen solcher Geschichten. Das Gehörte wurde von so manchem aufgeschrieben, gesammelt und wieder weitergegeben, mitunter wurden auch nur einzelne Motive aufgegriffen und anderweitig weiterverarbeitet. Aus diesem mannigfaltigen Prozeß des Erfindens, Erzählens, Niederschreibens, Sammelns, Weitergebens und Neufassens, an dem unzählige „Autoren“ beteiligt gewesen sein müssen, sind uns nun Erzählungen in den verschiedensten Graden literarischer „Bearbeitung“ überliefert: von der knappen, vielleicht sogar lückenhaften Notiz wesentlicher Handlungselemente bis hin zur mehr oder weniger ausgefeilten künstlerischen Fassung, das heißt bis hin zum literarischen Lesetext, der kaum noch seine Wurzel – die ursprünglich mündlich tradierte Erzählung – erkennen läßt.

Auf die Gesellschaft der Grundbesitzer und Beamten, die wir uns als die historischen Träger der Tang-Erzählungen zu denken haben, ist auch der Inhalt dieser Werke bezogen. Die Welt der Beamten mit ihren zahllosen Amtsposten, ihrer vielfach unterteilten Rangskala, ihrem Ehren- und Wertekodex bildet nicht nur den äußeren Rahmen des Geschehens – die Orientierung auf das Beamtentum ist auch ein oft begegnendes Element der eigentlichen Handlung. Diese Welt ist geprägt von den Wertbegriffen des Konfuzianismus: Pflichtbewußtsein gegenüber Familie, Staat und Kaiser, hohe Bildung, moralische Integrität, Nüchternheit, Diesseitigkeit und – ausgeprägtes Karrieredenken.

Jenseits dieses in der zeitgenössischen Realität wurzelnden Rahmens tun sich jedoch phantastische Sphären auf, deren einzelne Elemente aus verschiedenen Quellen geschöpft sind.

Eine der ergiebigsten dieser Quellen finden wir im Daoismus, jener so spezifisch chinesischen Lehre, die im Altertum als Philosophie vom Dao, einem allem Wandel zugrunde liegenden Weltgesetz, entstand.

Der Daoismus der Tang-Erzählungen ist aber von jener Lehre des Altertums, die das Nicht-aktiv-Werden (wuwei) propagierte und sich damit bewußt als Antithese zu dem die gesellschaftliche Aktivität betonenden Konfuzianismus verstand, weit entfernt. Er ist ein religiös getönter Mystizismus, dessen höchstes Ideal die Überwindung des Alterns und des Sterbens ist. Seine Symbolfigur ist der in paradiesischen Gefilden wie etwa auf den sagenhaften Inseln Penglai, Yingzhou oder Fangzhang lebende Unsterbliche, auf Wolken, Kranichen oder Phönixen schwebend und dem Staub der Welt der Menschen weit entrückt. „Das Dao erlangen" wurde hier zum Synonym für den Aufstieg in diese Welt ewiger Jugend.

Doch ist dieses Ziel keineswegs leicht oder schnell zu erreichen. Zwei Wege sind es, die dahin führen. Einmal gilt es, das Elixier der Unsterblichkeit einzunehmen, das mit viel Glück in der Natur als Pilz, Wurzel, Harz oder ähnliches vorgefunden werden kann, das aber auch in meist langwierigen Prozessen durch Kochen oder Sieden bestimmter Substanzen präpariert werden kann (womit wir in den Bereich der chinesischen Alchimie gelangen). Der zweite Weg besteht darin, sich durch Askese, Versenkung oder andere beharrliche Übungen psychischer Selbstdisziplin innerlich von den Banden dieser Welt freizumachen, alle Gefühle, die einen mit der Welt der Menschen verbinden, zu überwinden und mit völlig geläuterter Seele in jene andere Welt aufzusteigen. Vielfach werden auch beide Wege miteinander in Verbindung gebracht, um das erstrebte Ziel zu erreichen. Wer es schafft, lebt als hochbetagter Mensch mit dem Aussehen eines blühenden Kindes, mit rosigen Wangen und pechschwarzen Haaren von einem Minimum magischer Substanzen im Zustand vollkommener Glückseligkeit.

Eine weitere Quelle der phantastischen Sphären der Tang-Erzählungen ist der Buddhismus, der in den Jahrhunderten um den Beginn unserer Zeitrechnung über Zentralasien nach China gelangt war und der zur Tang-Zeit in vielen verschiedenen Sekten seine Hochblüte erlebte. Seine Lehren von der Wiedergeburt, vom ewigen Kreislauf der Existenzen, von Lohn und Strafe für gute und böse Taten, von der magischen Wirkung des Kopierens heiliger Texte und so weiter stehen hinter vielen der in den Erzählungen geschilderten Wunder.

Eine dritte Quelle bilden die traditionellen Vorstellungen von einem Jenseits, gedacht als Unterwelt oder Himmel, von dem aus die Geschicke der Menschen in dieser Welt festgelegt und gelenkt werden und dem keiner sich entziehen kann. Bemerkenswert ist hier, daß dieses Jenseits genau wie der Staat im Diesseits von einem obersten Herrscher mittels eines mächtigen Beamtenapparats gelenkt wird, der sich einer ausgeprägten Bürokratie mit Bütteln, Akten, Listen und anderen Papieren bedient – in Form und Inhalt ein Spiegelbild realer staatlicher Allmacht.

In diesen jenseitigen Welten leben unzählige Geister, die auf mannigfaltige Weise in das Leben der Menschen eingreifen und Verwirrungen stiften, aber auch wohlwollend helfen und fördern. Ihre Macht entspricht ihrer Stellung in der jenseitigen Hierarchie: Der Niedrigere ist der Schwächere und hat sich dem Höheren, Stärkeren zu beugen.

Eine vierte Quelle sind die alten Vorstellungen von Yin und Yang, den beiden einander entgegengesetzten Urkräften, die in endlosem Wechselspiel miteinander alle Dinge hervorbringen und wieder vergehen lassen: Yin als das weibliche, dunkle, feuchte, passive, kühle (und so weiter) Prinzip und Yang als das dem Yin in jedem Punkte entgegengesetzte männliche Prinzip. Die Lehren von Yin und Yang liegen fast allem zugrunde, was im alten China zur Erklärung der Vorgänge in der Natur erdacht wurde, also etwa auch der Medizin, aber auch vielem, was in den Bereich der Alchimie, magischer Praktiken und so weiter fällt.

In diese Sphäre gehören auch die Vorstellungen von den magischen Entsprechungen, die zwischen verschiedenen Erscheinungen hervortreten: Die Auswirkungen eines unter einem Hause befindlichen Grabes umdunkeln die Sinne des Bewohners des Hauses, die Wiederherstellung von Recht und Gesetz führt schlagartig zum Ende einer Regenperiode und zum Beginn strahlenden Wetters, magische Gegenstände korrespondieren mit Sonne und Mond und senden eine übernatürliche Aura aus.

Schließlich sei auch noch der traditionelle Ahnenkult genannt mit seinen Vorstellungen vom Weiterleben der Seele nach dem Tode. Damit die Seelen der Ahnen den Nachkommen keinen Schaden zufügen, muß für sie gesorgt werden: durch ein aufwendiges Grab, das in Nachbildungen alles das enthält, was der Mensch im Leben benötigte, und durch regelmäßige Opfer zu bestimmten Zeitpunkten.

Aus diesen Quellen schöpfen die Autoren bei der Gestaltung der Sphären in den Erzählungen, die nicht von dieser Welt sind. Dabei springen sie vollkommen frei mit den einzelnen Elementen um und bringen auch seiner Herkunft nach durchaus Heterogenes zusammen. Das so entstehende Bild des Ineinanderübergehens von Diesseitigem und Jenseitigem, das Wechselspiel von Realem und Phantastischem, das Pendeln zwischen Natürlichem und Erdachtem geben den Erzählungen einen eigenen Reiz und ihren spezifischen Charakter.

Hinter so manchen Erzählungen mögen Märchen gestanden haben, wie sie damals im Volke kursierten, die wir aber in ihrer ursprünglichen Form nicht kennen. Zumindest lassen einige Motive, die wir in den Erzählungen wiederholt antreffen, an einen solchen Ursprung denken, etwa das Motiv der schönen jungen Frau, die mit einem Mann ein Liebesverhältnis eingeht, tatsächlich aber ein verwandeltes Tier (Affe, Fuchs) ist, oder das Motiv des Ausländers, der in China eine unerkannte, vielleicht sogar magische Kostbarkeit ausfindig macht und sie dem verdutzten Chinesen für einen hohen Preis abkauft. Letzteres Motiv deutet übrigens möglicherweise darauf hin, daß einige Erzählungen auch aus nichtchinesischen Quellen schöpfen.

Nur wenige Erzählungen lassen phantastische Elemente völlig vermissen, so etwa die vom Scharfsinn des Richters Zhao He, der eine versuchte Übervorteilung aufdeckt. Solche Erzählungen wurden von der traditionellen chinesischen Historiographie auch prompt als historische Quelle gewertet, denn so mancher Gelehrte traditionellen Zuschnitts las nur zu gern jeden Bericht, der nicht offensichtlich falsch oder phantastisch war, wie ein Stück aus der reichen offiziellen Geschichtsschreibung. Doch da ohnehin gerne historische Stoffe oder zumindest Elemente zu Erzählungen verarbeitet beziehungsweise in sie eingebaut wurden – auch unsere Auswahl bietet mehrere solcher Beispiele –, sollte bei der Bewertung einer Erzählung, die sich wie ein Stück Historiographie liest, deren Inhalt anderweitig aber nicht belegt ist, Vorsicht geboten sein.

In einem allgemeinen Sinne aber gibt die Einbettung der Erzählungen in den konkreten historischen Rahmen der Zeit dennoch die Möglichkeit – ganz abgesehen von den phantastischen Elementen –, Einblicke in Leben und Denken der Menschen jener Epoche zu tun.

Wenn es auch in mancher Erzählung nur dieser oder jener Einzelzug sein mag, der in dieser Hinsicht interessant ist, so ergibt doch eine Zusammenstellung aller Einzelzüge zu einem größeren Thema ein mosaikartiges Bild, das für die Rekonstruktion der Lebensverhältnisse der Zeit von Wert sein kann – ein bislang wenig beackertes Feld der Sinologie. Denn immerhin haben wir es hier mit originalen Quellen zu tun, die uns Züge aus dem Leben Chinas vor mehr als einem Jahrtausend vor Augen führen.

Beherrscht wird das Bild dieser Gesellschaft von den Trägern der Staatsmacht, den Beamten aller Positionen und Rangstufen vom niedrigen Bezirkshauptmann – einer Art Steuereintreiber und lokalem Polizeichef – bis hin zum Kanzler. Vor dieser Stufenleiter der „Neun Ränge" steht der Student und Kandidat für die Beamtenprüfungen, der – offenbar allgemeiner Brauch der Zeit – nach dem oft erwähnten Scheitern bei der Beamtenprüfung erst einmal eine Reise durch das Land macht, um dann einen neuen Anlauf zu versuchen. Über dem Ganzen thront der Kaiser. Im unmittelbaren Dienst dieser sozialen, politischen und geistigen „Elite" und mit deren Geschikken vielfach verwoben, finden wir deren Hausgesinde, Sklaven und Diener, selber nicht selten Träger der Handlung. Eine besondere Spielart der Beamten sind nach traditionellem chinesischem Verständnis die Militärs, im Kontext der Zeit vor allem die Militärgouverneure, die vornehmlich in der zweiten Hälfte der Tang-Zeit jeweils größere Teile des Landes verwalteten und damit den zivilen Präfekten einen Teil ihrer Funktionen nahmen.

Außerhalb dieser Sphäre der Beamten leben die Bauern, Tagelöhner, Kaufleute und Gewerbetreibenden aller Art, die Kurtisanen, die buddhistischen Mönche, die Anhänger und Adepten der Lehre des Daoismus, die Magier, Wahrsager und Orakelsteller und schließlich die zur Tang-Zeit in großer Zahl in China anzutreffenden Ausländer aus Innerasien und anderen Nachbargebieten des damaligen Reiches der Mitte.

Dieser bunten, im Inneren aber durch Sozialordnung und patriarchalisches Hierarchiedenken streng gegliederten Gesellschaft entstammen die als real vorausgesetzten Figuren der Handlung in unseren Erzählungen. Ihre vielfältigen Wunder- und Geistererlebnisse haben im gebauten Rahmen der Zeit ihren Ausgangspunkt: in den weitläufigen, durch Hallen, Höfe und Tore vielfach gegliederten Wohnanwesen der Wohlhabenden, in den Amtsgebäuden, auf den Straßen und Brücken der Städte, auf den staatlich kontrollierten Märkten, in den privaten Gasthäusern und den offiziellen Beamtenherbergen und Poststationen, auf den Landgütern der Reichen, in den Bauernhöfen der Dörfer, in den Tempeln und auf den Booten auf den Flüssen und Seen.

Doch nicht nur in diesem äußeren Rahmen spiegeln sich Züge der Realität der Zeit. Zumindest manche der gewiß nicht wenigen sozialen Konflikte jener Periode haben auch einen Widerschein in der Handlung dieser oder jener Erzählung gefunden. Man denke nur an die vielfältigen Frauengestalten unserer Erzählungen: In ihnen verkörpern sich unterschiedliche Situationen, in denen Frauen der Zeit lebten, wie auch ihr Verhalten mögliche Antworten auf die Probleme veranschaulicht, die aus diesen Situationen entstanden. Oder man denke an die Fälle, in denen es einem besonders scharfsinnigen oder gerechten Richter gelingt, einen vertrackten Rechtsfall zu lösen – die ersten Beispiele chinesischer „Kriminalliteratur". Bei aller Simplizität des Denkens deuten sich in solchen Geschichten gewiß reale Auseinandersetzungen an. Selbst eine aus heutiger Sicht so charakteristische Erscheinung der chinesischen Geschichte wie die großen Volksaufstände hat gelegentlich Eingang in die Erzählungsliteratur gefunden. Allerdings steht in keiner unserer Erzählungen etwa eine dieser krassen, mit

Waffengewalt ausgetragenen Auseinandersetzungen zwischen den bis aufs Blut ausgebeuteten Bauernmassen und der im Staat repräsentierten herrschenden Klasse im Mittelpunkt der Handlung. Doch spielt zum Beispiel in der Erzählung „Ein altes Unrecht wird wiedergutgemacht" ein solcher Aufstand eine entscheidende Rolle: der Aufstand von 868/69, der unter der Führung von Pang Xun stand. Durch diesen Aufstand wird in unserer Erzählung der Kaufmann Wang Kejiu auf seiner Reise aufgehalten, was erst die folgenden Ereignisse möglich macht.

So sind die Tang-Erzählungen mit ihrer Mischung von Phantastik und realitätsbezogener Darstellung nicht nur für den Literaturhistoriker ein interessantes Untersuchungsobjekt.

Bislang hat die Wissenschaft einiges an Mühe aufgewendet, um die Fragen der Autorschaft einiger der größeren, literarisch bedeutenderen Erzählungen zu untersuchen. So wertvoll manche Ergebnisse auch sein mögen – für die große Masse der Erzählungen muß man sich damit begnügen, bestenfalls den Namen des Autors einer Erzählung beziehungsweise des Kompilators der Sammlung, aus der eine Erzählung stammt, festzustellen – vielleicht auch noch seine Lebenszeit in etwa zu bestimmen. Viel mehr geben unsere Quellen leider meist nicht her. Bei einer großen Zahl von Erzählungen muß selbst das offen bleiben.

Gewiß sind dies Probleme, die mehr den sinologischen Fachmann als den weiteren Kreis der Freunde chinesischer Literatur angehen. Unsere Auswahl ist jedenfalls bewußt mit dem Blick auf diesen weiteren Leserkreis getroffen worden. Ihm soll sie eine Vorstellung von der Gattung als einem spezifischen literaturhistorischen Phänomen geben, von ihrer thematischen Vielfalt und von ihren literarischen Charakteristika. Der Kenner von deutschen Übersetzungen älterer chinesischer Literatur wird vielleicht die eine oder andere ihm bereits bekannte Tang-Erzählung in diesem Band vermissen. Er wird aber eine große Zahl von Erzählungen finden, die bislang noch nicht ins Deutsche übertragen worden sind. Zweifellos sind darunter auch einige inhaltlich wie literarisch relativ anspruchslose Stücke, die aber für die Gattung insgesamt ebenso charakteristisch sind wie die komplexeren und künstlerisch stärker ausgeformten Werke.

Zur leichteren Orientierung des Lesers wurden bei den Zeitangaben die den chinesischen Regierungsperioden und Jahresangaben entsprechenden Jahreszahlen des europäischen Kalenders innerhalb des Textes angegeben. Die Titel der Erzählungen sind zum größten Teil vom Übersetzer neu formuliert worden, da die Originaltexte meist nur einen Personennamen zum Titel haben.

So ist zu hoffen, daß die in unserer Auswahl vereinten Stücke in ihrer Gesamtheit dem Leser einen Eindruck von einer bedeutenden, damals noch sehr jungen Gattung der alten chinesischen Literatur geben werden und ihm darüber hinaus Einblick in Leben, Denken und Fühlen einer großen Epoche in der langen Geschichte der chinesischen Kultur gewähren.

Mai 1988 *Thomas Thilo*

Anmerkungen

5 *Luoyang* – Die östliche Hauptstadt des Tang-Reiches in der heutigen Provinz Henan.

Teich des Prinzen von Wei – Ein Teich, der zu Beginn der Tang-Zeit von Li Tai, dem vierten Sohn des Kaisers Taizong (reg. 626–649) und Prinzen von Wei, in der Mitte der Stadt Luoyang durch Ableitung von Wasser aus dem die Stadt von West nach Ost durchfließenden Luo-Fluß angelegt wurde.

7 *Daoist* – Anhänger der Lehre vom Dao, einem allem Wandel zugrunde liegenden Weltgesetz. Der religiös getönte Daoismus der Tang-Zeit strebte vor allem nach der Überwindung des Alterns, d. h. nach Unsterblichkeit, und befaßte sich daher besonders mit Fragen des physischen und psychischen Wohlergehens.

8 *Yang, Yin* – Die beiden Urkräfte der traditionellen chinesischen Naturphilosophie. Yang ist das männliche, aktive, helle, positive usw. Prinzip, Yin ist das weibliche, passive, dunkle, negative usw. Prinzip. Im menschlichen Dasein muß zwischen beiden ein Ausgleich bestehen, damit der Mensch gesund und glücklich leben kann. Jede Störung dieses Gleichgewichts führt zu Unheil.

Hauchseele, Körperseele – Nach altchinesischer Auffassung besitzt der Mensch nicht – wie in der christlich-abendländischen Tradition – eine, sondern zwei Seelen: eine Hauchseele (hun) aus Luft, die dem Yang zugeordnet wird, und eine Körperseele (po) aus Erde, die dem Yin zugeordnet wurde.

9 *als Wang Du seinen magischen Spiegel auf sie richtete* – Anspielung auf die Erzählung „Aufzeichnungen über einen magischen Spiegel".

12 *Chang'an* – Die westliche Hauptstadt des Tang-Reiches; heute Xi'an in der Provinz Shaanxi.

Wang Jin – (700–781); hatte den Posten eines Kanzlers 764 erhalten. Die Benutzung des Titels an dieser Stelle der Erzählung bedeutet nicht, daß Wang Jin zu diesem Zeitpunkt – zehn Jahre später – tatsächlich noch den Posten innehatte.

12 *Zhang Wanqing* – Von einer Person dieses Namens sind zwei Gedichte in einer Sammlung überliefert, die 744 kompiliert wurde. Ob der in der Erzählung genannte Zhang Wanqing mit dem Verfasser dieser Gedichte identisch ist, ist nicht festzustellen.

Nankang – Ort beim heutigen Ganxian in der Provinz Jiangxi.

13 *Duanzhou* – Heute Gaoyao in der südchinesischen Küstenprovinz Guangdong. Dieser Ort liegt bedeutend weiter südlich als Nankang. Daher kann das zuvor genannte Nankang nur der Herkunftsort, nicht aber der Dienstort des Zhang Wanqing sein.

14 *Gao Lishi* – (gest. 762), Eunuch und berühmter Günstling des Kaisers Xuanzong (reg. 712–756).

Shangyang-Palast – Kaiserlicher Palast in Luoyang, erbaut unter dem Kaiser Gaozong (reg. 649–683).

An Lushan – (gest. 757), Militärgouverneur; zettelte 756 eine Militärrevolte gegen die kaiserliche Zentralgewalt an.

15 *Tongguan* – Ort beim heutigen Xi'an in der Provinz Shaanxi.

Wenxian – Ort beim heutigen Xinyang in der Provinz Henan.

16 *Li* – Chinesisches Längenmaß; 1 Li = etwa 0,5 km.

18 *Yunzhou* – Stadt nordwestlich vom heutigen Dongping in der Provinz Shandong.

20 *Mu* – Chinesisches Flächenmaß; 1 Mu = zur Tang-Zeit etwa 540 m^2.

21 *Chi* – Chinesisches Längenmaß; 1 Chi = etwa 30 cm.

23 *Jing-Fluß* – Jingshui, ein Nebenfluß des Weihe in der Provinz Shaanxi.

25 *Qing* – Chinesisches Flächenmaß; 1 Qing = etwa 5,4 ha.

26 *Ningzhou, Qingzhou* – Heute Ningxian und Qingyang in der Provinz Gansu.

27 *Kaiser Yangdi* – Der zweite Herrscher der Sui-Dynastie (581–618, reg. 605–617).

Jiangdu – Stadt beim heutigen Yangzhou am Changjiang (Yangtsekiang). Yangdi hatte, bevor er Kaiser wurde, einen Posten als Vizekönig Südostchinas mit Sitz in Jiangdu inne. Auch später hielt er sich häufig hier auf.

27 *Yang Su* – Einer der mächtigsten Beamten der Sui-Dynastie; starb 606, war also am Ende der Sui-Zeit, da die Erzählung spielt, nicht mehr am Leben.

Zeit der Wirren – Gemeint sind die letzten Jahre der Sui-Dynastie, während der an zahlreichen Stellen im Lande Rebellionen ausbrachen, die schließlich zum Sturz der Dynastie führten.

Li Jing – (571–649), einer der engsten Vertrauten des Tang-Kaisers Taizong (reg. 626–649); hatte verschiedene Ämter unter den Sui inne und schloß sich nach deren Sturz den Tang an.

29 *Nachtwache* – Die Nacht war im alten China in fünf Nachtwachen (geng, wörtl.: Wechsel) eingeteilt, die etwa um 20 Uhr begannen und jeweils ungefähr zwei Stunden dauerten.

30 *die wievielte ihrer Generation* – In der Tang-Zeit wie auch später war es üblich, Personen mit einer Nummer zu bezeichnen, die angab, als wievielte innerhalb einer Generation ihrer Sippe die jeweilige Person geboren worden war. Zur Generation wurden auch Vettern und Basen gerechnet, wobei man u.U. alle die einbezog, die von demselben Urgroßvater abstammten.

Taiyuan – Stadt in der heutigen Provinz Shanxi.

Lingshi – Stadt in der heutigen Provinz Shanxi.

Kopfstütze – Im alten China benutzte man beim Schlafen keine Kopfkissen, sondern Kopfstützen aus Porzellan, lackiertem Holz oder anderem harten Material, die meist kunstvollen Zierat (Bemalung, Schnitzwerk) trugen.

31 *jüngere Schwester* – Hier ein fiktiver Verwandtschaftsgrad, der von der Tatsache des gleichen Familiennamens abgeleitet wird.

33 *General der Präfektur* – Gemeint ist Li Yuan, der spätere Begründer der Tang-Dynastie und deren erster Kaiser Gaozu (566–635, reg. 618–626), der 617 von Kaiser Yangdi zum Garnisonskommandanten von Taiyuan gemacht worden war. Seinem zweiten Sohn, dem späteren Kaiser Taizong (reg. 626–649), schreibt die Tradition (wohl zu Unrecht) die Hauptrolle bei der Errichtung der Tang-Dynastie zu.

Liu Wenjing – Enger Vertrauter von Kaiser Gaozu und Kaiser Taizong; half beim Sturz der Sui.

36 *Kaiser Wenhuang* – Der spätere postume Name des Kaisers Taizong.

39 *Barbaren des Südens* – Gemeint sind allgemein die im Süden des damaligen China lebenden Fremdvölker, die nur teilweise der chinesischen Zentralregierung unterstanden.

Fuyu – Völkerschaft, die früher im Gebiet der heutigen Mandschurei und Inneren Mongolei lebte. Die Lokalisierung eines Reiches Fuyu im Südosten Chinas entspricht nicht den historischen Tatsachen.

41 *Yixing* – (682–727), ein als Mathematiker und Astronom berühmt gewordener Mönch der Tang-Zeit. Einige der in dieser Erzählung zusammengetragenen Begebenheiten werden auch in der offiziellen Biographie des Yixing in Kap. 191 der Dynastiegeschichte der Tang-Dynastie „Altes Buch der Tang" (Jiu Tangshu, Ausg. Zhonghua shuju, Peking 1975, Bd. 16, S. 5111–5113) berichtet und haben vermutlich einen historischen Kern.

Julu – Heute Pingjiang in der Provinz Hebei.

Kaiser Xuanzong – Regierte von 712 bis 756.

Songshan – Berg nördlich von Dengfeng in der Provinz Henan, einer der Fünf Heiligen Berge Chinas (s. Anm. zu S. 149).

Puji – (gest. 739), einer der populärsten Mönche der Tang-Zeit.

Lu Hong – Maler und Kalligraph.

42 *Dayan-Methode* – Eine Methode zur Lösung unbestimmter Gleichungssysteme.

Tiantai-Gebirge – Im Osten der Provinz Zhejiang. Hier hatten zahlreiche buddhistische Tempel ihren Sitz, darunter der Tempel der Reinheit des Reiches (Guoqingsi), der Haupttempel der Tiantai-Sekte des Buddhismus.

Bu – Chinesisches Längenmaß; 1 Bu = etwa 1,5 m.

44 *Xing Hepu* – Daoist; verstand sich besonders aufs Wahrsagen.

Yin Yin – Daoist; diente zeitweilig am Hofe des Kaisers Xuanzong.

Han-Zeit – Die Han-Dynastie herrschte von 206 v. u. Z. bis 220.

Luoxia Hong – Astronom der zweiten Hälfte des 2. Jh. v. u. Z.; war maßgeblich an einer im Jahre 104 v. u. Z. durchgeführten Kalenderreform beteiligt.

Dayan-Kalender – In den Jahren 721 bis 727 erarbeiteter Kalender. Trotz seines Namens hat dieser Kalender nichts mit der zuvor erwähnten und ebenso genannten Methode zur Lösung unbestimmter Gleichungssysteme zu tun.

44 *Yin Chong* – Daoist; war wegen seiner weitreichenden Kenntnisse und seiner großen Belesenheit berühmt.

das „Taixuanjing" des Yang Xiong – Yang Xiong (53 v.u.Z.–18 u.Z.) war ein berühmter Gelehrter und Literat der Han-Zeit. Sein „Taixuanjing" (etwa „Klassische Schrift vom Größten Dunklen") verfaßte er nach dem Vorbild des alten Wahrsagebuches „Yijing" (Buch der Wandlungen) mit der Absicht, darin das Universum und seine magischen Kräfte zu erörtern.

„Tafel der Dunklen Stellen des Dayan", „Von den Methoden der Rechtlichkeit in einem Kapitel" – Chines.: „Dayan xuantu" und „Yijue yijuan". Wie viele nichtbuddhistische Schriften des Mönchs Yixing scheinen auch diese beiden nicht erhalten zu sein.

Yanzi – Beiname von Zhou Xuzhi, einem in den klassischen und den spekulativen Schriften des Altertums bewanderten Gelehrten der Südlichen Song-Dynastie (420–502).

47 *Spätere Wei* – Auch Nördliche Wei-Dynastie (386–534).

Pei Kuan – (681–755), Beamter in verschiedenen Posten; wurde im Alter zu einem devoten Buddhisten.

Henan – Anderer Name für die östliche Hauptstadt Luoyang.

Chan-Meister – „chan" ist das chinesische Wort für den Sanskrit-Ausdruck „dhyana" (Versenkung), japan.: „Zen". Die Chan-Sekte des Buddhismus erstrebte Ruhe des Geistes und der Seele durch Konzentration und innere Versenkung.

49 *Wen Zhang* – Historisch belegte Person. Ihm sind kurze Biographien im Anschluß an die Biographien seines Vaters in den Dynastiegeschichten der Tang-Dynastie „Altes Buch der Tang" (Jiu Tangshu, Kap. 165) und „Neues Buch der Tang" (Xin Tangshu, Kap. 91) gewidmet.

zyklische Zeichen – Eine Serie von 60 Zeichenkombinationen aus zwei Reihen von 10 bzw. 12 Einzelzeichen, die im alten China u. a. zum Zählen von Tagen und Jahren benutzt wurde.

Tore zu den Stadtvierteln – Die einzelnen Stadtviertel der Tang-Hauptstadt Chang'an waren von Mauern mit Toren umgeben, die gewöhnlich nachts und – wie in dieser Erzählung – bei besonderen Anlässen geschlossen wurden.

49 *das Fünffache Tor* – Anderer Name für das Tor der Klaren Tugend (Mingdemem) in der Mitte der Südmauer von Chang'an. Dieses Tor hatte im Unterschied zu den sonst üblichen drei Tordurchgängen deren fünf.

schüttelte der Daoist nur seine Ärmel – Ein Zeichen dafür, daß ihm die Bestrafung nichts ausgemacht hat.

50 *Lanling-Viertel* – An der Ostseite der zum Tor der Klaren Tugend führenden zentralen Nord-Süd-Straße von Chang'an gelegenes Stadtviertel.

52 *das Signal der Straßentrommel* – Das Zeichen des Beginns der Nacht, von wo an keine Passanten mehr auf den Straßen sein sollten.

Minister Wen Zhang – Nach seiner Biographie im „Neuen Buch der Tang" führte Wen Zhang als Präfekt gleichzeitig den Titel eines Ministers im Beamtenministerium.

fürstlicher Hut und Gewand der Neun Regenbogenfarben – Mit „fürstlicher Hut" wird hier das chinesische Wort „yuanyouguan" (Hut der Weiten Reisen) wiedergegeben, womit eine Kopfbedeckung hochgestellter Aristokraten bezeichnet wird. „Gewand der Neun Regenbogenfarben" bedeutet ein prächtiges buntes Gewand.

53 *Geschichte vom Weißen Drachen* – Anspielung auf eine Geschichte aus dem Buch „Garten der Erzählungen" (Shuoyuan) von Liu Xiang (79–8 v. u. Z.), worin der Himmelsherrscher den Fischer entschuldigt, weil das Fangen von Fischen nun einmal sein Beruf ist.

54 *Prinzessin von Tongchang* – Eine Tochter des Kaisers Yizong (reg. 859–873) von einer seiner Nebenfrauen. Nach Kap. 19 A des „Alten Buchs der Tang" (Jiu Tangshu) starb die Prinzessin im Jahre 870 mit 22 Jahren (chinesischer Zählung). Wen Zhang nahm sich nach eben dieser Quelle im selben Jahr das Leben; er kann also nicht – wie die Erzählung es will – 872 Präfekt gewesen sein.

55 *Queyao* – Der Name dieser Sklavin ist ein sogenannter sprechender Name, er bedeutet etwa „Forderungen ablehnen".

Hunan – Militärgouvernement mit Sitz in Tanzhou (heute Changsha in der Provinz Hunan).

Li Yu – Bekleidete den hier genannten Posten in den Jahren 873/74.

Zeremonien zu Beginn und in der Mitte eines jeden Monats – Höflichkeiten, die zu den genannten Zeitpunkten zwischen Verwandten üblich waren.

55 *Junker Fünf* – Diese Bezeichnung erklärt sich aus dem Brauch, alle Kinder einer Generation der jeweiligen Sippe durchzuzählen. „Nummer Vier“ muß also ein Kind einer anderen Familie dieser Sippe gewesen sein.

Qingming-Fest – Ein Fest, das am 15. Tag nach der Frühjahrs-Tagundnachtgleiche begangen wurde. Aus einem Frühlings- und Fruchtbarkeitsfest hervorgegangen, erhielt es schon bald den Inhalt eines Gräberfestes, an dem die letzten Ruhestätten der verstorbenen Familienangehörigen gesäubert und den Toten Speisen und andere Opfer dargebracht wurden. Hier dient der Name aber wohl nur als Hinweis auf die Jahreszeit mit ihren Fruchtbarkeits-Assoziationen.

58 *Cui Jie* – Durch eine Biographie in Kap. 120 der Dynastiegeschichte „Neues Buch der Tang“ (Xin Tangshu), wo auch die in dieser Erzählung geschilderten Vorgänge kurz dargestellt werden, als historische Person belegt.

Chu – Alter Name des Gebietes um Changsha in der Provinz Hunan.

Pengmen – Heute Xuzhou in der Provinz Anhui.

Pang Xun – Führer eines durch eine Truppenmeuterei ausgelösten Volksaufstandes, der in den Jahren 868/69 Teile der heutigen Provinzen Hunan, Jiangxi und Anhui erfaßte.

60 *Schafgarbenstengel* – Mit ausgeworfenen Schafgarbenstengeln wurde vom Wahrsager eines der sechzig Hexagramme des alten Wahrsagebuches „Buch der Wandlungen“ (Yijing) ermittelt; dieses Hexagramm diente dann als Grundlage für seinen Spruch.

Buddhabildnis – Das Stiften eines Buddhabildes oder einer Abschrift eines heiligen Textes sowie einer Mahlzeit für die Mönche waren Bestandteil einer buddhistischen Trauerzeremonie.

61 *Luo-Fluß* – Nebenfluß des Gelben Flusses (Huanghe); teilte das Luoyang der Tang-Zeit in eine nördliche und eine südliche Hälfte.

62 *Han-Kodex* – Rechtskodex der Han-Dynastie (206 v. u. Z.–220), nur bruchstückhaft überliefert.

63 *Gebiet der drei Flüsse* – Alte Bezeichnung für das Gebiet um Luoyang. Mit den drei Flüssen sind der Gelbe Fluß (Huanghe), der in diesen mündende Luo-Fluß und der in den Luo-Fluß mündende Yi-Fluß gemeint.

64 *Lushan-Gebirge* – Im Norden der heutigen Provinz Jiangxi; Sitz vieler Klöster und Einsiedeleien.

65 *Gipfel der Fünf Alten* – Chin.: Wulaofeng; ein Gipfel im Lushan-Gebirge.

68 *Jin* – Chinesisches Gewichtsmaß; zur Tang-Zeit 1 Jin = etwa 600 g.

69 *Runan* – Ort in der heutigen Provinz Henan.

Shanzhou – Heute Shanxian in der Provinz Henan.

70 *Cun* – Chinesisches Längenmaß; 1 Cun = etwa 3 cm.

72 *Xunlu* – Anderer Name für das alte zentralasiatische Nomadenvolk der Xiongnu.

Tianna-Reich – Fiktives Reich.

76 *Zheng Renjun* – Anderweitig nicht belegte Person. Sein in der Erzählung genannter Vater Zheng Qinyue ist jedoch historisch belegt. Ihm ist in Kap. 200 der Dynastiegeschichte der Tang-Dynastie „Neues Buch der Tang" (Xin Tangshu) eine Biographie gewidmet; sie zählt die von ihm in der Periode „Erschließung und Beginn" bekleideten Ämter auf und erwähnt einen anderen Sohn namens Zheng Kejun.

Shangdong-Tor – Tor an der Ostseite der Nordhälfte der Stadt Luoyang.

Yang Guozhong – (gest.756); gelangte auf Grund seiner Verwandtschaft mit Yang Guifei, der Geliebten und Nebenfrau des Kaisers Xuanzong (reg. 712–756), zu großem Einfluß bei Hofe; war von 752 bis zu seinem Tode Kanzler.

Cui Lin – (gest. 743).

78 *ein Verwandter von mir* – Personen mit demselben Familiennamen betrachteten sich oft als verwandt.

79 *Gebiet des Jiang- und des Huai-Flusses* – Das Gebiet zwischen dem Changjiang (Yangtsekiang) und dem Huai-Fluß, d. h. etwa das mittlere Ostchina, das von den im Folgenden genannten Wirren weitgehend verschont blieb.

80 *Mawei* – Stadt in der heutigen Provinz Shaanxi westlich von Xianyang. Während der durch die Revolte des An Lushan ausgelösten Flucht des Kaisers Xuanzong in das Gebiet der heutigen Provinz Sichuan erhoben sich hier die Soldaten der Begleitung des Kaisers und töteten Yang Guozhong und die Mitglieder seiner Familie. Auch Yang Guifei, die als Ursache dafür angesehen wurde, daß der Kaiser sich von den Regierungsgeschäften abgewandt hatte und es zu den Wirren im Reich hatte kommen lassen, wurde mit der erzwungenen Zustimmung des Kaisers umgebracht.

82 *Yu Xuanji* – (vermutlich 844–871), Kurtisane der Tang-Zeit.

82 *Xianyi-Kloster* – Daoistisches Kloster im Qinren-Viertel südwestlich vom Ostmarkt in der Hauptstadt Chang'an.

85 *Dao der Drei Reinen und der Unsterblichkeit* – Die Drei Reinen (San Qing) sind die drei höchsten Gottheiten des religiösen Daoismus; die Unsterblichkeit ist das erstrebte Ziel der Anhänger des Daoismus, das nur durch intensive Bemühung um das Erfassen des Dao, des Grundprinzips der Welt, erreicht werden kann.

Himmel – Höchste Gottheit des alten China.

88 *Meizhou* – Heute Meishan in der Provinz Sichuan.

89 *Pujiang* – In der heutigen Provinz Sichuan.

91 *Fuling* – Ein Pilz (Pachyma cocos), der auch in der chinesischen Medizin verwendet wurde. In der daoistischen Überlieferung galt Fuling als ein Mittel, mit dem man die Unsterblichkeit erlangen konnte.

92 *zyklische Zeichen „Renshen", im einundzwanzigsten Jahr der Periode „Erschließung und Beginn"* – Hier liegt ein Fehler vor; diese zyklischen Zeichen sind die des 20. Jahres der genannten Periode.

Qiongzhou – Heute Qiongxia in der Provinz Sichuan.

Wang Xing – In dem Buch „Lebensbeschreibungen von Geistern und Unsterblichen" (Shenxianzhuan) von Ge Hong (284–363) wird davon erzählt, wie ein gewisser Wang Xing zur Zeit des Han-Kaisers Wudi (reg. 140–87 v. u. Z.) durch den Verzehr einer bestimmten Kalmussorte die Unsterblichkeit erlangte. Möglicherweise hatte der Autor hier diese Geschichte im Sinn.

Guanghan – In der heutigen Provinz Sichuan.

93 *Hedong* – Wörtlich: Gebiet östlich des Flusses; entspricht etwa dem Gebiet der heutigen Provinz Shanxi.

Weinan, Huazhou – Orte in der heutigen Provinz Shaanxi.

97 *Frau Drei* – Ein solcher Name drückt aus, als wievielte die Person innerhalb einer Generation ihrer Sippe geboren worden ist.

Bianzhou – Heute Kaifeng in der Provinz Henan.

Xuzhou – Heute Xuchang in der Provinz Henan.

98 *Sheng* – Chinesisches Hohlmaß; zur Tang-Zeit 1 Sheng = etwa 0,6 l.

101 *Gebiet innerhalb der Vier Pässe* – Das Gebiet der heutigen Provinz Shaanxi.

Tempel des Hua-Berges – Tempel am Fuße des Berges Huashan südlich von Huayin in der Provinz Shaanxi.

102 *Zhao He* – Anderweitig nicht belegte Person, wird aber in chinesischen Nachschlagewerken mit Bezug auf diese Erzählung wie eine historische Person behandelt.
Tianshui – Ort in der heutigen Provinz Gansu.
Jiangyin – Ort in der heutigen Provinz Jiangsu.
Chuzhou – Heute Huaian in der Provinz Jiangsu.
Schnüre Geld – Die runden Bronzemünzen der Tang-Zeit hatten in der Mitte ein quadratisches Loch, durch das sie auf Schnüre aufgezogen wurden. Eine Schnur hatte 1000 Geldstücke.

104 *Strom* – Gemeint ist der Changjiang (Yangtsekiang).

105 *zum Ufer des Huai-Flusses* – D. h. nach Chuzhou.

106 *Hu* – Chinesisches Hohlmaß; zur Tang-Zeit 1 Hu = etwa 60 l.

108 *Kaiserin Wu Zetian* – (624–705), Gemahlin des Kaisers Gaozong (reg. 649–683); machte sich nach dessen Tod zunächst zur Regentin im Namen ihrer Söhne und regierte von 690 bis 705 selbständig als Kaiserin einer eigenen Dynastie, der sie den Namen Zhou gab.
Di Renjie – (630–700), Beamter unter der Kaiserin Wu Zetian; bekleidete verschiedene hohe Posten; wurde von der späteren Geschichtsschreibung als ein Wegbereiter der nach der Herrschaft der Wu Zetian erfolgten Restauration der Tang-Dynastie angesehen.

111 *Yang Bocheng* – Vermutlich eine historische Person. In anderen Texten wird ein Yang Bocheng als Staatssekretär im Finanzministerium (hubu langzhong) erwähnt, der zur selben Zeit gelebt haben muß, in der diese Erzählung spielt.

114 *alte Siegelschrift* – Im Altertum gebräuchliche Form der chinesischen Schriftzeichen, die später für besondere Zwecke wie Inschriften u. a. benutzt wurde.

116 *Suzhou* – Stadt in der heutigen Provinz Jiangsu.

117 *Wei-Brücke* – Diese Brücke wie auch der später erwähnte Westmarkt sind für das Luoyang der Tang-Zeit nicht bezeugt, wohl aber für die Hauptstadt Chang'an.

121 *Jibin* – Staat im Gebiet des heutigen Kaschmir in Indien.

124 *Duling* – Ort südöstlich vom heutigen Chang'an in der Provinz Shaanxi.
Qinghe – Ort östlich von dem heutigen Ort gleichen Namens in der Provinz Hebei.
Songcheng – Beim heutigen Shangqiu in der Provinz Henan.

124 *chinesische „Insektenschrift", Acht-Teile-Schrift, Kaulquappenschrift* – Zierformen der chinesischen Schrift, in denen die Formen der Zeichen oft erheblich von den normalen abweichen und die daher meist schwer lesbar sind.

Schrift des Sanskrit – Gemeint ist die indische Devanagari-Schrift, die durch den Buddhismus in China bekannt wurde.

128 *vom Vater ererbte Privilegien* – Söhne hochrangiger Beamter konnten zur Tang-Zeit durch das sogenannte Beschattungsverfahren (yin) auch ohne eine Prüfung einen – wenn auch relativ niedrigen – Amtsrang bekommen.

Xiangzhou – Heute Anyang in der Provinz Henan.

129 *Lulong* – Zur Tang-Zeit ein Militärgouvernement im Nordosten Chinas.

130 *Yanmen* – Heute Daixian in der Provinz Shanxi.

„Große Dame von Taiyuan" – Mütter oder Gattinnen von verdienten hohen Beamten konnten zur Tang-Zeit durch die Verleihung von nominellen Adelstiteln geehrt werden. Eine tatsächliche Beziehung zu dem in dem Titel genannten Ort entstand dadurch nicht.

131 *Zhushan* – In der heutigen Provinz Hubei.

Fangzhou – Heute Fangxian in der Provinz Hubei.

Gemeinfreier – Chin.: baixing; Angehöriger des gewöhnlichen Volkes, der weder ein Amt bekleidete noch zu den Unfreien (Sklaven u. ä.) gehörte.

135 *Jadene Hauptstadt, Penglai-Berg, Kunlun-Park, Guye-Berg* – Örtlichkeiten der daoistischen Phantasiewelt. Die Jadene Hauptstadt ist der Sitz des Himmelsherrschers; der Penglai-Berg ist eine der drei bergförmigen Inseln im Ostmeer, auf denen die Unsterblichen leben; der Kunlun-Park ist ein Park auf dem in Westchina gedachten Kunlun-Gebirge (nicht mit dem heute so genannten Gebirge identisch), wo die „Königinmutter des Westens" (Xiwangmu) wohnt und wo die Pfirsiche der Unsterblichkeit wachsen; der Guye-Berg ist ebenfalls ein Wohnsitz der Unsterblichen, wo diese nur von Wind und Tau leben und von wo aus sie auf Wolken oder Drachen durch die ganze Welt fliegen.

136 *Fünf Körnerfrüchte* – Sammelbezeichnung für die Hauptnahrungsmittel wie verschiedene Hirsearten, Reis, Bohnen usw. Die zu den Fünf Körnerfrüchten gezählten Pflanzenarten werden in verschiedenen Texten unterschiedlich angegeben.

Jian'ge – Ort in der heutigen Provinz Sichuan.

137 *Erdgöttin* – Als Pendant zum Himmelsherrscher, der obersten Gottheit des alten China, gedacht, demnach eine sehr hochstehende Gottheit.
Periode „Große Bestimmtheit" – Diese Periode wie auch die am Ende der Erzählung genannte Periode „Himmlischer Plan" hat es in der Geschichte der Tang-Dynastie nicht gegeben.
Cihui-Viertel – Stadtviertel in Luoyang unmittelbar am Südufer des Luo-Flusses.

138 *Hellebardentor* – Zur Tang-Zeit wurden an den Toren von Palästen oder Wohnanwesen hoher Beamter eine dem Rang des Besitzers entsprechende Anzahl von Hellebarden in besonderen Ständern als Zeichen seiner Würde aufgestellt.

139 *Jianchun-Tor* – Tor in der Mitte der Ostmauer an der Südhälfte von Luoyang.

141 *„Fasanenwagen"* – Im Original steht „Speicherwagen" (kuju), eine in diesem Zusammenhang nicht erklärbare Bezeichnung. Ein chinesischer Kommentar vermutet hierin ein Synonym für „Fasanenwagen" (diju), eine Bezeichnung für einen Wagen, der von der Kaiserin für Besuche im Hause der Mutter benutzt wurde.

145 *Ming Chongyan* – (gest. 679), Kaiserlicher Rat; soll über die Kunst der Zauberei verfügt und mit den Geistern in Verbindung gestanden haben.
Kunst des Großen Einen – Gemeint ist eine auf einer magischen Beziehung zur Gottheit des Großen Einen, der Personifizierung der ursprünglichen Einheit des Universums, beruhende Fähigkeit der Beherrschung aller Geister.

147 *Acht Äußerste Grenzregionen* – Die Regionen, die die Welt im Nordosten, Osten, Südosten, Süden usw. begrenzen.

149 *Zhang* – Chinesisches Längenmaß; 1 Zhang = etwa 3 m.
Fünf Heilige Berge – Chin.: Wuyue; fünf Berge, die traditionell als heilig gelten und den Fünf Himmelsrichtungen zugeordnet werden. Es sind dies die Berge Taishan in der Provinz Shandong (Osten), Hengshan in der Provinz Hunan (Süden), Huashan in der Provinz Shaanxi (Westen), Hengshan in der Provinz Hebei (Norden) und Songshan in der Provinz Henan (Mitte).
Vier Große Ströme – Der Changjiang (Yangtsekiang), der Gelbe Fluß (Huanghe), der Huai-Fluß und der Ji-Fluß, der heute zum großen Teil mit dem Gelben Fluß vereinigt ist.

150 *Daluo-Himmel* – Der „Große Einschließende Himmel"; in der Vorstellungswelt des Daoismus eine überweltliche

Sphäre, die mehrere „Himmel“ umfaßt, darunter den Himmel der Jadenen Klarheit (Yuqing), in dem der Herrscher des Universums Hof hält.

152 *Prinz von Wei* – In den historischen Quellen läßt sich für die Zeit, in der diese Erzählung spielt, kein mit diesem Namen belehnter Prinz nachweisen.

153 *Gebiet von Hebei* – Umfaßte zur Tang-Zeit außer der heutigen Provinz dieses Namens auch die heutige Provinz Shandong und die nördlich des Gelben Flusses (Huanghe) gelegenen Teile der heutigen Provinz Henan.

Suizhou – Heute Suining in der Provinz Sichuan.

Guo Yuanzhen – (656–713), General; erhielt 712 den Posten eines Kanzlers.

Man-Barbaren – Gruppe von Fremdvölkern, die zur Tang-Zeit im Südwesten Chinas lebten und Mitte des 7. Jh. im Gebiet der heutigen Provinz Yunnan einen eigenen Staat, Nanzhao, bildeten. Zwischen Nanzhao und China gab es mehrfach kriegerische Auseinandersetzungen.

Yaozhou – Ort beim heutigen Yaoan in der Provinz Yunnan südlich von Dayao.

Shu – Alter Name für die Landschaft um Chengdu in der heutigen Provinz Sichuan.

156 *Han* – Chinesischer Name der größten Völkerschaft Chinas, im europäischen Sprachgebrauch gemeinhin mit „Chinesen“ wiedergegeben.

157 *Zhong Yi* – Adliger des chinesischen Altertums aus dem Staat Chu; wurde Gefangener des Fürsten von Jin und bewies vor diesem eine so überzeugende Charakterfestigkeit und Treue zu seiner Heimat, daß er schließlich freigelassen wurde.

Graf von Ji – Xu Yu, Graf (zi) von Ji, ein Onkel des letzten Königs der Shang-Dynastie (16.–11. Jh. v. u. Z.). Seine an den König gerichteten Ermahnungen wurden nicht erhört, worauf der Graf von Ji Irrsinn vortäuschte und Sklave wurde.

Su Wu – Gesandter; wurde vom Han-Kaiser Wudi (141–87 v. u. Z.) 100 v. u. Z. zu dem innerasiatischen Volk der Xiongnu geschickt, wegen der Beteiligung an einem Komplott dort gefangengesetzt und mußte u. a. am Balkash-See 19 Jahre lang Schafe hüten.

Li Ling – Feldherr und Freund des Su Wu; wurde auf einem Feldzug gegen die Xiongnu von diesen vernichtend geschlagen und wagte danach nicht, nach China zurückzukehren;

blieb bei den Xiongnu und wurde dort ein Vertrauter von deren Herrscher. Die Anspielung im Text bezieht sich offenbar auf Li Lings große Fertigkeit im Bogenschießen und auf die von einem chinesischen Gesandten dem Xiongnu-Herrscher gegenüber gemachte Behauptung, der chinesische Kaiser hätte in seinem Palast eine Wildgans geschossen, die an ihrem Bein ein Stück Stoff mit einer darauf geschriebenen Nachricht des gefangenen Su Wu gehabt hätte. Diese Behauptung veranlaßte den Xiongnu-Herrscher, den bereits totgesagten Su Wu wieder freizulassen. Die Anspielung will also besagen: Bezüglich meiner Befreiung setze ich, der gefangene Guo Zhongxiang, meine Hoffnung auf meinen Freund Wu Baoan.

159 *den Shifu zu befreien* – Anspielung auf den Freikauf des Yue Shifu, eines Weisen des chinesischen Altertums, durch den Kanzler des Staates Qi Yan Ying, der auf einer Reise ein Beipferd seines Gespanns für ihn hergab. Im Text wird statt des Namens des Yan Ying irrtümlich der eines anderen berühmten Kanzlers von Qi, Guan Yiwu, genannt.

den Hua Yuan freizukaufen – Anspielung auf den Freikauf des Hua Yuan, eines in Gefangenschaft geratenen Feldherrn des chinesischen Altertums, durch seine Landsleute aus dem Staat Song.

Lunan – Das Gebiet um das heutige Yaoan in der Provinz Yunnan südlich von Dayao.

163 *Weizhou* – Heute Lingqiu in der Provinz Shanxi.

Daizhou – Heute Daixian in der Provinz Shanxi.

164 *Shujun* – Heute Chengdu in der Provinz Sichuan.

Weijun – Alter Name der zur Tang-Zeit Weizhou genannten Präfektur; heute Daming in der Provinz Hebei, der Heimatort des Wu Baoan.

Lanzhou – Heute Lanxian in der Provinz Shanxi.

zinnoberrote Knieschützer – Im chinesischen Altertum eine Art Amtsinsignien; hier metaphorisch benutzt.

165 *Bodhisattva-Barbaren* – Chin.: Pusaman; Bezeichnung einer Stammesgruppe, deren Tracht an chinesische Bodhisattva-Darstellungen erinnerte.

167 *Liuhexian* – Ort in der heutigen Provinz Jiangsu.

Liang-Dynastie – Herrschte von 503 bis 577 in Südchina.

170 *Wangwu-Gebirge* – In der heutigen Provinz Shanxi südwestlich von Yangchengxian.

171 *Tiantan-Berg* – Der höchste Gipfel des Wangwu-Gebirges.

171 *Kunlun-Sklave* – Die in den Tang-Erzählungen mehrfach auftretenden Kunlun-Sklaven werden als dunkelhäutig und als Träger besonderer Fähigkeiten (meist übernatürlicher Art) beschrieben. Nach historischen Quellen sollen die Kunlun-Sklaven aus Hinterindien oder aus Afrika stammen.

174 *Mundorgel* – Chin.: sheng; Blasinstrument aus mehreren Pfeifen.

175 *Liang* – Chinesisches Gewichtsmaß; zur Tang-Zeit 1 Liang = etwa 40 g.

177 *Flagge der Schenke* – Flaggen dienten im alten China als Kennzeichen von Gasthäusern, ähnlich den modernen Ladenschildern.

178 *Dou Shen* – (733–792), Vizeminister, Kaiserlicher Kommissar und Kanzler unter dem Kaiser Dezong (reg. 780–804).

Guangfu-Viertel – Stadtviertel auf der Ostseite der zentralen Nord-Süd-Straße von Chang'an.

Lu Zhi – (754–805), Kanzler von 792 bis 795. Seine Feindschaft mit Dou Shen ist historisch bezeugt. Er wurde tatsächlich 795 verbannt.

181 *Chenzhou* – Heute Chenxian in der Provinz Hunan.

Liu Shining – Militärgouverneur von Xuanwu von 792 bis 793.

Xuanwu – Militärgouvernement im Gebiet des heutigen Shangqiu in der Provinz Henan.

Huanzhou – Ort im Gebiet des heutigen Nordvietnam.

183 *Pei Yanling* – (728–796), Finanzminister zur Zeit der Kanzlerschaft von Lu Zhi.

Jin Zhongyi – Ein Koreaner; diente unter dem Kaiser Dezong als General.

184 *Changcheng, Wujun* – Es gab mehrere Orte mit dem Namen Changcheng. Da Lu Yong aus Wujun, dem heutigen Suzhou in der Provinz Jiangsu, stammen soll, könnte das Changcheng gemeint sein, das nicht weit von Wujun entfernt beim heutigen Changxing in der Provinz Zhejiang lag.

Ministerium der Riten – Eines der sechs Ministerien der Tang-Dynastie, denen die Verwaltung des Reiches unterstand; die übrigen fünf waren die Ministerien der Beamten, der Finanzen, des Militärwesens, der Justiz und der Öffentlichen Arbeiten. Das Ministerium der Riten war für das gesamte Staatsritual zuständig; seit 736 oblag ihm auch die Durchführung der staatlichen Beamtenprüfungen.

184 *Taixue-Universität* – Im alten China die höchste staatliche Lehranstalt zur Ausbildung des Beamtennachwuchses.

Nanyue – Name eines Staates, der von 203 bis 111 v. u. Z. im äußersten Süden des heutigen China existierte. Hier ist im weiteren Sinne Südchina gemeint, wo auch heute noch viele nationale Minderheiten leben.

Himmelssohn der Tang – Nach konfuzianistischer Auffassung war der Kaiser der Sohn des Himmels – der obersten Gottheit –, von dem er das Mandat zur Ausübung der Herrschaft über die Menschen verliehen bekommen hatte.

188 *Wei-Fluß* – Nebenfluß des Gelben Flusses (Huanghe) nördlich von Xi'an in der Provinz Shaanxi.

Dou – Chinesisches Hohlmaß; zur Tang-Zeit 1 Dou = etwa 6 l.

191 *Minyue* – Name einer Völkerschaft, die im Gebiet der heutigen Provinz Fujian in Südostchina lebte. Hier dürfte im weiteren Sinne Südostchina gemeint sein.

192 *Lingnan* – Das Gebiet der heutigen Provinz Guangdong in Südchina.

195 *Hongzhou* – Heute Nanchang in der Provinz Jiangxi.

Seelentafel – Tafel in Form einer kleinen Stele, auf der der Name eines verstorbenen Familienangehörigen geschrieben steht. Derartige Tafeln wurden in der Haupthalle des Wohnanwesens auf einer Art Altar aufgestellt; sie galten als der Sitz der Seele des Toten, und vor ihnen wurden die an die Verstorbenen gerichteten kultischen Zeremonien durchgeführt.

196 *Guangling* – Heute Yangzhou in der Provinz Jiangsu.

Liuhe – Ort in der heutigen Provinz Jiangsu. Die Entfernung zwischen Guangling und Liuhe beträgt per Luftlinie etwa 60 km.

auf dem Wasserwege – Gemeint ist eine Fahrt stromaufwärts auf dem Changjiang (Yangtsekiang).

198 *Südsee* – Nach der Angabe „in der Bucht von Xingzi unterhalb des Lushan-Gebirges“ ist hier der Poyang-See in der heutigen Provinz Jiangxi gemeint. Die Stelle ist vom Ausgangspunkt Guangling per Luftlinie etwa 500 km entfernt.

Xunyang – Älterer Name für das heutige Jiujiang in der Provinz Jiangxi nördlich vom Lushan-Gebirge und nahe dem Nordende des Poyang-Sees.

201 *Du Ya* – Militärgouverneur von Huainan mit Sitz in Yangzhou (Guangling) von 784 bis 789.

202 *Guo Yuanzhen* – Siehe Anm. zu S. 153. Der Zeitansatz der Erzählung (Periode „Erschließung und Beginn“) ist mit der Lebenszeit des historischen Guo Yuanzhen unvereinbar.
Jinzhou – Heute Linfen in der Provinz Shanxi.
Fenzhou – Heute Fenyang in der Provinz Shanxi.

211 *Yuan Wuyou* – Dieser Name kann als ein sogenannter sprechender Name aufgefaßt werden; die drei Silben bedeuten „Ursprünglich nicht vorhanden“.
Weiyang – Heute Yangzhou in der Provinz Jiangsu.

214 *erster Amtsrang* – Der höchste der neun in sich weiter unterteilten Beamtenränge der Tang-Zeit.

217 *Caozhou* – Heute Caoxian in der Provinz Shandong.

219 *Shuofang* – Das Ordos-Gebiet in der heutigen Inneren Mongolei.

221 *Gewundener Strom* – Ein Wasserlauf in einem Park im Südosten von Chang'an. Dieser Park war ein beliebtes Ausflugsziel der Einwohner von Chang'an.

222 *Sanxiang, Fuchang* – Sanxiang ist ein Dorf südlich vom heutigen Yiyang; Fuchang ist das heutige Yiyang am Luo-Fluß in der Provinz Henan.
Yilong – Ort in der heutigen Provinz Sichuan.
Pengzhou – Heute Peng'an in der Provinz Sichuan.

224 *Landschaft von Ba* – Ba ist ein alter Name für das Gebiet um die heutige Stadt Chongqing in der Provinz Sichuan.

225 *Changjiang* – Ort im Gebiet östlich des Linxi-Flusses in der Provinz Sichuan.
nördliche und südliche Route – Reiste man von der westlichen Tang-Hauptstadt Chang'an ostwärts nach der östlichen Hauptstadt Luoyang, so konnte man vom Gebiet des heutigen Lingbao in der Provinz Henan aus entweder weiter dem Gelben Fluß (Huanghe) folgen (nördliche Route) oder sich nach Südosten wenden und dann dem Luo-Fluß folgen (südliche Route). Mit der Wahl der nördlichen Route wollte Zhou Maofang vermeiden, selber das Gebiet um Fuchang zu berühren.

228 *Qingcheng* – Etwa 20 km westlich vom heutigen Guanxian in der Provinz Sichuan gelegen.
der Zwanzigste – Im alten China waren der 10., der 20. und der letzte Tag des Monats (nach dem Mondkalender) freie Tage (entsprechend dem europäischen Sonntag). Die Geschichte spielt also an einem solchen freien Tag.

230 *Umzingelungsschach* – Altes Brettspiel, heute in China „weiqi" genannt, bekannter unter seinem japanischen Namen Go.
Liubo-Spiel – Altes Brettspiel, dessen Regeln nicht überliefert sind.

232 *Drei Ströme, Fünf Seen* – In der alten chinesischen Literatur mehrfach erwähnte Gruppen von Flüssen und Seen, wobei die Zuschreibung konkreter Flüsse oder Seen zu diesen beiden Gruppen in den verschiedenen Texten sehr unterschiedlich ist. Hier dürfte der Ausdruck im Sinne von „alle Ströme und Seen" zu verstehen sein.

235 *Huayang* – Es gab zur Tang-Zeit mehrere Orte dieses Namens. Hier ist möglicherweise ein Ort im Gebiet des heutigen Chengdu in der Provinz Sichuan gemeint.

236 *Han Yi aus der Präfektur Changli* – Han Yi (auch: Han Hong) war ein bekannter Dichter des 8. Jh. Er selber stammte aus Nanyang in der Provinz Henan; seine berühmte Sippe aber führte ihre Herkunft auf die Präfektur Changli (heute Yixian in der Provinz Liaoning) zurück.

237 *Qingchi* – Ort nordöstlich vom heutigen Cangxian in der Provinz Hebei.

238 *eroberten die Banditen die beiden Hauptstädte* – Gemeint ist die von dem Militärgouverneur An Lushan (s. Anm. zu S. 14) angezettelte Militärrevolte gegen die kaiserliche Zentralgewalt. Die beiden Hauptstädte sind Chang'an und Luoyang.
Dharma-Seelen-Tempel – Chin.: Falingsi, möglicherweise eine Verschreibung für „Fayunsi" (Dharma-Wolken-Tempel). Ein buddhistisches Nonnenkloster dieses letzten Namens existierte in Chang'an im Xuanping-Viertel. Die Zeichen für „ling" (Seele) und für „yun" (Wolke) ähneln einander und könnten bei kursiver Schreibung verwechselt worden sein.
Hou Xiyi – Militärgouverneur; zog sich 762 aus dem von Fremdvölkern bedrängten Militärgouvernement Pinglu (im Grenzgebiet der heutigen Provinzen Hebei und Liaoning) kämpfend in das Militärgouvernement Ziqing (in der heutigen Provinz Shandong) zurück, das seitdem Pinglu-Ziqing hieß; erhielt 776 den Titel eines Vizepräsidenten zur Rechten in der Verwaltung für Staatsangelegenheiten (in unserer Erzählung: zur Linken). Der Zusatz „zur Rechten" bzw. „zur Linken" diente zur Unterscheidung zweier Beamter auf einem doppelt besetzten Amtsposten, wobei beide zwar denselben offiziellen Rang innehatten, der „zur Linken" aber im Ansehen höher stand.

238 *Kaiser Xuan* – Gemeint ist der Kaiser Suzong (reg. 756–763). „Xuan" ist ein Bestandteil seines offiziellen Namens. Unter seiner Führung wurde Chang'an zurückerobert.
Weide von Zhangtai – Zhangtai (Zhang-Terrasse) war zur Zeit der Han-Dynastie (206 v. u. Z.–220) der Name einer Straße in Chang'an. „Weide" (chin.: liu) ist identisch mit dem Namen der Dame Liu. Mit „Weide von Zhangtai" ist also die Dame Liu in der Hauptstadt gemeint.
239 *Drachenkopfhügel* – Hügel im Norden von Chang'an.
240 *Daozheng-Viertel* – Stadtviertel von Chang'an.
241 *Titel eines Unterstaatssekretärs* – Die im Folgenden genannten Titel von Han Yi und Xu Jun sind als Ehrentitel zu verstehen, die nicht mit der Ausübung entsprechender Ämter verbunden waren.
243 *Youzhou, Jizhou* – Präfekturen im Gebiet des heutigen Peking.
jene Damen des Altertums, die den Kaiser einst vor dem Bären beschützten – Anspielung auf zwei Geschichten aus der Zeit der Han-Kaiser Yuandi (reg. 48–33 v. u. Z.) und Chengdi (reg. 33–7 v. u. Z.). In der ersten stellte sich eine Hofdame vor einen ausgebrochenen Bären, der auf den Kaiser zustürzte; in der zweiten lehnte es eine Hofdame ab, mit dem Kaiser zusammen im Wagen zu fahren, da das bedeutet hätte, daß der Kaiser einer Frau einen Platz einräumte, der seinen bedeutenden Beamten gebührte – ein Verhalten, das auf den Untergang der Dynastie hingedeutet hätte.
Cao Mo in Ke – Anspielung auf eine Geschichte aus der Chunqiu-Zeit (770–481 v. u. Z.), in der der General Cao Mo in der Stadt Ke (bei Neihuang in der heutigen Provinz Henan) durch Überredung erreichte, daß der Staat Qi ein Stück Land zurückgab, das er dem Staat Lu, dem Heimatland des Cao Mo, im Krieg abgenommen hatte.
Lin Xiangru in Mianchi – Anspielung auf eine Geschichte aus der Zhanguo-Zeit (480–221 v. u. Z.), in der Lin Xiangru in dem Ort Mianchi (westlich vom heutigen Mianchi in der Provinz Henan) eine Demütigung seines schwachen Heimatlandes Zhao durch das starke Qin verhinderte.
245 *Zhou-Dynastie* – Genauer: Nord-Zhou-Dynastie (557–581).
Ostmarkt – In Chang'an (zur Sui-Zeit: Daxing) gab es zur Tang-Zeit zwei Märkte, den West- und den Ostmarkt, die jeweils rechteckige Grundrisse und Tore auf allen vier Seiten hatten.

247 *Shi Jilun und Yi Dun* – Zwei Personen der älteren chinesischen Geschichte, die über sprichwörtlichen Reichtum verfügten.

248 *Zhongyuan-Fest* – Ein Fest, das am 15. Tag des 7. Monats stattfand und an dem den Verstorbenen Opfer dargebracht wurden.

Laozi – Philosoph des chinesischen Altertums, Verfasser des „Daodejing“ (frühere Schreibung: „Tao-te-king“), der grundlegenden Schrift des Daoismus, und Ahnherr dieser Lehre; wurde später wie ein Heiliger verehrt. Hier ist vermutlich ein dem Laozi geweihter Tempel gemeint.

Gebiet südlich des Huai-Flusses – Das Gebiet zwischen den Flüssen Huaihe und Changjiang (Yangtsekiang).

249 *Yuntai-Gipfel* – Einer der fünf Gipfel des Huashan-Gebirges südlich des Flusses Weihe in der heutigen Provinz Shaanxi. Das Huashan-Gebirge gilt als einer der Fünf Heiligen Berge Chinas (s. Anm. zu S. 149).

hellblauer Drache, weißer Tiger – In der Symbolsprache der chinesischen Alchimie steht „hellblauer Drache“ für Quecksilber und „weißer Tiger“ für Blei. Beide Substanzen wurden u.a. bei den Versuchen benutzt, ein „Elixier der Unsterblichkeit“ herzustellen.

weiße Steine – Das Essen von weißen Steinen ist in der chinesischen Dichtung gelegentlich ein Zeichen der Armut. Hier sollen die weißen Steine aber wohl helfen, die Unsterblichkeit zu erlangen.

Yaksha – Im Buddhismus svw. „Teufel“.

251 *Dolchaxt* – Chin.: ge; eine der wichtigsten Hieb- und Stichwaffen des chinesischen Altertums; bestand aus einem langen Stiel, dessen Ende eine quergesetzte Klinge trug.

253 *Yanluowang* – Der König der Hölle.

Danfu in der Präfektur Songzhou – Ort südlich vom heutigen Danxian in der Provinz Shandong.

Nadeln, Moxen – Gemeint sind die traditionellen Therapieverfahren der Akupunktur und der Moxibustion.

254 *Sechs Heiratsrituale* – Eine Folge von sechs durch die Tradition vorgeschriebenen rituellen Handlungen, die der Bräutigam vor der Hochzeit zu vollziehen hatte und deren letzte die Heimführung der Braut war.

Würdenträger von Jia – Anspielung auf eine Geschichte in dem alten Annalenwerk „Zuozhuan“, wonach ein Würdenträger des Staates Jia so häßlich war, daß seine schöne Frau sich weigerte, mit ihm zu sprechen. Erst als sie ihn bei der Jagd die Waffe auf einen Fasan anlegen und das Tier treffen sah, lachte sie.

256 *Spiegel* – Im alten China benutzte man in der Regel als Spiegel kreisrunde Bronzescheiben, deren eine Seite geschliffen und blank poliert war; auf der Rückseite trugen sie in der Mitte einen durchlöcherten Knopf zum Durchziehen einer Schnur zum Aufhängen und um diesen Knopf herum vielfältigen Reliefschmuck.

Fenyin – Heute Yongji in der Provinz Shanxi.

die vier Himmelsrichtungen – Die vier Himmelsrichtungen werden durch Symboltiere dargestellt: Schildkröte = Norden, Drache = Osten, Phönix = Süden, Tiger = Westen.

die acht Trigramme – Eine Serie alter Wahrsagesymbole aus je drei Linien, die entweder durchgehend (= Yang) oder durchbrochen (= Yin) sind. An diese Symbole knüpfen sich weitreichende spekulative Deutungen.

Li-Schrift – Eine ältere Form der chinesischen Schrift, die gern für ornamentale Zwecke benutzt wurde.

die vierundzwanzig Jahresperioden – Eine alte Einteilung des Sonnenjahres in 24 Abschnitte zu durchschnittlich 15 Tagen mit eigenen Namen. Sie existierte neben dem offiziellen Mondkalender und hatte besondere Bedeutung für die Landwirtschaft, für die der Mondkalender in mancher Hinsicht unpraktisch war.

258 *der Gelbe Kaiser* – Chin.: Huangdi; mythologische Gestalt. Ihm wird u. a. die Erfindung der Metallbearbeitung zugeschrieben.

Vollmond – Fiel nach dem alten Mondkalender jeweils auf den 15. Tag des 30 bzw. 29 Tage umfassenden Monats.

hatte die Familie Yang einen Ring besessen – Vermutlich eine Anspielung auf die Geschichte von einem gewissen Yang Ziyang, die in dem „Garten des Außergewöhnlichen" (Yiyuan) aus der Zeit der Süd-Dynastie Song (420–479) überliefert ist.

Als Herr Zhang sein Schwert verlor – Vermutlich eine Anspielung auf eine Geschichte von einem magischen Schwert des Polyhistors Zhang Hua (232–300).

259 *Xiagui* – Ort in der heutigen Provinz Shaanxi.

260 *Hancheng* – In der heutigen Provinz Shaanxi.

263 *Su Chuo* – (498–546), Gelehrter und Beamter; machte sich bei der Begründung der Westlichen Wei-Dynastie (535–556) verdient.

264 *Fen-Fluß* – Nebenfluß des Gelben Flusses im Süden der Provinz Shanxi.

266 *Ruicheng* – Ort in der heutigen Provinz Shanxi.

267 *Shaandong* – Als Landschaftsbezeichnung nicht überliefert.

Puzhou – Heute Yongji in der Provinz Shanxi.

Shaanzhou – Heute Shaanxian in der Provinz Shanxi.

269 *Shang Ziping* – Eigentlich Shang Zhang, ein „Einsiedler", der dadurch berühmt wurde, daß er nach der Verheiratung seiner Kinder alle Beziehungen zu seiner Familie abbrach.

Konfuzius hat gesagt: „Einem einfachen Mann ..." – Zitat aus den „Gesprächen" (Lunyu) des Konfuzius: „Einer Armee kann man den Führer nehmen, aber nicht einem einfachen Mann seinen Willen." („Gespräche", Kap. IX, 26, Reclam-Ausgabe Leipzig 1982, S. 82)

270 *mich auf Wolkenwege zu erheben ...* – Gemeint ist hier, daß Wang Ji das in Einklang mit der Natur stehende Leben eines Unsterblichen nach daoistischer Auffassung anstrebt.

Shaoshi-Berg – Der Westgipfel im Massiv des Heiligen Berges Songshan.

271 *Jishan-Berg* – Südöstlich von Dengfeng in der Provinz Henan.

272 *Ying-Fluß* – Westlich von Dengfeng in der Provinz Henan.

Taihe-Gebirge – Im Text steht nur „Taihe". Möglicherweise ist hier das Taihe- oder Wudang-Gebirge südlich von Junxian in der Provinz Hubei gemeint, ein vom Daoismus mit magischen Qualitäten ausgestatteter Ort.

Jadebrunnen – Vermutlich einer der fünf berühmten Brunnen im Taihe-Gebirge.

acht jahreszeitliche Wendepunkte – Acht Zeitpunkte in der zuvor in der Beschreibung des Spiegels genannten Einteilung des Sonnenjahres in 24 Abschnitte.

Songzhou – Ort südlich vom heutigen Shangqiu in der Provinz Henan.

273 *Sheshan-Berg* – Nördlich von Jiangning in der heutigen Provinz Jiangsu.

Zhejiang-Fluß – Alter Name des Qiantang-Flusses (Fuchunjiang) in der heutigen Provinz Zhejiang.

274 *Huiji-Gebirge* – Südöstlich von Shaoxing in der heutigen Provinz Zhejiang.

„Kreisbahnen und Gnomone" – Genauer: „Klassische mathematische Schrift von den Kreisbahnen und Gnomonen"

(Zhoubi suanjing), Titel eines mathematischen Textes aus der Han-Zeit (206 v. u. Z.–220).

274 *„Neun Kapitel"* – Genauer: „Mathematische Kunst in Neun Kapiteln" (Jiuzhang suanshu), Titel des bekanntesten altchinesischen mathematischen Werkes aus der Han-Zeit.

„Klare Halle" – Chin.: Mingtang; Name eines Ritualbaus des Altertums, der verschiedene astronomische, kalendarische u. a. spekulative Beziehungen symbolisierte.

„Sechs Panzer" – Chin.: Liu Jia; Name einer spekulativen Lehre von der Abwehr bzw. von der Dienstbarmachung von Geistern.

Yuzhang – Heute Nanchang in der Provinz Jiangxi.

Xu Xun – Daoist; lebte am Ende der West-Jin-Zeit (263–317); ihm wurden verschiedene Wunder zugeschrieben.

Fengcheng – Ort in der heutigen Provinz Jiangxi.

276 *„Wandlungen"* – Chin.: Yi; auch „Buch der Wandlungen" (Yijing), berühmtestes klassisches Wahrsagebuch des chinesischen Altertums.

278 *Wei Gao* – (745–805), Militärgouverneur von Xichuan. Xichuan ist ein Teil der heutigen Provinz Sichuan. Als Militärgouverneur dieses Gebietes von 785 bis 805 erwarb sich Wei Gao in Kämpfen mit den Tibetern große Verdienste. Wegen seiner selbstherrlichen Amtsführung und seiner verschwenderischen Großzügigkeit war er sehr berühmt.

Jiangxia – Stadt südöstlich des heutigen Wuhan in der Provinz Hubei.

zwei klassische Schriften – Gemeint sind vermutlich das „Buch der Lieder" (Shijing) und das „Buch der Urkunden" (Shujing), die Jiang Jingbao unter Wei Gao als Hauslehrer studierte. Auf eine solche Stellung des Wei Gao scheint auch der folgende Satz anzuspielen.

Toutuo-Tempel – Berühmter Tempel in den Dabieshan-Bergen bei Wuhan.

280 *Papageieneiland* – Insel im Changjiang (Yangtsekiang) bei Wuhan.

Militärgouverneur von Shu – Shu ist ein alter Name für das eingangs erwähnte Xichuan. Wei Gao wurde 785 Militärgouverneur dieses Gebietes und behielt diesen Posten bis zu seinem Tode im Jahre 805.

281 *große Kriegswirren* – Gemeint sind die Kämpfe gegen die Tibeter Ende des 8. Jh.

282 *„Ein Zeisig brachte ihn ...“* – Anspielung auf eine Geschichte aus der Han-Zeit (206 v.u.Z.–220), in der ein Zeisig seinem Retter mit einem Jadering dankt.

Sutras abschreiben und Buddhabildnisse herstellen – Das Kopieren von Sutras und das Herstellen von Buddhabildnissen gelten im Buddhismus als verdienstvolle Taten, mit denen man auch den Seelen Verstorbener Gutes tun kann.

Li Shaoweng – Daoist der Zeit des Han-Kaisers Wudi (reg. 141– 87 v.u.Z.), für den er eine Begegnung mit einer verstorbenen geliebten Nebenfrau herbeigeführt haben soll.

Verdienste in Longyou – Gemeint sind frühere militärische Verdienste des Wei Gao, auf Grund deren er die Stellung in Xichuan erhielt.

283 *Würdenträger Lu von Dongchuan* – Dongchuan entspricht dem Osten der heutigen Provinz Sichuan. In Wirklichkeit unterstand dieses Gebiet zur Zeit von Wei Gao keinem Militärgouverneur namens Lu.

284 *Nanyang* – Ort in der heutigen Provinz Henan.

Hengshan-Gebirge – „Hengshan“ bedeutet svw. „Quer-Gebirge“. Es gibt in China mehrere Gebirge dieses Namens. Nach den weiteren Ortsangaben muß hier eines in der heutigen Provinz Fujian gemeint sein.

Futang – Südöstlich vom heutigen Fuqing in der Provinz Fujian.

Fuzhou – In der heutigen Provinz Fujian.

288 *Huaiyang* – Ort in der heutigen Provinz Henan.

Huainan – Heute Shouxian in der Provinz Anhui.

289 *Rotfaden* – Der Name dieser Sklavin wird von chinesischen Kommentatoren damit erklärt, daß ihre Handlinien gerötet und leicht erhaben gewesen sein sollen.

Xue Song – (gest. 773), Militärgouverneur; hatte den Posten des Militärgouverneurs von Luzhou (heute Changzhi in der Provinz Shanxi) von 763 bis zu seinem Tode inne.

Unruhen – Gemeint sind die durch die Militärrevolte des Militärgouverneurs An Lushan (s. Anm. zu S. 14) und seiner Nachfolger ausgelösten Unruhen.

Militärgouvernement Zhaoyi – Dieses im Jahre 756 gegründete Militärgouvernement mit offiziellem Sitz in Fuyang (heute Cixian in der Provinz Hebei) hatte zunächst einen anderen Namen und wurde erst 780 in Zhaoyi umbenannt. Es umfaßte den Süden der heutigen Provinz Shanxi. Tatsächlich war der Sitz des Militärgouverneurs in Luzhou.

289 *Gebiet östlich der Berge* – Das Gebiet östlich vom Taihangshan-Gebirge, das etwa der heutigen Provinz Hebei, dem Nordosten der Provinz Henan und der Provinz Shandong entspricht.

Weibo – Militärgouvernement, das Gebiete in der heutigen Provinz Hebei und im Nordosten der heutigen Provinz Henan umfaßte. Sein Sitz war in Weizhou (heute Daming in der Provinz Hebei).

292 *Wuman-Barbaren* – Völkerschaft, die zur Tang-Zeit im Südwesten Chinas lebte.

293 *Siebengestirnschwert* – Unter den häufig erwähnten kostbaren und mit magischen Kräften ausgestatteten Schwertern des chinesischen Altertums gab es solche, in deren Klinge Darstellungen von sieben Sternen (die fünf Planeten, Sonne und Mond oder den Großen Wagen u. a. Sternkombinationen darstellend) eingraviert oder eingelegt waren. Schwerter wurden häufig mit Sternen in Verbindung gebracht, deren überirdische Kräfte sie besitzen sollten.

„Sterngeist des Großen Wagens“ – Als zentrales Sternbild des Himmels galt der Große Wagen als eine der stärksten himmlischen Mächte, deren Einfluß auf die irdischen Geschicke besonders groß war.

294 *Terrasse des Bronzenen Phönix* – Chin.: Tongquetai; wurde von dem Feldherrn Cao Cao (155–220) bei der heutigen Stadt Anyang in der Provinz Henan errichtet.

Zhang-Fluß – Im Gebiet der Grenze zwischen den heutigen Provinzen Hebei und Henan.

295 *Heiliger Landmann* – Chin.: Shennong; Gestalt der chinesischen Mythologie; gilt u. a. als Autor des ältesten chinesischen Arzneibuches.

296 *Geringe und Abhängige* – Der soziale Status der Unfreien (Sklaven u. a. Gruppen).

mein Geschick liegt bei den Kometen – Kometen galten in der chinesischen Astrologie als ungünstige Vorzeichen; sie bedeuteten Unruhe, politische Intrigen, Rebellion, Untergang von Haus und Familie usw.

297 *Göttin vom Luo-Fluß* – In der chinesischen Mythologie die Tochter des Sagenkaisers Fuxi, die im Luo-Fluß (im Norden der heutigen Provinz Henan) ertrank und seither als Gottheit dieses Flusses galt.

298 *Li Xun* – (762–823), von 810 bis 814 Überwachungskommissar in Zhedong (im Osten der heutigen Provinz Zhejiang).

298 *Zhuji* – Ort südlich von Hangzhou in der Provinz Zhejiang.
300 *Ballschläger* – Vermutlich ein Polo-Schläger.
302 *Yangzhou* – Stadt in der heutigen Provinz Jiangsu.
Zhe-Fluß – Heute Fuchunjiang oder Qiantangjiang in der Provinz Zhejiang.
Gebiet südlich des Huai-Flusses – Das Gebiet zwischen den Flüssen Huaihe und Changjiang (Yangtsekiang). Es ist hier also das Gebiet gemeint, aus dem der Bruder kommt, und nicht das, in dem sich die berichteten Vorfälle ereignet haben.
Meng Jian – (gest. 823).
Changzhou – Stadt in der heutigen Provinz Jiangsu.
304 *Handan* – Stadt in der heutigen nordchinesischen Provinz Hebei.
306 *Künste* – Gemeint sind die sogenannten Sechs Künste (Liu Yi) – Riten, Musik, Bogenschießen, Wagenlenken, Kalligraphie und Rechnen –, deren Beherrschung von den Aristokraten des chinesischen Altertums verlangt wurde.
Sippe der Cui aus Qinghe – Eine der besonders alten, angesehenen und reichen Aristokratensippen der Tang-Zeit.
307 *Jinshi-Prüfung* – Jinshi, etwa „(dem Hofe) dargebrachter Gelehrter", war der Name einer der verschiedenen Beamtenprüfungen der Tang-Dynastie. Diese Prüfung erforderte vor allem Talent in der literarischen Komposition. Mit ihrem Bestehen qualifizierte sich der Kandidat für den Eintritt in ein höheres Staatsamt.
Weinan – Ort in der heutigen Provinz Shaanxi.
Tongzhou – Heute Dali in der Provinz Shaanxi.
Henan – Eine der Provinzen der Tang-Zeit, die mehrere Präfekturen bzw. Militärgouvernements umfaßten. Das Gebiet entspricht etwa der heutigen Provinz Shandong mit Teilen der südlich angrenzenden Provinzen Jiangsu und Anhui sowie Gebieten im Norden der heutigen Provinz Henan. Mit der gleichnamigen Stadt Henan (Luoyang) hat diese Provinz nichts zu tun.
der geistergleich kriegerische Kaiser – Eine panegyrische Bezeichnung des damals regierenden Kaisers Xuanzong (reg. 712–756).
Tibeter – Die Auseinandersetzungen mit den Tibetern, die hier erwähnt werden, spielten sich in den Jahren 727/28 ab. Die Namen der tibetischen Führer entsprechen nicht denen

der historisch bezeugten Personen; auch die Ereignisse sind frei gestaltet.

307 *Guazhou* – Östlich vom heutigen Anxi in der Provinz Gansu.

Shazhou – Heute Dunhuang in der Provinz Gansu.

Wang Junchuo – Fiel 727.

Gebiet zwischen dem Gelben Fluß und dem Huangshui – Der Fluß Huangshui ist ein Nebenfluß des Gelben Flusses in der heutigen Provinz Qinghai. Das hier genannte Gebiet entspricht dem Osten der Provinz Qinghai. Die zuvor genannten Orte liegen aber in einem ganz anderen Gebiet. Die Angabe ist also nicht wörtlich zu verstehen, sondern nur im allgemeinen Sinne als westliche Grenzregion.

Militärgouverneur von Hexi – Das Militärgouvernement von Hexi hatte seinen Sitz in Liangzhou (heute Wuwei in der Provinz Gansu). Tatsächlicher Nachfolger von Wang Junchuo wurde Xiao Song (gest. 749), dessen Taten hier dem jungen Lu zugeschrieben werden.

308 *Juyan* – Ort beim heutigen Jiuquan in der Provinz Gansu.

Xiao Song – Kanzler von 728 bis 734.

Pei Guangting – Kanzler von 729 bis 733.

309 *Huanzhou* – Ort im Norden des heutigen Vietnam.

Fürst von Zhao – Bei den Adelstiteln der Tang-Zeit handelt es sich um nominelle Ränge.

Wannian – Heute Chang'an in der Provinz Shaanxi, nicht identisch mit der Hauptstadt Chang'an zur Tang-Zeit.

312 *Großgeneral Gao Lishi* – (684–762), Eunuch; genoß in den letzten Jahren des Kaisers Xuanzong (reg. 712–756) besondere Gunst und hatte großen Einfluß. Die hohen Offiziersstellen in der Kaiserlichen Garde wurden zu der Zeit, in der die Erzählung spielt, gewöhnlich von Eunuchen eingenommen.

Quellennachweis

Die in diesem Band übersetzten Erzählungen stammen bis auf eine Ausnahme aus der Sammlung „Weitläufige Aufzeichnungen aus der Taiping-Zeit" (Taiping guangji), die aus zahlreichen älteren Sammlungen 977/78 kompiliert worden ist. Zitiert wird nach der Ausgabe des Verlages Renmin wenxue chubanshe in fünf Bänden, Peking 1959, abgekürzt TPGJ. Die Ziffern bezeichnen die Kapitel des TPGJ und die Stellung der Erzählung innerhalb des jeweiligen Kapitels. Daneben wird gelegentlich auf die von Wang Pijiang herausgegebene Anthologie „Erzählungen von Tang-Verfassern" (Tangren xiaoshuo), Shanghai 1955, abgekürzt TRXS, verwiesen.

Die seltsame Gattin des Sun Ke – Originaltitel: Sun Ke, TPGJ 445/3; aus der Sammlung „Überlieferte Merkwürdigkeiten" (Chuanqi) von Pei Xing (2. Hälfte des 9. Jh.).

Sühne für Zehntausende getötete Tiere – Originaltitel: Qutu Zhongren, TPGJ 100/2; aus der Sammlung „Aufzeichnungen über Gehörtes" (Jiwen) von Niu Su (l. Hälfte des 8. Jh.).

Die überführten Diebe – Originaltitel: Wang Anguo, TPGJ 128/2; aus der Sammlung „Gesammelte Aufzeichnungen über Merkwürdigkeiten" (Jiyiji) von Xue Yongruo (Mitte des 9. Jh.).

Der Fremde mit dem Lockenbart – Originaltitel: Qiuranke, TPGJ 193/2. Die Autorschaft an der Erzählung ist umstritten; von manchen wird Du Guangting (850–933), von anderen Zhang Yue (667–730) als Autor genannt. Die überlieferten Textfassungen sind nicht einheitlich. Die vorliegende deutsche Fassung stützt sich sowohl auf die Version in TPGJ 193/2 als auch auf die in TRXS, S. 178–181, und die kollationierte Fassung von Wang Meng'ou, „Untersuchungen zu den Erzählungen der Tang-Verfasser“ (Tangren xiaoshuo yanjiu), Taibei 1978, Bd. 4, S. 272–277, und ist vor allem um Schlüssigkeit und Lesbarkeit bemüht.

Der Mönch Yixing – Originaltitel: Yixing, TPGJ 92/3. Die Erzählung ist in den Sammlungen „Aufzeichnungen über glaubhafte Überlieferungen aus den Perioden ‚Erschließung und Beginn‘ und ‚Himmlisches Juwel‘“ (Kaitian chuanxinji), „Vermischte Notizen vom Strahlenden Kaiser“ (Minghuang zalu) und „Gemischtes aus der Youyang-Bücherhalle“ (Youyang zazu) überliefert.

Wen Zhang, der Präfekt der Hauptstadt – Originaltitel: Wen jingzhao, TPGJ 49/6; aus der Sammlung „Kleine Notizen aus dem Ort 'Dreiwasser'“ (Sanshui xiaodu) von Huangfu Mei. Die Sammlung ist nicht in ihrer originalen Fassung überliefert. Nach den Zeiten zu urteilen, zu denen die in anderen Werken überlieferten Geschichten aus dieser Sammlung spielen, kann der Autor bzw. Kompilator nicht vor der 2. Hälfte des 9. Jh. gelebt haben.

Die gewitzte Sklavin Queyao – Originaltitel: Queyao, TPGJ 275/13; aus der Sammlung „Kleine Notizen aus dem Ort ‚Dreiwasser‘“.

Ein altes Unrecht wird wiedergutgemacht – Originaltitel: Cui Jie, TPGJ 172/8; aus der Sammlung „Verlorenes aus der Geschichte der Tang“ (Tang queshi) von Qiao Yanxiu (9.-10. Jh.).

Der Daoist Xue Zhao – Originaltitel: Xue Zhao, TPGJ 17/3; aus der Sammlung „Aufgelesenes aus den Biographien der Unsterblichen“ (Xianzhuan shiyi) von Du Guangting.

Die Schlachten der Geisterarmeen – Originaltitel: Cen Shun, TPGJ 369/7; aus der Sammlung „Notizen über Dunkles und Absonderliches“ (Xuanguailu) von Niu Sengru (780–848).

Ein blinder Seher – Originaltitel: Zheng Renjun, TPGJ 303/4; aus der Sammlung „Müßige Gespräche in der Feldschreibstube“ (Rongmu xiantan) von Wei Xuan, die 831 entstand.

Die Untat der Yu Xuanji – Originaltitel: Lüqiao, TPGJ 130/3; aus der Sammlung „Kleine Notizen aus dem Ort ‚Dreiwasser‘“.

Yang Zhengjian erlangt die Unsterblichkeit – Originaltitel: Yang Zhengjian, TPGJ 64/1; aus der Sammlung „Notizen über die versammelten Unsterblichen“ (Jixianlu), deren Autor unbekannt ist.

Missetaten werden bestraft – Originaltitel: Wang Biao, TPGJ 123/6; aus der Sammlung „Kleine Notizen aus dem Ort ‚Dreiwasser‘“.

Frau Drei vom Gasthof „Zur Bretterbrücke“ – Originaltitel: Banqiao Sanniangzi, TPGJ 286/4; aus der Sammlung „Aufzeichnungen aus dem Gebiet östlich des Flusses“ (Hedongji), deren Autor ein gewisser Xue Yusi gewesen sein soll, über den nichts Genaueres bekannt ist.

Der Scharfsinn des Zhao He – Originaltitel: Zhao He, TPGJ 172/9; aus der Sammlung „Verlorenes aus der Geschichte der Tang“.

Ein furchtloser Präfekt – Originaltitel: Di Renjie, TPGJ 329/8; aus der Sammlung „Weitläufige Aufzeichnungen über Außergewöhnliches“ (Guangyiji), deren Autor ein gewisser Dai Fu gewesen sein soll, über den nichts Genaueres bekannt ist, ebensowenig wie über die Entstehungszeit der Sammlung.

Ein unerwünschter Schwiegersohn – Originaltitel: Yang Bocheng, TPGJ 448/5; aus der Sammlung „Weitläufige Aufzeichnungen über Außergewöhnliches“.

Wie der Bettler Liu Guanci den Drachen half – Originaltitel: Liu Guanci, TPGJ 421/3; aus der Sammlung „Fortsetzung der Notizen über Dunkles und Absonderliches“ (Xu Xuanguailu) von Li Fuyan (etwa 1. Hälfte des 9. Jh.).

Der Verlobungsgasthof – Originaltitel: Dinghundian, TPGJ 159/1; aus der Sammlung „Fortsetzung der Notizen über Dunkles und Absonderliches“. Die im TPGJ überlieferte Fassung der Erzählung ist stellenweise verderbt. Die vorliegende Übersetzung basiert auf einer Textfassung in einer Ausgabe der „Fortsetzung der Notizen über Dunkles und Absonderliches“ aus der Song-Zeit (960–1279), die in der Sammlung TRXS, S. 223/24, abgedruckt ist.

Ein Fremder in der Welt der Unsterblichen – Originaltitel: Yin Yinke, TPGJ 20/1; aus der Sammlung „Vielfältige Vermerke über außergewöhnliche Dinge“ (Boyizhi) von Zheng Huangu (1. Hälfte des 9. Jh.).

Wei Andao und die Erdgöttin – Originaltitel: Wei Andao, TPGJ 299/1; wahrscheinlich aus der Sammlung „Notizen über außergewöhnliches Gehörtes“ (Yiwenlu), deren Autor unbekannt ist. Es ist aber anzunehmen, daß dieser Sammlungstitel irrtümlich für „Sammlung von außergewöhnlichem Gehörtem“ (Yiwenji) steht, die am Ende der Tang-Zeit von Chen Han kompiliert wurde.

Die Rettungstat des Wu Baoan – Originaltitel: Wu Baoan, TPGJ 166/6; aus der Sammlung „Aufzeichnungen über Gehörtes“. Die Erzählung geht auf eine wirkliche Begebenheit zurück, die auch in Kap. 191 der Dynastiegeschichte der Tang-Dynastie „Neues Buch der Tang“ (Xin Tangshu, Ausg. Zhonghua shuju, Peking 1975, Bd. 18, S. 5509) berichtet wird.

Der alte Gärtner Zhang – Originaltitel: Zhang Lao, TPGJ 16/2; aus der Sammlung „Fortsetzung der Notizen über Dunkles und Absonderliches“.

Die Sklavin Shangqing – Originaltitel: Shangqing, TPGJ 275/10; aus der „Sammlung von außergewöhnlichem Gehörtem“, die am Ende der Tang-Zeit von Chen Han kompiliert wurde. Nach einer anderen Quelle soll der Verfasser der Erzählung ein gewisser Liu Cheng sein.

Ein magischer Mehlparasit – Originaltitel: Lu Yong, TPGJ 476/10; aus der Sammlung „Notizen über Dunkles und Absonderliches“.

Die Geschichte von der Kurtisane Yang – Originaltitel: Yang chang zhuan, TPGJ 491/2. Der Autor ist Fang Qianli (1. Hälfte des 9. Jh.), der es bis zum Präfekten brachte.

Wie der Lohnarbeiter Feng Jun ein reicher Mann wurde – Originaltitel: Feng Jun, TPGJ 23/4; aus der Sammlung „Aufzeichnungen über ursprüngliche Wandlungen“ (Yuanhuaji) von einem nicht näher bekannten Autor.

Guo Yuanzhen befreit ein Dorf von einem Ungeheuer – Die Erzählung ist in TPGJ nicht enthalten. Sie findet sich unter dem Titel „Geschichte vom General Wu“ (Wu jiangjun zhuan) in einer handschriftlichen Sammlung von Tang-Erzählungen aus der Ming-Zeit (1368–1644). Von dort wurde sie in die Sammlung TRXS, S. 212–214, aufgenommen. Die vorliegende Übersetzung folgt dieser Version. Der Herausgeber von TRXS vermutet Li Fuyan (etwa 1. Hälfte des 9. Jh.) als Autor.

Vier nächtliche Dichter – Originaltitel: Yuan Wuyou, TPGJ 369/8; aus der Sammlung „Notizen über Dunkles und Absonderliches".

Der Kunlun-Sklave – Originaltitel: Kunlun nu, TPGJ 194/1; aus der Sammlung „Überlieferte Merkwürdigkeiten".

Die Rachetat des Chen Yilang – Originaltitel: Chen Yilang, TPGJ 122/1; aus der Sammlung „Meister der gedörrten Nahrung" (Ganzhuanzi; der Name soll vermutlich andeuten, daß diese Erzählungen ebenso geschätzt werden wie gedörrte Nahrung; das Dörren war im alten China eine der wichtigsten Methoden des Konservierens wertvoller Nahrungsmittel), die dem Dichter Wen Tingyun (812–872 ?) zugeschrieben wird.

Der Registrator im Schuppenkleid – Originaltitel: Xue Wei, TPGJ 471/11; aus der Sammlung „Fortsetzung der Notizen über Dunkles und Absonderliches".

Die Geschichte von der Dame Liu – Originaltitel: Liushi zhuan, TPGJ 485/2. Der Autor ist Xu Yaozuo, ein Beamter des frühen 9. Jh. Außer dieser Erzählung sind von ihm einige Werke der Gattung Fu (Reimprosa) überliefert.

Die mißlungene Wandlung des Du Zichun – Originaltitel: Du Zichun, TPGJ 16/1. Die Erzählung soll nach einer Überlieferung aus der Sammlung „Fortsetzung der Notizen über Dunkles und Absonderliches" stammen. Nach anderen Quellen ist der Autor ein gewisser Zheng Huangu.

Aufzeichnungen über einen magischen Spiegel – Originaltitel: Wang Du, TPGJ 230/2; nach der Quellenangabe des TPGJ aus der „Sammlung von außergewöhnlichem Gehörtem". Andere Quellen lassen aber vermuten, daß die Erzählung bereits in der Tang-Zeit unabhängig von jeder Sammlung unter dem heute bekannteren Titel „Aufzeichnungen über einen alten Spiegel" (Gujingji) kursierte. Autorschaft und Entstehungszeit sind seit langem umstritten; der „Autor“ Wang Du und sein Bruder Wang Ji sind wahrscheinlich fiktive Personen.

Wei Gao und die Sklavin Jadeflöte – Originaltitel: Wei Gao, TPGJ 274/5; aus der Sammlung „Diskussionen der Freunde vom Wolkenbach“ (Yunxi youyi) von einem gewissen Fan Shu, über den nichts Genaueres bekannt ist.

Ein Mensch als Tiger – Originaltitel: Zhang Feng, TPGJ 429/5; aus der Sammlung „Fortsetzung der Notizen über Dunkles und Absonderliches“. Die vorliegende Übersetzung basiert auf der TPGJ-Fassung und einer leicht abweichenden Textfassung in einer Ausgabe der „Fortsetzung der Notizen über Dunkles und Absonderliches“ aus der Song-Zeit (960–1279), die in der Sammlung TRXS, S. 218/19, abgedruckt ist.

Rotfaden – Originaltitel: Hongxian, TPGJ 195/1; aus der Sammlung „Erfundene Geschichten aus der Zeit eines segenspendenden Regens“ (Ganzeyao) von Yuan Jiao (2. Hälfte des 9. Jh.)

Herr Bao und der Dorfgewaltige – Originaltitel: Meng Jian, TPGJ 172/5; aus der Sammlung „Inoffizielle Historien“ (Yishi), die Mitte des 9. Jh. von Lu Zi kompiliert worden sein soll.

Aufzeichnungen vom Inneren einer Kopfstütze – Die Erzählung ist in zwei Fassungen überliefert. Die eine Fassung findet sich unter dem Titel „Der alte Lü“ (Lü weng) in TPGJ 82/5. Sie soll aus der Sammlung „Von außergewöhnlichem Gehörtem“ stammen, die am Ende der Tang-Zeit von Chen Han kompiliert wurde. Die andere Fassung ist in der großen Enzyklopädie „Blüten aus dem Garten der Literatur“ (Wenyuan yinghua), Kap. 833, überliefert, wo als Autor Shen Jiji (2. Hälfte des 8. Jh.) genannt wird. Hier trägt die Erzählung den Titel „Aufzeichnungen vom Inneren einer Kopfstütze“ (Zhenzhongji). Die vorliegende Übersetzung folgt der zweiten Fassung, die auch in TRXS, S. 37–39, abgedruckt ist.

Inhalt

Anhang

ISBN 3-352-00285-1

1. Auflage 1989

Einbandgestaltung Rolf Xago Schröder
Typographie Peter Friederici
Lichtsatz INTERDRUCK Graphischer Großbetrieb Leipzig – III/18/97
Reproduktion Grafischer Großbetrieb Sachsendruck Plauen
Druck Messedruck Leipzig
Binden LVZ-Druckerei „Hermann Duncker“, Leipzig III/18/138
Printed in the German Democratic Republic
Lizenznummer 220.415
Bestellnummer 618 510 0
02480

77,-